Rückkehr der Engel

Marah Woolf

Über die Autorin:

Marah Woolf wurde 1971 in Sachsen-Anhalt geboren, wo sie auch heute noch mit ihrem Mann, ihren drei Kindern, einem Kater und einer Zwergbartagame lebt. Sie studierte Geschichte und Politik und erfüllte sich mit der Veröffentlichung ihres ersten Romans 2011 einen großen Traum. Mittlerweile sind die *MondLichtSaga, die FederLeichtSaga,* die *BookLessSaga* und die *GötterFunkeSaga,* letztere im Dressler Verlag, erschienen und die Bücher wurden in verschiedene Sprachen übersetzt.

Marah Woolf

RÜCKKEHR DER ENGEL

Erstes Buch

Angelussaga, 1

Roman

Deutsche Erstausgabe 2018
© Marah Woolf, Magdeburg
Umschlaggestaltung: Carolin Liepins
Lektorat: Nikola Hotel
Korrektorat: Jil Aimée Bayer

Alle Rechte, einschließlich die des vollständigen oder teilweisen Nachdrucks in jeglicher Form, sind vorbehalten.

Impressum:
IWD Körner, Hasselbachplatz 3, 39124 Magdeburg
marah.woolf@googlemail.com
Facebook: Marah Woolf
www.marahwoolf.com
Twitter: MondSilberLicht

Herstellung und Verlag: BoD – Books on Demand, Norderstedt
ISBN: 978-37481-0868-9

Für meine Mutter,
die mich schon mit Fünf in die Bibliothek schleppte, wo ich stundenlang auf grauen Filzböden hockte, mir Bücher angeschaut und gewünscht habe, ich könnte lesen.

Prolog

Als die Engel auf die Welt kamen, jubelten die Menschen. Sie waren glücklich und glaubten an das Versprechen der Erlösung von all ihren Sünden. Aber die Engel hatten nie vor, uns von irgendwas zu erlösen, sie riegelten Venedig vom Rest der Welt ab und warfen uns in mittelalterliche Zustände zurück. Damals war ich zehn.

Ich weiß nicht, was mit dem Rest der Welt geschah, aber ich vermute, dass es dort ähnlich zuging. Erfahren werde ich das nie. Flugzeuge, Fernsehen, Telefone – all das gibt es nicht mehr.

In den ersten drei Jahren ihrer Herrschaft bekämpften die Engel uns erbittert. Für sie sind wir ein Fehler im göttlichen

Schöpfungsplan und es nicht wert, die Erde zu bevölkern. Wir sind weder so stark wie sie noch so klug oder so schön. Wir können nicht fliegen und noch nie stand einer von uns Gott von Angesicht zu Angesicht gegenüber. Deshalb behaupten sie, wir wären nur ein Irrtum. Unzählige Menschen starben nach der Invasion in den Straßen Venedigs. Das Wasser der Kanäle färbte sich rot vom Blut der Toten. In dieser Zeit ließen unsere Eltern meine Geschwister und mich nicht vor die Tür. Wir lebten versteckt in der Libreria Marciana, direkt gegenüber des Markusdoms. Von unseren Fenstern aus konnten wir beobachten, wie die Engel die Kuppeln des Doms zerstörten und in seinem Inneren eine Arena errichteten. Nun wurden die Menschen nicht mehr in den Straßen abgeschlachtet, sondern auf geweihtem Boden – zur Belustigung der Engel und jener Menschen, die die Schandtaten der göttlichen Heerscharen viel zu schnell vergaßen. Der Erzengel Gabriel ließ unseren Vater erschlagen, als dieser ihn bat, die Menschen mit mehr Gnade zu behandeln. Viele seiner Freunde waren bis zu diesem Zeitpunkt bereits in der Arena getötet worden. Gelehrte, Künstler, Ärzte. Alles Männer und Frauen, die keine Chance gegen die Krieger der Engel gehabt hatten. Gabriels Schergen jagten Vater aus dem Dogenpalast und trieben ihn durch Venedigs Gassen, bis er zusammenbrach. Sein ganzes Leben hatte er dem Wissen um die Engel gewidmet, war besessen von ihnen gewesen. Er hatte gehofft, Dispute mit Raphael oder Gabriel über die Schöpfung führen zu können. Aber die Engel hatten kein Interesse an Gesprächen. Als er starb, war ich dreizehn Jahre alt.

Nach Vaters Tod begann meine Mutter damit, mir Unterricht

im Schwertkampf zu geben. In einem Raum der Bibliothek lehrte sie mich, gegen die Engel zu kämpfen und meine Geschwister zu verteidigen. Sie war unerbittlich. Egal, wie sehr meine Muskeln schmerzten, wie müde ich war und wie oft ich sie anflehte, mich essen oder trinken zu lassen. Bevor ich mein tägliches Kampfpensum nicht erledigt hatte, gab sie nicht nach. Sie ließ mich auf einem Bein durch alle Räume und über jede Treppe der Bibliothek hüpfen. Sie band mir wochenlang den rechten Arm auf den Rücken, damit ich lernte, mit dem linken genauso perfekt zu kämpfen. Sie zwang mich, mitten in der Nacht und bei Neumond durch den Canale Grande zu schwimmen. Mutter trainierte mich bis zu dem Tag, an dem ich sie besiegte und ihr mein Schwert an die Kehle setzte. In derselben Nacht verschwand sie und ließ nichts zurück als einen Brief, der die Aufforderung enthielt, auf meine Geschwister achtzugeben und sie mit meinem Leben zu beschützen.

Das war einen Tag nach meinem fünfzehnten Geburtstag.

Über drei Jahre ist dieser Tag jetzt her. Drei Jahre, in denen ich einmal in der Woche einem Engel gegenüberstehe und gegen ihn kämpfe.

Dass ich immer noch lebe, ist im Grunde ein Wunder.

I. Kapitel

Das Gebrüll der Zuschauer dringt bis nach draußen in das Atrium des Markusdoms, wo ich mit den anderen auf den Beginn unseres Kampfes warte. Mein Herz schlägt laut und gleichmäßig. Ich versuche, mich auf das verlässliche Pochen zu konzentrieren und alles andere auszublenden, aber es gelingt mir heute nicht sonderlich gut. Ich lausche dem Singen der Schwerter hinter dem Tor, mit den vertrauten schlichten Quadraten, und bilde mir ein, das Blut der Menschen zu riechen, die dort drin ihr Leben lassen. Die Engel lassen die Spiele, wie sie das Schlachten makabererweise bezeichnen, jeden Tag veranstalten. Es lenkt die Menschen davon ab, darüber nachzudenken, wer an ihrem erbärmlichen Schicksal schuld ist, und es demonstriert uns jeden Tag ihre göttliche Überlegenheit. Sie müssen sich kaputtgelacht haben, als sie Venedigs größtes Gotteshaus zum ersten Mal betraten, die Mosaiken und das ganze Gold sahen, mit dem wir Menschen unserem gemeinsamen Schöpfer huldigten. Die kindlichen Bildnisse der Engel, die der wunderschönen Wirklichkeit nicht gerecht werden. Heute sieht man nur noch Schatten der einstmals so aufwendigen Verzierungen, denn den Engeln war unsere Anbetung völlig egal. Sie zerstörten die Kuppeln der riesigen Kirche und einen Großteil der Innenmauern. Tagelang hörten wir das Donnern und den Lärm der Bauarbeiten, während sie über den Mauerresten des Gebäudes umlaufende Sitzreihen errichten ließen, die in der Luft zu schweben scheinen. Von jedem Platz aus hat man einen perfekten Blick ins Innere der Kathedrale und somit auch auf das Schlachten.

Das Sonnenlicht blendet mich, als sich die Pforte öffnet und die Verwundeten und Toten herausgetragen werden. Ich kämpfe seit drei Jahren einmal in der Woche und habe bisher verdammtes Glück gehabt. Aber wenn ich eines weiß, dann, dass jede Glückssträhne irgendwann reißt. Ich habe zu viele Menschen sterben sehen, als dass ich mir irgendwelche Illusionen mache. Ich hebe den Kopf und halte das Gesicht einen Moment in die Sonne, damit ihre Strahlen mich wärmen. Dann fasse ich mein Schwert und meinen Schild fester. Die Trommeln und Fanfaren ertönen und Angst rinnt wie glühendes Blei durch meine Adern. So ist es jedes Mal, obwohl man meinen könnte, ich wäre nach den vielen Kämpfen, die ich bestritten habe, daran gewöhnt. Ich versuche, diese Angst nicht zuzulassen. Sie würde mich schneller töten als das Schwert eines Engels.

Heute werde ich sterben. Der Gedanke überfällt mich und lässt mich schwanken. Ich fühle die Gewissheit in jeder noch so winzigen Zelle meines Körpers. Heute habe ich zum letzten Mal den Sonnenaufgang gesehen. Heute habe ich zum letzten Mal den pappigen Haferbrei gegessen, den ich meiner Zwillingsschwester Star und unserem Bruder Tizian immer zum Frühstück zubereite. Ohne den Honig, den unsere Mutter in einer längst vergangenen Zeit darübergetröpfelt hat, schmeckt er wie alte Papierschnipsel. Jetzt gäbe ich trotzdem alles dafür, um ihn morgen wieder essen zu dürfen. Mein Magen knurrt vor Hunger, weil ich nur einen Löffel heruntergewürgt habe, und Alessio greift nach meinem Arm. Mein bester Freund betrachtet mich besorgt aus klugen dunkelgrauen Augen. Jedes Mal besteht er darauf, mich zu meinen Kämpfen zu begleiten, und ich bin froh darüber, nicht allein zu sein. Er ist der einzige Mensch, dem ich rückhaltlos vertraue. Ihm habe ich sogar meine Jungfräulichkeit geschenkt, weil ich nicht wollte, dass irgendein schmieriger Bastard sie mir nachts auf den Straßen raubt. Oder ein Engel. Glaubt man den Gerüchten, sind die nicht gerade zimperlich, wenn es darum geht, das zu bekommen, was sie wollen. Alessio hat sich zuerst gesträubt, aber gegen meine Argumente kam er nicht an. Ich hätte ihn auch angefleht, wenn es nötig gewesen wäre. Es war nicht gerade ein Erlebnis, das ich gern wiederholen möchte, aber es war okay, auch wenn ich erleichtert war, als ich es hinter mir hatte. Wir haben nie wieder darüber gesprochen, nur manchmal sieht er mich jetzt so komisch an und versucht, mir Vorschriften zu machen, als wäre mit meinem Jungfernhäutchen auch ich in seinen Besitz übergegangen.

Wir leben in schwierigen Zeiten. Ich kann ihm das nicht vorwerfen. Er will mich bloß beschützen.

»Lass dich nicht wieder provozieren«, sagt er leise. »Sie machen das mit Absicht und versuchen, dich zu reizen, damit du deine Deckung aufgibst.«

Beim letzten Mal hätte mein Gegner mich beinahe getötet. Engel kennen keine Gnade. Meine Angst verwandelt sich bei dieser Erinnerung in Wut. Sosehr ich diese Kämpfe hasse, sie helfen mir auch, mit meinem Zorn zu leben, und deshalb werde ich oft unvorsichtig und gehe an Grenzen, die ich nicht überschreiten dürfte. Irgendwann werde ich den Preis dafür zahlen.

Ich straffe die Schultern, als mein Vordermann seinen ersten Schritt in die Arena macht. Unwillig lässt Alessio mich los. Er will nicht, dass ich kämpfe. Aber sein Lohn aus dem Krankenhaus reicht nicht aus, um für uns vier Lebensmittel zu kaufen und uns mit dem Nötigsten zu versorgen, und außerdem habe ich ein Ziel. Ich will meine Geschwister aus der Stadt bringen. An einen Ort, wo es sicherer ist, wo es keine Engel gibt, die ständig über ihnen kreisen. Nichts und niemand wird mich von diesem Ziel abbringen, Alessio nicht, die Engel nicht, nur mein Tod.

Unser gleichförmiges Stampfen erfüllt die Luft, als wir in die Arena marschieren. Der einst mit Marmorfliesen bedeckte Boden ist unter einer dicken Sandschicht begraben. Während wir Aufstellung nehmen, gleitet mein Blick zu der riesigen Tribüne und den Logen der Engel. Blumenranken winden sich um die Streben, die die Holzböden halten, und hüllen die Engel in den

Duft von Rosen, Jasmin und Lavendel. Ich weiß, dass sich dort oben die Tische unter der Last von Leckereien biegen. Während mein Magen knurrt, ignorieren die Engel die Früchte, das weiße Brot, den Honig und den Wein. Dort sitzen sie, die himmlischen Gottessöhne, alle in gleißendes Licht gehüllt. Sie sind so wunderschön, dass man geblendet ist von ihrer klaren Haut, den makellosen Gesichtern, den wissenden Augen und den schillernden Flügeln. Schon wenn ich sie nur sehe, wird mir schlecht. Mich täuschen sie mit dieser Vollkommenheit nicht mehr. Ihre Schönheit überdeckt nur mäßig, was sie wirklich sind: arrogant, eitel, selbstgefällig und hochmütig. Für sie sind wir nur Staub unter ihren Stiefeln. Ihnen ist egal, wie viele von uns in der Arena sterben, verhungern oder verdursten. Sie haben unsere Zivilisation zerstört und spielen mit uns Katz und Maus. Sie fühlen sich uns haushoch überlegen, und dass nur, weil sie Flügel haben und Gott einst tatsächlich von Angesicht zu Angesicht gegenüberstanden.

Der einzige Grund, weshalb sie überhaupt auf der Erde sind, ist ihre Suche nach den neunzehn Schlüsselträgerinnen. Es ist ihre Obsession, und ich wette, es macht sie wütend, dass sie uns Menschen so dringend brauchen. Jedenfalls ein paar von uns. Aber ich werde nicht zulassen, dass Star für einen so irrwitzigen Wunsch geopfert wird, nur damit die Engel zurück ins Paradies können. Sie haben es sich selbst zuzuschreiben, dass die Tore seit Jahrtausenden verschlossen sind.

Ich kenne die Geschichte seit meiner Kindheit. Vater erzählte Star und mir mehr als einmal, wie der Erzengel Raphael die Tore zum Paradies versiegelte, weil er Lucifer für dessen Ungehorsam bestrafen wollte. Er fesselte den Fürsten der Hölle in der Wüste Dudael und versperrte dabei unbeabsichtigt den Zugang zum Garten Eden. Um diesen nun wieder zu öffnen, brauchen die Engel neunzehn Mädchen. Neunzehn Schlüsselträgerinnen, die die Pforte wieder öffnen.

Zehntausend Jahre dauerte Lucifers Bestrafung an und nachdem er diese Strafe verbüßt hatte, kamen die Engel auf die Erde zurück, um diese Mädchen zu finden. Seit acht Jahren sind sie nun auf der Suche nach ihnen. Wir wissen nicht, wie viele sie bereits gefunden haben. Wir wissen nur, dass es immer achtzehnjährige Mädchen sind, die sie für ihre sogenannte Schlüsselprüfung auswählen, und wir wissen, dass viele der Mädchen die Prüfung nicht überleben. Sie suchen sie auf der ganzen Welt und nach Venedig kommen die Schlüsseljäger immer im Herbst. Deshalb ist es so wichtig, Star und Tizian fortzuschaffen. Und zwar bald. Meine Schwester und ich sind im Frühjahr achtzehn geworden. Die Zeit wird langsam knapp.

Ich frage mich, weshalb sie so unbedingt zurück ins Paradies wollen. Als hätten sie ihres nicht schon in den sieben Himmeln gefunden. Seit dem Tag der Invasion schweben ihre Paläste für jeden sichtbar in den Wolken über uns.

Die Höfe erstrecken sich in der luftigen Höhe bis zum Horizont. Jeder Palast leuchtet in seiner eigenen Farbe. Gabriels Palast und somit Hof des Ersten Himmels schimmert jadegrün, Lucifers Palast des Fünften Himmels glitzert wie ein roter Almandin oder wie das Blut seiner Opfer. Man kann von hier unten sehr gut die Ansammlung von Türmen, Kuppeln und Brücken auf den Mauern der Paläste erkennen. Fahnen flattern an gläsernen Zinnen und manchmal hören wir Fanfaren oder Musik. Gegenüber der Pracht, die sich hinter den bunten Mauern verbirgt, muss den Engeln alles bei uns armselig erscheinen. Aber so schön, wie die Paläste bei Tag sind, nachts sind sie ungleich schöner. Dann überziehen verwirrende Ranken und Muster die gläsernen Wände. Sie leuchten am Nachthimmel in den unterschiedlichen Palastfarben. Die Wege, die die Höfe miteinander verbinden, sind in der Dunkelheit viel besser zu erkennen. Der Himmel scheint dann voller Tore zu sein, die einladend strahlen, und durch diese Tore ziehen die Sterne. Tausende Engel wachen über den Lauf der Gestirne, damit diese zu festgesetzten Zeiten auf- und untergehen. Sie bewachen die Kammern, in denen sich Winde, Hagel, Schnee, Frost, Nebel, Tau und Regen befinden. Sie lenken das Universum hoch über uns und ich wünschte, sie hätten sich weitere zehntausend Jahre mit dieser Aufgabe begnügt. Aber das haben sie nicht. Sie sind zu gierig. Sie wollen auch noch, was ihnen nicht mehr zusteht. Sollten die Engel je aller neunzehn Schlüsselträgerinnen habhaft werden und das Tor zum Paradies öffnen, werden sie danach die Apokalypse auslösen. Sie haben uns einmal aus dem Paradies vertrieben, noch mal lassen sie uns gar nicht erst hinein. Die Engel brauchen uns und das ärgert sie vermutlich am meisten. *Ich* glaube keine Sekunde, dass sie vorhaben, den Garten Eden mit uns zu teilen. Aber es gibt nicht wenige Menschen, die genau das hoffen. Star werden sie jedenfalls nicht für diese Prüfungen bekommen, dafür werde ich sorgen – und wenn es das Letzte ist, was ich tue.

Ich konzentriere mich wieder auf den bevorstehenden Kampf und entdecke Seraphiel auf der Tribüne. Ich weiß nicht, wonach es sich richtet, welcher Engel wann gegen uns Menschen kämpft. Ob sie sich freiwillig melden, ob die Erzengel darüber bestimmen. Im Grunde ist es auch egal. Der oberste Seraph lässt sich jedenfalls nicht oft herab, den Kämpfen beizuwohnen. Winzige Flammen flackern an den Rändern seiner acht Flügel. Die Kirche hat den Menschen jahrhundertelang erzählt, Engel wären heilige Wesen ohne Sünde, von Gott angewiesen, uns vor dem Bösen zu beschützen. Entweder die Kirche hat da etwas missverstanden oder ich. Schutz sieht anders aus. Glücklicherweise weiß ich fast alles über die Kreaturen, die es sich zur Aufgabe gemacht haben, die Menschen vom Angesicht der Erde zu tilgen. Denn das ist es, weshalb sie hier sind. Sie wollen die Menschen endgültig vernichten. Ihr Ziel ist die Apokalypse. Die Erzengel hassen uns wie die Pest, weil wir uns von Lucifer haben verführen lassen. Weil Menschentöchter ihm und seinen zweihundert Getreuen Kinder geboren haben. Weil das Paradies nach dem Zweiten Himmlischen Krieg verschlossen wurde und Menschen und Engel gleichermaßen aus ihm vertrieben wurden.

Ich erkenne die meisten Engel sofort: Abiel, einen Wächter des Vierten Himmels, Charbiel, der angeblich die Erde nach der Sintflut trocknete, Siedkiel, ein Regent der Throne. Mein Blick fällt auf einen Schatten, der eine hochgewachsene Gestalt umwabert, und ich stolpere kurz. Acht Jahre habe ich gehofft, dass er nicht in unsere Stadt kommt, dass wir von ihm verschont bleiben, doch nun steht er dort oben und schaut mitleidlos auf uns hinunter. Meine Nackenhaare richten sich auf, als die Schatten sich lichten. Schweißtropfen rinnen mir von der Stirn und ich weiß nicht, wie ich noch einen Fuß vor den anderen setzen soll. Ich verabscheue schon Raphael, den schönsten der Erzengel, mit seinen silbernen Augen und dem Haar, das so dunkel wie die tiefste Nacht ist. Er hat breite Schultern und eine schmale Taille. Wenn er seine Flügel ausbreitet, leuchten die Federn perlweiß mit einem goldenen Schimmer. Wenn er geht, bewegt er sich mit lässiger Eleganz durch die Menge und mit unübersehbarer Kraft. Er erinnert an ein Raubtier auf der Jagd und am liebsten jagt er Menschen und weidet sich an ihrer Furcht.

Es gibt nur einen einzigen Engel, der mir noch mehr Angst macht, und das ist Lucifer, der Teufel höchstpersönlich. Lucifer, der jetzt neben Raphael steht, als wäre es das Normalste der Welt. Lucifer, der sich ganz zwanglos mit demselben Erzengel unterhält, der ihn vor zehntausend Jahren in Ketten gelegt und lebendig begraben hat. Sie plaudern, als warteten hier unten nicht Menschen auf ihren Tod. Diese Kaltblütigkeit macht mir einmal mehr bewusst, wie gefährlich sie sind. Trocken lache ich in mich hinein, obwohl mir das Herz bis zum Hals schlägt. Das Wort *gefährlich* beschreibt Lucifer nicht annähernd. Er ist das personifizierte Böse, das Dunkel, das Grauen, der Abgrund, der Tod. Seine Finsternis ist legendär. Allein seine Aura jagt den Menschen Angst ein. So gern ich all die Lektionen meines Vaters über die Engel vergessen hätte – das Wissen darum hat sich in mein Gehirn gebrannt. Lucifer, der Fürst der Hölle und Herrscher des Fünften, des blutroten Himmels, ist herabgestiegen zu den Menschen, um sie endgültig zu vernichten.

Ich unterdrücke ein Zittern, das meinen Körper erfasst. Am liebsten würde ich ausscheren, die Arena verlassen und nach Hause rennen. Ich will meine Schwester und meinen Bruder packen und fortbringen. Aber würde ich dies tun, wäre der

Tod mir sicher. Am Rand der Arena haben sich Bogenschützen postiert, die auf jeden Fliehenden schießen. Also bleibe ich stehen und versuche, meine Gefühle in den Griff zu bekommen. Lucifer war noch nie in der Arena. Er hat noch nie bei einem der Kämpfe zugesehen. Meine Handflächen werden kalt und glitschig vom Schweiß. Ich kann das Schwert nicht mehr richtig halten und würde mir die Hände gern an meiner Hose abwischen, nur müsste ich dafür den Schild oder die Waffe ablegen. Beides kommt nicht infrage. Der Lärm dringt nur noch als Rauschen an mein Ohr. Die Menschen schreien und verlangen den Beginn der Kämpfe. Sehen sie Lucifer nicht? Wissen sie nicht, was seine Anwesenheit bedeutet? Es ist so abstoßend, wie sie sich benehmen. Mit Mühe löse ich meinen Blick von ihm und zwinge mich, mich auf den bevorstehenden Kampf zu konzentrieren. Ich fasse mein Schwert und meinen Schild fester, als sich die Schatten über uns ausbreiten. Der Himmel verdunkelt sich und ich werde ganz ruhig. Das Schlagen der Schwingen ist viel zu sanft für die Kraft, die in ihnen steckt. Ein Engel kann mit einem simplen Flügelschlag einen Menschen töten. Ich habe es mehr als einmal gesehen. Sie kreisen mit ausgebreiteten Schwingen über uns und ich spüre den Wind auf meiner Haut. Wenigstens trocknet er den Schweiß, während jeder Engel sich ein Menschenopfer aussucht. Je länger sie brauchen, um sich zu entscheiden, desto nervöser werden die Kämpfer. Sie wissen es genau und kosten ihre Überlegenheit aus. Die Zuschauer brüllen Namen und feuern ihre Favoriten an. Mal sind es die Namen von Engeln, dann wieder von Menschen. Immer wieder rufen sie auch meinen.

Ich stemme meine Füße in den sandigen Boden, als die Engel endlich landen. Ich darf nicht hinfallen, nicht in die Knie gehen. Sand stiebt mir in die Augen und ich reiße meinen Schild hoch. Die Fanfare, die den Beginn des Kampfes anzeigt, ertönt. Ein Engel baut sich vor mir auf, sein rotes Haar reicht ihm bis über die Schultern und seine Flügel sind rauchgrau. Die vollen Lippen verziehen sich zu einem Lächeln. Er ist ein Engel des Fünften Himmels, ein Anhänger Lucifers, das erkenne ich an der Tätowierung auf seiner Brust. Ein Pentagramm, dessen mittlere Spitze nach unten weist. Ein Symbol für das Straflager Gottes, in das dieser seine gefallenen Söhne verbannte. Vor Anspannung bekomme ich kaum Luft. Die Gefallenen sind angeblich noch rücksichtsloser als ihre Artgenossen. Lucifer ist also nicht allein gekommen, er hat seine Anhänger mitgebracht. Wir haben doch schon die Hölle auf Erden, warum musste sich ihr Fürst denn noch persönlich herbemühen?

Ich schiebe die düsteren Gedanken zur Seite. Der Engel pirscht sich grinsend an mich heran. Vermutlich denkt er, ich sei ein leichtes Opfer, weil ich ein Mädchen bin. Den Fehler begehen sie alle. Unsere Klingen knallen aufeinander und seine Augenbrauen zucken vor Überraschung in die Höhe, als ich den Schlag gekonnt pariere. Dann lacht er belustigt und wäre er kein Engel, wäre dieses Lachen erstaunlicherweise ansteckend. So ignoriere ich es und dringe weiter auf ihn ein. Unsere Schwerter liefern sich einen sinnlichen Tanz, Schweiß läuft mir von der Stirn in die Augen, aber ich blinzele nicht. Jede Sekunde zählt – lasse ich nur einmal in meiner Aufmerksamkeit nach, ist es vorbei. Ich treibe meinen Gegner vor mir her, ducke mich weg, wenn er angreift, und kreisele um ihn herum, sobald ich etwas Spielraum bekomme. Der Engel ist viel größer und kräftiger als ich und er hält spielend mit meiner Schnelligkeit mit. Die Kämpfer hinter ihm weichen zurück und machen uns Platz. Wir umkreisen die Säulen und Mauerreste, die noch stehen. Aus dem Augenwinkel sehe ich, wie die Klinge eines anderen Engels einem Mann die Kehle durchschneidet, als wäre diese nur ein Bogen Papier. Er fällt wie eine leblose Puppe zu Boden. Jubel ertönt von den Reihen der Zuschauer und mein Gegner grinst, als würde mir gleich dasselbe Schicksal blühen. Vermutlich liegt er damit nicht falsch. Meine Kraftreserven gehen dem Ende zu und das weiß er.

Täglich werden in der Arena sieben Kampfrunden veranstaltet. An jedem einzelnen Tag – außer am Sonntag, dem Tag des Herrn. Die Spiele sollen die Menschen von ihrem Dasein ablenken und sie amüsieren. Solange sie satt und zufrieden sind, revoltieren sie weder gegen Nero deLuca, den Vorsitzenden des Consiglio beziehungsweise des Rates der Zehn, noch gegen die Unterdrückung der Engel. Das funktionierte schon im alten Rom, und obwohl seitdem über zweitausend Jahre vergangen sind, geht die Strategie Kaiser Neros auch bei seinem Namensvetter auf. Wir Menschen haben nichts dazugelernt.

Jede Runde dauert exakt zwanzig Minuten, keine Ewigkeit, aber ich habe jegliches Zeitgefühl verloren. Ich pariere die Schläge des Engels, während mein Arm schwerer und schwerer wird. Mein Gegner ist kräftig und ausdauernd. Meine Wendigkeit nützt mir in diesem Kampf wenig, ich vergeude nur meine Kraft. Lange kann ich den Schild nicht mehr halten. Auf diesen Augenblick wartet er nur. Ich taumle kurz, als mich ein besonders heftiger Schlag trifft, und gehe in die Knie. Der Atem entweicht meiner Brust. Gleich wird mein Gegner meinen Schädel spalten und mein Blut wird rot über den Sand spritzen und hoffentlich so eine Sauerei auf seiner Hose anrichten, dass er sie wegwerfen muss. Ich stöhne leise auf. Mein Galgenhumor ist völlig fehl am Platz. Was wird aus Star, wenn ich nicht zurückkomme? Aus Tizian und aus Alessio? Ich hätte sie besser auf diesen Moment vorbereiten müssen. Mit zusammengepressten Lippen hebe ich den Kopf, denn wenn ich schon sterbe, soll mir dieser verdammte Engel dabei wenigstens ins Gesicht blicken. Die Sommersonne blendet mich, trotzdem sehe ich den glänzenden Schatten, der gegen meinen Mörder taumelt, als dieser sein Schwert zum letzten Schlag erhebt. Ich sehe hellblaue Augen, ein kurzes Nicken und dann ertönt der Gong. Der Kampf ist beendet und so unglaublich es ist, ich lebe noch.

Mein Gegner schnaubt und steckt sein Schwert in die Scheide. Engel kämpfen ohne Schild. Einfach, um uns zu zeigen, wie gnadenlos unterlegen wir ihnen sind.

»Du kannst Cassiel danken«, wendet er sich an mich. »Er hat dir gerade das Leben gerettet.«

Ich beiße die Zähne zusammen und stehe auf. Am liebsten würde ich vor ihm ausspucken, aber dafür ist mein Mund zu trocken. »Wahrscheinlich ist er gestolpert«, zische ich stattdessen. Ich bin gezwungen, gegen ihn zu kämpfen, deshalb muss er mich noch lange nicht verhöhnen.

Der Engel lacht wie zu Beginn der Kämpfe. »Oh, bestimmt nicht, er ist sehr geschickt. Wobei seine Fähigkeiten eigentlich woanders liegen. Du solltest dich vor ihm in Acht nehmen.«

Warnt er mich gerade wirklich vor seinesgleichen und dann noch ausgerechnet vor dem Engel, dem ich mein Leben verdanke?

»Ich bin übrigens Semjasa«, stellt mein Gegner sich nun vor. »Du hast gut gekämpft.«

Wieder bin ich verwirrt. Engel lassen sich nur selten dazu herab, mit einem Menschen zu sprechen, und sie nennen uns ganz bestimmt nicht ihre Namen. Das wäre so, als würde ich einer Mücke erklären, dass ich Moon heiße. Trotzdem betrachte ich ihn mir nun genauer. Das also ist Semjasa, Lucifers treuester Gefolgsmann. Meinen Namen werde ich ihm deshalb aber ganz sicher nicht verraten.

Dieser Cassiel mustert mich aufmerksam. Ihn habe ich auch noch nie in der Arena gesehen und ich frage mich, aus welchem Himmel er stammt. Jedenfalls trägt er nicht Lucifers Symbol auf der Brust, aber ich glaube keine Sekunde, dass er mein Leben aus Versehen gerettet hat. So etwas tun Engel nicht. Sie verabscheuen uns mindestens so sehr wie wir sie. Wäre es anders, würde mein Weltbild auseinanderbrechen.

Cassiel betrachtet mich aufmerksam aus strahlend blauen Augen. »Ich hoffe, es geht dir gut.« Als ich nicke, setzt er hinzu: »Ich bin froh, dass ich *gestolpert* bin, und hör nicht auf Sem.« Seine Stimme ist leise und angenehm.

Ich bin selten sprachlos, aber dies ist einer dieser Momente.

Semjasa stupst ihn mit der Schulter an. »Und du bist ein Idiot, Cas«, brummt er. »Hör auf, dem Mädchen Hoffnungen zu machen. Dann glaubt sie noch, sie hätte beim nächsten Mal eine Chance. Irgendwann sterben sie alle in diesem Sand.«

»Das ist eine Schande.« Cassiels Lächeln wird bedauernd.

Verwirrt schüttele ich den Kopf, weil ich nicht sicher bin, ob dieses Gespräch tatsächlich stattfindet. Cassiels zusammengeklappte Flügel sind so blau wie seine Augen. Kurze dunkelblonde Haare umspielen sein ebenmäßiges Gesicht. Vorne sind die Strähnen, in denen sich das Blau seiner Flügel wiederfindet, etwas zu lang und er streicht sie sich aus der Stirn. Er ist schlank und längst nicht so bullig wie Semjasa, und dass er vor diesem offenbar keine Angst hat, kann nur bedeuten, dass er einem Himmel entstammt, der Semjasas überlegen ist. Aber eigentlich blicken alle Engel auf die des Fünften Himmels herab. Dachte ich jedenfalls bisher. Cassiel verbeugt sich leicht zum Abschied und geht davon, während ich ihm ungläubig hinterherstarre.

»Wir sehen uns, Mädchen.« Semjasa schürzt verächtlich die Lippen, als er meinem Blick folgt. Dann breitet er seine Flügel aus, stößt sich ab und fliegt ohne ein weiteres Wort davon.

Mein Vater und meine Mutter haben mir jahrelang eingebläut, nie die Aufmerksamkeit eines Engels auf mich zu ziehen. Sie nicht anzuschauen und schon gar nicht mit ihnen zu reden. Solange ich gesichtslos in der Masse untergehe, bin ich einigermaßen sicher. Diese Regel habe ich heute gebrochen. Das war unklug von mir und unvorsichtig. Es sind schon jede Menge Menschen verschwunden, die den fatalen Fehler begangen haben, in den Fokus eines Engels zu geraten, und niemand weiß, was aus ihnen geworden ist.

Ich gehe zurück zum Ausgang der Arena, wo Nero deLuca an

seinem Tisch thront, über den eine blütenweiße Tischdecke gebreitet ist. Er ist Vorsitzender des Rates der Zehn und einer der Männer, die sich bei den Engeln eingeschleimt haben. Die Bürger Venedigs haben den Consiglio vor fünf Jahren zum ersten Mal gewählt. Obwohl *Wahl* kaum das richtige Wort ist. Die meisten der Männer haben sich ihren Platz erkauft. Anstatt uns weiter abzuschlachten, versicherten die Engel sich der Unterstützung einiger einflussreicher Bürger, die seither unsere Geschicke lenken. Vermutlich können wir froh sein, dass Nero sich nicht zum Dogen ausrufen lässt. Ohne die Zustimmung dieses Rates geschieht kaum etwas in der Stadt. Trotzdem sitzt Nero, sooft es seine anderen Geschäfte zulassen, persönlich hier, um seine Spinnenfinger auf unseren Lohn zu legen. Sein graues Haar hat er streng zu einem Zopf gebunden, was sein hageres Gesicht betont. Er trägt einen Anzug aus leichtem Seidenstoff und scheint kein bisschen zu schwitzen. Aus kalten grauen Augen blinzelt er mich an, bevor er mir die abgegriffenen Scheine reicht. Sogar seine Finger sind manikürt und der penetrante Geruch von Rosenöl umgibt ihn.

Nach seiner Wahl hat der Consiglio alte Druckerpressen im Keller des Palazzo Municipale gefunden. Solche, die noch manuell und ohne Strom funktionieren. Die Ratsmitglieder beschlossen daraufhin, die guten alten Lire wieder als Währung einzuführen, wo Venedig nun wirtschaftlich vom restlichen Europa abgetrennt war. Außerdem entschieden sie, nur eine ganz bestimmte Menge an Scheinen zu drucken, um einen Werteverfall des Geldes zu vermeiden. Wenn ich es recht bedenke, war das ihre einzige gute Tat, obwohl sie selbst davon natürlich am meisten profitieren. Trotzdem tauschen immer noch viele Bürger lieber Ware gegen Ware. Ich besitze nichts von Wert, was ich tauschen könnte. Nur die Bücher, die mein Vater mit so viel Akribie gesammelt hat.

Es gibt Tage, da frage ich mich, weshalb mein Vater nicht etwas mehr wie Nero gewesen ist. Dessen Familie ist in Sicherheit, sie haben genug zu essen und seine Tochter Felicia, die in der Grundschule mit mir in eine Klasse gegangen ist, blickt auf uns Gladiatori genauso herab wie ihr Vater und ihre Brüder. Als hätten wir dieses Schicksal selbst gewählt. Als wären nicht wir es, die die Menschen von dieser untragbaren Situation ablenken und die Engel amüsieren.

Ich sehne mich nach der Zeit zurück, in der unser Leben noch normal war und wir uns maximal fragten, welche Cicchetti wir in den Pausen essen wollten. Heute bin ich besonders schlecht drauf. Normalerweise verbiete ich mir jede Erinnerung an das Leben von früher und die Zeit, bevor die Engel zurückkamen. Eigentlich bin ich froh, dass ich damals so jung war. Die Erinnerungen an die Normalität verblassen von Tag zu Tag mehr und das macht dieses Leben erträglicher. Aber an manchen Tagen fällt es mir schwer, wirklich zu vergessen, dass es mal Autos, Flugzeuge, Fernseher und Handys gab. An anderen ist es einfacher, es zu akzeptieren, weil ich immerhin noch meine Geschwister habe, ein Dach über dem Kopf, meist genug zu essen und Alessio. Mein bester Freund und mein Fels in der Brandung.

»Du hast gut gekämpft«, erklärt Nero hochmütig. »Trotzdem muss ich zweihundert Lire einbehalten. Sem hätte dich fast getötet.«

Ich balle die Hände zu Fäusten, als Alessio neben mich tritt.

Wie fast immer, so hat er auch heute draußen auf das Ende des Kampfes gewartet. Nero deLuca macht mich wütender als zehn Engel zusammen. Zuerst, weil er so einen vertraulichen Spitznamen für einen Engel benutzt, als wären sie Freunde, und zum Zweiten, weil er immer Gründe findet, uns Kämpfern einen Teil des hart erkämpften Lohnes abzunehmen. Mal ist es ein zu schlampiges Kampfoutfit, dann ein Kratzer im Schild, ein falsch geschliffenes Schwert oder ein Regelverstoß. Wobei sich die Regeln ständig ändern, je nach Neros Laune. Jeder weiß, dass das Geld in seinen eigenen fetten Geldbeutel wandert, aber niemand von uns begehrt dagegen auf. Er und seine Clique regieren die Stadt – unter der Aufsicht der Engel. Allerdings mischen diese sich in die Machenschaften Neros kaum ein. Es interessiert sie nicht, wenn wir uns das Leben auch noch gegenseitig zur Hölle machen. Die Engel haben uns auf den Platz verwiesen, auf den wir ihrer Meinung nach gehören. Es ist wieder ein bisschen so, wie es kurz nach der Vertreibung aus dem Paradies war. Wir schuften im Schweiße unseres Angesichts, um zu überleben. Mein Freund legt eine Hand auf meine Schulter und nimmt das Geld in Empfang, aber ich will mir diese Behandlung nicht länger gefallen lassen. Das Vermögen der deLucas ist groß genug, um zehn Familien durchzubringen. Meines nicht. Ich habe nicht mal mehr eins, das diesen Namen verdient. Direkt lachhaft, wenn man bedenkt, dass meine Familie eine der reichsten Italiens war, bevor meine Eltern es für ihre Engelsbibliothek verschleudert haben.

»Du hast kein Recht, mir etwas von meinem Lohn abzuziehen«, sage ich zu Nero und spüre, wie Alessio sich neben mir versteift. Warum kann ich nicht einfach meinen Mund halten?

Wahrscheinlich stehe ich noch unter Schock.

Die anderen Männer in der Reihe verstummen und ich wette, sie mustern uns neugierig, aber ich drehe mich nicht um, um mir meine Vermutung bestätigen zu lassen. Neros Leibwache rückt näher, während ich versuche, in dessen Zügen zu lesen, was er von meiner kleinen Rebellion hält.

»Wenn du mehr Geld brauchst, kannst du gern morgen wieder kämpfen«, sagt er und seine gefühllosen Augen glänzen gierig.

Meine Knie zittern, als ich begreife, was er vorhat. »Nein«, erwidere ich, weil ich nie an zwei aufeinanderfolgenden Tagen in die Arena gehe. Kurz schließe ich die Augen.

Es ist nicht ratsam, Nero deLuca zum Feind zu haben. Er bestimmt über fast alles und jeden in der Stadt. Er kann mich mit einem Fingerschnippen vernichten. Am liebsten wäre es mir, er würde mich wegscheuchen. Aber natürlich tut er mir diesen Gefallen nicht.

»Schade«, säuselt er stattdessen. »Wir haben mehr Zuschauer, wenn du kämpfst.«

Ist das so? Bisher war mir das nicht aufgefallen.

»Weshalb gibst du mir dann nie meinen vollen Lohn?«

Er schreibt sorgfältig etwas auf eine der Listen, die vor ihm ausgebreitet sind. »Felicia hat eine persönliche Einladung von Nuriel zum Essen in den Dogenpalast bekommen«, erklärt er völlig zusammenhanglos. Seine Ignoranz macht mich noch wütender. Was seine Tochter treibt, interessiert mich nicht mehr. Nuriel ist der persönliche Assistent des Erzengels Michael. Er befehligt fünfzig Myriaden der Engel. Er ist grobschlächtig und sein Gesicht ist von Narben gezeichnet, obwohl man auch unter den Verletzungen immer noch seine Schönheit erkennen kann. Er hat sich in den beiden vergangenen Himmlischen Kriegen schwere Verletzungen zugezogen. Auf einen persönlichen Kontakt wäre ich nicht sonderlich scharf. Aber Nero würde seine Tochter an jeden Engel verschachern. Mein Vater ist tot und meine Mutter hat uns im Stich gelassen. Aber wenigstens hat sie uns nicht verkauft. Für einen Moment bin ich fast dankbar dafür.

»Ich bin sicher, sie wird als Anwärterin für die Prüfungen ausgewählt«, setzt er selbstgefällig hinzu.

Ich erstarre. Warum überrascht es mich überhaupt? Felicia ist genauso alt wie ich. Wir wurden im selben Monat geboren und es gibt kaum eine wohlhabende Familie, die ihre volljährigen Töchter nicht wenigstens zur Schlüsselprüfung vorschlägt. Und das, obwohl immer wieder Mädchen dabei sterben oder bereits in der ersten Runde ausscheiden. Die Familien erhoffen sich, mit einer Schlüsselträgerin einen Platz im Paradies zu verdienen. Am liebsten würde ich über Neros Einfältigkeit lachen. »Was ist mit meinem Geld?«, frage ich stattdessen nachdrücklicher und traue mich nicht, zu Alessio zu schauen. Jetzt ist es auch schon egal. Später wird er mit mir schimpfen, weil ich so starrsinnig und verbissen bin. Aber ich kann mir nicht alles gefallen lassen. Nicht von einem Menschen. Was die Engel uns antun, steht auf einem ganz anderen Blatt. »Es steht mir zu.« Die Konditionen für die Kämpfe sind genau festgelegt. Tausend Lire für einen Kampf, dreitausend für zwei an einem Tag und fünftausend, wenn man sich traut, einem Engel ohne Schild gegenüberzutreten, die Arena aber trotzdem lebend verlässt. So schwachsinnig war bisher allerdings niemand. Tot nützen einem fünftausend Lire nicht viel.

»Verschwinde, Mädchen, wenn dir dein Leben lieb ist.« Neros asketische Züge werden hart. Er wird sich vor den Männern, die uns immer noch umringen, keine Blöße geben. Ich habe es übertrieben. Mal wieder.

Ein Schatten manifestiert sich neben uns, gerade als ich mich abwenden will, um zu gehen. Ich bemerke ihn nur aus dem Augenwinkel. Aber mir entgeht nicht, dass jeder Mensch im Umkreis von zehn Metern durch das Atrium nach draußen hastet. Plötzlich scheint es den Männern egal zu sein, ob sie ihren Lohn bekommen oder nicht. Innerhalb von Sekunden sind Alessio, Nero, dessen Leibwächter und ich mit dem Schatten allein. Mir wird eiskalt, als ich begreife, wer sich da neben mir aufgebaut hat. Alessio tritt näher an mich heran. Er würde mich nie alleinlassen, dabei habe ich ihm hundertmal gesagt, dass er sich nicht für mich in Gefahr bringen soll. Er hört so wenig auf mich wie ich auf ihn. Dabei kann er nicht mal eine Waffe führen. Er ist durch und durch ein Pazifist. Seine Waffen sind Pflaster, Nadel und Faden. Ich kann gar nicht zählen, wie oft er mich schon zusammengeflickt hat.

»Nero deLuca«, sagt eine tiefe, gefährlich sanfte Stimme. »Gibt es ein Problem?«

Nero wird tatsächlich blass. Seine Pupillen weiten sich und ich kann es ihm nicht verdenken, denn meine Beine verwandeln sich in den Haferschleim, den ich heute Morgen verschmäht habe.

Was ich als Nächstes tue, ist noch unvernünftiger als meine vorherige Aktion. Offensichtlich ist mein natürliches Empfinden für Gefahrensituationen heute ausgeknipst. Ich wende mich dem Sprecher zu. Zuerst sehe ich nur Schatten, die eine schlanke, dennoch kräftige Gestalt umwabern. Dann trifft mein Blick auf ein silbernes Augenpaar. Oder ein graues oder silbergraues, so genau kann ich das nicht identifizieren, weil die Schatten nicht ganz verschwinden. Trotzdem starre ich weiter in Lucifers Augen. Das also ist Satan, der Teufel, der Beelzebub. Er hat hunderte Namen und keiner passt zu ihm.

»Es gibt kein Problem.« Neros Stimme klingt unnatürlich hoch und Lucifer unterbricht unseren Blickkontakt. Nun betrachtet er Nero, als wäre dieser ein Insekt.

»Wir diskutieren gerade, ob Moon deAngelis morgen wieder kämpft.«

Muss er dem Satan persönlich meinen vollen Namen nennen? Das hat er garantiert mit Absicht gemacht, weil ich ihn bloßgestellt habe.

»Sie weigert sich«, setzt er bösartig hinzu.

»Weshalb?« Lucifers Nasenflügel beben, als wolle er so meinen Geruch aufnehmen.

Ich balle meine zitternden Hände zu Fäusten. Mein Herz hämmert in meiner Brust und ich will vor ihm zurückweichen. Ja, ich will weglaufen – bis zum Ende der Welt. Aber in Venedig endet diese bereits an den Piermauern.

»Du hast dich gut geschlagen, nicht gut genug für Sem, aber wenigstens hattest du Glück. Eine Sekunde länger, und du wärst jetzt tot. Du wirst also morgen noch mal kämpfen«, befiehlt er mir. Seine Stimme klingt nun nicht mehr sanft, sondern völlig empfindungslos, aber etwas anderes ist vom Fürsten der Finsternis ja auch kaum zu erwarten. Bestimmt hatte er sich bereits darauf gefreut, sich meine Seele einverleiben zu können. Ein Menschenleben bedeutet dem Höllenfürsten noch weniger als den anderen Engeln. Mein Leben bedeutet ihm nichts. Hinter meinen Augen beginnt es zu brennen. Warum bin ich nicht gegangen, als ich noch konnte? Warum will er uns Menschen unbedingt tot sehen? Wieso hasst er uns so? Lässt er sich in seinem Himmel von uns bedienen? Müssen wir ihm in seinem blutroten Palast zu Füßen liegen? Trampelt er mit seinen Lederstiefeln über unsere Seelen?

»Natürlich.« Auf Neros Gesicht breitet sich ein selbstgefälliges Grinsen aus und er schreibt meinen Namen auf die Liste. »Du bist bei den Mittagskämpfen dran«, wendet er sich an mich. Zur heißesten Zeit des Tages. Die Kämpfer der Engel sind dann noch unbarmherziger, weil sie lieber unter ihren weißen Leinensegeln im Schatten sitzen, eiskalten Wein trinken und Früchte essen würden, deren Existenz ich vergessen habe. In der Mittagsstunde metzeln sie ihre Gegner gnadenlos nieder. So einfach wird Nero mich los, ohne sich die Finger selbst schmutzig zu machen.

Nun muss ich kämpfen, ob ich will oder nicht. Normalerweise mache ich zwischen den Kämpfen ein paar Tage Pause, weil meine Nerven und mein Körper nur einen Kampf pro Woche aushalten. Aber das interessiert weder Lucifer noch Nero. Letzterer hat erfolgreich vermieden, dass ich ihn anschwärze, und vermutlich bin ich morgen Nachmittag längst tot und niemand wird ihn je wieder auf seine Betrügereien ansprechen.

Die Leichen der Gefallenen werden auf Bahren an uns vorbeigetragen. Tücher sind über die Körper gebreitet und trotzdem steigt mir der metallische Gestank des Blutes in die Nase.

Morgen werde ich dort liegen. Die Vorstellung wird so plastisch und wirklich, dass mir schwarz vor Augen wird und ich schwanke.

Eine Hand schießt aus dem Schatten hervor und hält mich. Sie ist erstaunlich warm und der Griff fest und sicher. Fließt etwa Blut durch Satans Adern? Das kann ich mir nicht vorstellen. Panisch zucke ich zurück, aber Lucifer lockert den Griff erst, als Alessio mir ebenfalls Halt gibt, dann wendet er sich ab. »Gib ihr den Lohn, der ihr für heute zusteht«, fordert er Nero im Gehen auf. »Alles. Ich will dich nicht noch einmal dabei erwischen, wie du die Kämpfer betrügst. Wir wollen ihnen nichts schuldig bleiben. Sie arbeiten hart für ihr Geld.« Nach diesen Worten geht er mit langen, weichen Schritten zurück ins Innere der Kathedrale. Der Sand knirscht unter seinen Füßen und die Sonnenstrahlen lassen seine Federn leuchten. Riesige Schwingen öffnen sich und vertreiben die Schatten endgültig. Ich erhasche einen Blick auf kräftige Rückenmuskeln und olivfarbene Haut. In meiner Vorstellung war Lucifer immer blass, fast weiß. Er steigt in die Höhe. Seine Bewegungen sind kraftvoll und unbestreitbar elegant. Wenn die Engel uns nicht unsere Freiheit genommen hätten, würde ich ihn bewundern. Innerhalb von Sekunden ist er aus meinem Blickfeld verschwunden und ich versuche schnell, das ungute Gefühl abzuschütteln, das diese Begegnung in mir hinterlassen hat.

»Atme«, fordert Alessio mich auf und ich hole Luft. Warm strömt sie in meine Lungen. »Du bist das dümmste Mädchen, das ich kenne«, wirft er mir vor. »Und das tapferste. Ich bin fast ohnmächtig geworden.« Er schließt mich fest in seine Arme und es fühlt sich an, als nehme er schon heute Abschied.

Ich lehne für einen Moment den Kopf an seine Brust.

»Dein Geld!«, fährt Nero mich an und klatscht ein paar weitere Scheine auf den Tisch. Zukünftig wird er sich nicht mehr so leicht an den Kämpfern bereichern können.

»Du weißt, dass Moon ihr Lohn zusteht«, versucht Alessio, Neros Zorn auf sich zu lenken. »Mach nicht so ein Theater.«

Ich greife nach den Scheinen und packe die Hand meines Freundes. »Bis morgen«, presse ich hervor und ziehe Alessio auf die Straße. Ich will zu meinen Geschwistern, ich will in unserem Garten sitzen und saure Zitronenlimonade trinken. Ich will heute vergessen und nicht an morgen denken.

II. Kapitel

Die Hitze, die, obwohl der Sommer sich dem Ende nähert, immer noch auf dem Markusplatz lastet, umfängt uns. Dabei ist es nicht mal Mittag. Schweißtropfen stehen noch auf meiner Stirn und der Geruch des brackigen Kanalwassers steigt mir in die Nase. Heute atme ich ihn ein, ohne dabei das Gesicht zu verziehen. Es könnte das letzte Mal sein.

»Du sollst meine Dummheiten nicht ausbaden«, sage ich halbherzig, dabei bin ich Alessio unendlich dankbar, dass er nicht fortgelaufen ist, als Lucifer sich eingemischt hat. Automatisch wendet sich mein Blick zum Himmel, aber außer ein paar Tauben sind keine geflügelten Wesen zu sehen. Die Engel amüsieren sich noch in der Arena. Das Waffengeklirr dringt bis zu uns. Alessio brummelt leise etwas vor sich hin. Eine Weile wird er noch böse auf mich sein, aber bestimmt nicht lange.

Aus einem mir unerfindlichen Grund fühlt er sich für meine Geschwister und mich verantwortlich. Liebevoll betrachte ich seine braunen Locken. Die Sachen, die er trägt, haben früher meinem Vater gehört. Seine Brille ist am Rahmen gebrochen und er hat sie notdürftig geflickt. Trotzdem sieht er damit klüger aus als jeder andere Mensch, den ich kenne. Was würde ich nur ohne ihn tun? Er kam zu meinen Eltern, um der Gehilfe meines Vaters zu werden. Die Engel hatten seine Eltern in den ersten Tagen nach ihrer Rückkehr getötet. Er müsste sie noch mehr hassen als ich, aber das tut er nicht. Immer wieder predigt er mir, Hass wäre keine Lösung. Vater hat ihn schon nach kurzer Zeit beinahe so geliebt wie Tizian, seinen eigenen Sohn. Stundenlang saßen die beiden mit Star in der Bibliothek und brüteten über alten Schriften, während ich lernen musste zu kämpfen. Allerdings hätte mir das Stillsitzen auch nicht so gelegen. Nach dem Tod unseres Vaters nahm dessen bester Freund Pietro Andreasi Alessio unter seine Fittiche. Schon früher war er einer der angesehensten Ärzte von Venedig, aber heute ist er einer der letzten Mediziner, die überlebt haben. Bei ihm im Krankenhaus arbeitet Alessio jetzt, und Pietro betont immer wieder, was für ein wunderbarer Arzt er werden wird. Obwohl er die meiste Zeit im Krankenhaus verbringt, wohnt er immer noch bei uns. Für Star und Tizian ist er ein großer Bruder, für mich mein bester Freund.

Wir laufen quer über die Piazza San Marco, gehen unter den Arkaden des Procuratie Vecchie an den verwaisten und vernagelten Geschäften entlang und wenden uns dann nach rechts. Nach jedem Kampf gehen wir zum Markt, um uns mit Vorräten einzudecken. Der Mercato di Rialto ist immer noch Venedigs größter Obst- und Gemüsemarkt. Manche Dinge haben sich glücklicherweise nicht geändert, hier bin ich schon mit meinem Vater entlangspaziert, nachdem wir nach Venedig gezogen waren. Mutter wollte damals unbedingt in ihre Heimatstadt zurück und Vater schlug ihr nie etwas ab. Außerdem konnte er sich in Venedig seinen Traum von einer eigenen Bibliothek erfüllen. Nur den englischen Wurzeln meines Vaters haben Star und ich unsere Namen zu verdanken. Meine Mutter nannte uns Stella und Luna. Ich habe nie auf diesen Namen gehört. Luna klingt nach einem Mädchen, das sich nur für Kleider und Schmuck interessiert. Das Wort hat einen viel zu weichen und nachgiebigen Klang. Alles Eigenschaften, die ich nicht haben darf.

Alessio und ich betreten den Calle dei Bombaseri, eine enge Gasse, und schlagartig wird es kühler. Ich schiebe meine Hand in die Tasche mit den Geldscheinen, um sie vor Taschendieben zu schützen. Diebstahl ist für manche der Jungs heutzutage die einzige Möglichkeit, um zu überleben. Alessio geht voraus und ich bin ihm dankbar, dass er den morgigen Kampf nicht erwähnt. Ich muss überlegen, welche Optionen ich habe. Natürlich keine, trotzdem sucht mein erschöpftes Hirn verzweifelt nach einer. Wenn das Adrenalin, das mir während des Kampfes durch die Adern rauscht, verschwunden ist, fühle ich mich jedes Mal wie eine Hundertjährige.

Wir gehen über die Ponte di Rialto oder, besser gesagt, über das, was von ihr übrig geblieben ist. Geschäfte gibt es auf der Brücke schon lange nicht mehr, aber immer noch stehen rauchende Männer hier oben und schauen ins Wasser. Kinder spielen auf den Stufen Fangen und ein paar Gondeln dümpeln im Wasser. Mein Kampf heute hat sich herumgesprochen und auch meine kleine Rebellion gegen Nero deLuca. Ich rede mit ein paar Freunden, Bekannten und Nachbarn, die mir auf die Schulter klopfen und mir sagen, wie gut ich mich geschlagen habe. Früher war ich stolz auf ihren Zuspruch, heute ist er mir egal, aber ich lasse ihre Glückwünsche über mich ergehen und lächle. Es würde nichts nützen, wenn sie von meiner Verzweiflung wüssten. Von ihnen kann mir niemand helfen. Wenn ich morgen sterbe, haben sie mich übermorgen bereits vergessen. Ich kann es ihnen nicht einmal verübeln. Es gab so viele Tote. Die Engel verloren zwar nach den ersten Jahren die Lust daran, uns zu jagen, aber dann kamen die Krankheiten, weil es kaum noch Medizin gab und die Hygieneverhältnisse zu wünschen übrig ließen. Plünderer zogen durch die Stadt und verbreiteten Angst und Schrecken. Der Hunger und die strengen Winter forderten weiteren Tribut. Seit einiger Zeit stabilisiert sich die Situation wieder. Der Consiglio unter Nero deLucas Führung lässt jeden Plünderer sofort hinrichten. Es gibt ausreichend Lebensmittel, weil die Engel wieder mehr Schiffen erlauben, am Canale Grande anzulegen, und die Kinder gehen wieder zur Schule. Sie wiegen die Menschen in Sicherheit und es herrscht beinahe so etwas wie Normalität. Aber es ist nur eine Frage der Zeit, bis sie wieder zuschlagen. Engel sind nicht für ihre Geduld bekannt und sie suchen die Schlüsselträgerinnen nun schon seit acht Jahren.

Am Stand, den ich zuerst ansteuere, begrüßt mich meine Freundin Maria, sie ist mit ihren zwanzig Jahren nur zwei Jahre älter als ich, aber bereits verheiratet und hat einen Sohn. »Stimmt es, dass du morgen wieder kämpfen musst?«, fragt sie und wickelt ein Stück Parmesan in Papier. »Tu das nicht«, setzt sie besorgt hinzu.

Der Markusdom liegt ungefähr fünfzehn Straßenzüge von der Rialtobrücke entfernt, aber Neuigkeiten verbreiten sich in Venedig schneller als der Schall. Deshalb wundert es mich gar nicht, dass auch sie bereits Bescheid weiß.

»Ich habe keine Wahl«, sage ich und versuche, möglichst ungerührt zu klingen. »Nero hat mich auf die Liste gesetzt.«

»Dieses Schwein.« Maria ist groß und hat langes dunkles Haar. Ihre Augen blitzen kämpferisch und sie ballt die Hände zu Fäusten. »Ich hoffe, die Engel schleifen ihn eines Tages selbst in die Arena.«

»Er würde keine Minute überleben«, sage ich und wir lachen gleichzeitig los. Für einen Moment fallen meine Sorgen von mir ab. Auf den Mercato verirren sich nur selten Engel, deswegen können wir hier alle etwas freier atmen. Ich sehe auch keine Stadtwachen und ausnahmsweise mal keinen der reichen Bürger Venedigs mit ihren Heerscharen an Personal, die sie sonst herumscheuchen, um die frischeste Ware zu ergattern.

Maria kommt hinter dem Stand hervor und umarmt mich ganz fest. »Ich drücke dir die Daumen«, sagt sie und Tränen schimmern in ihren dunklen Augen. »Lass dich nicht unterkriegen. Du schaffst das morgen. Du musst es schaffen.« Sie drückt mir ein frisch gebackenes Brot in die Arme. »Nimm es«, verlangt sie.

»Dankeschön«, presse ich hervor. »So leicht sterbe ich nicht.«

Maria nickt und weil es nichts mehr zu sagen gibt, gehe ich weiter. Alessio verhindert erfolgreich weitere Gespräche über den bevorstehenden Kampf. Wir kaufen noch Salz, Zitronen, Sardellen und Tomaten. Ich muss sparsam mit dem Geld umgehen. Bei der Vorstellung, dass Tizian und Star ab morgen allein dastehen, wird mir übel. Alessio könnte vielleicht für sie sorgen, sie aber nicht beschützen.

Pavel Tomasi, Marias Mann, winkt uns zu sich, als wir uns auf den Rückweg machen. »Ich fahre euch«, bietet er uns an und balanciert sein Boot an die Kanalwand unter der Rialtobrücke. »Die Fahrt kostet dich nichts«, setzt Pavel hinzu. »Tut mir den Gefallen, sonst macht Maria mir die Hölle heiß.«

Ich lächele ihn an und springe in sein Boot. Früher lagen hier unzählige Boote, heute sind es nur noch eine Handvoll. Eine Gondel zu benutzen, ist zu absolutem Luxus geworden. Das kleine Boot, das meiner Familie früher gehörte, verrottet leckgeschlagen in dem winzigen Kanal, der an unser Zuhause grenzt. Ich hatte nie genug Geld, um es reparieren zu lassen.

Gegen etwas Dekadenz an meinem vorletzten Lebenstag ist nichts einzuwenden, denke ich mit einem Anflug von Galgenhumor. »Stehst du immer noch unter ihrem Pantoffel?«

»Ich fresse ihr aus der Hand.« Pavel grinst. »Und sie mir.« Dann schweige ich und genieße die Fahrt, während er abwechselnd über seine Schwiegermutter schimpft, die vor zwei Wochen bei ihm und Maria eingezogen ist, oder von seinem Sohn schwärmt. Alessio und ich lassen ihn reden. Wenigstens einer, der keine großartigen Probleme hat. Ich versuche, nicht neidisch zu sein. Die Gondolieri verdienen gutes Geld, weil sich die führenden Familien der Stadt genau wie früher lieber chauffieren lassen, anstatt zu laufen, und Pavels Bruder gehört die einzige Gondelwerft Venedigs. Im letzten Sommer hat sich

Nero deLuca dort eine neue Gondel bauen lassen. Vermutlich hat er sie von dem Geld bezahlt, dass er uns Kämpfern abgeknöpft hat. Damit vorerst Schluss, denke ich grimmig.

Pavel hält sich an einem der halb verfaulten Holzpfosten am Landungssteg von San Zaccaria fest, damit wir aussteigen können. »Ich komme morgen zum Kampf!«, ruft er mir hinterher. »Und ich wette auf dich!«

Ich drehe mich noch mal um. »Das ist nicht sonderlich klug. Setz lieber auf den Engel, gegen den ich antreten muss.«

Sein Gesichtsausdruck wechselt von unbeschwert zu bekümmert. »Ich hoffe, deLuca stolpert eines Tages in seine eigene Falle.«

Natürlich haben die Gondolieri davon gehört, dass der Statthalter mich ausgetrickst hat. Meine Laune sinkt auf den Nullpunkt.

»Wird schon schiefgehen!«, rufe ich Pavel hinterher, der sein Boot zurück in die Fahrrinne manövriert. Er hebt zum Abschied sein Remo und fährt davon. Vermutlich habe ich ihn zum letzten Mal gesehen, genau wie Maria, den Mercato und die Sonne über Venedig.

Als wir in den Palazzo zurückkommen, in dem sich die Bibliothek und unser Zuhause befinden, mache ich mich auf die Suche nach meiner Schwester, während Alessio seinen täglichen Kontrollgang unternimmt. Der Palazzo erstreckt sich über drei Etagen und besteht aus unzähligen Fluren, Zimmern und Verstecken – und wir müssen sichergehen, dass sich keine ungebetenen Gäste einschleichen. Ab und zu kommt das vor, obwohl wir sämtliche Zugänge bis auf einen verriegelt haben. Nun betreten wir die Bibliothek durch einen Nebeneingang von der Piazzetta San Marco aus. Das ist unauffälliger. Früher beherbergte der Gebäudekomplex das Museo Civico Correr, eine Gemäldegalerie, das Archäologische Museum von Venedig und eben die Bibliothek. Die Räume standen voller antiker Möbel, Skulpturen und Glasvitrinen. An den Wänden hingen teure Bilder und kostbare Teppiche schmückten die Böden. Viel ist von der Pracht nicht mehr übrig. Als mein Vater Kurator des Museums wurde, hat er die Bibliothek Raum für Raum mit hohen Regalen vollgestopft und Bücher aus aller Welt herbeigeschafft. In der obersten Etage richtete er eine Wohnung ein. Als er starb, hinterließ er uns einen Palazzo – gefüllt mit sämtlichem Wissen über die Engel, das bis dahin auf der Welt existierte. Ich habe den Überblick verloren, wie viele apokryphe Schriften hier lagern, wie viele Ausgaben des Buches Raziel oder wie viele über das Henochische System. Es interessiert mich auch nicht. All dieses Wissen hat Vater nämlich nicht dabei geholfen, um uns vor den Engeln zu schützen. Und nun ist die einzige Person, die sich noch zurechtfindet, meine schweigende Schwester. Und die hat ihr ganz eigenes System.

»Star!«, rufe ich, um die Stille zu vertreiben. »Wo bist du?« Die dicken Folianten verschlucken meine Worte. Ich durchquere den ersten Raum, das Vestibül, in dem früher Lesungen abgehalten wurden. Immer noch stehen hier ein paar alte griechische Skulpturen herum, die meinem Vater ans Herz gewachsen waren. Ein marmornes schwarz-weißes Schachbrettmuster bedeckt den gesamten Boden des nächsten Raumes, von dem nicht mehr viel zu sehen ist. Überall stehen mit Büchern beladene Tische und Regale herum. Vierzehn der sechzehn kunstvollen Fensterbögen sind heute vernagelt, weil die

Scheiben in den ersten Monaten nach der Invasion nach und nach zu Bruch gegangen waren. Wie schon im Vestibül, so ist auch im großen Hauptsaal der Bibliothek kaum noch eins der kunstvollen Gemälde, die einst die Decke und die Wände schmückten, intakt. Die Farben sind verblichen und man erkennt kaum noch die Figuren aus der griechischen Mythologie, die hier verewigt wurden. Langsam gehe ich weiter. Meistens hockt meine Schwester in einem der kleineren Räume, die sich dem Saal anschließen, zwischen den Regalen oder auf einem alten, unbequemen Sofa ganz in ihre Lektüre versunken. Dann bekommt sie nichts und niemanden mit. Venedig könnte untergehen und sie würde einfach weiterlesen.

Bevor die Engel kamen, waren die Räume voller Menschen. Sie lehnten an den Regalen oder Glasvitrinen, blätterten durch die Bücher oder betrachteten die Illustrationen. Sie standen in kleinen Grüppchen herum und diskutierten oder saßen an den unzähligen Tischen und schrieben. Mein Vater war ein sehr charismatischer Mann und seine Begeisterung für die Angelologie war ansteckend. Er versammelte einen ganzen Schwarm von Jüngern um sich. Geblieben ist nur Alessio. Heute interessiert sich niemand mehr für die Bücher und die Engel sind allgegenwärtig. Das alte Wissen braucht niemand mehr. Das meiste davon war sowieso falsch. Nur Star schleicht noch von Raum zu Raum, staubt die hohen Regale ab und liest alles, was sie interessiert. Sie ist mittlerweile ein wandelndes Lexikon. Leider gibt sie nie etwas von ihrem Wissen preis. Ich bin froh, dass sie sich ihre Zeit allein vertreiben kann, so habe ich eine Sorge weniger. Die Bibliothek ist genauso ihr Zuhause wie meines, nur verlässt sie das Gebäude im Gegensatz zu mir nie.

Ein Flüstern weht durch die Gänge, als ich die nächste Treppe erreiche. Wenn ich mehr Fantasie hätte, würde ich mir einbilden, dass die Bücher sich unterhalten, weil ihnen langweilig ist. Um das Raunen zu übertönen, trete ich fester auf. Meine Schritte knallen auf dem verfärbten, rissigen Marmor. Endlich entdecke ich Star an einem der Schreibtische in einem Raum, dessen Fenster direkt auf den Markusplatz weisen. Von hier konnte sie mich sehen, als ich die Arena verließ. Auf der polierten Arbeitsfläche stehen mehrere Kerzen, die sie jetzt noch nicht braucht, und sie ist ganz vertieft in ihre Arbeit. Als ich näher komme, erkenne ich, wie ihre normalerweise alabasterfarbenen Wangen vor Aufregung glühen. Meine Zwillingsschwester könnte als Engel durchgehen, wenn sie denn Flügel hätte. Sie ist wunderschön. Ätherisch ist wohl die treffendere Beschreibung. Noch ein Grund, sie vor der Welt zu beschützen. Ich bin froh, dass sie nie auf die Straße geht. Angeblich rauben die Engel die schönsten Menschenfrauen, um sich mit ihnen zu vergnügen. Bestimmt werde ich nie in diese Gefahr kommen. Aber Star ist groß und schlank. Ich bin etwas kleiner, habe nicht ihre fraulichen Rundungen, bin dafür aber durchtrainiert wie ein Terrier. Ihre Haare sind glatt und weißblond, auf meinem Kopf türmt sich eine wilde weizenblonde Lockenmähne. Sie hat klassische Gesichtszüge und milchweiße Haut. Ich bin mit einer Stupsnase ausgestattet, braun gebrannt und habe Sommersprossen auf der Nase. Niemand würde mich als hässlich bezeichnen und ich mich auch nicht. So bescheiden bin ich nicht. Meine Zwillingsschwester und ich sind nur völlig verschieden. Lediglich unsere Augen sind vom gleichen Grasgrün. Die Natur hat uns mit unterschiedlichen Gaben beschenkt, und das ist gut so. Denn nur deswegen kann ich Star und unseren Bruder beschützen. Wären wir beide so feenhaft und anmutig, wären wir längst tot.

»Hey«, spreche ich sie an und lehne mich an den Tisch. »Wie geht es dir?« Stars Gemütszustand ist an den Tagen, an denen ich kämpfe, nicht unbedingt berechenbar.

Sie braucht einen Moment, um sich loszureißen, und fasziniert folge ich der Feder, die über das vergilbte Papier fliegt. Immer von rechts nach links. Seit ich denken kann, schreibt sie spiegelverkehrt. Es sieht seltsam aus, aber es passt zu ihrem verschrobenen, aber liebenswerten Charakter.

Als sie fertig ist, sieht sie zu mir auf und lächelt. *Wie war der Kampf?*, gestikuliert sie und mir fällt ein Stein vom Herzen. Manchmal kommuniziert sie nach meinen Kämpfen tagelang nicht mit mir, und das tut weh. Immerhin kämpfe ich auch für sie. Es ist ihre Art, mit ihrer Angst umzugehen, aber ich ertrage ihre Sprachlosigkeit an normalen Tagen schon schlecht. Wenn sie mich auch noch ignoriert, fühle ich mich noch einsamer, dabei kann sie nichts dafür, dass sie seit ihrer Geburt stumm ist.

Ich zucke mit den Schultern und grinse. »Ich lebe noch. Nero wollte mich wieder bestehlen, aber Lucifer hat sich eingemischt, da musste er mein Geld herausrücken. Kannst du dir das vorstellen?« Star hört so gut wie jeder andere Mensch, dass sie nicht redet, ist nur ihrer Krankheit geschuldet. Gegen jede Vernunft hoffe ich trotzdem, irgendwann ihre Stimme zu hören.

Ihre Augen werden rund. *Hast du gegen Lucifer gekämpft?*

»Nein.« Ich ärgere mich, dass ich ihn erwähnt habe, denn

Panik gleitet über ihre weichen Gesichtszüge. »Gegen Semjasa, einen seiner Getreuen. Es war knapp, aber er hat mich nicht erwischt.« Star muss nicht wissen, wie knapp es wirklich war.

Dann ist er …? Ihre Gesten werden abgehackt, wie immer, wenn sie Angst hat. Sie holt tief Luft und ich weiß, welche Frage sie mir als Nächstes stellen wird.

Denkst du Lucifer ist wegen der Schlüsselträgerinnen hier, bringt Star mit Gesten die Gedanken zum Ausdruck, die ich nicht denken will.

In den Räumen der Bibliothek herrscht eine angenehme Temperatur, aber nun läuft es mir eiskalt den Rücken hinunter. Warum habe ich Star und Tizian nicht längst fortbringen lassen? »Er ist wohl kaum ein Schlüsseljäger.« So nennen wir die Engel, die nichts anderes tun, als diese Mädchen zu finden. Jeden Herbst kommen sie in die Stadt, um die Anwärterinnen für die Prüfungen auszuwählen.

Star zuckt mit den Schultern. *Aber er war damals dabei. Er war es, der den Frauen das geheime Wissen offenbarte, wie die Tore wieder geöffnet werden können.* Ihre Bewegungen werden von Wort zu Wort sicherer. Es wundert mich, dass sie nicht mehr Angst hat. *Wir beide sind keine Schlüsselträgerinnen,* erklärt sie dann sehr nachdrücklich.

Das glauben wir, denke ich. Die Engel könnten sie durchaus für einen Schlüssel halten. Jeder der neunzehn Schlüssel zeichnet sich durch eine besondere Eigenschaft aus. Es gibt einen Schlüssel der Selbsterkenntnis, der Veränderung, des Neides, des Glaubens und so weiter und so fort. Es gibt auch einen Schlüssel der Stimme. Die Aufgaben, die die Anwärterinnen während der Prüfungen erfüllen müssen, offenbaren schließlich, welcher Schlüssel sie sind oder eben nicht sind.

Plötzlich umarmt mich meine Schwester, als müsse sie mich trösten und aufmuntern. Eigentlich ist das mein Part. Seit meiner Kindheit habe ich Angst um sie. Angst, dass jemand sie mir wegnimmt. Oder dass ihr etwas zustößt. Star ist so zerbrechlich, so besonders, und ich habe schon früher kaum glauben können, dass wir wirklich Zwillingsschwestern sind. Dabei sind wir noch so viel mehr. Sie ist meine andere Hälfte – so, wie ich auch ihre bin. Wenn es sein muss, werde ich sie mit meinem Leben beschützen. Glücklicherweise kann Lucifer nichts von meiner Schwester wissen. Niemand tut das. Nur ein kleiner Kreis von eingeschworenen Menschen, denen vertraue ich. Jedenfalls den meisten davon.

»Sagt dir der Name Cassiel etwas? Weißt du, zu welchem Himmel er gehört?«, versuche ich, Star abzulenken.

Sie mustert mich einen Augenblick aufmerksam, dann steht sie auf und geht zurück in den großen Saal. Ein helles Kleid umspielt ihre schlanke Gestalt.

Weshalb möchtest du das wissen? Im Gehen streicht sie über das Holz der Regale. Ihre Hände stehen nie still und ständig benötigt sie den Kontakt zu etwas Physischem. Auch einer ihrer Ticks.

Langsam folge ich ihr. »Dieser Cassiel hat mir heute das Leben gerettet«, erkläre ich nach einer Weile. »Und ich will wissen, weshalb.« Engel tun nichts aus Edelmut. Er muss einen anderen Grund gehabt haben.

Star ist stehen geblieben, fährt über die Buchrücken und zieht dann ein Buch aus dem Regal. Es ist in dunkles Leder gebunden und sieht uralt aus. In den Einband ist das mir zu bekannte Symbol der sieben Himmel mit goldener Farbe eingeprägt. Vorsichtig blättert sie durch die Seiten. Es ist eins der Bücher, die Vater einem Kloster oder der Kirche abgekauft hat. Die Angelologie hat in unserer Familie jahrhundertelange Tradition, und er hätte es gern gesehen, wenn Star sein Lebenswerk weitergeführt hätte. Und das hätte sie auch, wenn die Engel weiterhin eine Legende geblieben wären.

Stars Finger streicht über die unzähligen Engelnamen in dem Buch, das seit Jahrhunderten geführt wird. Immer wieder wechselt die Schrift, während sie blättert. Es wäre sinnvoll, die ganze Sache mal in alphabetische Reihenfolge zu bringen. Jeder Chronist hat einfach immer einen neuen Namen hineingeschrieben, wenn er etwas über einen Engel herausgefunden hatte. Unsere Vorfahren ahnten nicht, wie viele Engel es wirklich gibt. Tausende.

Plötzlich klopft Stars Zeigefinger auf einen Eintrag und ich rücke näher an sie heran. *Cassiel*, steht dort geschrieben. *Prinzregent des Vierten Himmels.* Ein Prinz der Engel. Was hatte er in der Arena überhaupt zu suchen? In dem Eintrag steht auch, dass Cassiel als einer der Sarim gilt. Ein *guter* Engel. Als ob es das heute noch gäbe. Ich traue den Aufzeichnungen nicht mehr. Der Chronist, der diesen Eintrag gemacht hat, bezeichnet Cassiel als Engel der Einsamen und Verzweifelten. Ich schnaube leise und ernte dafür einen missbilligenden Blick meiner Schwester. Ich nehme ihr das Buch aus der Hand, schlage es zu und stelle es zurück ins Regal. Ich weiß genug. Gedankenverloren gehen wir zu dem Tisch zurück, an dem sie gearbeitet hat.

Ich bin sicher, es gibt auch Engel, die uns Menschen mögen, sagen ihre Hände, bevor sie ihre Schreibfedern wegräumen. *Gute Engel.* Das ist naiv, aber ich will ihr ihre Illusionen nicht nehmen.

»Cassiel ist aus Versehen gegen Semjasa getaumelt, als der gerade ausgeholt hat«, verharmlose ich die Situation. Wenn Cassiel nicht gewesen wäre, könnte ich nicht mit ihr durch die vertrauten Räume laufen. Ich läge kalt und tot auf einem Karren der Bestatter. Im Grunde ist es egal, ob er mich absichtlich oder unabsichtlich gerettet hat. Ich lebe, und das ist alles, was zählt.

»Lass uns etwas essen«, schlage ich vor. Alessio wird unsere Einkäufe längst hochgebracht haben. »Ist Tizian schon zurück?«

Ich habe ihn noch nicht gesehen. Zögernd schlägt sie ihr Buch zu. Sie arbeitet seit Vaters Tod daran, lässt allerdings niemanden darin lesen. Ich gehe vor ihr aus dem Saal, weil ich weiß, wie wichtig es ihr ist, dass niemand das Versteck des Buches kennt. Ich habe es natürlich trotzdem längst herausgefunden. Nicht weil ich Star hinterherschnüffele, sondern weil ich weiß, wie wichtig ihr das Buch ist, und ich ein Auge darauf haben will. Niemand nimmt meiner Schwester etwas weg, was ihr am Herzen liegt.

Star drückt meine Hand, als sie endgültig fertig ist, hakt sich bei mir unter und gemeinsam schlendern wir zu den Wohnräumen, die im oberen Stockwerk liegen. In unseren eigenen vier Wänden kann ich mir manchmal einbilden, die Welt hätte sich gar nicht so verändert. Ich verdränge jeden Gedanken an morgen, als wir vor unserer Tür stehen. Hier oben dringt das gleißende Sonnenlicht nicht durch die Fenster, weil sie viel kleiner und zudem verdreckt sind. Wenn unsere Mutter diese Vernachlässigung sehen würde, wäre sie empört. Aber ich habe andere Sorgen, als Fenster zu putzen. Ich klopfe an die Tür, damit unser Bruder uns öffnet. Einen Eindringling würde die dünne Holztür mit dem altersschwachen Riegel nicht aufhalten, aber ich bestehe trotzdem darauf, dass er und Star von innen abschließen, wenn sie allein sind. So habe ich das Gefühl, wenigstens irgendwas im Griff zu haben.

Tizians gebräuntes Gesicht schiebt sich durch den Türspalt. Seine blauen Augen strahlen, als er uns sieht. Ich liebe ihn so sehr, dass mir sein Anblick jedes Mal fast das Herz zerreißt. Er ist erst zwölf, aber er hat schon viel zu viel gesehen und erlebt für sein Alter. Als die Engel zurückkamen, war er gerade vier. Er hat keine Erinnerungen an früher. Ich dränge mich durch die Tür und umarme ihn. Sofort versteift er sich und duldet es nur widerwillig. Wir sollen ihn nicht wie ein Kleinkind behandeln. Heute bin ich dem Tod so knapp von der Schippe gesprungen, da fällt mir das besonders schwer. Ich will ihn vor diesem Leben schützen. Er und Star haben so viel mehr verdient.

Du hast einen Kratzer auf der Wange, tadelt Star ihn sanft, als ich ihn loslasse und er zu ihr geht. *Was ist passiert?*

Mich würde Tizian anfahren, dass mich das nichts angehe, aber bei Star ist er wie ein Lämmchen. »Hab mich mit Paolo geprügelt«, erklärt er und kratzt sich am Hals. Er muss unbedingt mal wieder baden. »Er ist ein Blödmann.«

»Gestern war er noch dein bester Freund«, sage ich verwundert. Er und Paolo hängen aneinander wie Kletten. Ich packe die Einkäufe aus, die Alessio auf den Tisch gestellt hat. Der Vorrat reicht für ein paar Tage, eigentlich müsste ich morgen nicht in die Arena. Ob ich zu Nero gehen und ihn bitten soll, mich von der Liste zu streichen? Andererseits könnte ich das Geld, das ich morgen verdiene, für die Flucht beiseitelegen. Aber ich bekomme das Geld nur, wenn ich nicht sterbe, was unwahrscheinlich ist. Ob Semjasa morgen wieder mein Gegner sein wird? War das vielleicht ein abgekartetes Spiel von Nero und Lucifer? Wundern würde es mich nicht.

»Er wollte mit mir wetten, dass du morgen nicht überlebst«, erklärt Tizian aufgebracht. »Dabei bist du die beste Kämpferin überhaupt.« Stolz schwingt in seiner Stimme mit.

Ich schlucke, bevor ich mich umdrehe. »Wie kommt er auf die Idee? Und woher weißt du, wie ich kämpfe?« Kindern ist der Zutritt zur Arena verboten. Warum, weiß ich nicht genau. Bestimmt nicht, weil die Engel sie vor der harten Realität schützen wollen. Manchmal frage ich mich, ob es diese Arenen auf der ganzen Welt gibt. Antworten werde ich wohl nie bekommen. Es gibt kaum Kontakt mehr nach draußen. Wir wissen nur, dass die Engel am Tag der Invasion Städte auf der ganzen Welt besetzt haben. Wir hockten vor dem Fernseher und sahen uns das Spektakel an, bevor die Übertragungen abbrachen. Überall wurden die Seraphim, Cherubim und Erzengel von Staatsmännern begrüßt. Da wusste noch niemand, dass sie planten, uns vom Angesicht der Erde zu tilgen. Ich begriff nur, dass meine Eltern recht gehabt hatten. Sie hatten gewusst, dass die Engel zurückkehren würden. In jahrelanger

Arbeit und mithilfe komplizierter Berechnungen hatte Vater den genauen Tag ermittelt, und tatsächlich verdunkelte sich der Himmel genau an diesem Morgen kurz nach Sonnenaufgang durch hunderte Schwingen. Es war gespenstig und aufregend zugleich. An diesem Tag brauchte ich nicht zur Schule gehen. Was toll war, bis ich begriff, dass es für mich nie wieder diesen langweiligen Schulalltag geben würde. Bis zu diesem Tag hatte selbst ich nicht gedacht, dass unsere Eltern recht behalten könnten. Die Internetgemeinde rastete vollkommen aus. Jeder postete Fotos von Engeln, manche machten Selfies mit ihnen oder warfen sich ihnen vor die Füße.

Star und ich schlichen am Nachmittag heimlich zum Campo S. Provolo, um unsere Freundinnen zu treffen. Nach der Schule holten wir uns in der kleinen Bar an der Ecke oft Gebäck und frisch gepressten Orangensaft.

Es fühlt sich merkwürdig an, sich daran zu erinnern.

Da ich kein eigenes Handy besaß, war ich darauf angewiesen, dass meine Freunde mich in ihre gucken ließen. Facebook und Instagram waren voll von Gebeten und Wünschen. Aber die Engel scherten sich nicht um das Glück Einzelner. Aus aller Welt berichteten Reporter von der Ankunft und versuchten, die Engel zu interviewen, die schweigend durch die Straßen von Manhattan oder über die Champs-Élysées marschierten. Der Papst in Rom sprach unablässig Gebete und faselte etwas von einem Wunder. Er war der erste Mensch, der vom Erzengel Michael erschlagen wurde. Erzengel Michael ist nicht nur der Herrscher über den Vierten Himmel, sondern auch Befehlshaber sämtlicher Armeen der Engel. Als seine Kriegerengel kurz darauf damit begannen, die Menschen auf dem Petersplatz abzuschlachten, wurde die Übertragung unterbrochen. Die Bilder werde ich nie vergessen.

Star und ich rannten nach Hause und unsere Eltern sperrten uns in unsere Zimmer. In dieser Nacht stritten sie zum ersten Mal. Ich habe die Schule nie wieder betreten.

Ich stelle mich ans Fenster und spähe hinaus. Leider kann ich Michaels Vierten Himmel von hier aus nicht sehen, aber er funkelt weiß wie ein durchsichtiger geschliffener Diamant – kalt und abweisend wie der Erzengel persönlich.

Als ich mich umwende, ist Tizian hellrosa angelaufen.

Seid ihr etwa in die Arena geschlichen, gestikuliert Star. *Durch die Katakomben?*

Es gibt nicht viele Menschen, die davon wissen, aber die Bibliothek und der Markusdom sind durch unterirdische Gänge miteinander verbunden. Zum Großteil stehen sie sowieso unter Wasser. Ich hätte wissen müssen, dass Tizian sie entdeckt und ausgekundschaftet hat.

Unser Bruder nickt betreten. Star streicht ihm über die Wange, während ich ihn für so viel Unvernunft gern schütteln würde. »Die Kämpfe sind nicht für Kinder bestimmt«, sage ich stattdessen streng.

»Ich bin kein Kind mehr«, erwidert er trotzig. »Ich bin zwölf und ich will auch kämpfen lernen. Nur weil du das nicht erlaubst, bin ich gezwungen, es mir wenigstens anzusehen.«

»Kämpfen darfst du frühestens mit fünfzehn und auch dann nur über meine Leiche!«, stoße ich hervor. »Also halte dich zukünftig von der Arena fern, oder ich sperre dich ein.«

Tizians Augen funkeln vor Wut. »Vielleicht ist das ja bald so weit. Du hast mir gar nichts zu sagen. Du bist nicht meine

Mutter. Ich kann eigene Entscheidungen treffen.«

»Ja!«, gebe ich wütend zurück. »Wenn du älter bist. Bis dahin werde ich nicht zulassen, dass du dich in Gefahr bringst.«

»Wer soll sich um Star und mich kümmern, wenn du morgen in der Arena stirbst!«, faucht er, und ich sehe Tränen in seinen Augen. Tränen der Wut. In seinem Alter sollte er die Hilflosigkeit noch nicht kennen, die mich so oft bei der Ausweglosigkeit unserer Situation beherrscht. Er muss raus aus der Stadt. Die Vorstellung, wie das Schwert eines Engels meinen kleinen Bruder durchbohrt, ist unerträglich. Ich muss ihn und Star auf das Festland bringen. Dort existiert, versteckt in den Bergen der Alpen, ein Flüchtlingslager im Aostatal. Die Menschen verstecken sich in einer Höhlenstadt vor den Engeln. Aber um meine Geschwister dorthin bringen zu lassen, brauche ich mehr Geld. Die Schmuggler verlangen vierzigtausend Lire für zwei Personen. Dafür garantieren sie eine sichere Reise. Was immer heute auch noch sicher ist. In den letzten drei Jahren habe ich das Geld zusammengekratzt und nun fehlen nur noch ungefähr eintausend Lire. Früher habe ich Möbel und Bücher aus der Bibliothek an die reichen Bürger Venedigs verkauft, auf dem Mercato an verschiedenen Ständen ausgeholfen oder Wasser aus den Zisternen in Häuser geschleppt. Seit ich alt genug bin, kämpfe ich in der Arena und lege von jedem Preisgeld so viel zurück, wie ich entbehren kann.

Tizian lässt sich auf einen Stuhl fallen und verschränkt die Arme vor der Brust. Star tritt neben ihn und wuschelt durch sein Haar, bis er seinen Kopf an ihren Bauch schmiegt. Ich bin nicht gut darin, einen kleinen Jungen großzuziehen. Ich werde nie eigene Kinder bekommen, habe ich mir geschworen. Ich würde es total verpfuschen. Warum versteht Tizian nicht, dass ich bloß Angst um ihn habe?

»Hast du Hunger?«, frage ich versöhnlich und sofort knurrt sein Magen. Wenigstens das ist normal in unserem Leben. Tizian ist immer hungrig.

»Wie ein Wolf«, stößt er hervor und löst sich aus Stars Umarmung. »Was gibt es?«

»Brot, Käse, Tomaten, Sardellen und Melone«, zähle ich auf.

»Hm.« Ein Bein des Stuhles, auf dem er sitzt, ist kürzer, weswegen er kippelt, aber ich bringe es nicht übers Herz, das gute Stück zu Brennholz zu verarbeiten. In diesem Raum haben wir die glücklichsten Stunden mit unseren Eltern verbracht.

Tizian zeichnet mit dem Zeigefinger ein paar Kratzer auf dem Tisch nach und ich mustere ihn liebevoll. Er ist bockig und aufmüpfig, genau wie ich in seinem Alter. Nur deswegen geraten wir so oft aneinander.

Ich wühle in der Besteckschublade und schneide dann das Brot in dünne Scheiben, während Star den Tisch deckt. Wir setzen uns, und während Tizian in Windeseile drei Brotscheiben, Tomaten und den Fisch in sich hineinstopft, belegt Star ihre Schnittchen mit Käse und achtet penibel genau darauf, dass er nicht übersteht. Früher habe ich nicht verstanden, weshalb ihr Essen aussehen muss wie ein Kunstwerk. Warum sie lieber gar nichts isst, als Unordnung auf ihrem Teller zuzulassen. Früher habe ich versucht, auf sie einzureden, habe geflucht und geweint, wenn sie gehungert hat, weil ich mir keinen Käse leisten konnte. Es gibt nämlich nur ganz wenige Dinge, die sie überhaupt zu sich nimmt. Irgendwann habe ich eingesehen, dass es keinen Zweck hat, und nun beachte ich sie kaum noch, während sie das Essen regelrecht zelebriert. Die Invasion hat für sie kaum etwas geändert, auch wenn ich gehofft hatte, dass sie ihre verschrobenen Eigenheiten ablegt. Die Tomatenstücke, die sie neben das Brot legt, haben alle exakt die gleiche Größe und die Milch in ihrem Glas muss exakt bis zum Strich der Milliliteranzeige reichen. Zufrieden betrachtet sie ihr Werk und beginnt langsam und bedächtig zu essen. Sie kaut jeden Bissen genau neunzehn Mal. Ich habe mitgezählt. Immer und immer wieder. Das musste ich, um herauszufinden, weshalb sie immer so ewig zum Essen braucht. Ob sie mir verraten würde, wie sie ausgerechnet auf die Zahl neunzehn gekommen ist? Vermutlich nicht.

»Sollen wir dir Semjasa und Cassiel beschreiben?«, frage ich Star, als wir mit dem Essen fertig sind. Das ist eine der wenigen Möglichkeiten, Tizian dazu zu bewegen, nicht gleich wieder auf die Straße zu laufen. Unser Leben ist für ihn ein großes Abenteuer, während ich die Normalität einer untergegangenen Zivilisation vermisse. Eigentlich kann ich froh sein, weil er so gut zurechtkommt, aber ich fürchte, eines Tages schließt er sich einer dieser Jungsbanden an, die durch die Stadt streunen, und dann verliere ich ihn endgültig. Ich sollte ihn öfter selbst unterrichten und ihm mehr Dinge erklären. Aber meine Zeit ist dafür zu knapp und in der Schule lernt er bloß religiösen Unsinn. Seine Lehrer bringen ihm bei, wie weit wir unter den Engeln stehen und wie überlegen diese uns sind. Ich versuche, das zu relativieren, bin aber nicht sicher, ob mir das gelingt. Die Typen können fliegen und darum beneidet Tizian sie glühend.

Star steht auf und läuft in ihr Zimmer. Zurück kommt sie mit einem Blatt Papier und ihren Stiften. Ich werde bald neue auftreiben müssen, die hier sind bereits nur noch fingerlang vom ständigen Anspitzen. Aber diese bunten Zeichenstifte gibt es nur auf dem Schwarzmarkt im Stadtteil Cannaregio. Natürlich ist dieser Markt verboten, und ich habe auch so schon genug um die Ohren.

»Semjasa ist groß«, beginne ich. »Beinahe zwei Meter, sein Gesicht ist ein bisschen kantig und er hat schulterlanges rotes Haar.« Star zeichnet eifrig, während Tizian und ich uns abwechseln, die beiden Engel zu beschreiben. Zu Beginn der Invasion haben wir gedacht, alle Engel sähen gleich aus, aber das war ein Trugschluss. Natürlich sind sie alle unbeschreiblich schön, trotzdem gibt es auch in dieser Schönheit Unterschiede. Manchmal sind sie weicher, ein anderes Mal unnahbar oder gefährlich. Jeder Engel strahlt etwas anderes aus. Die Seraphim sind so atemberaubend, dass sich kaum jemand traut, sie anzusehen. Sie schweben mit ihren drei Flügelpaaren meistens nur am Himmel und lassen sich kaum dazu herab, auf der Erde zu landen. Einzig Seraphiel steigt ab und zu herab und amüsiert sich bei den Kämpfen. Die Cherubim haben die Tore des Paradieses bewacht. Aus gutem Grund wurden sie dafür gewählt. Ich bin nur ein paarmal einem Cherub begegnet, aber sie sind gruselig. Sie besitzen sechs gewaltige Flügel und tauchen nie ohne ihre Flammenschwerter auf. Die Cherubim, die ich gesehen habe, tragen furchtbare Narben auf ihren Gesichtern und Körpern. Deutliche Zeichen ihrer Kämpfe gegen Lucifer und seinen Spießgesellen. Es gibt noch andere Engelsklassen. Die Throne, die Herrschaften, die Mächte und die

Gewalten. Aber diese Engel sind in den Himmeln geblieben. Die Erzengel mit ihren vier Flügeln und die gewöhnlichen Engel sind uns am ähnlichsten, wobei sie das natürlich abstreiten würden. Ihrer Meinung nach sind sie die Krone der Schöpfung und wir der Abschaum.

Zum Glück bleibt Tizian den Rest des Tages zu Hause. Als Alessio, der nebenan zwei eigene Zimmer bewohnt, zu uns rüberkommt, spielen wir Karten und öffnen sogar eine von Vaters Flaschen Wein. Das Abendessen fühlt sich an wie eine Henkersmahlzeit und ich bin froh, dass niemand mir meine Angst vor dem morgigen Tag anzumerken scheint. Wenigstens macht mich der ungewohnte Alkohol so müde, dass ich einschlafe, kaum dass mein Kopf wenig später auf dem Kissen liegt.

III. Kapitel

Ich muss los«, sage ich am nächsten Morgen leise zu Alessio. Gerade ist er von seiner Nachtschicht aus dem Krankenhaus zurückgekommen. Er sieht müde und erschöpft aus. Er erzählt nie von den Kranken, die er dort behandelt, nie, wie viele der Menschen er verliert, obwohl er sich jede erdenkliche Mühe gibt, um sie zu retten. Vermutlich will er nicht, dass ich mir auch noch um ihn Sorgen mache, aber ich tue es trotzdem.

Star und Tizian schlafen noch, während ich schon die Sachen angezogen habe, die ich immer beim Kämpfen trage. Schwarze Hose, schwarzes T-Shirt und meine abgetragenen Stiefel. Es sind alles Sachen, die früher meiner Mutter gehört haben. Mittlerweile habe ich eine ähnlich schlanke Statur wie sie, auch wenn ich nie ihre bunten Kleider tragen würde. Die habe ich nur zu gern Star überlassen. Mutters Hosen sind mir zwar zu lang, aber Star ist sehr geschickt darin, die Sachen unserer Eltern zu ändern, damit sie uns passen. Meine Haare habe ich zu so einem engen Dutt gebunden, dass mir das Gesicht wehtut. Nichts ist im Kampf schlimmer als Haare, die einem ständig ins Gesicht fliegen. Ich bin erst am Mittag mit meinem Kampf dran, trotzdem überlege ich, jetzt schon zum Dom zu gehen. Ich kann nicht herumsitzen und warten.

Alessio und ich stehen nebeneinander in der Küche, ich schneide mir eine schmale Scheibe Brot von dem Laib und belege diese mit Tomatenscheiben. Meine Kehle ist vor Angst wie zugeschnürt. Ich kriege kaum etwas herunter. Aber mit leerem Magen kämpft es sich schlecht. Ich brauche ein bisschen Energie, wenn ich überhaupt eine Chance haben will.

»Du kannst nicht kämpfen«, beharrt Alessio, der sieht, wie meine Finger zittern. »Das hältst du nicht durch.«

Er hat recht. Aber ich habe keine Wahl. Ich lege das Messer zur Seite, öffne und schließe meine Fäuste. Das Zittern bleibt. »Ich stehe auf der Liste, und wenn ich nicht antrete, wird Nero seine Wachhunde vorbeischicken.« Den Namen auf der Liste der Kämpfer zu haben, ist, als würde man einen Vertrag schließen. Einen Vertrag, den man nicht brechen darf.

»Ich könnte für dich gehen«, erklärt Alessio entschlossen. »Bleib einfach hier. Ich rede mit ihm.«

Denkt er, ich würde dieses Angebot auch nur in Erwägung ziehen? Er ist kein Kämpfer und was will er Nero schon anbieten, damit dieser mich vom Haken lässt. Der hat seinen Köder ausgeworfen und ich habe ihn geschluckt. Hätte ich gestern nicht mit Nero diskutiert, säße ich nun nicht in der Falle. Einen Ersatz zu schicken, ist zwar erlaubt, aber das kann ich Alessio nicht zumuten. Das kann ich mir nicht zumuten. Wenn er stirbt … Ich wende mich ihm so zu, dass wir uns gegenüberstehen. Er ist einen guten Kopf größer als ich, und ich blicke hoch. Seine grauen Augen hinter den Brillengläsern mustern mich besorgt. Er hat mindestens so viel Angst wie ich. »Du wirst nicht für mich den Kopf hinhalten. Aber du musst mir etwas versprechen. Du musst auf Star und Tizian aufpassen, falls ich nicht zurückkomme«, fordere ich eindringlich. »Du weißt, wo das Geld liegt. Silvio hat zugesagt, sie ins Aostatal zu bringen, sobald wir die Summe zusammenhaben. Du musst zu ihm gehen und die letzten Details mit ihm besprechen.« Jetzt, wo Lucifer hier ist, ist es noch viel dringender, dass Star und Tizian die Stadt verlassen.

Alessio schweigt eine ganze Weile und mustert aufmerksam mein Gesicht, als wollte er sich jedes Detail einprägen. »Wenn du es unbedingt so möchtest.« Er klingt resigniert, als er endlich antwortet, und umarmt mich fest. »Ich wünschte, du wärst nicht so stur.«

Ich lasse es für einen Moment zu, dass er mich hält, denn ich will nicht gehen. Nur zu gern würde ich in das warme Bett kriechen, in dem meine Geschwister noch aneinandergeschmiegt liegen. Tizian krabbelt nachts in Stars Bett, wenn er Albträume hat, und ich bin manchmal eifersüchtig darauf, wie nah die beiden sich stehen. Aber Star ist viel geduldiger mit ihm als ich und ersetzt damit unsere Mutter. Und auch, wenn Tizian sich schon so erwachsen vorkommt, ist er nur ein kleiner Junge, der eine Zuflucht braucht. Oder mache ich mir etwas vor? Ich war dreizehn, als unser Vater ermordet wurde. Ich sollte mich mit dem Gedanken vertraut machen, dass Tizian kein kleines Kind mehr ist. »Ihr müsst vorsichtig sein. Niemand darf von unseren Plänen erfahren«, sage ich zu Alessio und löse mich von ihm. Als wüsste er das nicht selbst! Wir haben die Aktion hundertmal durchgespielt. Nur war es in meiner Vorstellung nie er, der die beiden zu dem Schmugglerschiff brachte.

»Mir ist nicht wohl dabei, die beiden allein auf diese Reise zu schicken«, unterbricht Alessio mich. »Und du kommst zurück.«

Das ist sehr unwahrscheinlich. »Du musst ihnen folgen, wenn du das Geld für deine Flucht zusammenhast. Bitte Alessio! Es ist alles geregelt. Sie müssen raus aus der Stadt.« Ich krame in meiner Tasche. Von dem Geld, das ich gestern verdient habe, sind noch achthundert Lire übrig. »Kannst du die restlichen sechshundert auslegen?«, frage ich ihn und natürlich nickt er. Alessio hat mir mehr als einmal angeboten, etwas zu dem Fluchtgeld beizusteuern, aber ich habe bisher immer abgelehnt. Jetzt kann ich mir meinen Stolz nicht mehr leisten.

»Vergiss Stars Buch nicht, sonst dreht sie womöglich auf der Überfahrt durch«, sage ich noch hastig. So unkompliziert Star ist, wenn alles in gewohnten Bahnen verläuft, so unberechenbar kann sie sein, wenn sich etwas verändert und sie Angst bekommt. Ich will hier weg, bevor Star und Tizian aufwachen. Ich will keinen Abschied, keine Tränen.

»Ich verspreche es. Wir machen alles so, wie wir es geplant haben«, sagt Alessio, der wohl begreift, wie ernst es mir ist. »Konzentriere dich auf den Kampf. Mach dir um die beiden keine Sorgen. Ich werde sie nicht im Stich lassen. Das weißt du, oder?«

Ich nicke und lehne meinen Kopf ein letztes Mal an seine Brust. »Danke«, flüstere ich. »Du warst immer mein bester Freund.«

Alessio streicht mir übers Haar. »Und das werde ich auch weiterhin sein. Du kommst zurück. Ich weiß es einfach. Du bist stärker und gewitzter als zehn Engel.«

Ich lache leise und wünschte, ich könnte so optimistisch sein wie er. »Ich gehe jetzt besser.« Schweren Herzens löse ich mich von ihm und verbiete mir, noch einmal nach meinen Geschwistern zu schauen. Wenn ich das tue, werde ich weinen, und das darf ich nicht. Ich muss mich zusammenreißen, wenn ich nur den Hauch einer Chance haben will.

Stundenlang bin ich durch die Straßen Venedigs gestreift. Vorbei an verlassenen, halb verfallenen Häusern, deren Mauerwerk vom Salzwasser der Kanäle aufgefressen wird, über unzählige Brücken unter denen im brackigen Wasser kaputte Boote dümpeln. Die Stadt stirbt langsam, aber sicher, trotzdem ist sie noch wunderschön. Jedenfalls in meinen Augen. Ohne es gewollt zu haben, führten mich meine Füße zum La Fenice. Vater war an unserem neunten Geburtstag mit Star und mir in das Opernhaus zu einer Aufführung von *La traviata* gegangen. So wunderschöne Musik hatte ich zuvor noch nie gehört.

Als ich endlich zurück zum Markusplatz laufe, fühle ich mich erschöpft und müde. Nicht so sehr vom gestrigen Kampf, sondern von meinen Gefühlen, die ich nicht im Griff habe. Angst, Zorn und Trauer beherrschen mich, was ich nicht zulassen darf. Aber gerade fällt es mir schwer, meine antrainierte Fassade aufrechtzuerhalten. Immerhin habe ich von meiner Stadt Abschied genommen. Nero lächelt heimtückisch, als er mich in der Reihe der Kämpfer entdeckt. Bestimmt glaubt er, dass heute mein letztes Stündchen geschlagen hat, und mit diesem Gedanken ist er nicht allein. Die Sonne brennt unbarmherzig auf uns herab. Meine Hand, die das Schwert hält, zittert und mein Blick wandert über die anderen wartenden Männer und Frauen. Ich frage mich, was in ihren Köpfen vorgeht. Manche sehen desillusioniert aus, andere kämpferisch, eine Frau weint und winkt jemandem zu. Ich entdecke einen Mann, der ein Mädchen im Arm hält. Es ist Chiara. Sie geht mit Tizian in eine Klasse. Ich habe sie ein paarmal gesehen, seit der Consiglio im letzten Jahr beschlossen hat, die Schulen wieder zu öffnen. Alle Kinder zwischen sieben und vierzehn müssen seitdem eine der Schulen besuchen, damit sie ihnen eine Gehirnwäsche verpassen können. Ich gebe bei Tizian mein Bestes, damit ihnen das nicht gelingt. Chiara ist ein hübsches kleines Ding mit roten Locken, und Tizian hat sie sehr gern. Der Arm ihres Vaters hängt in einer Schlinge, was vermutlich der Grund ist, weshalb er nicht selbst kämpft. Trommelschläge erklingen, als Zeichen, dass gleich die Tore geöffnet werden. Schon jetzt höre ich das vertraute Gegröle der Zuschauermenge. Ich darf mir nicht anmerken lassen, wie groß meine Angst ist. Wie unsicher ich mich fühle. Kurz schließe ich die Augen und versuche, mich zu konzentrieren. Ich muss dringend diese Gedanken abschalten, wenn ich lebend hier rauskommen möchte. Die Kämpfer formieren sich und marschieren in die Reste der Kathedrale ein. Mein Blick wandert zur Tribüne und zu den Logen der Engel. Semjasa fläzt sich in einem Sessel und ich bin froh, dass ich heute nicht gegen ihn kämpfen muss. Er lässt sich von einem leicht bekleideten Mädchen bedienen und grinst es unverschämt an. Wenn ich sie wäre, würde ich ihm eine scheuern oder den Wein in sein Gesicht kippen. Wie kann sie nur? Lieber kämpfe ich hier unten, als dass ich vor nur einem Engel einen Kniefall mache. Vermutlich ist sie eine Büßerin und findet es auch noch richtig, dass er sie so von oben herab behandelt. Raphael unterhält sich mit Cahethel, einem Prinzen der Seraphim. Ich erkenne Eloa, einen der wenigen weiblichen Engel, die ab und zu die Engelshöfe verlassen und auf die Erde kommen. Die anderen Engel kenne ich nicht, obwohl ich den ein oder anderen schon mal gesehen habe. Die meisten interessieren sich nicht dafür, was hier unten vor sich geht, sondern plaudern, lachen oder lassen sich von ein paar Menschen die Flügel putzen. Ich wünschte, einer würde sich trauen, mal eine Feder aus dem Gefieder zu reißen. Angeblich soll das wirklich schmerzhaft sein. Aber natürlich geschieht das nicht.

Die Trommeln verstummen und ich gehe in Kampfposition. Chiaras Mutter steht nicht weit weg von mir. Sie ist leichenblass. Weshalb sie hier ist, ist mir schleierhaft. Wenn ich Wetten abschließen würde wie der Mob, der uns beim Sterben zusieht, würde ich daraufsetzen, dass sie heute als eine der Ersten fällt. Sie ist keine Kämpferin.

Ich hebe meinen zerbeulten Schild und mein zerschrammtes Schwert, beides Geschenke meiner Mutter zu meinem fünfzehnten Geburtstag, als ein Schatten vor mir niedergeht. Lucifer baut sich direkt mir gegenüber auf. Schwarzes Hemd, schwarze Hose, alberner schwarzer Mantel. Hätte ich gerade Sinn für Humor, könnte ich denken, wir würden Partnerlook tragen. So schnaube ich nur verächtlich, während mir mein Herz in die Knie sackt. Nun weiß ich mit Sicherheit, weshalb er sich gestern in meinen Streit mit Nero eingemischt hat. Er hat es auf mich abgesehen. Es hat ihm nicht gepasst, dass mich sein Busenfreund Semjasa nicht schon gestern abschlachten konnte. Die Schatten, die ihn umgeben, lichten sich für einen Moment und ich erhasche einen Blick auf sein emotionsloses Gesicht. Wie kann man ohne jegliches Gefühl sein? Ich wette, mir sieht man meine Angst überdeutlich an. Ich wette, er kann sie sogar riechen. Früher gab es bei solchen Problemen Deos, aber diese Zeit ist vorbei. Ich stinke wie ein Iltis. Das Adrenalin, das mein Körper produziert, tropft mir aus jeder Pore. Die Fanfaren ertönen und Lucifer macht einen Schritt auf mich zu, sein Schwert schlägt gegen meines und ich lasse es beinahe fallen, so zittrig und gelähmt bin ich. Warum soll ich den Schlag überhaupt parieren? Ich habe doch sowieso keine Chance.

»Kämpfe«, befiehlt Lucifer mit dunkler Stimme. Er will mich ganz am Boden sehen und dazu wird es nicht einmal viel brauchen.

Meine Beine fühlen sich taub an, meine Hände sind klitschnass und trotzdem folge ich seinem Befehl und schlage zurück. Ich blende alles um mich herum aus, funktioniere nur noch automatisch. Schlag folgt auf Schlag. Das Klirren des Metalls donnert in meinen Ohren. Ich steche, haue, wirbele herum, springe zur Seite. Mutter hat mich gut trainiert, aber Lucifer prügelt unerbittlich auf mich ein. In einem unbedachten Moment haut er gegen meinen Schild, der im nächsten Augenblick bereits in hohem Bogen durch die Arena fliegt. Die Menge kreischt auf. Der Kampf kommt mir ewig vor, aber vermutlich sind erst ein paar Minuten vergangen. Ich sehe Verwundete und Tote auf der Erde liegen. Mein Schild liegt in unerreichbarer Ferne, als ein Fuß ihn anschubst und beinahe in meine Reichweite schiebt. Ich reiße den Kopf hoch und blicke in Cassiels blaue Augen. Der Fuß gehört ihm. Aber bevor ich den Schild mit einem Sprung erreichen und packen kann, ertönt Lucifers Stimme. »Sieh mich an!«, zischt er. Warum hat er mir Zeit gegeben, mich zu besinnen? »Du kämpfst mit mir.«

Ich packe das Schwert mit beiden Händen. Ohne den Schutz des Schildes bin ich völlig chancenlos gegen den Fürsten der Hölle, aber ich werde nicht kampflos aufgeben. Das kann er vergessen! Ich habe heute früh schon gewusst, dass ich sterben werde, aber leicht muss ich es ihm deswegen nicht machen. Ich werde ganz ruhig, hebe das Schwert höher, und gebe dafür meine Deckung auf. Ich kann mich täuschen, aber ein anerkennendes Lächeln huscht über Lucifers Gesicht, als ich ihn angreife. Dieses Mal bin ich es, die auf ihn einschlägt und ihn zurückdrängt. Er pariert meine Attacke mit viel zu wenig Kraft, aber er macht immerhin zwei Schritte zurück. Euphorie breitet sich in mir aus. Noch ein Schlag und noch einer.

Ich. Werde. Nicht. Zulassen. Dass. Er. Mich. Tötet.

Die Worte pulsieren durch mein umnebeltes Hirn. Den nächsten klaren Gedanken fasse ich erst, als ein Schmerz meinen linken Arm durchfährt. Zischend stoße ich Luft aus. Blut läuft unter dem kurzen Rand des T-Shirts hinunter. Meine Kraft erlahmt. Das war es dann wohl. Ein metallischer, vertrauter Duft dringt in meine Nase und mir wird schwindelig.

»Luce!« Der Ruf durchschneidet den Lärm des Kampfes.

Lucifer beißt die Zähne zusammen und wendet den Blick von mir ab. Er muss sich sehr sicher sein, dass ich jede Sekunde in die Knie gehe und er mir nur noch den letzten Stoß zu versetzen braucht. Aber da hat er sich mit der Falschen angelegt. Ich packe mit der rechten Hand mein Schwert, lege all meine Kraft in den letzten Schlag. Cassiel taucht hinter Lucifer auf und nickt mir auffordernd zu. In dem Moment, in dem ich zuschlage, wirbelt Lucifer wieder herum, reißt sein Schwert in die Höhe und unter der Wucht seiner Parade breche ich zusammen. Da ertönt der Gong.

Keuchend bleibe ich auf allen vieren hocken. Blut tropft von meinem linken Arm und ich beobachte, wie es im Sand versickert.

»Verdammt, Cas!«, faucht Lucifer den Engel an, der mich bereits zum zweiten Mal gerettet hat. »Was sollte das?«

Das würde mich auch interessieren, aber ich höre keine Antwort. In meinen Ohren tost es wie das Meer bei einem Sturm.

Lucifer hockt sich vor mich, hebt kurz die Hand, als wolle er mich berühren, und lässt sie gleich wieder sinken. »Du hast dich gut geschlagen«, erklärt er leise. »Hol dir von Nero deLuca den Lohn für einen Kampf ohne Schild und dann lass dich hier nicht mehr blicken. Beim nächsten Mal hast du nicht so viel Glück«, setzt er nach einer winzigen Pause hinzu.

Als ich begreife, was er gerade gesagt hat, blicke ich auf. Er ist schon wieder in dunkle Schatten gehüllt. War das eine Warnung oder eine Drohung? Ich bin nicht sicher, aber die

Vorstellung, gleich fünftausend Lire zu besitzen, lässt mich den Schmerz in meinem Arm vergessen. Wer hätte gedacht, dass dieser Tag ein Glückstag werden könnte. Ich lebe noch und habe mehr Geld verdient als je zuvor. Ich kann Tizian und Star etwas davon mitgeben und den anderen Teil für meine eigene Flucht zurücklegen. Ich stütze mich auf mein Schwert, um aufzustehen. Eine Hand umschließt meinen unverletzten Oberarm und Cassiel hilft mir auf die Füße. »Warum tust du das?«, frage ich ihn leise, als ich mir den Sand von der Hose klopfe. »Warum hilfst du mir?« Mit einem Ruck entziehe ich ihm meinen Arm. Ich will einem Engel nicht dankbar sein und so nah sein will ich ihm gleich gar nicht.

»Wir sind nicht alle Monster«, erwidert er leise. »Selbst wenn ihr das denkt.« Er streicht sich die blauen Haarsträhnen aus der Stirn und betrachtet besorgt den Schnitt an meinem Arm. »Das sieht nicht gut aus.«

Was gerade passiert ist, erscheint mir rückblickend völlig unwirklich. Wenn Lucifer mich hätte töten wollen, dann hätte er es mit zwei Schwerthieben oder einem Flügelschlag gekonnt. Aber anstatt tot im Sand zu liegen, bekomme ich einen Lohn von fünftausend Lire.

Lucifer starrt Cassiel an, der mich immer noch stützt. Seine Lippen verziehen sich zu einem abfälligen Grinsen. Dann stößt er sich ab und fliegt ohne ein weiteres Wort davon.

»In einem hat Lucifer recht«, sagt Cassiel. »Du solltest besser nicht mehr herkommen.«

»Warum?« Er verwirrt mich immer mehr. Mein Atem geht abgehackt, mein Arm tut weh und ich bin so durstig, ich könnte ein ganzes Fass trinken. Als hätte Cassiel den Gedanken gelesen, löst er eine Trinkflasche vom Gürtel und reicht sie mir.

Erschrocken schüttele ich den Kopf. Ich kann von einem Engel nichts annehmen.

»Es ist nicht vergiftet«, erklärt Cassiel mit einem verschmitzten Lächeln. »Trink, sonst kippst du gleich um. Ich verstehe nicht, weshalb ihr in der Gluthitze überhaupt kämpft.«

»Das habe ich mir nicht ausgesucht.« Ich greife zögernd nach der Flasche und schlucke hastig. Das Wasser ist kalt und es schmeckt köstlich.

Cassiel lacht leise. »Mach langsam, sonst spuckst du es gleich wieder aus.«

Ganz bestimmt nicht. In dem Wasser muss Honig oder Zucker sein. In jedem Fall etwas Süßes. Das gebe ich nicht wieder her. Ich setze die Flasche erst ab, als sie leer ist, und ich entschuldige mich nicht für meine Gier. Er hätte mir die Flasche schließlich nicht anbieten müssen und ganz sicher ist da, wo dieses Wasser herkommt, noch viel mehr. »Dankeschön« Es geht mir gleich viel besser. Der Zucker macht etwas mit meinem Kopf. Ich fühle mich ein bisschen high und widerstehe dem Drang, kichern zu müssen, nur schwer.

»Keine Ursache. Du brauchtest es nötiger als ich.« Macht er sich über mich lustig? Bei den Kämpfen geht es für uns Menschen um Leben und Tod. Für die Engel ist es vermutlich nur ein Training. Er muss den Unmut in meinem Gesicht lesen, denn er hebt beschwichtigend die Hände. »Das war nicht so gemeint, wie es vielleicht geklungen hat. Du sahst nur durstig aus«, setzt er überraschend sanft hinzu.

»Das war ich auch«, erwidere ich flüsternd. Ich kann nicht glauben, dass ich hier mit einem Engel rede. Über Wasser.

»Entschuldige, dass ich alles ausgetrunken habe.«

Ein Lächeln umspielt seine Mundwinkel. »Ich kann hochfliegen und Nachschub holen.«

Jetzt muss ich beinahe lachen. Er ist ein merkwürdiger Engel. Weiß er denn gar nicht, dass Menschen und Engel normalerweise nicht miteinander reden und schon gar nicht ihre Trinkflasche teilen? Plötzlich wird mir bewusst, dass wir noch mitten in der Arena sind. Um uns herum stehen andere Kämpfer und versuchen, zu Atem zu kommen. Zwei Engel diskutieren neben einem Leichnam und Träger schaffen die Verletzten und Toten weg.

»Ich muss dann mal«, sagt Cassiel unvermittelt. »Kommst du allein zurecht?«

Mein Gesicht ist mit Sicherheit ein einziges Fragezeichen. Was kümmert ihn das? Jeder andere Engel würde mich in den Sand schubsen, damit er Platz hat, seine Flügel auszubreiten. Als ich nicke, stößt er sich ab und steigt in die Höhe. Seine noch angelegten Flügel bewegen sich kaum sichtbar. Gerade so, als würde er in der Luft stehen. Als er ungefähr drei Meter über mir schwebt, winkt er zum Abschied. Das ist völlig absurd. Ich kann nicht anders und lächele. Der Rest meines gesunden Menschenverstandes hält mich zum Glück davon ab, ihm hinterherzuwinken. Er zuckt mit den Schultern und mein Lächeln vertieft sich. Ein zufriedener Ausdruck legt sich auf sein Gesicht und er fliegt endgültig davon. Elegant landet er auf der obersten Tribüne. Semjasa steht auf und schlägt ihm auf die Schulter. Bestimmt kann Cassiel sich nun von ihm eine Strafpredigt anhören, weil er mich zum zweiten Mal gerettet hat. Ich werde mein Geld holen und verschwinden. Erst jetzt höre ich, wie die Menschen auf den Tribünen meinen Namen brüllen. »Moon, Moon, Moon!«, schallt es herunter. Offenbar habe ich ihnen mit Lucifer ein Spektakel präsentiert, das sie nicht so schnell vergessen werden. Ich ekle mich vor meinesgleichen. Läge ich tot hier unten, würde mir niemand von ihnen eine Träne nachweinen. Manchmal frage ich mich, wer die wirklichen Monster sind. Haben die Menschen denn alles vergessen, was die Engel uns angetan haben? In Venedig kann es kaum eine Familie geben, die in den Massakern kein Mitglied verloren hat. Kein Wunder, dass die Engel uns verachten.

Die anderen Kämpfer weichen vor mir zurück, als ich mich auf den Weg zum Ausgang mache. Ich will nur das Geld und dann nach Hause. Mindestens drei Wochen lang werde ich diesen Boden nicht mehr betreten. Mit gesenktem Blick umrunde ich ein paar Säulen und Mauerreste und stolpere über einen Körper. Es ist Chiaras Mutter. Ich erkenne sie an den roten Locken wieder, auch wenn diese jetzt blutig und verfilzt sind. Sie ist schrecklich zugerichtet. Die Haut an ihrer Wange ist aufgeplatzt und ihr Körper ist über und über mit Blut besudelt. Die Augen sind geschlossen und ihre Haut ist unnatürlich gelb. Die Bestatter werden sie fortbringen und in den Lagunen verscharren. Während ich sie betrachte und mich frage, ob ihre Familie draußen auf sie wartet und hofft, dass sie überlebt hat, sehe ich ihre Wimpern zittern. Sie müsste tot sein. Ich kann die Wunden kaum zählen, die ihr Gegner ihr beigebracht hat, aber ich bringe es nicht übers Herz, sie alleinzulassen, deshalb setze ich mich neben sie in den Sand und nehme ihre Hand. Sie umfasst meine Finger mit erstaunlich festem Griff und bewegt die rissigen, trockenen Lippen. »Darf nicht sterben«, murmelt sie, als ich mein Ohr an ihre Lippen lege. »Bitte.«

Ich weiß, was sie damit meint. Nur die Kämpfer, die lebend über die Schwelle des Atriums getragen werden, bekommen ihren Lohn, selbst wenn sie einen Meter hinter der Pforte sterben.

Hektisch sehe ich mich nach ein paar Trägern um, die die Toten aus San Marco schleppen. Als ich zwei entdecke, springe ich auf und stolpere mehr auf sie zu, als dass ich laufe. Mein eigener Blutverlust macht sich bemerkbar. Ich wünschte, ich hätte Alessio nicht verboten, mit herzukommen, dann könnte er mir mit Chiaras Mutter helfen.

»Da liegt eine Frau«, erkläre ich den Männern. »Sie muss rausgebracht werden. Sie lebt noch«, setze ich mit so viel Dringlichkeit in der Stimme hinzu, wie ich aufbringen kann. »Wir müssen uns nur beeilen.«

»Hundert Lire«, verlangt der eine von ihnen. »Für jeden von uns.«

Ich hole tief Luft und nicke. Wenn ich die Frau nicht kennen würde, wäre es mir vielleicht egal. Aber ich kann Tizian wohl kaum sagen, dass ich die Mutter seiner Freundin habe sterben lassen. Diese Männer hier wollen auch nur ihre Familien durchbringen, daher versuche ich, sie nicht für herzlos zu halten. »Okay.«

Wir gehen zurück und erleichtert sehe ich, dass die Augen der Frau offen sind und ihr Brustkorb sich gerade noch wahrnehmbar hebt und senkt.

Behutsam legen die Männer sie auf die Bahre und dennoch verzieht sie vor Schmerzen das Gesicht. Für meine Vorstellung gehen sie viel zu gemächlich los. Vermutlich haben sie viel mehr Erfahrung als ich, wie sie die Verwundeten so herausbringen, dass sie ihr Geld kassieren können. Wir halten bei Nero, der einen verächtlichen Blick auf die Frau und auf mich wirft. Dann reicht er mir ihren Lohn und händigt mir, ohne mit der Wimper zu zucken, mein Vermögen aus. Mir wird vor Glück so warm, dass ich ihn sogar anlächle und das Bündel Geldscheine in meine Hosentasche stopfe.

Vor dem Portal hat sich eine Menschenmenge versammelt. Sie scheinen schon von meinem Kampf gehört zu haben, denn einige klopfen mir auf die Schulter und beglückwünschen mich. Ich halte Ausschau nach Chiara und ihrem Vater, denn die Träger scharren ungeduldig mit den Füßen. Sie müssen wieder hinein und ihre Arbeit verrichten, bevor die nächste Kampfrunde eingeläutet wird.

»Suna!« Eine Stimme übertönt den Krach um mich herum. »Suna!«

Die Menschen machen dem Mann und Chiara Platz. Die Kleine schluchzt und ich kann ihrem Vater ansehen, dass er nur mit Mühe die Tränen zurückhält. Er hockt sich neben seine Frau, die die Träger auf dem Boden abgelegt haben, und presst die Stirn an ihre. Ein Beben schüttelt seinen Körper und meine Eingeweide ziehen sich vor Mitleid zusammen. Ich habe keine Ahnung, woher sie die Kraft nimmt, aber sie legt ihre Hand in seinen Nacken, als wolle sie ihn trösten. Ich nehme Chiara in den Arm und sie schmiegt sich dankbar an mich. Die Zuschauer verlieren glücklicherweise das Interesse an dem Drama und zerstreuen sich. Nach den Kämpfen gibt es solche Szenen jeden Tag vor der Arena, aber so hautnah habe ich es noch nicht miterlebt. Ich ergötze mich nicht am Leid anderer. Am liebsten würde ich gehen, aber ich bin nicht imstande, die Kleine loszulassen, und ich will, dass sich ihr Vater und ihre Mutter in Ruhe voneinander verabschieden können. Jeder, der nicht gerade blind ist, kann sehen, wie sehr die beiden sich lieben. Etwas, was selten geworden ist in meiner Welt. Tränen steigen mir in die Augen bei dem Gedanken, dass Chiara mutterlos aufwachsen muss. An dem Tag, an dem meine Mutter verschwand, bin ich erwachsen geworden. Sie war nicht die liebevollste Mutter auf Erden, aber immerhin war sie für uns da gewesen – bis zu ihrem Verschwinden.

»Ich kann versuchen, sie zu retten«, erklingt eine Stimme hinter mir. Pietro Andreasi steht hinter uns.

Ich habe mich selten so gefreut, ihn zu sehen, und umarme ihn zur Begrüßung. Wie immer baumelt ein Stethoskop um seinen Hals. Als Kind habe ich mich gefragt, ob es irgendwie angewachsen ist. »Das schaffst nicht mal du«, sage ich bedauernd. »Sie ist ungefähr an jeder Stelle ihres Körpers verwundet.«

Er kniet neben ihr nieder und fühlt ihre Stirn. Als er über ihren Körper tastet, zuckt sie zusammen »Du solltest nicht an meinen Fähigkeiten zweifeln. Die meisten Wunden sind nur oberflächlich, aber ich befürchte, sie hat innere Blutungen. Ihr Schweiß ist kalt und sie hat Schmerzen im Bauchbereich. Sehr wahrscheinlich ist ihre Milz verletzt. Wir müssen sie sofort operieren.«

»Und du denkst, du kriegst das hin?« Seine Worte klingen so überzeugend, dass ich Hoffnung schöpfe.

»Es ist einen Versuch wert – wie jedes Opfer, das wir den Engeln entreißen.« Sein hageres Gesicht ist mir gut vertraut.

Früher war er oft in unserer Bibliothek zu Gast. Heute sehe ich ihn nur noch ab und zu in der Stadt. Er hat zu viel zu tun, aber er fragt mich immer nach Stars Gesundheit und Tizians Fortschritten in der Schule.

Chiaras Vater erhebt sich schwankend, seine Wangen sind tränenfeucht, aber seine Augen glänzen hoffnungsvoll. »Was würde es kosten?«, fragt er und ich reiche ihm die Geldscheine, die seine Frau verdient hat.

»Viertausend«, sagt Pietro, ohne zu zögern. »Das Kostspieligste ist das Narkosemittel, aber sie braucht auch etwas gegen die Schmerzen.«

Der Hoffnungsschimmer verschwindet. »Viertausend haben wir nicht.« Die Stimme des Mannes bricht. »Unser kleiner Sohn ist zu Hause bei meiner Mutter. Er hat hohes Fieber, nur deshalb hat Suna heute gekämpft.«

»Ich kann es nicht umsonst machen«, erwidert Pietro sanft.

Bestimmt kauft er die meiste Medizin auf dem Schwarzmarkt und das ist teuer. Ich sehe das Bedauern in seinem Gesicht. Sein Haar ist noch weißer und länger als früher und seine Wangen sind eingefallen, als bliebe ihm nur selten Zeit zum Essen. »Es tut mir leid.«

»Ich könnte es abarbeiten«, sagt der Mann hastig. »Wenn meine Wunde verheilt ist.«

Pietro presst die Lippen zusammen und ich sehe ihm an, wie schwer es ihm fällt, einen Vater zweier Kinder abzuweisen. »Was, wenn du im nächsten Kampf fällst? Willst du, dass dann deine Frau wieder antritt, um die Schulden zu bezahlen? Einer von euch muss am Leben bleiben. Sie ist keine Kämpferin.«

So brutal es klingt, Pietro hat recht. Er kann es nicht verantworten, einer Familie beide Eltern zu nehmen, auch wenn es nicht seine Schuld ist, sondern die der Engel. Das haben sie aus uns gemacht, und dafür hasse ich sie am meisten. Niemand sollte solche Entscheidungen treffen müssen.

»Ich komme für die Kosten auf«, mische ich mich ein, und bevor ich es mir anders überlege, zähle ich von meinen Geldscheinen viertausend Lire ab. Ich komme auch mit dem Rest klar. Immerhin bleiben mir, nachdem ich die Träger bezahlt habe, noch achthundert. Aber ich könnte nicht damit leben, es nicht wenigstens versucht zu haben, Suna zu retten. Ich halte Pietro das Geld hin. »Nimm schon.«

Zweifelnd sieht er mich an. Damit hat er nicht gerechnet und ich weiß, dass er ein schlechtes Gewissen hat. Aber dafür ist es zu spät.

»Bist du sicher?«, fragt er.

»Ja, bin ich. Bitte, operiere sie. Falls etwas übrig bleibt, kannst du es Alessio mitgeben.«

Er legt mir eine Hand auf die Schulter. »Du bist ein gutes Mädchen«, sagt er. »Dein Vater wäre sehr stolz auf dich.«

Darauf kann ich nichts erwidern. Vermutlich hat er recht. Meine Mutter hingegen würde mich für meine Unvernunft rügen.

Pietro winkt einigen Männern zu, die in der Nähe herumlungern, und befiehlt ihnen, eine Trage zu besorgen. »Deiner Mutter geht es bald wieder besser«, verspreche ich Chiara. »Pietro kümmert sich um sie und ich komme euch besuchen.« Schweigend sehe ich zu, wie Suna wieder auf die Trage gehievt wird. Ihr Mann nickt mir zum Abschied dankbar zu, während Chiara ihre Arme um meine Taille schlingt. Ich hoffe, ich habe gerade nicht den größten Fehler meines Lebens begangen. Ich habe für eine fast wildfremde Frau viertausend Lire geopfert. Ich hätte meinen Geschwistern viel schneller folgen können, wenn ich das Geld behalten hätte.

IV. Kapitel

Als ich nach Hause komme, lungert Phoenix Bertoni am Eingang herum. Er kommt regelmäßig vorbei, um mich zu bequatschen, ihm und seiner Bande Unterschlupf zu gewähren. Ich bin müde, fühle mich zerschlagen und ich bin verzweifelt, weil ich gerade einen riesigen Fehler gemacht habe. Noch eine Konfrontation kann ich heute nicht gebrauchen. »Was willst du?«, fahre ich ihn an.

Seine Augen funkeln herausfordernd. »Das weißt du genau.«

»Vergiss es!«, fauche ich. Normalerweise bin ich ihm gegenüber vorsichtiger, aber meine Kraftreserven sind erschöpft. Dümmer als ich gerade war, kann man nicht sein. In der heutigen Zeit überleben nur die, die zuerst an sich denken. Was ging mich Chiaras Mutter an? Meine Geschwister und ich haben auch keine Eltern mehr. Keine Ahnung, ob ich Alessio, Star und Tizian davon erzählen soll.

»Ich stelle ungern Ultimaten«, unterbricht Phoenix meine Gedanken. »Aber du lässt mir bald keine andere Wahl mehr. Ich brauche einen Unterschlupf für meine Jungs und mich. In San Polo ist es nicht mehr sicher. Ihr habt genug Platz und wir könnten euch beschützen.«

»Nur über meine Leiche!«, fahre ich ihn unbedacht an und er zieht prompt die Augenbrauen hoch. Er ist der Letzte, von dem ich meine Geschwister beschützen lassen würde. Bestimmt haben die Stadtwachen ihn längst im Visier.

»Das kann ja nicht mehr lange dauern. Lucifer hätte dich heute fast gekillt, wenn meine Informationen richtig sind.« Seine Stimme klingt kalt, beinahe wie die eines Engels. »Vielleicht warte ich einfach noch ein paar Wochen, dann habe ich die Bibliothek eh für mich. Keine Ahnung, weshalb ich mir die Mühe mache, dich zur Vernunft bringen zu wollen. Du brauchst meinen Schutz. Du lebst dort drin mit einem stummen Mädchen, einem kleinen Bruder und einem Bücherwurm.«

Wir beide wissen genau, weshalb er sich die Mühe macht und sich nicht einfach nimmt, was er will. Phoenix Bertoni, der Bad Boy von Venedig, hat eine einzige große Schwäche und das ist meine Schwester. Er würde nie etwas tun, womit er sie verärgern könnte. »Tu doch, was du nicht lassen kannst.«

Phoenix nickt und strafft seinen Körper. Er ist groß und durchtrainiert. Bestimmt könnte er sich in der Arena behaupten, nur habe ich ihn noch nie kämpfen sehen. Das hat er nicht nötig. Er besorgt sich die Dinge, die er braucht, auf andere Weise. Ich trete einen Schritt zurück, aber er drückt mir nur ein winziges Päckchen in die Hand. »Für Star«, murmelt er. »Bestell ihr Grüße von mir.« Dann dreht er sich um und läuft mit langen Schritten quer über den Markusplatz davon.

Ich schüttele den Kopf. Seit ich Phoenix kenne, gibt er mir Rätsel auf. Dabei sind Jungs wie er normalerweise durchschaubar wie Glas. Ich weiß, was sich in dem Päckchen verbirgt. Star hat neben dem Lesen und Schreiben nur noch einen anderen Zeitvertreib. Aus den Scherben des Muranoglases legt sie kunstvolle Mosaiken. Im ehemaligen Ballsaal der Bibliothek liegen Bilder, die Jahr um Jahr größer werden. Unser Vater war der Erste, der ihr die Scherben mitgebracht hat, und Phoenix ist der einzige Mensch, dem Star erlaubt hat, die Scherben anzufassen und ihr Gesellschaft zu leisten, wenn sie ein Mosaik legt.

Wir waren sieben, als Phoenix zum ersten Mal in unserem Leben auftauchte. Damals war er bereits elf und ich etwas neidisch auf die Zuneigung, die Star dem verwahrlosten und von seinem Vater misshandelten Jungen schenkte. Phoenix war damals schon niemand, den ich in ihrer Nähe wissen wollte. Daran hat sich bis heute nichts geändert. Seine gesamte Kindheit über war er wütend, hat sich geprügelt und andere seine körperliche Überlegenheit spüren lassen. Nur mit Star war er anders, zu ihr war er sanft.

Ich schätze, er würde für sie in den Tod gehen. Nur darum gestatte ich ab und zu, dass er sie besucht, und ich rechne es ihm hoch an, dass er meine Geduld nicht überstrapaziert. Als die Engel kamen, scharte er eine Bande gewaltbereiter Jungs um sich, die seither alles tut, was nötig ist, um zu überleben. Dass er in den letzten Wochen darauf dringt, ihm und seinen

Jungs Unterschlupf zu gewähren, ist mir nicht geheuer. Immerhin wollen wir beide nicht, dass zu viele Leute von Stars Existenz erfahren. Alle sollen denken, Star wäre mit unserer Mutter verschwunden. Ich seufze. Natürlich werde ich meiner Schwester die Glasscherben geben, die so selten geworden sind wie Gold. Es gibt kaum noch Glasbläser auf der gegenüberliegenden Insel. Stellt sich die Frage, wie Phoenix an dieses Geschenk gekommen ist. Ich traue es ihm zu, dass er, nur um Star eine Freude zu machen, in das Haus eines der reichen Ratsmitglieder einbricht und dort eine Vase oder sonst was stiehlt. Wenn er so weitermacht, landet er schneller im Kerker, als er gucken kann.

Müde steige ich die Stufen zu unserer Wohnung hinauf und hoffe, dass es Alessio gelungen ist, Tizian hierzubehalten. Wenn Phoenix in der Nähe ist, sind seine Jünger nicht weit, und ich habe Angst, dass Tizian in ihre Fänge gerät. Er ist in einem Alter, in dem er ihren Wagemut und ihre Risikofreude bewundert. Die Engel haben zwar die Herrschaft über uns Menschen, aber das bedeutet nicht, dass keine Gesetze mehr gelten. Der Consiglio sorgt unbarmherzig für deren Einhaltung. Sogar auf winzige Verfehlungen stehen Haft oder der Tod. Angeblich existieren auf dem Festland sogar Straflager, in denen die Menschen, die verurteilt werden, bis zum Umfallen schuften müssen. Es sind nur Gerüchte, weil nie jemand zurückgekehrt ist, aber mir erscheinen sie glaubwürdig und ich werde nicht zulassen, dass irgendwer mir Tizian wegnimmt.

Ich trage die Verantwortung für ihn. Leider sieht er das anders. Glücklicherweise hat letzte Woche die Schule wieder angefangen, auch wenn dort nicht mehr Biologie oder Physik auf dem Stundenplan stehen, sondern jede Menge Mist wie die Schöpfungsgeschichte, der Verbleib der Bundeslade, das Henochische Alphabet, die Magie des Wortes und die geometrische Bedeutung des Pentagramms, bin ich doch froh, dass er sich wenigstens in den Vormittagsstunden nicht mehr auf der Straße herumtreibt.

Star sitzt auf dem verschlissenen Sofa in dem großen Raum unserer Wohnung, der Wohnzimmer und Flur gleichermaßen ist. Vor einer halben Ewigkeit hat das Sitzmöbel angeblich Kaiserin Sissi gehört, die auf diesem ihre Besucher empfangen hat. Heute lungert Tizian mit seinen schmutzigen Füßen darauf herum und kaut an seinen Nägeln. Erleichterung huscht über seine kindlichen Gesichtszüge, als er mich sieht.

Alessio schiebt den Stuhl vom Tisch, steht auf und ist mit ein paar Schritten bei mir, umarmt mich und küsst mich auf die Stirn. Erschöpft lehne ich mich an ihn. Ich würde nie zugeben, seine Umarmung manchmal zu brauchen, gerade in Momenten, in denen mir alles zu viel wird, aber er weiß es auch so. Einen Moment lang hält er mich einfach nur fest. »Ich bin so froh«, sagt er leise. Als er mich von sich schiebt, sieht er das Blut an meinem Shirt und der Hose. »Bist du verletzt?«

Ich schüttele den Kopf, obwohl die Stichwunde an meinem Arm noch pulsiert. Der Schnitt war nicht ganz so tief, wie ich befürchtet habe. »Das meiste Blut ist nicht von mir. Da war eine Frau, ich musste mich um sie kümmern.« Das schlechte

Gewissen stößt auf mich nieder wie ein Greifvogel auf seine Beute. Ich habe meine Familie im Stich gelassen, außerdem traue ich mich nicht, Tizian zu sagen, dass es Chiaras Mutter war. Vielleicht nachher.

»Was ist passiert?«, fragt Tizian neugierig. »Gegen wen hast du gekämpft?«

»Gegen Lucifer«, sage ich leise und mein Bruder und Alessio stoßen zischend die Luft aus.

Star knüllt ein Taschentuch zwischen den Fingern. Sie sitzt unnatürlich starr da und schaut mich nicht mal an.

»Lucifer«, wiederholt Tizian ehrfürchtig. »Und du lebst noch.«

Alessio schüttelt unwillig den Kopf.

»Es war sehr knapp«, sage ich so leise, dass nur er es hören kann.

Sacht streicht er über mein Haar. »Möchtest du dich erst mal waschen und etwas essen, bevor du uns alles erzählst?«

Ich nicke und bin dankbar, noch ein paar Minuten für mich allein zu bekommen, bevor ich ihnen sage, was sich abgespielt hat.

»Du hast was getan?« Tizians Stimme ist ganz kieksig vor Empörung. Natürlich versteht er es nicht. Ich verstehe es ja selbst kaum.

Alessio reinigt die Wunde an meinem Arm, schmiert Salbe drauf, die so brennt, dass ich zusammenzucke, und verbindet mich dann. »Die Frau wäre gestorben, wenn ich ihr nicht geholfen hätte«, versuche ich, mein Handeln zu erklären.

Tizian verschränkt die Arme. »Unser Vater ist auch tot.«

Ich weiß, dass er es nicht so meint, und trotzdem erschreckt mich die Kälte in seinen Worten. Zumal ich vorhin ungefähr dasselbe gedacht habe. Aber er soll nicht zu einem Mann heranwachsen, der nur an sich denkt. Nicht, wenn ich es verhindern kann.

Wenn wir uns nicht mehr gegenseitig helfen, beginnt Star zu gebärden, *bleibt von unserer Menschlichkeit nicht mehr viel übrig. Moon hat das Richtige getan.*

Ich bin ihr unendlich dankbar, denn ich zweifle mittlerweile selbst an mir. Star setzt sich neben mich und streicht mir über das feuchte Haar. Vater hat mir erklärt, dass Stars tagtägliches Verhalten bestimmte Aspekte des Asperger-Syndroms aufweist, aber unter mangelndem Einfühlungsvermögen leidet sie definitiv nicht, wie ihre Worte beweisen.

»Es war Chiaras Mutter«, sage ich, bevor Tizian weiter mit mir diskutiert.

Das nimmt ihm den Wind aus den Segeln. Er vermisst unsere Mutter sehr und ich bin sicher, dass er seiner Freundin dieses Schicksal ersparen möchte.

Er öffnet den Mund und schließt ihn wieder. »Weshalb hast du das nicht gleich gesagt?«, fragt er einen Moment später eingeschnappt.

»Weil es keine Rolle spielen sollte, ob man jemanden kennt, der Hilfe braucht. Wir schaffen es auch so«, setze ich fort. »Das Geld, das ich gespart habe, reicht für eure Flucht. Du musst dir keine Sorgen machen. Die Schmuggler überqueren das Meer nur, wenn es stockfinster ist, deshalb verlasst ihr beim nächsten Neumond die Stadt.«

Tizian reißt seine Augen auf und schüttelt heftig den Kopf.

»Vergiss es. Ich verlasse Venedig nicht ohne dich. Wir gehen gemeinsam oder gar nicht.«

Alessio ist fertig und ich ziehe einen Pullover über mein T-Shirt. Irgendwie ist mir kalt. »Das hatten wir doch alles schon«, sage ich müde. »Es dauert ewig, bis ich noch einmal zwanzigtausend Lire verdient habe. Du musst Star in Sicherheit bringen.« Ich appelliere an seine Verantwortung, obwohl es nicht fair ist, ihm diese aufzubürden. Aber mir bleibt kaum eine Wahl. Seine Lippen zittern. Wir sollen ihn wie einen Erwachsenen behandeln, aber nie ist es mir schwerer gefallen, dies von ihm zu verlangen. »Du wirst das schaffen. Das weiß ich.«

»Aber wo sollen wir hin, wenn wir erst mal auf der anderen Seite sind?«

»Silvio wird euch ins Aostatal bringen. Dafür wird er bezahlt, dort seid ihr in Sicherheit.«

»Und wohin dort genau?« Er fixiert mich aus zusammengekniffenen Augen.

»Nur die Schmuggler wissen, wo die Höhlenstadt genau ist«, erkläre ich, aber natürlich weiß er das alles längst. Genau das ist die Schwachstelle in meinem Plan und damit erpresst er mich jedes Mal, wenn ich von der Flucht anfange. Ich fahre mir durch das Haar. Hilfe suchend blicke ich zu Alessio, aber von seiner Seite ist auch keine große Unterstützung zu erwarten, schließlich steht er dem Plan mindestens so skeptisch gegenüber wie der Rest unserer Familie. Bin ich zu stur, weil ich daran festhalte?

Wir reden ein anderes Mal darüber, bestimmt Star sanft. Vorsichtig packt sie Phoenix' Geschenk aus und das Strahlen auf ihrem Gesicht vertieft mein schlechtes Gewissen. Phoenix ist noch einer der Gründe, weshalb ich sie unbedingt aus der Stadt fortbringen möchte. Egal, was er für Star empfindet, in erster Linie wird er immer an sich denken. Ich will nicht, dass er ihr das Herz bricht.

Den Rest des Tages geht Tizian mir aus dem Weg. Als ich nach ein paar Stunden Schlaf wieder aus meinem Zimmer komme, ist er verschwunden und er taucht auch nicht zum Abendessen auf.

Er kommt schon, versucht Star, mich zu beruhigen, während sie ihr Essen wieder zelebriert, was mich heute schier wahnsinnig macht. *Lass ihm Zeit.*

Am liebsten würde ich auf die Straße laufen und ihn suchen, aber Star hat recht. Außerdem kann ich ihn auf der Flucht sowieso nicht mehr ständig beschützen. Er muss lernen, selbst Verantwortung für sich zu übernehmen.

Nach dem Essen spielen Star und ich Karten. Meine Schwester ist im Gegensatz zu mir völlig entspannt. Als Tizian nach Hause kommt, öffne ich ihm, kontrolliere, ob er unverletzt ist, und gehe dann in mein Zimmer. Am liebsten würde ich ihn anbrüllen, einmal Rücksicht auf meine Gefühle zu nehmen. Ich habe doch schon genug um die Ohren.

Ein bisschen später klopft es an meiner Tür und Tizian kommt in mein Zimmer. »Ich wollte nicht, dass du dir Sorgen machst«, sagt er und setzt sich zu mir aufs Bett. »Ich war mit Chiara im Krankenhaus.«

Mein Herz schmilzt bei diesem Geständnis. Warum mache ich mir Sorgen, er könnte ein egoistischer Mistkerl werden? »Wie geht es ihrer Mutter?«

»Pietro operiert sie immer noch.«

»Ich wette, Chiara war froh, dass du vorbeigekommen bist.«

Die Ernsthaftigkeit verschwindet aus seinem Gesicht, als er nickt. »Ich habe ihre Hand gehalten«, sagt er und läuft rot an.

Ich strubble ihm durchs Haar. »Das war genau richtig.« Zu gern würde ich ihn abküssen, aber ich halte mich zurück.

»Ich begleite dich«, bietet Alessio an, als ich ihm am nächsten Nachmittag eröffne, Suna einen Besuch abstatten zu wollen, um herauszufinden, wie es ihr geht. »Pietro ist froh, wenn ich ein bisschen früher komme.«

Seit ich aufgestanden bin, habe ich unsere Wohnung geputzt und aufgeräumt. Star ist nach dem Frühstück zu ihrem Mosaik verschwunden und Tizian wollte Chiara nach der Schule zu einem Eis einladen. Er hat mich heute früh deswegen nach Geld gefragt und obwohl Eis purer Luxus ist, konnte ich es ihm nicht abschlagen. Jetzt weiß ich nichts mit mir anzufangen, wie immer, wenn die Anspannung nach einem Kampftag von mir abfällt – und dieses Mal habe ich gleich zwei solcher Tage hinter mir.

Ich schiebe unser Sofa zur Seite, um darunter zu putzen. Staub kitzelt mir in der Nase und ich muss niesen. »Das musst du nicht«, antworte ich Alessio. »Ruh dich noch ein bisschen aus. Die Nachtschichten sind anstrengend genug.« Laut Tizian war die Operation erfolgreich, ich will mich trotzdem mit eigenen Augen davon überzeugen, unser Geld nicht umsonst geopfert zu haben.

Alessio hilft mir, das Sofa an der Markierung am Boden auszurichten. Star mag keine Veränderungen, sind sie auch noch so klein. »Ich habe einiges mit Pietro zu besprechen. In den Nächten kommen wir kaum dazu«, sagt er, als alles wieder an Ort und Stelle steht.

»Warum? Bist du krank?« Ein Schauer kriecht mir über den Rücken.

»Mit mir ist alles in Ordnung«, erklärt er lächelnd. »Um mich musst du dich nicht auch noch sorgen. Aber gestern habe ich Gerüchte über neue Anschläge aufgeschnappt.« Das Lächeln verschwindet und macht Zorn in seinen normalerweise so friedfertigen Blick Platz.

»Neue Anschläge?«, frage ich.

»Angeblich plant die Bruderschaft etwas Großes«, bestätigt er.

Die Bruderschaft des Lichts oder *der Orden der Eingeweihten*, wie sie sich auch nennen, hat es sich zur Aufgabe gemacht, die Engel zu vertreiben. Natürlich gelingt ihnen das nicht, deshalb gehen sie immer brutaler vor. Bei dem letzten Anschlag auf einem der Fischmärkte, der einem Ratsmitglied galt, kamen eine Menge unschuldige Menschen ums Leben. Allein beim Klang des Namens prickelt meine Kopfhaut.

»Wieso denkst du, dass Pietro etwas darüber weiß?«, frage ich und schnappe mir meine Bauchtasche, in der ich ein bisschen Geld verstaue. Mein Messer stecke ich in die Schnalle an meinem Gürtel. Ich gehe nie unbewaffnet aus.

»Er sieht und hört mehr als die meisten von uns. Er kennt beinahe jede Menschenseele in Venedig. Wenn jemand etwas weiß, dann er. Ich glaube wirklich, es ist ernst.«

»Na gut«, gebe ich nach. »Wenn du darauf bestehst.« Ich

kann es nicht leugnen, aber auch ich fühle mich wohler, wenn ich nicht allein unterwegs bin.

Seit dem Tag vor drei Jahren, als die Bruderschaft zum ersten Mal in Erscheinung trat, fragen die Bürger der Stadt sich, wer hinter der Organisation steckt. Die Mitglieder tauchen in der Nacht irgendwo auf, verüben Anschläge auf die Anhänger der Engel oder Mitglieder des Rates, sie verschleppen deren Angehörige und rauben die Häuser aus, um Lösegeld zu erpressen. Die meisten Beamten, die sich der Herrschaft der Engel unterworfen haben, lassen sich und ihre Häuser mittlerweile von den Stadtwachen beschützen. Anfangs fand ich es richtig, dass jemand Widerstand leistete. Endlich erhob sich jemand gegen die ungerechte Herrschaft und gegen die Unterdrückung. Aber je mehr unschuldige Opfer dieser Kampf fordert, umso unsicherer werde ich. Wie viele Menschenleben ist dieser Kampf wert? Kann man das überhaupt umrechnen? Die Bruderschaft sieht diese Opfer selbstverständlich pragmatischer. Sie fordern die Bürger Venedigs regelmäßig in Flugblättern auf, sich zur Wehr zu setzen. Die meisten Menschen sind jedoch froh, dass so etwas wie Frieden eingekehrt ist. Niemand will mehr kämpfen. Wir haben gegen die Engel sowieso keine Chance.

Die meisten Menschen haben es eilig, weil sie vor der Abenddämmerung zu Hause sein wollen. Sie huschen schnell noch in die Geschäfte und decken sich mit dem Notwendigsten ein. Seit die Vaporetti nicht mehr in Betrieb sind, können die Wege in Venedig lang sein. Am besten bleibt man in seinem Stadtbezirk. In diesem Sommer gibt es fast alles, was das Herz begehrt. Obst, Gemüse, frische Milch und Fisch. Man muss es sich nur leisten können. Schlimm war es in den Wintermonaten. Bis vor Kurzem waren wir so abgeriegelt vom Rest der Welt, dass kaum Waren von draußen in die Stadt gekommen sind. Ich hoffe, in diesem Winter wird es leichter. Aber das wird es sowieso, wenn Alessio und ich allein sind. Mein Magen krampft sich bei der Vorstellung zusammen. Ich war noch keinen Tag meines Lebens ohne meine Geschwister.

Alessio kauft mir in einem kleinen Eckcafé einen Becher frisch gepressten Orangensaft und wir lehnen uns an ein Geländer, während unter uns leise das Wasser eines schmalen Kanals plätschert. Bei dem Haus gegenüber steht das hintere Tor offen und drei Stufen führen in das träge dahinfließende Wasser. Ein kleiner Junge spielt im Hausflur mit einem Ball. Beinahe könnte ich mir einbilden, es wäre wie früher, wenn ich mich nach der Schule mit meinen Freunden draußen herumgetrieben oder die Touristen beobachtet habe. Es ist schön, einfach mal mit Alessio allein zu sein. Die Gelegenheit haben wir nur noch selten. Ständig hetzen wir von einer Verpflichtung zur anderen.

»Du darfst Tizian nicht böse sein«, bricht Alessio das Schweigen. »Er macht sich bloß Sorgen, genau wie du.«

»Hast du mit ihm geredet?«, frage ich und verspüre einen Stich in der Brust. Mein Bruder vertraut Alessio mehr als mir, weil dieser nicht so ungeduldig mit ihm ist.

»Nicht direkt. Aber er ist ein Junge. Ich weiß genau, was jetzt in seinem Kopf vorgeht. Hör auf damit, ihn so zu bemuttern. Er ist zwölf. Zu alt, um ständig bewacht zu werden. Du schickst ihn fort, da muss er auch allein klarkommen.«

Ich weiß, dass Alessio recht hat, ich benehme mich wie eine Glucke. Ich möchte Tizian genau so verstecken, wie ich es bei Star tue, nur dafür müsste ich ihn anketten. »Das weiß ich ja. Manchmal glaube ich, er hat immer noch nicht verstanden, wie gefährlich unser Leben ist, und möchte einfach seinen Willen durchsetzen, aber gestern wusste er genau, welche Sorgen ich mir mache, wenn er nicht rechtzeitig zu Hause ist.«

Alessio stupst mich an. »Diese Dickköpfigkeit liegt bei euch in der Familie. Das weißt du schon, oder?«

Ich zucke mit den Schultern, weil ich ihm kaum widersprechen kann. Den Titel *Supervernüftigste Bürgerin* würde mir niemand verleihen. »Ich habe Angst, dass die Wachen ihn eines Tages schnappen, wenn er etwas stiehlt oder sich zu irgendeinem Unfug anstiften lässt.«

Das Gesicht meines Freundes wird ernst. »Ich will nicht behaupten, dass ich mir nicht dieselben Sorgen mache. Aber wenn du ihm alles verbietest, treibst du Tizian genau dazu. Er will sich beweisen. Wenn du ihm einen Teil deiner Sorge um Star überträgst, wird er sich beide Beine ausreißen, um deine Erwartungen zu erfüllen.«

»Hast du einen Erziehungsratgeber gelesen?«, ziehe ich ihn auf.

Alessio verdreht die Augen. »Hallo? Ich war fünfzehn, als dein Vater mich aufgenommen hat, wie du dich vielleicht erinnerst, und ich war damals mindestens so schwierig wie Tizian heute. Dein Vater hat mir seine Bücher anvertraut, was nach seiner Familie das Kostbarste war, was er besaß. Ich habe immer versucht, ihn nicht zu enttäuschen.«

Alessio war in seinem ganzen Leben nicht einen Tag schwierig. Wahrscheinlich hat er trotzdem recht. Ich muss darüber nachdenken. Wir sind mittlerweile vor dem Krankenhaus angekommen. Es liegt in einer unauffälligen Seitenstraße in der Nähe der Rialtobrücke. Von außen wirkt die gelbgraue Sandsteinfassade unscheinbar, sodass niemand vermuten würde, dass sich das Krankenhaus über die halbe Häuserzeile erstreckt. Früher beherbergte das Haus ein Luxushotel, in dessen Innenhof sich ein kleiner Garten mit einem Springbrunnen befand. Star und ich waren als Kinder unendlich fasziniert von den Goldfischen, die darin herumschwammen. Heute drängen sich so viele Menschen vor dem Eingang, dass wir kaum hineinkommen. Alessio entschuldigt sich unentwegt, während er sich vorwärtsschiebt. Die Leute kennen ihn und machen uns Platz. Es ist schrecklich, diese vielen verzweifelten Gesichter zu sehen. Oft müssen die Kranken stundenlang draußen darauf warten, behandelt zu werden. Der Gestank, der über dem Platz liegt, ist fast noch schlimmer als das Stöhnen und die Schreie. Ich halte mir den Ärmel vor die Nase und wünschte, die Engel hätten nicht so viele Krankenhäuser verfallen lassen. Wenn es noch mehr Ärzte und Kliniken in der Stadt gäbe, würde es die Situation deutlich entspannen. Als wir endlich durch das Portal ins Innere gelangen, seufze ich auf. Hier drinnen ist es kühl und leise, aber es riecht weiter nach Krankheit und sterbenden Menschen. Ich verstehe nicht, wie Alessio das jeden Tag aushält, aber ihm scheint es nichts auszumachen. Freundlich grüßt er die Menschen, die bis hier vorgedrungen sind, bleibt immer wieder stehen, um sich nach dem Zustand eines Kranken zu erkundigen oder einem Kind über den Kopf zu streichen. Alberta, die als Pförtnerin, Pietros Assistentin und heimliche

Herrscherin des Krankenhauses fungiert, winkt uns zu sich. Sie bewacht den Eingang so streng wie Zerberus den Zugang zum Hades. Aufmerksam mustert sie mich, bevor sie mich umarmt. »Du musst mehr essen, Kind.«

Sie hat gut reden. Selbst ist sie so dünn wie eine Bohnenstange. Ich wette, sie verschenkt ihre Rationen an die Kranken. Alberta hat das weichste Herz von ganz Venedig. Nach Mutters Verschwinden kam sie jeden Tag in die Bibliothek, um Tizian zu trösten und für uns zu kochen. Ich fühlte mich so allein und verlassen. Ich weiß nicht, was ohne sie aus uns geworden wäre. Sie hat mir Mut gemacht und mir versichert, dass ich es schaffen würde, mich um meine Geschwister zu kümmern.

Jetzt lächele ich nur als Antwort. »Wo finde ich die Frau, die gestern in der Arena so schwer verletzt wurde?«

»Suna Rossi? Zweite Etage, Zimmer 23.«

»Kann ich sie besuchen?«

»Natürlich. Sie wird sich freuen, dich zu sehen. Was du für sie getan hast ...« Alberta bricht ab und legt mir stattdessen die Hand auf die Wange.

Verlegen winke ich ab.

»Was hast du mir mitgebracht?«, fragt sie gespannt, als ich weitergehen will.

»Mist«, sage ich entschuldigend. »Das habe ich vergessen.« Vater hat ihr bei unseren Besuchen immer ein Buch aus der Bibliothek mitgebracht und ich habe diese Tradition beibehalten, auch wenn wir uns nicht mehr oft sehen. Uns beiden fehlt die Zeit. »Ich schicke dir nachher Tizian«, verspreche ich hastig.

»Aber er soll aufpassen, dass das Buch nicht wieder im Dreck landet«, erwidert sie lächelnd.

Ich blinzele verwirrt. »Wie meinst du das?«

»Beim letzten Mal war der Einband völlig verschmutzt, als hätte er das Buch in den Kanal getunkt, und die Seiten waren ganz zerknickt. Ich will nicht, dass Star deswegen mit mir schimpft.«

Mein kleiner Bruder – welche Aktivitäten verheimlicht er mir sonst noch? Von Tag zu Tag entgleitet er mir mehr. Warum hat er nicht erzählt, dass er Alberta besucht? Ob er glaubt, ich würde es ihm verbieten?

»Ist Pietro in seinem Büro?«, fragt Alessio und Alberta nickt. Als er losgeht, mache auch ich mich auf den Weg. Mir ist etwas mulmig zumute vor der Begegnung. Zum Glück hat Suna überlebt, aber in welchem Zustand befindet sie sich wohl? Ob ihr mein Besuch recht ist? Ob es ihr unangenehm ist, dass ich ihr mein Geld geschenkt habe?

Vorsichtig klopfe in an die Tür und warte, bis ein »Herein!« erklingt.

Ihr Mann sitzt neben dem Bett und hält ihre Hand. Als ich eintrete, lächelt er erschöpft.

»Sie schläft«, flüstert er. »Komm ruhig rein.«

»Wie geht es ihr?« Meine Stimme ist kratzig und viel zu leise, deshalb räuspere ich mich, bevor ich mich zwinge, näher an das Bett heranzutreten.

Die Bettwäsche ist sauber, auch wenn man dem Zimmer ansieht, dass es schon bessere Tage gesehen hat. Der Putz blättert von den Wänden und die Dielen wölben sich. Ich muss aufpassen, wo ich hintrete. Sunas Gesicht ist blass und unter den Augen liegen dunkle Schatten. Durch einen Schlauch tröpfelt eine durchsichtige Flüssigkeit in ihre Vene.

»Pietro ist zuversichtlich, dass sie es schafft«, sagt ihr Mann. »Ich habe mich gestern gar nicht vorgestellt«, setzt er hinzu. »Ich bin Stefano Rossi.«

»Moon deAngelis.« Ich schüttele die Hand, die er mir hinhält. »Tizians Schwester. Er und Chiara sind befreundet.«

»Das hat sie mir erzählt. Und auch, dass du die beste Kämpferin Venedigs bist. Keine Frau hat so lange wie du in der Arena durchgehalten.« Er streicht seiner Frau eine Haarsträhne aus der Stirn.

»Ich habe bisher nur das meiste Glück gehabt«, rechtfertige ich meinen fragwürdigen Erfolg.

»Das reicht ja manchmal.« Er schaut wieder auf seine Frau.

»Wie geht es deinem Sohn?«

»Gut. Er ist bei meiner Mutter. Pietro hat mir für Leon Medizin gegen das Fieber gegeben. Von deinem Geld«, setzt er zögernd hinzu. »Wir werden es nicht zurückzahlen können.«

»Das ist okay. Wirklich. Ich bin nicht mal sicher, ob ich die fünftausend Lire verdient habe.«

Fragend sieht Stefano mich an.

»Ich bin ja mit einem Schild gegen Lucifer angetreten und habe es im Kampf nur verloren.«

»Einem geschenkten Gaul guckt man nicht ins Maul, oder?«

»Vermutlich nicht. Ich bin froh, dass ich euch helfen konnte. Lass sie bloß nicht noch mal kämpfen«, bitte ich ihn. »Das ist nichts für sie.«

»Sie ist keine Frau, der ich etwas befehlen kann. Für ihre Kinder würde sie sogar in eine Schlangengrube steigen«, sagt er leise. »Leons Fieber stieg von Tag zu Tag und wir brauchten Geld für die Medizin. Wir wussten uns keinen anderen Rat.«

Ich schlucke. Es gibt sie noch, die Eltern, die für ihre Kinder ihr Leben geben.

»Wie lange muss sie hierbleiben?«, wechsele ich das Thema.

»Ein paar Tage braucht sie noch und auch zu Hause muss sie sich weiter ausruhen. Ich kann dir gar nicht sagen, wie dankbar ich dir bin. Ohne sie könnte ich nicht weitermachen.«

»Wo hast du dich eigentlich verletzt?«, frage ich. »Ich habe dich noch nie in der Arena gesehen.«

»Ich kämpfe womöglich noch schlechter als meine Frau.« Er presst die Lippen zusammen. »Ich bin Zimmermann. Nero deLuca hat mich beauftragt, in seinem Haus verschiedene Arbeiten zu erledigen, und dabei bin ich vom Dach gestürzt. Es ist glimpflich verlaufen, aber er hat sich geweigert, mich zu bezahlen, bis ich alles fertigstellen kann. Nur deshalb kamen wir in diese Zwangslage.« In seinen Augen schimmern Tränen.

Ich wende mich ab, weil es einem Mann wie ihm sicherlich peinlich ist, vor einem Mädchen zu weinen.

»Nero ist ein Schwein!«, stoße ich hervor und gehe zum Fenster.

»Ich wünschte, die Bruderschaft würde ihn sich einmal vornehmen«, sagt Stefano leise, aber ich höre die Wut in seinen Worten.

»Ich würde da nichts auf eigene Faust unternehmen«, spreche ich meine Gedanken laut aus. »Das ist es nicht wert.«

»Findest du nicht? Die Mitglieder des Rates machen uns das Leben mittlerweile mehr zur Hölle als die Engel. Ich weiß von mehreren Handwerkern, die ihren Lohn nicht bekommen.«

»Selbst wenn jemand ihn tötet, was dann? Wenn er uns nicht ausbeutet, wird es ein anderer tun. So wissen wir wenigstens, woran wir sind.« Selbst in meinen Ohren klingen diese Worte heuchlerisch. Aber ein zweifacher Familienvater sollte nicht mal darüber nachdenken, Widerstand zu leisten. Er hat viel zu viel zu verlieren.

Wir unterhalten uns weiter über Leute, die wir beide kennen, bis es klopft und Alessio seinen Kopf hereinsteckt.

»Sag ihr schöne Grüße von mir, wenn sie aufwacht«, verabschiede ich mich. »Und viel Glück.«

»Vielleicht kann ich mich eines Tages revanchieren«, erwidert Stefano. »Wende dich ruhig an mich, wenn du Hilfe brauchst. Wir wohnen in Dorsoduro.«

»Das mache ich.« Freunde kann man heutzutage nicht genug haben.

»Bleibst du nicht hier?«, frage ich, als wir die Treppen zum Ausgang hinuntergehen.

»Ich bringe dich noch nach Hause.« Alessios Blick huscht von rechts nach links. Es sind nur noch wenige Menschen unterwegs und der Platz vor dem Krankenhaus ist beinahe leer, obwohl ich maximal eine halbe Stunde bei Stefano war.

»Hat Pietro was gehört?«, frage ich ihn. »Oder hat er eine Ahnung, was die Bruderschaft vorhaben könnte?«

»Er wusste nicht viel mehr als ich.« Alessio klingt bekümmert und ich drücke seine Hand.

»Vielleicht findest du in den nächsten Tagen mehr heraus«, tröste ich ihn.

»Gewalt ist keine Lösung«, sagt er leise. »Die Engel tun uns Gewalt an, der Rat unterdrückt die Bürger und die Bruderschaft schlägt wild um sich. Wo soll das enden?«

Bestimmt erwartet er keine Antwort von mir, denn die habe ich nicht. Ich hoffe einfach nur auf jeden neuen Tag und dass meine Geschwister, Alessio und ich diesen überleben. Das ist nicht gerade das, was man optimistische Zukunftspläne nennt, aber besser als gar nichts.

Die Sonne geht langsam unter und trotzdem ist es noch brütend heiß. Hoffentlich werden die Tage bald kühler. Die Spätsommerhitze und meine trüben Gedanken laugen mich aus. Werden Tizian und Star noch einen Winter in der Stadt verbringen müssen? Oder kommt Tizian zur Besinnung? Ich will ihn nicht unbedingt zum Gehen zwingen. An einem Tag wie diesem fühlt sich die Verantwortung für meine Geschwister an, als lastete ein Jutesack mit Steinen auf meinen Schultern. Diese Steine erdrücken mich und alles, was mich früher ausgemacht hat. Ich habe Suna mit meinem Geld das Leben gerettet, darüber bin ich froh. Aber trotzdem zermürben mich die Gedanken. Hätte ich das Geld behalten, hätte ich für eine ganze Weile nicht mehr kämpfen müssen. Nun muss ich nächste Woche wieder in die Arena.

Alessio legt mir eine Hand auf die Schulter. »Du hast das Richtige getan«, erklärt er, als hätte er meine Gedanken gelesen. »Wir kommen auch so zurecht. Wir sind zu viert, wir sind gesund und stark. Mach dir keine Vorwürfe.«

Dass er selbst Star in unser Grüppchen einschließt, zeigt mir wieder einmal, was für ein guter Mensch Alessio ist. Er hat meine Schwester mit all ihren Eigenheiten immer akzeptiert und war nie ungeduldig mit ihr. Bestimmt hat er recht. Eines Tages werden wir in Sicherheit sein. Eines Tages werden wir wieder glücklich sein. Ich wünschte, dieser Tag wäre morgen.

»Du hast diese Familie gerettet«, setzt er fort. »Tizian ist stolz auf dich, aber er stirbt jedes Mal tausend Tode, wenn du in die Arena gehst.«

»Ehrlich?« Das war mir bisher nicht klar. »Aber ich bin doch die nervige große Schwester, die ihm ständig Vorschriften macht.«

Alessio beschleunigt seine Schritte, als wir in eine Gasse abbiegen. Sofort wird es kühler. Über uns schließt jemand klappernd die Fensterläden. »Du bist sein großes Vorbild. Sein Halt. Er will sein wie du und er hat panische Angst, dich zu verlieren.«

»Ich denke immer, er liebt Star viel mehr als mich«, gestehe ich leise. Schon es auszusprechen, ist peinlich.

»Er liebt dich anders, aber deswegen nicht weniger. Versetz dich mal in seine Lage. Wenn du nicht mehr bist, muss er für sich und Star sorgen. Er bewundert dich, wie du das alles schaffst. Du hast keine Ahnung von Jungs.«

Ich boxe ihn in die Seite, als lautes Fußgetrappel vor uns ertönt. Alessio drängt mich an die Hauswand. Meine Augen weiten sich, als ich sehe, wer da auf uns zustürmt. Die langen dunklen Mäntel lassen nur einen Schluss zu, aber das kann nicht sein. Die Mitglieder der Bruderschaft des Lichts rennen nicht in der Abenddämmerung durch Venedig, sie schleichen durch die Dunkelheit. Niemand weiß, wer zu ihnen gehört. Es gibt nur immer wieder Gerüchte über die Männer, die sich den Engeln entgegenstellen und keine Rücksicht auf die Opfer nehmen, die dieser Kampf fordert. Manche der Einwohner Venedigs hassen sie und manche lieben sie. Viele junge Männer würden sich ihnen gern anschließen, aber so funktioniert das nicht. Die Bruderschaft rekrutiert ihre Mitglieder heimlich, man kann sich nicht einfach bei ihnen bewerben. Ich hoffe, sie stoßen nie auf Tizian, er würde sofort bei ihren Selbstmordkommandos mitmachen. Denn genau das ist es, was sie tun. Sie schicken ihre Kämpfer in den sicheren Tod.

Aber es besteht kein Zweifel, die drei Männer, die auf uns zukommen, gehören der mysteriösen Verbindung an. Nur ein völlig Verrückter würde sonst in dieser Verkleidung auf die Straße gehen. Die Kerker unter dem Dogenpalast sind nicht gerade für ihre Gemütlichkeit bekannt.

Einem der Männer rutscht die Kapuze, die sein Gesicht verhüllt, vom Kopf und ich ziehe die Luft ein. Das Gesicht kenne ich, auch wenn die kurzen Haare das Aussehen komplett verändert haben und es früher deutlich fülliger war. Denn es ist gar kein Mann, der sich unter der Kutte verbirgt, sondern eine junge Frau. Sie ist mit mir zur Schule gegangen und ihr Vater besaß vor der Invasion eine Metzgerei. Sie ist ein oder zwei Jahre älter als ich und recht unscheinbar. Krampfhaft versuche ich, mich an ihren Namen zu erinnern, aber er fällt mir nicht ein. Ihre Augen huschen hektisch zu mir, sie zerrt sich die Kapuze wieder über den Kopf, doch dabei erhasche ich einen Blick auf ihren Unterarm. Die Tätowierung kenne ich. Es ist das Zeichen der Rosenkreuzer.

»Hast du gesehen, was ich gesehen habe?«, frage ich Alessio, der angespannt die Stirn runzelt. Er hat für die Bruderschaft nur Abscheu übrig. Für die Attentate, die diese auf die Engel oder die Adligen der Stadt verübt haben, wurden danach immer Unschuldige bestraft, und Alessio hasst Ungerechtigkeit mindestens genauso wie Gewalt. Leider verstecken sich die Mitglieder dieser obskuren Organisation zu gut, als dass sie zur Rechenschaft gezogen werden könnten.

Alessandra. Der Name schießt mir plötzlich durch den Kopf. Das Mädchen heißt Alessandra.

»Natürlich. Es ist kein gutes Zeichen, dass sie sich so öffentlich zeigen. Wir müssen die Bevölkerung warnen.«

»Wie denn, wenn wir keine Ahnung haben, was sie vorhaben? Willst du durch Venedig laufen und überall hinausposaunen, dass ein Anschlag bevorsteht? Die Menschen werden dich entweder für verrückt halten oder dich zum Schweigen bringen.«

»Wahrscheinlich hast du recht«, lenkt er widerstrebend ein. »Wir sollten von hier verschwinden. Es ist kein gutes Zeichen, wenn die Ratten an Deck kommen.«

Trotzdem bleiben wir noch einen Moment stehen und lauschen. Fast scheint es, als seien jegliche Geräusche der sonst so hektischen Stadt verstummt.

»Ich habe sie gekannt«, hauche ich leise, dabei ist weit und breit niemand zu sehen. In Venedig haben selbst die Mauern Ohren. Das ist etwas, was sich niemals ändern wird. Schon die alten Dogen wussten das und haben ihre Geheimnisse ängstlich gehütet.

»Das Mädchen ist mit mir zur Schule gegangen. Hast du das Rosenkreuz auf dem Unterarm gesehen?«

»Das Zeichen ihrer Adepten«, knurrt Alessio. Er kennt sich mit christlichen Legenden beinahe so gut aus wie mein Vater. »Sie missbrauchen das Zeichen, um ihre Untaten zu legitimieren.«

Es passiert nur sehr selten, dass Alessio wütend wird. Das hier ist so ein Moment. Er glaubt an eine friedliche Koexistenz mit den Engeln und hofft, dass sie uns eines Tages als gleichberechtigte Bewohner der Erde akzeptieren. Ich denke, sie wollen uns einfach nur ausrotten. Trotzdem halte ich, wie er, den Weg der Bruderschaft für falsch. Gewalt produziert nur wieder Gewalt.

V. Kapitel

Angespannt gehen wir weiter, nur noch zwei Abbiegungen, dann haben wir den Markusplatz erreicht und können in die Sicherheit der Bibliothek zurückkehren. Es ist nicht ratsam, sich nach Einbruch der Dunkelheit noch draußen in den Straßen herumzutreiben. Es ist sogar lebensgefährlich, weil dann das Chaos regiert. Wir hätten das Krankenhaus früher verlassen müssen. Ich beschleunige meine Schritte. Was, wenn Alessio recht hätte? Was, wenn es eine gemeinsame Zukunft von Engeln und Menschen gäbe? Ich blicke nach oben, aber die Gasse ist zu schmal, als dass ich einen Blick auf die sieben Himmelshöfe erhaschen kann.

Wir haben das Ende der Gasse beinahe erreicht, als sich ein Schatten vor den schmalen Ausgang schiebt. Ein Schatten, der mir mittlerweile grausam vertraut ist. Ich schlucke die Furcht hinunter, kann aber nichts gegen den Angstschweiß ausrichten, der mir am ganzen Körper ausbricht. Reicht es nicht, dass ich ihm in der Arena gegenübertreten musste? Reicht es nicht, dass er mich gestern fast getötet hat? Natürlich nicht. Er hat die Jagd eröffnet und wird keine Ruhe geben, bis er meine Seele in seine Hölle sperren kann. Meine zitternden Hände schieben sich von allein in meine Hosentaschen. Er soll meine Angst nicht bemerken.

»Was habt ihr um diese Zeit noch hier draußen zu suchen?«, fragt Lucifer mit ruhiger Stimme. Nichts weist darauf hin, dass er mich in dem Dämmerlicht erkennt. Ich atme erleichtert auf und halte den Kopf gesenkt. Bestimmt sehen für ihn alle Menschen gleich aus. Für ihn sind wir nur zwei Käfer, die er unter seinen Füßen zerquetschen möchte.

»Wir sind auf dem Heimweg«, antwortet Alessio mit fester Stimme und macht einen Schritt vorwärts, als könne er Lucifer so dazu bewegen, beiseitezutreten. Ich bleibe dicht hinter ihm und hoffe, nicht des Höllenfürsten Aufmerksamkeit zu erregen. Mit etwas Glück hält er mich einfach für eine junge Frau, die mit ihrem Mann unterwegs ist. Meine Schultern sacken nach unten und ich versuche, besonders unterwürfig zu wirken, was in Lederhose und mit einem Messer am Gürtel schwierig ist. Vielleicht sollte ich darüber nachdenken, öfter mal ein Kleid anzuziehen.

»Beeilt euch. Die Stadt ist nicht mehr sicher um diese Zeit.« Zu meinem Erstaunen tritt Lucifer tatsächlich beiseite und Alessio geht mit erhobenem Kopf an ihm vorbei. Man kann meinem besten Freund vorwerfen, dass er zu vernünftig ist, aber er ist auch unbestreitbar mutig. Ich beeile mich, ihm zu folgen, als eine Hand meinen Arm festhält und mich zum Stehenbleiben zwingt.

»Was du gestern gemacht hast«, raunt Lucifer mir ins Ohr, »war sehr unüberlegt. Selbst für einen Menschen.«

Ich kann mich nicht rühren. Nicht, solange seine Hand mich festhält und sein kühler Atem über mein Gesicht streicht. Er hat mich doch erkannt. Lungert er etwa wegen mir hier herum? Um mir das zu sagen?

»Warum hast du das getan? Weshalb hast du das Geld verschenkt?«

Ich hebe den Kopf und blicke in sein Gesicht. Selbst in dem Dämmerlicht kann ich die Verwunderung in seinen Augen erkennen. Dann entreiße ich ihm meinen Arm. »Es geht dich nichts an!«, stoße ich hervor. »Es war mein Geld. Ich habe es ehrlich verdient.«

Ein Lächeln breitet sich auf seinem Gesicht aus. Es verwirrt mich, dass es keineswegs gereizt oder zornig wirkt. Am besten passt wohl die Bezeichnung amüsiert. »Moon deAngelis«, sagt er sanft. »Mich geht alles etwas an, was ihr Menschen so treibt, auch wenn es mir schwerfällt, zu verstehen, warum ihr euch verhaltet, wie ihr euch verhaltet. Obwohl unser Vater euch und uns geschaffen hat, seid ihr nur schwer zu begreifen.«

Ich bin zu geschockt, um mich zu bewegen. Angst kriecht mir den Nacken hoch und breitet sich in meinem ganzen Körper aus. Er hat sich meinen Namen gemerkt. Was weiß er noch über mich? Wo ich wohne? Dass ich Geschwister habe? Nein, das kann nicht sein. Engel sind weder allwissend noch können sie Gedanken lesen. Ihre einzige Besonderheit ist, dass sie fliegen können. Na ja, und dass sie fast unsterblich sind, im Himmel leben und noch ein paar andere Kleinigkeiten.

Unser Vater hat euch und uns geschaffen. Früher hätte ich über so eine Aussage gelacht. Heute weiß ich, dass sie wahr ist. »Es geht dich nichts an, wofür ich mein Geld verwende!«, fauche ich erneut. »Ich hätte es auch in das Wasser des Canale Grande schmeißen können.«

Lucifer lässt mich los und nickt. »Warum hättest du das tun sollen?« Er legt den Kopf schief. »Nun wirst du wieder kämpfen müssen.«

Klugscheißer! Ich beiße die Zähne so fest zusammen, dass er das Knirschen hören muss. Wenn ich das nicht täte, würde ich etwas sehr Dummes sagen.

»Bring sie nach Hause. Sofort!«, bellt er Alessio an. »Wenn ich sie noch einmal um diese Zeit auf der Straße erwische, kann sie ein paar Nächte im Kerker unter dem Dogenpalast verbringen. Das wird ihr diese Aufmüpfigkeit schon austreiben. Ich behalte dich im Auge, Moon deAngelis.«

Ich kann nichts erwidern, weil ich viel zu sehr damit beschäftigt bin, die Panik, die sich in meinem Körper aufbaut, zu bekämpfen. Nun ist er doch zornig, und zwar so sehr, dass seine Schatten sich verdichten. Er hüllt sich in sie ein und geht davon. Von allen Engeln, die mir hätten drohen können, ist er der schlimmste.

Auch mein Freund blickt ihm verwundert hinterher. »Was war das gerade?«

»Wahrscheinlich will er nicht, dass sein Opferlamm in den Straßen geschlachtet wird. Das will er selbst erledigen«, erwidere ich mit brüchiger Stimme. Was soll ich jetzt nur tun? Am besten gehe ich morgen in die Arena und stelle mich ihm freiwillig. Alles ist besser, als in ständiger Angst zu leben und mit der Gewissheit, dass er irgendwo auf mich lauert.

Bevor Alessio etwas sagen kann, schiebe ich ihn vorwärts. Es ist noch dunkler geworden und nun müssen wir uns wirklich beeilen. Hand in Hand rennen wir an die Häusermauern gedrückt weiter. Fenster und Türen werden verriegelt, ein paar andere Nachzügler laufen an uns vorbei und eine Frau schöpft Wasser aus einer öffentlichen Zisterne. Sie sollte sich besser beeilen. Wir überqueren eine Brücke und ich erhasche einen Blick auf den Gondoliere, der sein Boot für die Nacht festmacht. Nur noch ein paar Meter, dann sind wir in Sicherheit.

Wir laufen über die Piazzetta dei Leoncini. In einem der Ladengeschäfte gab es früher die besten Burger der Stadt. Heute wohnen in den ehemaligen Geschäften Menschen. Mehrere Familien schlafen in winzigen Räumen. Immer, wenn ich das sehe, bekomme ich ein schlechtes Gewissen, weil der große Gebäudekomplex des Museums leer steht. Aber würden wir es öffnen, wären die Ausstellungsstücke in Windeseile gestohlen oder zerstört. Das kann ich nicht zulassen, denn obwohl es nur tote Gegenstände sind, sind sie ein Teil unserer menschlichen Zivilisation und davon ist nicht mehr viel übrig. Rechts von uns reckt sich die Fassade des Markusdoms in die Höhe, über dem die Tribünen der Arena schweben. Fliegende Händler verstauen ihre Waren in Säcken und Körben und machen sich auf den Heimweg. Drei Engel machen sich einen Spaß daraus, sie vor sich herzuscheuchen. Was tun die noch hier? Normalerweise verbringen sie die Nächte im Dogenpalast, wo sie gleich nach ihrer Ankunft Quartier bezogen haben. Dorthin ziehen sie sich bei Sonnenuntergang zurück, denn Engel fürchten die Dunkelheit. Jedenfalls die meisten Engel. Mindestens einer ganz sicher nicht. Lucifer und seinen gefallenen Engeln kann es bestimmt nicht finster genug sein. Aber auch sie lassen sich nachts selten in der Stadt blicken.

An der Ecke, an der wir zum Markusplatz abbiegen müssen, steht Nuriel, und ich frage mich, wie seine Verabredung mit Felicia deLuca verlaufen ist. Er sieht noch gruseliger aus, als ich ihn in Erinnerung habe, und Felicia tut mir jetzt doch leid. Der Engel neben ihm, auf den Nuriel einredet, steht mit dem Rücken zu mir, aber diese rauchgrauen Flügel, die in der Dämmerung glitzern, sind unverwechselbar. Es ist Semjasa, Lucifers treuester Gefährte. Als spüre er meine Blicke, wendet er sich um und lächelt mich breit an. Dieses Lächeln trifft mich so unerwartet, dass ich stolpere. Engel lächeln Menschen nicht an, als wären sie alte Freunde. Fehlt nur noch, dass er mir zuzwinkert, dabei hätte er mich vorgestern ohne mit der Wimper zu zucken getötet. Drei Jahre habe ich versucht, nicht aufzufallen, habe mich unsichtbar gemacht, und nun kennt Lucifer meinen Namen und Semjasa lächelt mir zu. Das kann nur Ärger bedeuten. Was rede ich mir da ein? Ich bin kein bisschen unsichtbar. Wie Stefano richtig bemerkte, bin ich die einzige Frau, die seit drei Jahren in der Arena überlebt hat. Der Tag, wo das selbst dem dümmsten Engel auffällt, musste ja kommen. Die Erkenntnis trifft mich wie ein Schlag. Was, wenn Lucifer mich deswegen für eine Schlüsselträgerin hält? Diese Vermutung liegt nahe, selbst wenn ich sie absurd finde. Jede Schlüsselträgerin bringt schließlich eine besondere Eigenschaft mit. Der zehnte Schlüssel muss einen großen Namen haben und der zwölfte ist der Schlüssel des Ruhmes. Beides könnte auf mich zutreffen, vorausgesetzt, sie haben noch keine dieser

Schlüsselträgerinnen gefunden. Ich schlucke, weil das die einzige logische Erklärung für Lucifers Interesse an mir ist. Ich kann keine Schlüsselträgerin sein. Bestimmt müsste ich das spüren. Ich habe keine besonderen Eigenschaften. Hier würde Alessio widersprechen. Er findet mich oft zu unbeherrscht, aber dafür gibt es glücklicherweise keinen Schlüssel.

An dem Tag, an dem alle Schlüsselträgerinnen gefunden sind und die Engel die Pforten des Paradieses mit ihrer Hilfe öffnen, muss jede Schlüsselträgerin einen geheimen Satz aussprechen. Wählen die Engel eine falsche Schlüsselträgerin, stirbt diese bei dem Ritual und die Tore bleiben weiterhin verschlossen. Die Engel dürfen sich keinen Fehler erlauben, denn dann geht ihre Suche weiter.

Alessio zieht mich unter Nuriels und Semjasas Blicken weiter. Kurz darauf ertönt ein Pfiff und das Flügelschlagen zeigt mir an, dass die Engel verschwinden. Ich blicke ihnen nach. Nuriel fliegt voran und Semjasa und die anderen drei Engel folgen ihm. Ihre Flügel leuchten in den unterschiedlichsten Farben. Die des einen sind türkis mit silbernen Spitzen. Bei dem anderen sind sie oben purpurrot und werden dann immer heller. Die des dritten Engels sind perlmuttfarben. Erleichtert atme ich auf, als sie am Horizont verschwinden, und werde langsamer. Der Campanile, der schräg gegenüber vom Dom steht, weist wie ein ausgestreckter Zeigefinger in den Abendhimmel. Den Turm haben die Engel, im Gegensatz zum Dom, unversehrt gelassen. Für sie ist es ein Sport, auf dem Sims der Pyramidenspitze zu landen, wenn sie morgens aus ihren himmlischen Palästen zurückkehren. Wenn wir ihn erreicht haben, sind wir beinahe zu Hause. Ich werde mir eine Limonade machen und vielleicht spielen wir zusammen Karten.

Ein Knall zerreißt mein Trommelfell, als ich gerade überlege, was wir noch zum Essen im Haus haben. Alessio stößt mich zu Boden und sein schlanker Körper ist über mir, bevor ich überhaupt erfasse, was los ist. Ich höre Schreie und eine weitere Detonation. Steine regnen auf das Pflaster. Alessio stöhnt und rappelt sich mühsam auf. Ich stütze ihn und wir taumeln in den Schutz der Bogengänge gegenüber des Doms. »Bist du verletzt?«, frage ich ihn hektisch.

»Was war das?« Seine Brille sitzt schief. Bestimmt sieht er kaum etwas. Bevor er antworten kann, ertönt eine dritte Explosion.

Durch die Druckwelle zersplittern die Fensterscheiben der Häuser ringsum. Splitter fliegen durch die Luft und Staub trübt meine Sicht. Über Alessios Stirn rinnt Blut, was er nicht zu bemerken scheint, und in seinen Augen spiegelt sich der Schein von Feuer. Dieses Mal kam der Knall von ganz nah. Wir müssen hier weg.

»Jemand hat den Dom gesprengt«, keuche ich und betrachte mit Entsetzen die gezackten Ruinen, die sich aus dem Staub schälen. Über die gesamte Mauerseite, an der wir gerade noch vorbeigegangen sind, ziehen sich kraterhafte Einschläge.

Wie betäubt nickt Alessio und ich widerstehe der Versuchung, einfach loszurennen, um nachzusehen, ob die Bibliothek unversehrt ist. Erst müssen wir wissen, ob die unmittelbare Gefahr vorbei ist. »Nur den Dom?«, keucht auch Alessio.

Die Möglichkeit, dass noch andere Gebäude des Platzes betroffen sind, will ich mir gar nicht vorstellen. In den Gebäuden wohnen jede Menge Menschen und Familien wie die unsere.

»Ich glaube schon, aber wir müssen nach Hause«, bringe ich hervor und huste.

»Jaja«, stammelt Alessio und blickt sich um. »Warte.« Er reißt mich zurück.

Aus den Häusern um uns herum strömen die Menschen. Voller Panik verlassen sie ihre Wohnungen und rennen über den Platz. Sie nehmen keinerlei Rücksicht, sondern rempeln uns an. Ich verliere das Gleichgewicht, aber Alessio hält mich fest. Es donnert und durch den Staub sehe ich nun den Campanile schwanken. Ich betrachte das Schauspiel und bin unfähig, auch nur ansatzweise zu begreifen, was da gerade passiert. Wenn der Turm auf die Bibliothek stürzt, wird er unsere Wohnung und meine Geschwister unter sich begraben. Langsam neigt er sich zur Seite. Ich schreie und brülle den Menschen Warnungen zu, aber die meisten laufen völlig kopflos weiter. Wie in Zeitlupe fällt der riesige Turm in Richtung Dom und zertrümmert eine weitere Wand. Rotes Mauerwerk fliegt quer über den Platz und Alessio und ich gehen in Deckung. Die Steine begraben die fliehenden Menschen unter sich. Ich kann nicht glauben, dass das gerade passiert ist. Um nun zu Star und Tizian zu kommen, müssen wir über die Trümmer klettern, aber wenigstens liegen wir nicht darunter. »Komm.« Ich renne los, wieder rempelt mich jemand an, aber ich laufe weiter. Die roten Backsteine versperren mir den Weg und die Sicht. Schreie durchdringen die Luft und ich versuche, zu orten, woher sie kommen.

Alessio packt meinen Arm und hält mich zurück. »Ich werde die Tore des Doms öffnen. Die Menschen können da nicht raus.« Trotz der Explosionen sind die Seitenwände immer noch zu hoch, als dass man über diese klettern könnte. In den Resten des Doms verbringen viele Obdachlose ihre Nächte, damit sie nicht in den Straßen schlafen müssen. Nero deLuca lässt sich dafür von ihnen bezahlen, aber er verriegelt auch die Tore in der Nacht, damit sich niemand heimlich einschleicht. Nun ist der Dom für diese Menschen keine Zuflucht mehr, sondern eine Falle.

Ich werfe einen Blick zur Bibliothek. Trotz des Chaos und der Zerstörung ist sie immer noch unversehrt.

»Ich komme mit«, sage ich, bezweifle aber, dass wir es schaffen, überhaupt zum Tor zu gelangen. Wir müssen den Menschen helfen, die unter den Steinen begraben sind. Immer mehr Menschen strömen auf den Platz, die meisten rennen ziellos herum und versuchen, sich in Sicherheit zu bringen. Ich kann es ihnen nicht verübeln. Wer weiß, an welchen Gebäuden noch Bomben gelegt wurden? Hoffentlich war Tizian zu Hause, als es losging. Diese verfluchten Brüder des Lichts! Ich beiße die Zähne aufeinander. Deswegen sind sie also hier herumgeschlichen.

Alessio schüttelt hektisch den Kopf. »Besser, du gehst zurück in die Bibliothek und schaust dort nach dem Rechten.«

»Spinnst du? Ich lasse dich nicht allein hier draußen.« Das kann er gleich vergessen. Warum will er ausgerechnet jetzt den Helden spielen? »Wir bleiben zusammen.«

Sein Gesichtsausdruck wechselt zwischen Zorn und Angst hin und her, aber nach kurzem Zögern nickt er. »Aber wenn wir getrennt werden, läufst du sofort in die Bibliothek und verschanzt dich dort mit Star und Tizian. Versprich mir das.«

Ich hole Luft und beuge mein Kinn ein winziges Stück nach

unten. Das scheint ihm zu reichen, denn auf seinem Gesicht breitet sich Entschlossenheit aus. Er wird nicht zulassen, dass die Menschen im verschlossenen Dom sterben. Das ist so typisch für ihn. Wir schieben uns mithilfe unserer Ellbogen durch die Flüchtenden. Mehrmals werde ich angestoßen und verliere dabei beinahe das Gleichgewicht. Rücksichtslos drängele ich weiter. Die Massen würden einfach über uns hinwegtrampeln, sobald wir fallen. Ich halte ihm meine Hand hin und ziehe ihn hinter mir her, bis wir die halb zerstörte Außenmauer des Doms erreichen. Schemenhafte Gestalten klettern auf den Resten der gesprengten Tribünen herum. Quietschend neigen diese sich zur Seite. Jemand stürzt schreiend in die Tiefe. Ich kann nicht mehr hinschauen, weil trotzdem weitere Personen versuchen, über diesen Weg zu fliehen. Wir tasten uns durch den Staub und über die Trümmer zum Atrium. Wie befürchtet, ist die Pforte des Doms außen mehrfach verriegelt. Normalerweise stehen hier draußen schwer bewaffnete Wachmänner von Nero deLuca. Die sind jetzt tot oder haben sich aus dem Staub gemacht, ohne den Menschen drinnen zu helfen. Noch eine Explosion ertönt und ich ducke mich, obwohl das sinnlos ist. Ich riskiere einen Blick nach oben. Die Bögen über dem Atrium sind komischerweise immer noch unversehrt. Die Attentäter haben sich vermutlich nicht getraut, ihre Bomben direkt im Eingangsbereich zu platzieren. Der Boden unter meinen Füßen bewegt sich und ich klammere mich an das Tor, aber die Mauern halten.

Mit vereinten Kräften schieben Alessio und ich die Riegel zurück. Von innen schlagen Fäuste gegen das Holz. Verzweifelte Rufe ertönen. Eine neue Explosionswelle kriecht heran und ich bilde mir ein, dass sie von der Südfront kommt. Meine Hände zittern vor Anstrengung und Angst. Der Dom ist längst nicht mehr so imposant wie früher, aber ein einzelner Stein aus dem Mauersims würde ausreichen, um uns zu erschlagen. Der letzte Riegel rutscht erstaunlich leicht zur Seite. Ich will Alessio wegziehen, aber es ist zu spät. Die Pforte springt auf, eine panische Menschenmasse strömt heraus und ich werde von ihr fortgetrieben. Ich muss mit der Menge mitlaufen, sonst bin ich verloren. Verzweifelt halte ich Ausschau nach meinem Freund, aber ich kann ihn nicht sehen. Hinter mir explodiert etwas. Kreischen und Donner erfüllen die Luft und ich renne um mein Leben. Ich bete, dass Alessio nicht zerquetscht wird, hoffe wider besseres Wissen, er macht sich auf den Weg in die Bibliothek und versucht nicht länger, irgendwen zu retten. Das wäre Selbstmord. Rutschend und schlitternd überquere ich den Platz, umrunde Steinquader und versuche, der fliehenden Menge zu entkommen. Immer wieder riskiere ich einen Blick hinter mich, in der Hoffnung, Alessio zu entdecken. Das Herz schlägt hektisch in meiner Brust. Weinen, Stöhnen und Kreischen erfüllen die Luft, der Boden vibriert unter den donnernden Schritten hunderter fliehender Füße. Der Geruch von Feuer und Rauch dringt in meine Nase. Die Explosionen haben an mehreren Stellen des Doms Feuer ausgelöst. Bei der Vorstellung, dass Alessio irgendwo bewusstlos liegt und verbrennt, wird mir übel und ich bin hin- und hergerissen zwischen dem Wunsch, nach Star und Tizian zu sehen, und der Angst um ihn. Endlich erreiche ich den Bereich des Museums, der hinter den Resten des Turmes liegt, presse mich gegen eine Steinsäule und versuche, zu Atem zu kommen.

Ich muss Alessio suchen, aber es ist klüger, noch etwas abzuwarten, bis die Menge sich ein wenig zerstreut hat. Die Trümmer versperren den Weg zum Canale Grande, den Menschen bleibt nichts anderes übrig, als durch die schmalen Gassen unter den Arkaden hindurch zu fliehen. Der einzige Ausweg liegt neben dem ehemaligen Haupteingang zum Museum. Ich bleibe im Schutz der Mauer stehen, mein Atem und mein Herzschlag beruhigen sich langsam. Mittlerweile ist es völlig dunkel. Nur schwaches Mondlicht und die flackernden Feuer, die die Explosionen verursacht haben, erhellen den Platz. Immer noch flüchten Menschen über diesen, aber ich muss keine Angst mehr haben, von ihnen überrannt zu werden, als ich zurückgehe. Wo eben noch Menschenmassen herumgerannt sind, sitzen nun Grüppchen und verarzten sich gegenseitig. Pietro kommt mit einigen Helfern, die Fackeln in den Händen tragen, auf die Piazza gelaufen. Umgehend ordnet er an, die Schwerverletzten abzutransportieren. Wie hat er so schnell von dem Unglück erfahren? War das Donnern bis zum Krankenhaus zu hören? Ich renne zu ihm. »Hast du Alessio gesehen?«, frage ich, als ich ankomme. »Ist er bei dir?«

Er schüttelt den Kopf, beugt sich über eine Frau und schließt ihre Augen. Für sie kam seine Hilfe zu spät.

»War er mit dir hier?« Verzweiflung steht in seinen Augen, als ich nicke. »Wir haben uns verloren.«

»Such ihn!«, befiehlt Pietro mir. »Wir brauchen ihn hier.«

»Aber Star und Tiz…«, setze ich an.

»Die Bibliothek ist unversehrt!«, herrscht er mich an, ohne nur einen Blick auf das Gebäude zu werfen. »Such ihn und bring ihn her.«

»Okay.« So ungeduldig hat er noch nie mit mir geredet, aber diese Situation überfordert wohl auch einen Mann wie ihn. Ich renne los. Ein Mann springt zur Seite, als ich an ihm vorbeilaufe. Angewidert erkenne ich, dass er einem Verletzten die Schuhe stiehlt. Meine Gedanken rotieren. Vielleicht ist Alessio in den Dom gegangen, um nachzusehen, ob er dort drinnen helfen kann. Zuzutrauen wäre es ihm, oder er wurde direkt an der Tür niedergetrampelt. Das darf ich nicht mal denken. Ich atme auf, als ich an der Pforte ankomme und dort nicht seinen zerschmetterten Leichnam finde. Ein kleines Mädchen klammert sich auf den Stufen an den Körper des Vaters, der mit offenen Augen in den Himmel starrt. Ich kann das Kind nicht allein hier sitzen lassen. Gerade in dem Moment, als ich es trösten will, rennt schreiend eine Frau auf uns zu. Sie reißt mir die Kleine aus den Armen, weint und lacht gleichzeitig. Sie küsst dem Kind die Wangen. Ich verlasse die beiden und hoffe irgendwie, dass der Tote nicht der Vater des Kindes war.

Behutsam taste ich mich durch die Trümmer ins Innere des Doms. An mehreren Stellen brennen kleine Feuer und erhellen die gespenstische Szenerie. Steine, Pfeiler und Teile der Tribünen liegen überall herum. Ein paar Menschen klettern in einiger Entfernung über die Trümmer. Ich rufe Alessios Namen, bekomme aber keine Antwort. Die Rückseite sowie die Südfront des Doms sind komplett eingestürzt und die Tribünen hängen schräg über die Mauerreste. Dort wird nie wieder jemand sitzen und sich an den Kämpfen und dem Abschlachten ergötzen können. Das überhaupt jemand unversehrt hier rausgekommen ist, grenzt an ein Wunder. Um mich herum ertönt Stöhnen und ich höre Rufe. Einem Mann helfe ich dabei, sein

Bein zu befreien, und er humpelt davon. Jemand packt mich an der Schulter und ich drehe mich um. Die Frau ist über und über mit Staub bedeckt. »Meine Tochter«, flüstert sie, schüttelt den Kopf und geht davon. Ihr Kleid ist total zerrissen und hängt nur noch in Fetzen von ihrem Körper. Hoffentlich geschieht ihr heute Nacht nicht noch etwas Schlimmeres.

»Alessio!«, rufe ich, rechne aber nicht damit, dass er mich hört, weil ich nicht die Einzige bin, die einen Namen brüllt. »Bitte mach, dass ihm nichts passiert ist«, murmele ich, nicht sicher, wen ich darum bitte. Gott kümmert sich schließlich nur um seine geflügelten Kinder, wir sind ihm egal.

Ein Mann hockt auf einem Stein. Tränen glänzen in seinen Augen und im Arm hält er eine Frau. Unablässig murmelt er etwas in ihr Ohr, obwohl sie offensichtlich tot ist. Genau aus diesem Grund ist es klüger, nicht zu lieben. Der Schmerz, denjenigen zu verlieren, dem man sein Herz geschenkt hat, kann unmöglich zu ertragen sein. Mir reicht schon die Liebe, die ich für Star und Tizian empfinde. Mehr könnte ich nicht aushalten.

Ein Engelsflügel versperrt mir den Weg. Er ragt unnatürlich zwischen den Trümmern heraus. Überall räumen Menschen die Steine zur Seite und ziehen Verletzte und Tote hervor. Niemand kümmert sich um den erschlagenen Engel. Was hat er überhaupt in der Arena gemacht? Ich widerstehe dem Drang, eine der roten Federn herauszuziehen, und steige weiter über die Trümmerberge.

Ich balle die Hände zu Fäusten, klettere dann auf einen Stein und lege die Hände wie einen Trichter um den Mund. »Alessio!«, brülle ich und fange an zu blinzeln, weil der Rauch mir die Tränen in die Augen treibt. »Alessio! Wo bist du?« Ich bekomme keine Antwort. Es kann nicht richtig sein, so viele Unschuldige zu opfern. Verzweifelt lasse ich die Arme sinken. Eine Gestalt kommt auf mich zu. Sie ist über und über von Staub bedeckt und humpelt. Trotzdem weiß ich sofort, wer es ist. Ich springe von dem Stein und haste auf ihn zu, fliege förmlich in Alessios Arme und spüre voller Erschrecken, wie die Tränen mir über die Wangen laufen, als er mich an sich drückt.

»Weshalb bist du nicht in der Bibliothek bei Star und Tizian?«

»Hast du geglaubt, ich lasse dich hier draußen allein?« Ich spüre, wie er das Kinn auf meinen Kopf legt und mich noch fester umfasst. Erleichterung durchflutet mich. »Ich musste doch sicher sein, dass du noch lebst«, flüstere ich. »Ich hatte solche Angst.«

»Es waren so viele«, antwortet Alessio und ich spüre, wie sich sein Adamsapfel bewegt. »Verdammt, ich dachte, sie würden mich tottrampeln.«

»Gehen wir jetzt nach Hause?« Ich klinge vermutlich wie ein Kleinkind, aber meine Kraftreserven sind erschöpft.

»Ich werde hier noch gebraucht«, antwortet er. »Ich muss Pietro helfen.«

Natürlich.

»Er ist draußen auf dem Platz. Es ist alles so schrecklich.«

»Du solltest zu Star und Tizian gehen. Ich komme schon klar.« Er löst unsere Umarmung und nimmt mein Gesicht in seine Hände. »Denkst du, du schaffst es nach Hause?«

Dieses Mal nicke ich.

»Ohne dich in irgendwelche Schwierigkeiten zu bringen?«

Alessios Gesicht und seine Brille sind voller Staub, aber er lächelt mich liebevoll an und wischt mir die Tränen von den Wangen.

»Versprochen«, sage ich, weil ich selbst zu Hause nach dem Rechten sehen will.

»Ich komme nach, so schnell ich kann.« Jemand tippt ihm von hinten auf die Schulter und ich erkenne einen von Pietros Helfern. »Ohne Umwege«, sagt Alessio noch und gibt mir einen Kuss auf die Stirn.

Ich zwänge mich zwischen den Trümmern zurück in Richtung Ausgang. Der Markusdom ist nach diesem Attentat wohl Geschichte. Eine Legende besagt, stürzt der Dom ein, geht Venedig unter. Gänsehaut kriecht mir bei diesem Gedanken über den Rücken und im selben Moment stolpere ich über einen Körper und falle auf die Knie. Hartes Gestein bohrt sich in meine Haut und ich stöhne, als ich mich abstütze und in Scherben greife.

Neben mir keucht jemand leise.

»Entschuldigung«, stoße ich hervor. »Sind Sie schwer verletzt?«

Bevor ich eine Antwort bekomme, weiß ich, dass ich in der Klemme stecke, denn meine Finger gleiten über Gefieder. Ich habe noch nie etwas so Seidiges und Samtiges berührt und obwohl all meine Instinkte mir raten, aufzustehen und zu verschwinden, kann ich nicht anders, als noch mal über die Engelsflügel zu streichen. Das Keuchen wird hektischer. »Hilf mir«, ertönt ein Flüstern. »Bitte.«

Ein Engel, der bittet? Ich wusste gar nicht, dass das Wort in ihrem Sprachschatz überhaupt vorkommt. Ich rutsche ein

Stück weg und bringe Abstand zwischen uns beide. Bestimmt kommen gleich seine Freunde und bringen ihn fort. Dann wäre es klug, wenn ich nicht mehr hier wäre, sonst geben sie mir am Ende noch die Schuld an seinen Verletzungen. Allerdings ist es zu finster, als dass die Engel sich aus dem Dogenpalast oder den Himmeln hinaustrauen. Nur Lucifer und seine Anhänger könnten hier auftauchen. Das fehlt mir gerade noch. Ich rappele mich auf.

»Bitte«, wiederholt der Engel und schnappt nach Luft. »Ich brauche deine Hilfe.«

Ganz in der Nähe gehen ein paar Männer vorbei. Sie tragen Fackeln und ich weiß, was sie sind, noch bevor sie sich an ihr gruseliges Werk machen. Ich presse die Hand vor den Mund, als sie beginnen, die roten Federn aus den Flügeln des Engels zu reißen, an dem ich vorhin vorbeigegangen bin. Auf dem Schwarzmarkt bringen diese Federn unglaubliche Summen ein. Trotzdem ist es barbarisch und ich hoffe, dass der Engel, dem das angetan wird, nicht mehr lebt. Andererseits haben die Engel meinesgleichen viel schlimmere Dinge angetan. Das darf ich nicht vergessen. Niemals. Sie haben meinen Vater brutal getötet, seine Freunde abgeschlachtet und mir das Leben gestohlen, das mir zustand. Ein friedliches Leben.

»Bitte«, höre ich noch mal das Flüstern. Ich zwinge mich, den Blick von diesem Schauspiel abzuwenden. Die Männer gehen brutal und hastig ans Werk. Sie wissen sicher auch, dass jeden Moment Lucifer auf sie niederstürzen könnte. Er würde die Plünderer ohne Gnade töten.

»Es tut mir leid«, stammle ich. »Ich kann dir nicht helfen.« Wenn die Männer uns entdecken, werden sie mich töten und ihn bei lebendigem Leib rupfen. Stöhnend dreht der Engel sich auf die Seite und im Licht des Mondes erkenne ich sein Gesicht. Es ist Cassiel. Der Engel, der mir in der Arena bereits zweimal das Leben gerettet hat. Quer über seine nackte Brust verläuft ein tiefer Schnitt. Glas knirscht unter seinem Körper. Am Kopf muss ihn ein Stein getroffen haben, denn die linke Gesichtshälfte ist blutverschmiert und auch sein Haar ist rot gefärbt. Weshalb kommt Lucifer nicht, um die überlebenden Engel hier rauszuholen? Im Dogenpalast, der an den Markusdom grenzt, können ihm die Explosionen nicht entgangen sein. Oder ist es ihm egal? Was hatten Cassiel und der andere Engel hier zu suchen?

»Moon«, flüstert er. Seine Stimme klingt ganz dünn.

Er erinnert sich an meinen Namen. Ich bin so überrascht, dass ich innehalte und viel zu viel Zeit damit verschwende, ihn anzustarren.

»Lass mich nicht hier liegen.« Lange Wimpern senken sich über seine blauen Augen.

Das kann nicht sein Ernst sein! Wie stellt er sich das vor? Ich habe schon genug Probleme, da kann ich mir nicht noch einen Engel aufhalsen. »Tut mir leid«, sage ich atemlos. Ich habe Suna geholfen, ich habe ihr mein schwer verdientes Geld gegeben, damit Pietro sie heilt. Ich kann nicht jeden und alle retten, schon gar keinen Engel. Mit gesenktem Kopf stolpere ich davon und lasse ihn liegen. Ich muss an Star und Tizian denken, ich muss an mich denken. Ich habe Alessio versprochen, nach Hause zu gehen. In den nächsten Minuten werden die Plünderer Cassiel finden und töten. Niemand wird je erfahren, dass ich ihm nicht geholfen habe. Nur ich werde es wissen. Aber damit kann ich leben. Ich bin ihm nicht verpflichtet. Ich habe ihn nicht gebeten, mir zu helfen, das war seine Entscheidung. Er ist ein Engel und ich hasse Engel. Sie haben uns alles genommen. Was hier geschieht, hat er sich selbst zuzuschreiben.

Ein heiserer Schrei ertönt und fährt mir bis in die Knochen. Ich kauere mich hinter einem Stein zusammen. Die Luft ist immer noch von Staub und Stöhnen erfüllt, die vereinzelten Feuer durchdringen kaum die Dunkelheit, trotzdem kann ich überdeutlich sehen, was passiert, als ich mich umwende. Der Engel mit den roten Flügeln bäumt sich auf und versucht, sich zu wehren. Ich presse mir eine Hand auf den Mund, um nicht aufzukeuchen. Er lebt noch. Sie rupfen ihm die Flügel aus, während er noch lebt! Das ist abscheulich. Das ist so unsagbar grausam, dass mir der Atem stockt und mir übel wird. Jetzt schlägt der Engel mit den Armen um sich, aber seine Peiniger lachen nur und drücken ihn zurück auf den Boden. Einer der Männer flucht und zückt sein Messer. Sie dürfen nicht riskieren, dass er überlebt. Ich habe schon viel Schreckliches gesehen. In der Arena sterben täglich Menschen, aber sie tun es wenigstens im Kampf. Sie können sich wehren und haben die Chance auf Überleben. Der Engel dort hat keine Chance. Das Messer fährt herunter und dann höre ich nur noch ein leises Röcheln, das erst nach unerträglichen Sekunden verstummt. Ich schlucke die Säure hinunter, die sich in meinem Mund sammelt. Obwohl ich dem Tod schon so oft begegnet bin, hasse ich ihn immer noch. Ich muss von hier verschwinden, bevor diese Mörder mitkriegen, dass ich sie beobachte. Ich schleiche weiter bis zu den Resten des Atriums. Auf dem Platz vor dem Dom sind wieder unzählige Menschen unterwegs. Männer brüllen Kommandos, Frauen weinen und Kinder schreien. Pietro und dessen Helfer kümmern sich um die Verletzten. Es sind so viele. Ich sollte einfach über den Platz zur Bibliothek laufen. Ich sollte mich in Sicherheit bringen und Cassiel sterben lassen. Aber all diese Toten. Daran sind nur die Engel schuld. Wären sie nicht zurückgekommen, gäbe es weder die Arena noch die Bruderschaft – ich weiß nicht, wie lange ich dieses Leben noch ertrage. Der Geruch von Blut liegt so schwer in der Luft, dass ich ihn auf meiner Zunge schmecke und mir wieder übel wird.

»Moon?« Alessio steht plötzlich neben mir. Hinter ihm tragen zwei Männer auf einer Bahre einen Verletzten hinaus. »Was tust du immer noch hier?«

»Da drinnen sind zwei Engel«, stoße ich flüsternd hervor.

»Und Plünderer. Sie haben bereits einen getötet und rupfen ihm die Flügel aus. Bestimmt finden sie auch bald den zweiten. Ihr müsst ihm helfen.« Das ist alles, was ich tun kann. »Es ist Cassiel«, setze ich hinzu.

»Der Engel, der dich in der Arena gerettet hat?«

Ich nicke.

»Und er lebt noch?« Sein Blick gleitet konzentriert über den Platz. Er hat keine Zeit für diese Diskussion. Die verletzten Menschen brauchen ihn.

»Er hat mich gebeten, ihm zu helfen.«

»Dann solltest du das auch tun«, fordert er mich auf. »Niemand verdient es, so zu sterben. Nicht mal ein Engel.«

Eine andere Antwort war von ihm nicht zu erwarten gewesen. Er verarztet sogar eine Spinne mit nur sieben Beinen.

»Ich kann von keinem der Männer erwarten, dass sie einem

Engel helfen. Das musst du tun, Moon. Es sei denn, du kannst es mit deinem Gewissen vereinbaren, dass die Plünderer ihm etwas antun.« Er legt mir eine Hand auf die Schulter und drückt sie kurz. Dann läuft er zu der Stelle, an der die Verwundeten abgelegt werden.

Ich drehe mich um, als gerade eine weitere Gruppe Plünderer auf den Dom zugelaufen kommt. Wie Aasgeier stürzen sie sich auf jedes Stück Beute, das sie finden. Wo sind eigentlich die Stadtwachen, wenn man sie braucht?

Ich kann Cassiel nicht diesem Schicksal überlassen. Aber durch das Tor entkommen wir nie ungesehen, denke ich, während ich zurückschleiche und hoffe, dass die Männer ihn noch nicht entdeckt haben. Wir haben nur eine Chance und selbst die ist winzig. Einen Versuch ist es dennoch wert, denn ich schulde Cassiel mein Leben und das Letzte, was ich will, ist Schulden bei einem Engel zu haben.

VI. Kapitel

Ich lasse mich neben Cassiel auf die Knie fallen. »Hast du eine Waffe?«, frage ich ihn flüsternd und Erleichterung durchflutet mich, als er die Augen aufschlägt.

Vor Überraschung, dass ich zurückgekommen bin, weiten sie sich einen Moment, bevor er den Kopf schüttelt. »Verloren.«

Ich ziehe das Messer aus meinem Gürtel und drücke es ihm in die Hand. Sein Leben für meins. »Wenn die Plünderer kommen, bevor ich zurück bin, musst du kämpfen«, sage ich und richte mich nur so weit auf, damit man mich hinter den Trümmern nicht sieht.

»Wo willst du hin?«, fragt er und Furcht breitet sich auf seinem Gesicht aus.

»Es gibt nur einen Fluchtweg, aber ich muss nachschauen, ob er nicht zerstört ist. Dann komme ich zurück.« Beruhigend lege ich ihm eine Hand auf den Arm. Es schockiert mich, wie menschlich er sich anfühlt. Cassiel nickt und presst die Lippen zusammen. Wenn ich klug wäre, würde ich doch noch verschwinden. Dann wäre ich froh um jeden Engel, den es nicht mehr gibt, aber ich haste weiter, um herauszufinden, ob der Zugang zu den Katakomben unzerstört ist. Nur einmal bleibe ich stehen und helfe einer weinenden Frau, ihren Sohn zu befreien, dessen Arm eingeklemmt ist. Das Kind gibt keinen Mucks mehr von sich. Kaum haben wir den Stein fortgezogen, schnappt sie es und rennt davon.

Der schmale Zugang zu den Katakomben wird von ein paar Säulen verborgen, die wider Erwarten noch stehen. Der Eingang dahinter ist für einen Uneingeweihten kaum zu entdecken. Von Weitem sieht es lediglich aus wie eine weitere Gebetsnische, aber wenn man um den Vorsprung herumgeht, steht man an einer schmalen Treppe. Erleichtert atme ich auf. Nun muss ich nur noch Cassiel hierherbringen. Ich haste zurück. Die Plünderer sind immer noch mit ihrem ersten Opfer beschäftigt. Ein paar streiten sich bereits um die Beute. Ein weiterer Mann, dessen Gesicht komplett tätowiert ist, zieht sein Messer, aber ich warte nicht ab, um herauszufinden, was er damit vorhat.

Hektisch atmend lasse ich mich neben Cassiel fallen, dessen Augen fiebrig glänzen. »Alles klar«, stoße ich hervor. »Wir haben Glück, der Weg ist frei. Denkst du, du kannst aufstehen?«

»Habe ich noch Beine?«, presst er hervor.

»Bist du ein Komiker?« Mein Blick gleitet über seine langen muskulösen Schenkel. Die schicke Hose kann er vergessen.

Lange Risse im Stoff entblößen seine helle Haut. Sein rechter Fuß klemmt unter den Überresten einer Säule. Ich räume die Trümmer leise zur Seite. Cassiel stöhnt, kommt aber auf die Knie. Einer seiner Flügel spreizt sich merkwürdig zur Seite. Ich weiß nicht so recht, was ich tun soll. Eigentlich dachte ich, Engel besäßen magische Selbstheilungskräfte, aber danach sieht es nicht aus. »Du kannst deinen Arm um meine Schulter legen«, sage ich und halte die Hand fest, die sich prompt um meinen Oberkörper legt. »Es ist nicht weit.« Sein Körper strahlt eine unnatürliche Hitze aus. »Wir dürfen uns nicht von den Plünderern erwischen lassen.«

Notdürftig verborgen hocken wir uns hinter eine umgestürzte Marmorsäule. Cassiel kann sicher erkennen, was die Männer dem anderen Engel antun, denn ich spüre, wie sein Körper zittert.

»O Gott«, flüstert er und seine Hand umkrampft meine Schulter. Zum Glück mischt er sich nicht ein. Das wäre mit Sicherheit unser Tod und es ist sowieso zu spät.

»Sie haben ihm die Kehle durchgeschnitten«, erkläre ich, damit er nicht auf dumme Ideen kommt, und zerre an ihm, weil er wie paralysiert zu dem Schauspiel starrt. »Los«, befehle ich. »Und bleib unten.«

Gebückt schleichen wir davon. Cassiel kann nur humpeln. Sein Fuß ist schwerer verletzt, als es erst den Anschein hatte, und aus der Wunde auf seiner Brust tropft unablässig Blut. Das Fleisch klafft weit auseinander. Er ist völlig erschöpft und sein Gewicht an meiner Seite wird schwerer und schwerer. »Noch ein Stück«, keuche ich und bin froh, als wir endlich die Nische erreichen, ohne dass sich uns jemand in den Weg stellt.

Bleich lehnt er sich an die Mauer und ringt nach Atem. »Wir müssen weiter«, sage ich sanft und weise in die Dunkelheit. Die ersten Stufen sind noch zu erkennen, aber dann wird es finster. Mit aufgerissenen Augen weicht Cassiel zurück und fällt beinahe über ein paar Trümmer. Glas knirscht unter seinen ungeschickten Versuchen, sich wieder zu fangen.

»Was soll das?«, zische ich und packe seinen Arm. »Willst du unbedingt erwischt werden?«

»Ich kann da nicht runtergehen.« Er presst seine Lippen zusammen, bis diese so weiß sind wie sein Gesicht. »Du musst einen anderen Weg finden.«

»Es gibt keinen anderen Weg.« Hat er den Verstand verloren? »Der hier oder keiner.«

Cassiel schließt die Augen. Schweißtropfen bilden sich auf seiner Stirn und der Oberlippe. Fast tut er mir leid. Bisher erschienen mir die Engel immer so übermenschlich. Ich dachte, Ängste und Furcht seien ihnen fremd. Da habe ich mich wohl geirrt. Wenn ich es nicht besser wüsste, würde ich denken, er stünde kurz vor einer Panikattacke. Ich lege ihm eine Hand auf den Arm, wie ich es früher immer bei Star gemacht habe, wenn sie in so einen Zustand geriet, was nicht gerade selten vorkam. »Hey«, flüstere ich und trete dicht an ihn heran. Diese Nähe müsste mir Angst machen, aber er wirkt anders auf mich als die anderen Engel, mit denen ich bisher zu tun hatte. Menschlicher. Wenn das einen Sinn ergibt. »Du musst gleichmäßig atmen. Halt die Augen geschlossen, das geht vorbei.«

Cassiel nickt und zieht vorsichtig Luft in seine Lungen. Er hat schöne gleichmäßige Lippen, die leicht beben, als er den Atem wieder ausbläst. Ich ertappe mich bei dem Wunsch, ihm eine Hand auf die Wange zu legen. Das ist Wahnsinn. Er ist ein Engel, auch wenn er in der Dunkelheit der Nische eher wie ein ganz normaler Junge wirkt. Der Blick seiner blauen Augen bohrt sich in meine und ich bin froh, dass Engel keine Gedanken lesen können. Nach ein paar Minuten entspannt er sich, während ich immer nervöser werde. Wir müssen weg von hier, und zwar schleunigst. »Es ist die Dunkelheit, oder?«, rate ich drauflos. Zur Antwort bekomme ich zuerst nur ein Nicken. Das hätte ich mir auch gleich denken können. Aber da muss er jetzt durch, wenn er überleben will. Ganz aus der Nähe ertönt ein betrunkenes Grölen.

»Die Höfe sind immer taghell«, erklärt er stockend. »Finsternis ist nichts für uns.«

Engel haben eben auch ihre Schwächen. »Ich besorge uns eine Fackel«, sage ich. »Reicht das?«

Cassiel nickt wieder, aber nun entschuldigend. »Wir können es versuchen.«

Ich sehe mich um, ob ich ein Stück Holz zwischen den Trümmern entdecken kann. Als ich fündig werde, ziehe ich es zwischen den Steinen hervor. Ich reiße mit einem Ruck den linken Hemdsärmel von meiner zerschlissenen Bluse ab und umwickle damit die obere Hälfte des Holzes. Cassiel beobachtet mein Tun schweigend. Ich schleiche zu einem der kleinen Feuer, die überall glühen, und stoße meine behelfsmäßige Fackel hinein. Es dauert einen Moment, bis der Stoff brennt, und ich hoffe, dass das Holz trocken genug ist, damit es sich entzündet. Als ich aufsehe, blicke ich in die gierigen Augen eines Plünderers.

»Wen haben wir denn da?«, zischt er und eine Reihe faulender schwarzer Zähne wird sichtbar.

»Niemanden.« Ich habe nicht viel Zeit, um nachzudenken, bevor er seine Kumpane auf mich aufmerksam machen kann. Mit der Fackel stoße ich in seine Richtung und er zuckt zurück. Zum Glück liegt jede Menge Geröll zwischen uns, so kann er mich nicht packen, aber wenn ich mich abwende und zu Cassiel renne, mache ich ihn nur auf den Engel aufmerksam. Der Plünderer grinst und steigt über ein paar Steine. Ich hole wieder mit der Fackel aus. Wieso habe ich meine einzige Waffe Cassiel überlassen? Erste Überlebensregel, die meine Mutter mir beigebracht hat: Behalte deine Waffe immer am Körper.

In diesem Moment zischt etwas an mir vorbei. Die Augen des Mannes weiten sich kurz, bevor er an seine Brust greift, aus der der Schaft meines Messers ragt. Blut quillt zwischen seinen dreckigen Fingern hervor und seine Augen weiten sich ungläubig, als sein Blick zu Cassiel huscht, der nun nicht mehr verborgen hinter dem Mauervorsprung steht. Dann kippt er nach hinten und ist tot.

»Nimm das Messer mit!«, befiehlt Cassiel und erinnert mich daran, einen Engel nie zu unterschätzen. Auch nicht, wenn er so schwer verletzt ist wie er.

Das Geräusch, das ertönt, als ich dem Mann die Waffe herausziehe, verursacht mir Übelkeit. Aber ich darf meine Waffe nicht zurücklassen. Ohne einen Blick zurück renne ich zur Treppe. Cassiel legt wie selbstverständlich einen Arm um meine Schultern, und vorsichtig tasten wir uns die Treppe hinunter. Ich lausche mehr auf die Schritte, die uns verfolgen, als dass ich auf die Stufen achte, die uns in die Tiefe führen. Als es still bleibt, erlaube ich mir, für einen Moment durchzuatmen.

»Du hättest ihn nicht gleich töten müssen«, stoße ich nach ein paar weiteren Stufen hervor.

»Was hätte ich dann tun sollen?« Er klingt fast belustigt, während sein Atem vor Anstrengung hektisch geht. »Ihn fragen, ob er uns begleiten möchte?«

»Ich wäre schon mit ihm fertiggeworden.«

»Das weiß ich, aber ich wollte kein Risiko eingehen. Es reicht, dass einer von uns verletzt ist.«

Darauf fällt mir keine Entgegnung mehr ein. Ohne mich wäre Cassiel ein leichtes Opfer. Klar, dass sein Interesse, mich am Leben zu halten, recht groß ist.

Wir erreichen das Ende der Treppe und ich spüre, dass er damit auch am Ende seiner Kräfte ist. Zum Glück sind wir auf den glitschigen Stufen nicht ausgerutscht. Er lehnt sich gegen die Mauer. Ich habe noch keinen richtigen Plan, was ich mit ihm anstellen soll, wenn wir es tatsächlich bis in die Bibliothek schaffen. Bis zum Tagesanbruch muss ich ihn irgendwo verstecken. So lange, bis ich einem anderen Engel mitteilen kann, wo er ist. Das Risiko, ihn persönlich zum Dogenpalast zu bringen, ist mir zu hoch.

»Angst vor Wasser hast du aber nicht, oder?«, frage ich und Cassiel schnaubt.

»Wir waschen uns recht regelmäßig, falls es das ist, was du wissen willst.«

»Will ich nicht.« Mir ist schon aufgefallen, dass er trotz seiner Verletzungen und des Staubes, der auf seiner Haut und seiner Kleidung liegt, gut riecht, auch wenn ich nicht weiß, wonach. Frisches Wasser ist mittlerweile Mangelware in der Stadt. Wir haben zum Glück eine eigene Zisterne, dafür hat

Vater lange vor der Invasion gesorgt. Meine Eltern wollten in der Bibliothek autark und unabhängig sein. Für die ersten Jahre nach der Rückkehr hatten sie sogar riesige Mengen an Lebensmitteln gehortet. Diese Reserven sind nur mittlerweile erschöpft. Ich hebe die Fackel etwas höher, damit er weiß, weshalb ich ihn das frage. »Wir befinden uns in den Katakomben unter dem Markusdom und diese sind zum Großteil überflutet«, erkläre ich. »Dieses Jahr reicht uns das Wasser nur bis zu den Hüften, weil es so selten geregnet hat. Von hier aus kommen wir in die Bibliothek. Dort sind wir vorerst in Sicherheit. Denkst du, du schaffst das?«

Die Flügel seiner schmalen Nase beben, bevor er nickt. Das Wasser ist wirklich ziemlich dunkel und es ist dreckig. Wenn er Pech hat, holt er sich eine Infektion. Aber bestimmt sind Engel gegen so etwas Profanes wie Bakterien immun.

»Wenigstens müssen wir keine Angst vor Meerungeheuern haben«, versuche ich, ihn aufzumuntern. Die Ratten verschweige ich lieber. Cassiel sieht jetzt schon aus, als würde er gleich ohnmächtig werden.

»Wer ist jetzt der Komiker von uns beiden?«, knurrt er.

Touché. Ich schiebe meinen Arm wieder um seine Taille und versuche dabei, dem verletzten Flügel nicht zu nahe zu kommen. Der unverletzte liegt ganz eng an seinem Körper. Er schlingt seinen Arm um meine Schultern – mittlerweile fühlte es sich ganz normal an –, und dann gehen wir die letzten Stufen hinunter ins Wasser.

Eiskalt durchdringt die Feuchtigkeit meine Hose. Cassiel zischt vor Schmerz und ich packe ihn fester. Wenn er auf dem schlammigen Untergrund ausgleitet und untertaucht, dreht er vermutlich durch. Ich könnte es ihm nicht verdenken, weil mir dasselbe passiert ist, als ich zum ersten Mal hier unten war. Ohne Alessio wäre ich ertrunken. Er hat mich viel zu oft vor meinen Dummheiten gerettet. Langsam und vorsichtig waten wir durch das Wasser. Die Fackel flackert bedenklich und ich hoffe, sie erfüllt noch ihren Zweck. Allein wäre ich viel schneller, weil ich die unterirdischen Gewölbe kenne wie meine Westentasche, aber Cassiel schiebt sich im Tempo einer Schnecke vorwärts. Er hat die Augen fast komplett geschlossen, sein Brustkorb hebt und senkt sich hektisch und sein Atem geht stoßweise. Wäre er kein Engel, täte er mir leid. Okay, er tut mir leid. Er hat sein Leben einer Menschenfrau anvertraut, das muss ein komisches Gefühl für ihn sein. Meine Schulter schmerzt von der Last und mir ist kalt, aber ich sehe schon die Säule, die den Zugang zur Bibliothek markiert. »Nur noch ein kleines Stück. Du schaffst das!«

Er nickt mit zusammengebissenen Zähnen.

»Tut dein Flügel weh?«, versuche ich, ihn am Reden zu halten, damit er mir nicht ohnmächtig wird.

Zur Antwort bekomme ich nur noch ein leises Stöhnen.

Ich habe keine Ahnung, was ich tun soll, wenn wir erst mal in der Bibliothek sind. Wo soll ich ihn verstecken? Er darf Star auf keinen Fall zu Gesicht bekommen. Aber ich kann ihn nicht verarzten. Von Krankenpflege habe ich keine Ahnung. Meine Schwester schon.

Wir schleppen uns die Treppenstufen zur Tür hinauf. Cassiel gerät ins Straucheln, sodass ich auch noch den anderen Arm um ihn schlingen muss, damit er nicht zurücktaumelt. Es ist ein unpassender Gedanke, aber seine nackte Haut ist genauso weich wie seine Flügel. Ich glaube, er bekommt gar nichts mehr richtig mit. Seine Stirn liegt auf meiner Schulter. Sein heißer Atem streicht über meinen Hals, als ich mit dem Rücken die schwere Holztür aufstoße und ins Innere der Bibliothek taumele. Ich schleppe ihn durch die unteren Räume zum Aufgang, der in unsere Wohnung führt. Ich kann ihn nicht auf den kalten Fliesen liegen lassen. Panisch bemerke ich, dass die Tür offen steht. Haben es die Plünderer hereingeschafft? Haben die Engel Star geholt? Wo ist Tizian? Die letzten Schritte renne ich beinahe die Treppen hoch und ignoriere dabei Cassiels Stöhnen. Dann sind wir durch die Tür. Unser Wohnraum ist leer und sieht aus wie immer. Ich zerre Cassiel weiter zur Küche, die nur durch einen offenen Bogen von unserem Wohnzimmer getrennt ist. Auch hier sieht alles aus wie immer. Bis auf Star und Phoenix, die neben dem Esstisch stehen. Phoenix hält meine Schwester im Arm und seine Hand fährt über ihren Rücken. Müsste ich Cassiel nicht festhalten, würde ich zu ihm rennen und ihn von ihr fortzerren. Bevor ich einen klaren Gedanken fassen kann, fahren die beiden auseinander und Star kommt zu mir gelaufen. Ihre Augen sind vom Weinen gerötet.

Cassiel gleitet aus meinen Armen auf den Boden und bricht stöhnend und bewusstlos zusammen. Star fällt mir um den Hals und schluchzt. Ich lasse Phoenix nicht aus den Augen, der langsam zu uns kommt, als nähere er sich einem tollwütigen Tier. Sein Blick ruht unverwandt auf Cassiels Flügeln.

»Schließ die Tür«, bitte ich ihn. Noch mehr ungebetene Gäste kann ich nicht gebrauchen. Erstaunlicherweise folgt er meiner Aufforderung prompt.

Als er zu mir und Star zurückkommt, sehe ich, wie viel Mühe es ihn kostet, sie mir nicht aus dem Arm zu reißen und aus der Reichweite des Engels zu schaffen.

»Wenn du meine Schwester noch mal anrührst, bringe ich dich um«, stoße ich hervor. Wie ist er überhaupt hier reingekommen?

»Ich wollte nur nach dem Rechten sehen«, erwidert er. »Die Explosionen haben ihr Angst gemacht und sie war ganz allein.« Der Vorwurf in seiner Stimme ist nicht zu überhören.

»Und da dachtest du, du könntest sie trösten?«

Er vergräbt seine Hände in den Taschen der zerrissenen Jeans und zuckt mit den Schultern. »Es war niemand anderes hier.«

»Wo ist Tizian?«

»Auf der Suche nach dir und Alessio. Wo steckt der Bücherwurm?«

Mein kleiner Bruder ist irgendwo in der Dunkelheit da draußen? Das hat er zugelassen? »Wieso hast du Tizian nicht aufgehalten?«, gifte ich ihn an.

»Er weiß schon, was er tut, und weshalb sollte er auf mich hören. Was hattest du überhaupt um die Zeit da draußen zu suchen?«

»Alessio und ich haben die Tore des Doms geöffnet, damit die Menschen rauskonnten.« Ich muss Tizian suchen. Sofort. Aber was mache ich mit dem Engel?

Anerkennung flackert in Phoenix' Gesicht auf. »Hattet ihr Erfolg?«

»Das kommt darauf an, was du unter Erfolg verstehst. Wir konnten das Tor öffnen und die Menschen sind geflohen, trotzdem gab es viele Tote und Verletzte. Das war die Bruderschaft, oder?«, presse ich hervor. Phoenix ist zwar kein Mitglied, aber bestimmt sympathisiert er mit ihnen. Noch ein Grund, ihn von meiner Schwester fernzuhalten. »Es war schrecklich.«

Star löst sich aus meiner Umarmung und streicht mir tröstend über die Wange.

Phoenix beantwortet meine Frage nicht, sondern stupst mit dem Fuß in Cassiels Seite. »Was ist mit dem da? Hast du völlig den Verstand verloren?«

Als der Engel versucht, sich aufzurichten, schiebt Phoenix Star hinter sich und stellt den Fuß auf dessen Rücken. Cassiel bricht stöhnend wieder zusammen.

»Lass das. Siehst du nicht, dass er verwundet ist?«, zische ich. Dass Phoenix von Cassiel weiß, macht die Lage noch komplizierter. »Ich schlage vor, du verschwindest und vergisst, was du gesehen hast.«

»Nicht, solange er hier ist, außer ich nehme ihn mit.«

»Vergiss es.« Ich schubse ihn von Cassiel weg. »Ich bezweifle, dass du ihm helfen wirst.«

»Ich helfe dir, indem ich ihn verschwinden lasse, bevor du richtigen Ärger bekommst.«

Als würde ihn mein Ärger interessieren. Phoenix wäre es vermutlich sehr recht, wenn ich ihm nicht mehr im Weg stünde. »Ich habe ihn nicht vor den Plünderern gerettet, damit du seine Federn an den Meistbietenden verscherbelst.«

»Das erzähle mal seinen Kumpels, wenn er stirbt und sie ihn hier finden. Lange macht er nicht mehr. Hast du ihn durch die Katakomben geschleppt, du Närrin?«

Er hat leider nicht ganz unrecht. Wenn Cassiel hier stirbt

und die Engel ihn finden, werden sie kaum glauben, dass ich versucht habe, ihm zu helfen. Nervös fahre ich mit den Händen durch mein Haar. Wenigstens ist er erst mal bewusstlos und hat Star vermutlich gar nicht wahrgenommen.

Während wir streiten, hat sie sich neben Cassiel gehockt und ihn vorsichtig herumgerollt. Er gibt keinen Mucks mehr von sich und seine Wunden sehen mittlerweile noch schrecklicher aus als vorhin im Dämmerlicht in der Arena. Wieder frage ich mich, wie er dort hingekommen ist und was er dort wollte. Wenn er zu sich kommt, werde ich ihn fragen. Falls er jemals wieder zu sich kommt.

»Ich konnte ihn nicht dort lassen«, erkläre ich etwas kleinlaut. »Die Plünderer haben einem anderen Engel die Federn ausgerissen.« Ich presse die Lippen zusammen. Es sollte mir nicht so viel ausmachen. »Er hat mir in der Arena zweimal das Leben gerettet«, setze ich mit festerer Stimme hinzu und blicke Phoenix direkt in die Augen. »Ich war ihm etwas schuldig und ich bezahle meine Schulden.«

Phoenix schnaubt verächtlich. »Ist das irgendein dämlicher Ehrenkodex, den du dir selbst auferlegt hast? Dann vergiss das mal schnell wieder, Kleine. Hier geht es darum, zu überleben, und es überlebt nur der Stärkere.« Er zieht ein Messer aus dem Gürtel.

Das kann unmöglich sein Ernst sein. Ich stoße ihn so fest, dass er taumelt.

»Komm schon, Moon, du weißt, dass es das einzig Richtige ist. Ich werde seine Leiche verschwinden lassen und niemand wird wissen, wer damit zu tun hat. Denk an Star.« Sein Gesichtsausdruck ist unerbittlich, aber ich muss ihn aufhalten.

»Das tue ich und genau deswegen lasse ich es nicht zu. Du wirst ihn nicht vor ihren Augen töten.« Ich umrunde Cassiels Körper. Star hat seinen Kopf auf ihren Schoß gebettet und ich wette, das macht Phoenix noch wütender, aber für Star ist es egal, ob Cassiel ein Engel ist oder ein Mensch. Er ist immer noch ohnmächtig und er braucht ihre Hilfe, das ist das Einzige, was für sie zählt. »Ich kann mich selbst um meine Angelegenheiten kümmern.« Das ist zwar eine Lüge, aber er wird Cassiel nicht in meiner Küche umbringen. Rote Flecken breiten sich an seinem Hals aus. Gleich explodiert er. Schon als er noch jünger war, waren seine Wutausbrüche legendär. Kein Kind wollte in diesen Momenten in seiner Nähe sein und ich bin auch nicht besonders erpicht darauf. Eine schmale Hand legt sich auf meine Schulter. Star wirft mir einen Blick zu, der mir sagt, dass ich sie einen Moment mit Phoenix allein lassen soll. Es behagt mir nicht sonderlich, aber ihre Einmischung scheint ihn zu beruhigen, was mich wiederum beunruhigt. Ich verstehe die Verbindung der beiden nicht, aber ich kann auch nichts dagegen unternehmen. Ich kann nur immer und immer wieder versuchen, sie voneinander fernzuhalten. Eines Tages werden die Engel Phoenix erwischen. Er dreht zu viele krumme Dinger und bestimmt hat er bereits den ein oder anderen Engel auf dem Gewissen. Star darf nicht zwischen die Fronten geraten und ich will auch nicht, dass ihr Herz bricht, wenn Phoenix irgendwann nicht zurückkommt. Denn ich fürchte, ihre Verbindung geht längst viel tiefer, als ich mir bisher eingestehen wollte.

Phoenix steckt das Messer in den Gürtel zurück. Ich drehe mich von den beiden weg und gehe zurück zu Cassiel. Wir müssen ihn in ein Bett schaffen, aber allein bekomme ich ihn nicht mehr hoch. Sein Gesicht hat jede Farbe verloren. Wenn bloß Alessio hier wäre. Vorsichtig lege ich eine Hand auf Cassiels Brust. Sein Herz schlägt langsam, aber es schlägt. Ich habe ihn hergebracht und nun bin ich für ihn verantwortlich. Jedenfalls so lange, bis er gehen kann oder tot ist. Den letzten Gedanken schiebe ich zur Seite. Das darf unter keinen Umständen passieren. Ich werfe einen Blick zu Star und Phoenix. Ihre Hände liegen auf seinen Schultern. Er flüstert irgendwas und legt dann seine Stirn an ihre. Ich hasse es, sie so vertraut miteinander zu sehen, aber gerade ist es mir recht, wenn sie so einen Wutanfall von ihm verhindert. Körperlich bin ich Phoenix ohne eine Waffe nicht gewachsen. Er ist groß und muskulös. Vermutlich finden ihn viele Mädchen attraktiv – mit seinen blonden Haaren, die er zu einem Zopf gebunden trägt, dem Dreitagebart, den Tattoos an den Armen, der schmal geschnittenen Nase, den durchdringenden grünen Augen und dem ausdrucksstarken Mund. In den Bars von Cannaregio, die ich manchmal besuche, erzählen die Mädchen sich kichernd von seinen Vorzügen, die er offenbar großzügig jeder zuteilwerden lässt. Mir könnte man ihn auf den Bauch binden und ich würde ihn nicht wollen. Glücklicherweise weiß Star nichts von diesen Gerüchten und wird, wenn es nach mir geht, auch nie von ihnen erfahren.

Vor der Eingangstür höre ich Schritte. Erleichtert atme ich aus und stürze zur Tür. Ich schiebe die Riegel zur Seite und öffne die Tür einen Spaltbreit. Im Flur ist es stockfinster, trotzdem erkenne ich Alessio und Tizian. Mein kleiner Bruder grinst und mir fällt ein riesiger Stein vom Herzen. Schnell lasse ich sie ein und verriegele die Tür wieder. Dann reiße ich Tizian an meine Brust. »Bist du verletzt?«

Er schüttelt den Kopf. »Mir geht es gut.« Seine Stimme klingt ganz erstickt, weil ich ihn so festhalte. Sofort löse ich meinen Klammergriff und Tizian wandert weiter in Stars Arme. Sie streicht ihm das verschwitzte Haar aus der Stirn und gibt ihm einen Kuss.

Alessio betrachtet nachdenklich den Engel auf dem Boden. »Du hast ihn hergebracht.«

»Ich konnte nur durch die Katakomben«, erkläre ich, als er neben ihm niederkniet und die Wunden begutachtet.

»Ich habe angeboten, ihn wegzuschaffen«, mischt Phoenix sich ein. »Aber sie weigert sich. Bring du sie zur Vernunft.«

Alessio erwidert ungerührt Phoenix' Blick. Sie sind gleich alt, aber zum Glück völlig verschieden. Wo Phoenix wild ist, ist Alessio sanft. Aber dieses Blickduell gewinnt mein Freund. »Hier wird niemand weggeschafft«, erklärt er mit fester Stimme. »Ich werde diesen Engel weder leiden lassen, noch werde ich ihn dir ausliefern, solange er sich nicht wehren kann.«

»Es wäre aber klüger, ihn zu töten, solange er wehrlos ist«, erklärt Phoenix verbissen. »Hier kann er jedenfalls nicht bleiben.«

»Er ist schwer verletzt«, sagt Alessio und sein Tonfall duldet keinen Widerspruch mehr. »Wenn du ihn da rausbringst, ist das sein Tod. Der Mob tobt auf dem Platz. Die Menschen sind wütend, der Dom ist beinahe vollständig zusammengebrochen. Unter den Trümmern liegen Tote und Verletzte. Die Menge ist aufgewühlt. Sie werden ihn in Stücke reißen, weil sie an jemandem ihre Wut auslassen müssen.«

Star schlägt eine Hand vor den Mund und zieht Tizian näher zu sich heran. Für einen Moment sagt niemand von uns etwas und wir lauschen nur dem Lärm, der gedämpft von draußen bis zu uns dringt.

»Die Engel werden Rache für jeden ihrer Getöteten nehmen.«

Nach einer Weile nickt Phoenix. »Aber morgen früh bringen wir ihn fort, egal ob er lebt oder tot ist.«

Das werden wir ja noch sehen. »Ihr müsst ihn in mein Bett schaffen«, sage ich und zu meiner Überraschung packen die Jungs jeder einen Arm des Engels und legen ihn sich um die Schultern. Cassiel stöhnt auf, kommt aber nicht zu Bewusstsein, obwohl Phoenix im Gegensatz zu Alessio nicht sonderlich zartfühlend ist.

Tizian trottet neben mir her, während wir das Wohnzimmer durchqueren, und betrachtet neugierig Cassiels verletzten Flügel. »Denkst du, er kann damit noch fliegen?«

»Keine Ahnung, aber das ist sein kleinstes Problem. Erst mal muss er gesund werden.«

»Alessio und Star machen das schon.« Tizians Vertrauen in Stars Fähigkeiten ist riesig, dabei hat sie bisher nur unsere kleineren und größeren Blessuren verarztet. »Sie wird ihn gesund machen.«

»Ich hoffe es.« Ein toter Engel wäre tatsächlich ein Problem.

»Ich kann auch auf der Couch schlafen«, sage ich, als die Jungs Cassiel in mein Bett legen.

Star geht ins Bad, um den Korb mit ihren Salben und dem Verbandszeug zu holen. Sie zieht in unserem kleinen Garten Heilkräuter, trocknet sie und setzt irgendwelche übel riechenden Essenzen damit an, die sie zu Arznei verarbeitet.

»Du machst Wasser heiß«, beauftragt Alessio Tizian. »Wir haben nichts, um ihn zu betäuben, aber die Wunde muss ich nähen.«

Er setzt sich auf die Bettkante und untersucht die schmutzigen Wundränder. Das dreckige Kanalwasser hat sein Übriges getan. Phoenix sitzt auf der Couch, während ich am Fenster lehne. Mein Zimmer ist der einzige Ort, der sich in all der Zeit nicht verändert hat. Die Rosentapete passt zwar nicht mehr zu mir, aber sie erinnert mich an das kleine Mädchen, das ich mal war. Sie erinnert mich daran, wie mein Vater mich ins Bett gebracht und mir Märchen vorgelesen hat. Die weißen Möbel sind zu zierlich für mein jetziges Leben, aber ich weiß noch genau, wie meine Mutter sie mit mir zusammen gekauft hat. Eigentlich fand ich Weiß blöd. Heute mag ich es, weil es so hell und freundlich ist. Nun entweiht ein verletzter Engel diesen Raum. Meine einzige Zuflucht. Mein Bruder stellt eine Schüssel mit heißem Wasser auf den Nachtschrank, über dem noch eine Lichterkette mit bunten Sternenlampen hängt, deren Batterien jedoch längst leer sind. Alessio steht auf und Star nimmt seinen Platz ein. Als sie einen sauberen Lappen in das Wasser tunkt und damit beginnt, Cassiels Brust abzutupfen, tritt Phoenix hinter sie. Ich rolle mit den Augen. Er übertreibt es wirklich.

Als sie die Wunde zu Alessios Zufriedenheit gesäubert hat, beginnt dieser die Wunde mit vorsichtigen Stichen zu nähen. Beim ersten Stich, der sich in Cassiels Haut bohrt, zuckt dieser zusammen. Phoenix greift nach seinen umherschlagenden Armen und hält sie fest. Tizian und ich machen dasselbe mit den Beinen. Alessio arbeitet hoch konzentriert und setzt Stich um Stich. Es kommt mir vor wie eine Ewigkeit. Cassiel hat das Bewusstsein endgültig verloren. Nachdem Alessio fertig ist, wischt Star das Blut von seiner Haut und wir heben ihn vorsichtig an, um das Laken zu wechseln. Es ist etwas umständlich, weil wir mit seinen Flügeln aufpassen müssen.

Danach verarztet Alessio die Wunde an der Stirn und richtet Cassiels Bein.

»Was machen wir mit dem Flügel?« Er hängt über den Rand meines Bettes wie ein Fremdkörper.

»Sicher sind ein paar der Knochen gebrochen«, sagt Alessio und versucht, ihn zusammenzuschieben, was misslingt.

»Das würde ich lassen«, mischt Phoenix sich zum ersten Mal wieder ein. »Diese Dinger sind sehr empfindlich, heilen aber recht schnell von alleine.«

Ich will gar nicht wissen, woher er das weiß.

»Das Bett ist breit genug. Wir sollten ihn etwas zur Seite schieben, damit der Flügel auch darauf liegen kann.«

Endlich hat er mal einen konstruktiven Vorschlag. Wir drapieren den Flügel so vorsichtig auf dem Bett, dass er hoffentlich nicht noch mehr in Mitleidenschaft gezogen wird. Erst als Star eine Decke über Cassiel zieht, entspannt Phoenix sich langsam.

»Einer sollte bei ihm bleiben«, sagt Alessio. »Für den Fall, dass er etwas braucht.«

Das ist typisch für ihn. Ich weiß jetzt schon, dass er nie und nimmer erlauben wird, dass Phoenix ihn mitnimmt, solange Cassiel noch so krank ist. Sein Mitgefühl ist eine der Eigenschaften, die ich am meisten an Alessio liebe. Kaum jemand anderes hätte heute Nacht sein Leben aufs Spiel gesetzt, um die Menschen aus dem Dom zu befreien.

»Wir lassen die Tür auf«, sage ich und Phoenix schnaubt nur verächtlich. Ich ignoriere ihn. »Wir müssen uns waschen und etwas essen. Tizian«, bitte ich meinen Bruder. »Hilfst du Star, etwas zum Essen vorzubereiten?« Er steht in der Tür zu meinem Zimmer, das nur von Kerzenlicht erhellt wird. Zum Glück widerspricht er mal nicht. Er weiß, wie wenig ich es mag, wenn Star und Phoenix allein sind, während er Phoenix anhimmelt.

Alessio geht in sein eigenes Bad. Ich verschwende keine Zeit damit, Wasser aufzuwärmen, sondern ziehe mich aus und wasche mich mit dem eiskalten Wasser aus dem Eimer, den ich jeden Morgen hinauftrage. Ich bin vollkommen erschöpft von den Ereignissen der letzten Stunden, aber ich werde die Nacht wachbleiben müssen. Cassiel kann ich niemand anderem aufbürden. Alessio und meine Geschwister haben schon genug getan.

Als ich zurück in die Küche komme, steht eine dampfende Suppe auf dem Tisch und es riecht so himmlisch, dass mir das Wasser im Mund zusammenläuft und mein Magen knurrt. Phoenix ist wohl nicht erst gekommen, als er sich Sorgen um Star gemacht hat, sondern schon früher, und er hat Fleisch mitgebracht. So etwas Leckeres gibt es bei uns nur sehr selten. Zudem ist er ein begnadeter Koch, was überhaupt nicht zu ihm passt und was außer unserer kleinen Gemeinschaft bestimmt niemand weiß. Wir sind schon ein- oder zweimal in diesen Genuss gekommen. An Stars Platz steht ein Teller mit sorgfältig geschnittenem Gemüse und Fleisch. Jedes Teil ist exakt gleich groß. Stars Wangen sind vor Freude über diese Aufmerksamkeit gerötet. Phoenix lässt ganz vorsichtig Brühe über das Arrangement laufen. Für uns andere schöpft er selbstredend die Suppe einfach aus dem Topf und während wir uns auf das Festmahl stürzen, kaut Star jeden Bissen bedächtig ganze neunzehn Mal. Phoenix lässt sie nicht aus den Augen.

Immer wieder gucke ich nach Cassiel, der erstaunlich ruhig schläft. Abwechselnd flößen Star und ich ihm Wasser ein, bis Phoenix darauf besteht, dass sie ins Bett geht. Mittlerweile muss es weit nach Mitternacht sein. Die Suppe hat mich so satt gemacht wie schon lange kein Essen mehr. Außerdem hat Phoenix eine Flasche Wein mitgebracht. Ich weiß zwar, was er mit diesen Geschenken bezweckt, aber ich hatte trotzdem nicht die Kraft, diesen abzulehnen. Jetzt ist mir angenehm warm und in meinem Kopf hat sich ein Berg Zuckerwatte breitgemacht. Ich erinnere mich gut an das süße bunte Zeug. Früher wurde es an den Ständen in der ganzen Stadt verkauft. Was würde ich mal wieder für ein Stück Schokolade geben? Aber ich werde Phoenix nicht darum bitten, welche zu besorgen, nicht mal dann, wenn ich beschwipst bin. Bestimmt wäre es für ihn ein Kinderspiel. Seine Verbindungen zu den Schmugglern sind legendär.

»Wir sollten jetzt alle schlafen gehen.« Auffordernd sehe ich Phoenix an.

»Ich lege mich im Wohnzimmer auf die Couch«, erklärt er und sein Tonfall sagt mir, dass es zwecklos ist, ihm zu widersprechen. Er wird nicht gehen. Nicht heute Nacht.

Ich schwanke ein bisschen, als ich aufstehe, und Alessio

lacht leise über mich.

»Macht euch nur lustig«, brumme ich und tippe Tizian an, der auf der Küchenbank eingeschlafen ist. Mit geschlossenen Augen verzieht er sich in sein Zimmer.

VII. Kapitel

Der Abend hat sich merkwürdig angefühlt, denke ich, während ich mich in meinem Zimmer auf der Couch zusammenrolle, die früher meine Leseecke war. Ich ziehe eine Wolldecke über mich. Wir haben einen Bombenanschlag überlebt und einem Engel das Leben gerettet. Danach saßen wir mit Suppe und Wein in unserer Küche, haben uns unterhalten und gelacht. Es hat mich an früher erinnert, wenn unsere Eltern Freunde zu Besuch hatten. Ich habe immer die Tür einen Spaltbreit aufgelassen, um ihre Gespräche zu belauschen, und bin über den leisen Stimmen eingeschlafen. So ist es jetzt auch. Phoenix und Alessio diskutieren noch eine Weile und über dem Gemurmel dämmere ich ein. Es fühlt sich an, als hätte jemand die Zeit zurückgedreht. Es fühlt sich sicher an, obwohl ein Engel in meinem Bett liegt.

Mir ist heiß, mein Mund ist trocken, meine Lippen sind rissig und meine Augen brennen. Ich blinzele, aber grelles Licht blendet mich so stark, dass ich sie nicht öffnen kann. Ich versuche, meine Hände auf meine Lider zu legen, aber ich kann weder das eine noch das andere spüren. Mein Rücken drückt an kalten Stein. Ich zerre und zerre, bis ich die Sinnlosigkeit begreife. Meine Arme sind hinter meinem Rücken festgebunden. Panisch reiße ich die Augen trotz des Lichtes auf. Mein Herz krampft sich zusammen, als ich das Schauspiel sehe, welches sich vor mir abspielt. Die Schwerter der Engel krachen erbarmungslos aufeinander. Schreie und Gebrüll hallen durch die Luft. Gleißendes Sonnenlicht lässt die Luft über dem weißen Sand der Wüste flimmern. Aber der Sand ist gar nicht mehr weiß. Er ist rot vom vergossenen Blut der Engel. Ein Kreischen ertönt neben mir und ich wende den Kopf. Erst jetzt wird mir klar, dass ich an eine Säule gebunden bin. Ich trage ein langes weißes Kleid – genau wie die Frau neben mir. Auch ihre Hände sind hinter der Säule gefesselt. Tränen laufen über ihr Gesicht. Ich folge ihrem Blick und entdecke einen kleinen Jungen, der zwischen den Engeln hervorkommt. Geschickt weicht er zwei Kämpfenden aus. Ein Lachen perlt aus seinem Mund, seine blonden Locken fliegen im Wind, als er auf uns zuläuft. »Nein, Samuel!«, brüllt die Frau neben mir. »Nein!« Das zweite Nein erstirbt in dem Moment zu einem Gurgeln, als der Pfeil eines Engels sich in den Rücken des Jungen bohrt. Seine Knie geben unter ihm nach. Er streckt die Hände nach seiner Mutter aus, dann bricht der kleine Körper sterbend zusammen.

Keuchend fahre ich hoch. Bis auf eine Kerze, die mein Zimmer nur notdürftig erhellt, ist es dunkel. Ich höre das Gemurmel von Alessio und Phoenix nicht mehr. Mein Atem geht immer noch hektisch und ich wische mir den Schweiß von der Stirn. Was war das für ein merkwürdiger Traum? Was war das für ein Kampf? Mein T-Shirt ist klitschnass. Leise stehe ich auf, um mich umzuziehen.

»Moon?«, erklingt eine Stimme und ich fahre zusammen. »Werde ich sterben?«

Die Hand auf mein klopfendes Herz gelegt, gehe ich zum Bett. Cassiels Augen glänzen fiebrig. Ich berühre zögernd seine glühende Wange, entscheide mich aber für die Wahrheit. »Ich weiß es nicht.«

»Ich hätte in den Himmeln bleiben sollen«, bringt er mühevoll hervor. »Das habe ich jetzt davon.«

Ich setze mich auf den Rand des Bettes. »Das hättest du vermutlich«, sage ich. »Aber ich werde tun, was ich kann, damit du zurückkehren kannst.« Keine Ahnung, weshalb ich ihm dieses Versprechen mache. Es sollte mir egal sein.

Er tastet nach meiner Hand. »Muss ich Angst vor dem Tod haben?«, fragt er zögernd, als wüsste er nicht, ob er diese Frage stellen darf.

»Hat die nicht jeder?«

»In den Himmeln kennen wir weder die Angst noch den Tod. Dort sind wir unsterblich«, verrät er mir. »Ich wusste nicht, wie schrecklich es sich anfühlt. Wie eine unendliche Leere.«

Ich verschränke meine Finger mit seinen. Bisher habe ich gedacht, alle Engel zu hassen für das, was sie uns angetan haben, ist er jetzt gerade nur jemand, der sich vor dem Tod fürchtet. »Manche Menschen denken, der Tod sei nur ein Übergang in eine andere Welt.« Keine Ahnung, ob die Vorstellung einen Engel tröstet.

Ein Lächeln kräuselt sich um seine Lippen. »Und was denkst du?«

Ich zucke mit den Schultern. »Glauben würde ich es schon gern, aber ich kann nicht. Was für eine Welt sollte das denn sein?«

»Eine friedliche«, schlägt er stockend vor. »Eine, in der es keine Kriege gibt.«

»Dann gibt es da auch keine Engel und keine Menschen«, setze ich fort und wir beide lachen gleichzeitig leise auf.

»Ein utopischer Gedanke, oder?« Er klingt resigniert, als hätte er genug Erfahrung mit diesen Dingen und sei ihrer so überdrüssig wie ich.

»Sehr utopisch. Aber trotzdem schön.«

Sein Daumen kreist auf der Oberseite meiner Hand. Ich will sie wegziehen, aber er hält mich fest. »Bleibst du bei mir?« Ich kann ihn kaum noch verstehen. »Bitte.«

Ich bleibe so lange an seinem Bett sitzen, bis ich ganz sicher bin, dass er schläft. Dann schleiche ich zurück zur Couch und hoffe, nicht wieder zu träumen.

Als ich das nächste Mal aufwache, scheint die Sonne durch das schmale Fenster. Ich brauche eine Sekunde, um mich zu erinnern, weshalb ich auf der Couch und nicht in meinem Bett liege. Mein Kopf ruckt herum und ich springe auf, als ich sehe, wie Phoenix sich über Cassiel beugt. Ohne nachzudenken, reiße ich ihn von ihm weg. Wasser spritzt herum und ein Glas zerschellt auf dem Dielenboden.

»Bist du verrückt?«, brüllt Phoenix. »Ich habe ihm nur etwas zu trinken gegeben.«

Ich kneife die Augen zusammen. »Warum solltest du das tun?«

Er tritt ganz nah an mich heran. »Weil ich nicht so ein Ungeheuer bin, wie du denkst, und weil ich dich nicht wecken wollte.« Wütend dreht er sich um und stapft aus dem Zimmer. Kurz darauf höre ich die Tür knallen.

Ich hebe die Scherben auf, die auf dem Boden verstreut herumliegen, und trete an mein Bett.

Cassiel blinzelt. »Wasser«, stößt er nur mit Mühe hervor. Ein feuchtes Tuch liegt auf seiner Stirn und seine Wangen glühen. Ich schlucke mein schlechtes Gewissen hinunter. Während ich geschlafen habe, hat Phoenix den Engel versorgt. Allerdings bestimmt nicht aus Edelmut, rufe ich mir ins Gedächtnis. Er verfolgt damit irgendeinen Zweck, der sich mir noch erschließen wird.

Ich wechsele das Tuch, hole frisches Wasser aus der Zisterne im Garten, gebe ihm zu trinken und wasche Cassiels schweißnasse Brust. Vorsichtig entferne ich den Verband, den Alessio auf die Wunde gelegt hat. Ich atme tief ein, als ich sehe, dass sie sich entzündet hat. Die Wundränder sind dunkelrot und verkrustet. Es sieht nicht gut aus und das Fieber spricht seine eigene Sprache. Mir bricht kalter Schweiß aus. Er darf nicht sterben. Die Engel würden uns alle dafür zur Rechenschaft ziehen. Star tritt hinter mich, als Cassiel längst wieder ohnmächtig ist. »Wo ist Alessio?«, frage ich sie. »Er muss ihn sich noch einmal ansehen.«

Er schläft. Meine Schwester sieht mich nicht an, bestimmt ist sie böse auf mich, weil ich Phoenix vertrieben habe. Trotzdem schiebt sie mich zur Seite, säubert sorgfältig die Wunde, schmiert irgendeine Salbe auf die Ränder und legt Kräuter direkt auf das aufgequollene Fleisch. Nachdem sie die Kopfverletzung behandelt hat, steht sie auf und streicht mir über den Arm.

»Danke«, sage ich. »Du darfst nur zu ihm, wenn er schläft oder ohnmächtig ist.«

Ich weiß.

Natürlich. »Du musst vorsichtig sein«, sage ich trotzdem eindringlich.

Du auch, gestikuliert sie und verlässt das Zimmer, als Cassiel leise stöhnt und den Kopf hin und her wirft.

Ich habe einen riesigen Fehler begangen, als ich ihn hergebracht habe, aber jetzt muss ich das Beste daraus machen. Nur wenn das Fieber wieder sinkt, besteht Hoffnung, dass Cassiel überlebt. Wenn er stirbt, haben wir ein viel größeres Problem. Im Schlaf sieht er ganz friedlich aus. Ich balle meine Hände zu Fäusten, als ich mich dabei ertappe, ihm eine verschwitzte Haarsträhne aus dem Gesicht streichen zu wollen.

Alessio kommt in die Küche, als ich an meinem Tee nippe. Er sieht nicht gerade ausgeschlafen aus. »Ist er bei Bewusstsein?«

»Nein. Heute Nacht war er kurz wach, aber jetzt schläft er oder liegt im Koma. Ich habe keine Ahnung. Die Wunde sieht eklig aus. Star hat sie gesäubert. Denkst du, er schafft es?«

»Nicht, wenn die Wunde sich noch mehr entzündet. Außerdem macht mir die Kopfverletzung Sorgen.«

»Wir sollten zum Dogenpalast gehen und melden, dass er hier ist. Bestimmt haben die Engel eine eigene Medizin.«

»Haben sie nicht.« Alessio legt sich eine Scheibe Käse auf sein Brot. »In den Himmeln sind sie unverwundbar. Wusstest du das nicht?«

Ich schüttele den Kopf. Das ist mir tatsächlich neu. Wie praktisch.

»Lass uns in die Stadt gehen und herausfinden, wie die Stimmung ist, danach entscheiden wir, was wir tun.«

Er hat recht. Nach den Anschlägen der Bruderschaft kommt es meist recht schnell zu Vergeltungsmaßnahmen der Engel. Oder der Consiglio fasst Beschlüsse, um uns noch mehr zu unterdrücken. Der Dom ist zerstört und damit ist eine der wichtigsten Einkommensquellen des Rates erschöpft. Die Eintrittsgelder fließen nach Abzug der Kosten in voller Höhe in die Stadtkasse, also in die Taschen der Männer des Rates. Sie werden sich zügig etwas anderes einfallen lassen müssen, um den Verlust zu kompensieren.

Das friedliche Gefühl von letzter Nacht ist verschwunden. Es war sowieso nur eine Illusion. Bestimmt dauert es nicht lange, bis Phoenix wieder auftaucht, und ich habe gerade kaum Argumente, um ihn von meiner Familie fernzuhalten. Er weiß das und wird es ausnutzen. Allzu lange kann ich Tizian nicht mit Cassiel allein lassen. Auch wenn von diesem gerade keine Gefahr ausgeht. Aber ich muss wissen, wie die Lage draußen ist. Wie schlimm der Dom zerstört wurde und vor allem, wie viele

Tote und Verletzte es gibt. Wir gehen die Treppenstufen zur Piazzetta nach unten, laufen über den Platz und zwängen uns durch die Trümmer des Turmes. Am liebsten würde ich die Augen zusammenkneifen, aber es würde nichts ändern. Es ist schlimmer, als ich es mir in meinen schlimmsten Albträumen hätte vorstellen können. Der Markusdom und der Campanile sind tatsächlich Geschichte. Die Bauwerke, die immer zu meinem Leben gehörten, gibt es nicht mehr. Ich erinnere mich genau, wie mein Vater mich zum ersten Mal mit in den Dom genommen hat. Er hat mir sämtliche Heiligenbilder gezeigt, mir die Namen der Engel auf den Altarbildern genannt und sie so oft wiederholt, bis ich sie auswendig konnte. Ich stand staunend vor der Urne, in der die Reliquien des heiligen Markus ruhten. Sie ist in den ersten Tagen nach der Invasion verschwunden, und ich hoffe, jemand hat sie in Sicherheit gebracht. Der Dom war das Wahrzeichen meiner Stadt, doch nun ist er zerstört. Selbst das Atrium liegt in Trümmern. Nachdem ich Cassiel rausgebracht hatte, sind auch noch die letzten Mauerreste eingestürzt und haben den Zugang zu den Katakomben verschüttet. Einerseits bin ich froh, andererseits entsetzt. Dieser Weg war unser Fluchtweg. Nun ist er versperrt. Die überfluteten Katakomben reichen weiter, als man angesichts der Bauweise der Stadt glauben würde. Selbst ich habe diesen Weg in den Dom erst nach ausführlicher Recherche gefunden, aber irgendwann war er mir vertraut. Wer weiß, was mich in den anderen Gängen erwartet? Ich werde einen neuen Fluchtweg finden müssen, auch wenn mir allein dieser Gedanke Unbehagen bereitet. Doch eines Tages sind wir in der Bibliothek womöglich nicht mehr sicher.

Alessio und ich drängen uns zwischen den Schaulustigen hindurch. Anstatt zu helfen, schauen viele nur zu, wie die Toten aus den Trümmern des Doms geborgen werden. Unter den Arkaden auf der linken Seite des Platzes liegen schon mehrere Leichname, die glücklicherweise mit Tüchern bedeckt sind. Ab und zu tritt jemand heran und schaut darunter. Immer noch vermissen manche Menschen ihre Angehörigen. Bestimmt hofft jeder, diese nicht unter einem der Tücher zu finden. Mit den Händen reibe ich die Gänsehaut weg, die sich auf meinen Armen ausbreitet. Mein Vater lag auch unter so einem Tuch, als er heimgebracht wurde. Man sollte meinen, ich hätte genügend Tote gesehen, aber an bestimmte Dinge gewöhnt man sich eben nie.

Ich beobachte Nero deLuca, der mit den Männern der Stadtwache auf der fast unversehrten Treppe steht, die in den Dom führte. Auf seinem Gesicht haben sich hektische rote Flecken gebildet und er schreit einen der Männer an. Dieser salutiert rasch und rennt davon. Trotz des Wahnsinns um mich herum ist ein kleiner Teil von mir froh. Ich werde diese Arena nie wieder betreten müssen.

»Wir müssen hingehen und unsere Hilfe anbieten«, schlägt Alessio vor, als ein Mann mit einem toten Kind im Arm vorbeigeht. Ich folge meinem Freund, weiß aber nicht, ob ich das ertrage.

In diesem Moment entsteht hinter uns Unruhe. Flügelschlagen erfüllt die Luft, und als ich mich umdrehe, landet ein gutes Dutzend Engel vor mir. Es ist immer noch faszinierend, sie dabei zu beobachten. Die breiten Schwingen fächeln kühle Luft über den Platz. Eine flaumige Daune segelt durch die Luft. Sie ist so perlweiß wie Raphaels Schwingen und mit demselben goldenen Schimmer. Die Engel stehen in einer präzisen Formation, mit ihrem Erzengel an der Spitze. Kaum haben ihre Stiefel den Boden berührt, legen sie die Flügel dicht an ihre Körper. Es ist erstaunlich, wie klein diese dann aussehen. Alessio und ich haben nur die Wahl, stehen zu bleiben oder in die Ruinen des Doms zu flüchten. Aber bevor wir uns bewegen können, kommt Raphael bereits auf uns zu. An seiner Seite schreitet Lucifer. Ich spüre, wie mir alles Blut aus dem Gesicht weicht. Trotzdem bleiben wir stehen, während die Gaffer ringsherum vor den Engeln zurückweichen. Deren Gesichter sind verschlossen, die Lippen zusammengepresst. Sie sind wütend und ich hoffe, die Plünderer waren so klug, die Reste des Engels, den sie zerfleddert haben, verschwinden zu lassen. Wenn Raphael und Lucifer auch nur eine Feder finden, werden sie uns das schrecklich büßen lassen. Weshalb sind Alessio und ich nicht einfach in der Bibliothek geblieben? In diesem Augenblick wird mir klar, wie fatal es war, Cassiel mitzunehmen, und für eine Sekunde überlege ich, mich Lucifer vor die Füße zu werfen und ihm zu gestehen, dass in meinem Bett ein todkranker Engel liegt. Aber Alessio packt meine Hand, als wüsste er, was ich vorhabe. Ich senke den Blick und mache mich unsichtbar. Die Engel beachten uns gar nicht und marschieren einfach an uns vorbei. Kaum sind sie durch die Reste des Portals gegangen, folgt Nero ihnen mit den Männern der Wache und es dauert nur Minuten, da ist der Markusplatz fast menschenleer. Niemand will den Zorn der Engel zu spüren bekommen und bestimmt bin ich nicht die Einzige, die von dem ermordeten Engel weiß. Lediglich bei den Toten wachen noch einige Angehörige und die unvermeidbaren Tauben stolzieren über die Steine des Platzes auf der Suche nach Brotkrumen. Ich lausche auf das Plätschern des Wassers von den Anlegestellen, das in der Stille bis zu uns dringt und nur vom Poltern einiger Steine unterbrochen wird, die sich unter den Schritten der Engel lösen.

»Wir sollten auch verschwinden«, sage ich leise zu Alessio.

»Wir warten, bis sie weg sind, dann können wir helfen, nach Überlebenden zu suchen.« Sein Blick gleitet zwischen den Engeln, die nun über die Trümmer klettern, und der Bibliothek hin und her.

»Lass uns später zurückkommen.«

Als er endlich nickt, setze ich mich langsam in Bewegung. Seine Hand hält meine so fest umklammert, dass es wehtut. Wir machen einen Schritt. Und noch einen. Wir gehen an den Toten vorbei und ich muss mich bremsen, um nicht zu rennen. Ich will einfach nur zurück in die Sicherheit der Bibliothek. Ich will mit Tizian, Star und Alessio in der Küche sitzen und die restliche Suppe essen. Ich will, dass Cassiel sich in Luft auflöst.

»Moon deAngelis!« Obwohl Lucifer meinen Namen nur sehr leise ausspricht, klingt er in meinen Ohren wie Donnerhall.

Alessio bleibt stehen, seine Hand gleitet zu dem Messer, das er wie ich an seiner Seite trägt, aber ich schüttele unmerklich den Kopf, bevor ich mich umdrehe. Es ist lächerlich, weil er damit nicht kämpfen kann, und er will sich wohl kaum einen Zweikampf mit Lucifer liefern.

Der Engel kommt auf uns zu. Die Schatten, die sein ständiger Begleiter sind, scheinen heute noch finsterer zu sein als sonst. Trotzdem gewährt er uns einen Blick auf seine Gestalt und sein zorniges Gesicht. Ich taumele zurück, als seine Augen mich fokussieren. Er weiß es, denke ich. Er weiß, was ich getan und was ich gesehen habe. Sein Blick gleitet an mir herab. Stirnrunzelnd betrachtet er Alessios und meine verflochtenen Finger, bleibt vor uns stehen und verschränkt die Arme vor seinem Körper. Seine Finger klimpern auf seinen muskulösen Oberarmen. Das Lederhemd klafft am Hals etwas auf und ich entdecke schwarze Tattoos auf seiner Brust. »Was tut ihr hier?«, fragt er und sieht nur mich dabei an.

»Wir wollten sehen, ob wir helfen können«, antwortet Alessio an meiner Stelle und ich ärgere mich darüber, schließlich habe ich im Gegensatz zu meiner Schwester eine Stimme.

Lucifer beachtet ihn gar nicht und wartet ab.

»Wir wollten wissen, was hier gestern passiert ist«, setze ich mit fester Stimme hinzu. »Wer dafür verantwortlich ist.«

»Und? Habt ihr es herausgefunden?« Sein Tonfall ist eiskalt. »Warum seid ihr letzte Nacht hier herumgeschlichen?«

Die Anschuldigung ist kaum misszuverstehen und ich schwanke für eine Sekunde, bevor ich mich fasse. »Du denkst, wir waren das?«, frage ich empört. »Ich würde so etwas nie jemandem antun. Wir waren nur zufällig hier – wie du im Übrigen auch. Es ist falsch, Unschuldige leiden zu lassen.«

»Ist es das?« Seine Augenbrauen gehen so arrogant in die Höhe, als würde er sich über mich lustig machen. Wie gern würde ich ihm seine silbergrauen Augen auskratzen. Er hüllt sich nicht mehr in seine Schatten. Sie sind ganz und gar verschwunden. Zum ersten Mal kann ich ihn richtig betrachten. Seine schlanke Gestalt ist in schwarzes Leder gehüllt, sein dunkles Haar fällt ihm glänzend über die Schultern. Von seinen Flügeln sehe ich nur die oberen Rundungen, weil er sie eng an den Körper gelegt hat, aber auch sie sind rabenschwarz. Nur das Licht der Morgensonne verleiht ihnen einen roten Schimmer. Er ist schön, daran besteht kein Zweifel. Viel schöner, als ich mir den Fürsten der Hölle vorgestellt hätte. Es sollte mich nicht überraschen. Er ist der erste erschaffene Engel. Der Lieblingssohn Gottes, dem seine bestürzende Schönheit zum Verhängnis wurde, weil er sich zu wichtig nahm.

Blöder, eingebildeter Engel, denke ich aufmüpfig. Das geschah ihm nur recht, dass sein Vater ihn verstoßen hat. Leider erklärt es nicht, weshalb er vor ein paar Wochen mit seinen gefallenen Freunden hier aufgetaucht ist und nun in trauter Einigkeit mit Raphael über unsere Stadt herrscht. Die beiden sind, wenn man den alten Schriften glaubt, die größten Rivalen um die Gunst ihres Vaters gewesen.

»Wir haben damit nichts zu tun«, presse ich heraus und erstarre im selben Moment, weil ein Engel hinter Lucifer tritt. Im Arm hält er einen Körper, den ich unschwer an den Überresten seiner Flügel identifizieren kann. Der Leichnam ist völlig zerschunden, das silberne Haar verfilzt und verdreckt. Die Flügel hängen herunter wie ein Gerippe. An den ehemals sicher wunderschönen Schwingen hängen nur noch ein paar blassrote Daunen. Die Plünderer haben jede einzelne Feder mitgenommen. Das Gesicht des Engels ist im Tode schmerzverzerrt und ich entdecke das Blut an seiner aufgeschlitzten Kehle. Scham und Ekel schnüren mir wiederum meine Kehle zu. Ihm hätte ich auch helfen müssen. Ich hätte die Plünderer vertreiben müssen. Warum habe ich es nicht wenigstens versucht?

Lucifers Gesicht ist völlig ausdruckslos, als er sich umdreht und die Augen des Engels vorsichtig schließt. »Ich werde herausfinden, wer dafür verantwortlich ist«, sagt er leise und ich habe das Gefühl, er redet hauptsächlich mit mir und nicht mit den anderen Engeln, die ihn und den toten Engel umringen, ohne dass ich mitbekommen habe, wie sie aus dem Dom zurückgekehrt sind. »Ich werde diejenigen zur Verantwortung ziehen, die an Gadreels Tod schuld sind.«

»Dann kannst du bei dir anfangen!«, platzt es aus mir heraus und damit habe ich plötzlich die uneingeschränkte Aufmerksamkeit aller Engel. Ihre Blicke richten sich auf mich, Alessio stöhnt leise.

»Hüte deine Zunge, Weib«, flüstert Lucifer. »Du weißt nicht, was du sagst.«

Mein Mund wird trocken. »Wärt ihr geblieben, wo ihr hingehört, würde er noch leben und all diese Menschen auch«, entgegne ich, weise mit dem Kinn zu den Toten und starre ihn dann grimmig an. Mein schlechtes Gewissen treibt mich zu unmöglichen Vorwürfen. Ich habe keinen Finger gerührt, um den Tod des Engels zu verhindern. Und beinahe hätte Cassiel dasselbe Schicksal ereilt.

Lucifer tritt so nah an mich heran, dass sich unsere Nasenspitzen fast berühren. Sein Geruch müsste mich unangenehm berühren, aber das tut er nicht. Er riecht kein bisschen so, wie ich mir den schwefligen Atem aus der Hölle vorstelle, sondern wie ein Wald an einem Frühlingsmorgen. Herb und frisch zugleich.

»Ich schreibe diese Worte dem Schock zu, den die Ereignisse der letzten Nacht bei einer Frau hinterlassen haben müssen. Aber jetzt verschwinde und komm mir nie wieder unter die

Augen, beim nächsten Mal werde ich dich für deine Unverschämtheit auspeitschen lassen!«, stößt er hervor.

Wut steigt in mir auf. Ich balle meine Hand zu einer Faust und öffne sie wieder. Ich zwinge mich, ihm nicht in sein makelloses Gesicht schlagen. Er weiß, dass ich recht habe. »Ihr habt diesen Krieg gewollt, nicht wir. Nun müsst ihr auch mit den Opfern leben, die er verlangt«, zische ich aufgebracht zurück. Alessios Arme schließen sich um mich. Er will mich wegziehen und ich weiß, es wäre klüger, jetzt zu schweigen, aber ich kann nicht. »Ich habe mehr Mitleid mit den Kindern unter den Tüchern«, stoße ich hervor, »als mit deinem gefiederten Freund.«

Alessio keucht bei meinen Worten auf und zerrt mich weg. Es gibt kaum etwas Schlimmeres, als die Flügel eines Engels als Gefieder zu bezeichnen. »Sie meint es nicht so«, erklärt er und ich höre das Beben in seiner Stimme. »Sie ist nur durcheinander.«

Zwei Engel treten hervor, um uns zu folgen. Vermutlich wollen sie mich aus Alessios Armen reißen und vierteilen. Einen schrecklichen Moment lang fürchte ich, meine letzte Stunde habe geschlagen, aber Lucifer hebt seine Hand und sagt mit eisiger Stimme: »Schaff sie mir aus den Augen und sorge dafür, dass sie mir nie wieder unterkommt.« Er nimmt dem Engel, der noch immer Gadreel hält, den Leichnam ab und schießt mit ihm in die Höhe. Ich würde ihm gern noch etwas hinterherbrüllen, aber selbst ich weiß, wann es genug ist. Raphael folgt ihm, jedoch nicht, ohne einen abfälligen Blick auf mich zu werfen, und dann fliegen auch die anderen Engel davon. Warum habe ich ihnen nichts von Cassiel gesagt? Dann wäre ich ihn los gewesen. Wie soll ich jetzt erklären, weshalb er in unserer Wohnung ist? Lucifer wird keine meiner Erklärungen akzeptieren. Aber hätte er mir überhaupt geglaubt? Schließlich hat er mich beschuldigt, etwas hiermit zu tun zu haben.

Alessio stampft wütend voraus zur Bibliothek und ich kann es ihm nicht verdenken. Keine Ahnung, was gerade in mich gefahren ist. Es ist nicht mutig oder klug, einem Engel die Stirn zu bieten. Es ist einfach nur beschränkt. Ich habe uns alle in Gefahr gebracht, auch wenn ich nach wie vor finde, dass ich mit meinen Anschuldigungen recht habe.

Nachdem Alessio mich in unsere Wohnung zurückbegleitet und kurz nach Cassiel gesehen hat, der sich noch immer im Fieberwahn von einer Seite auf die andere wirft, verschwindet er und taucht auch zum Abendbrot nicht auf. Vermutlich bleibt er in der Klinik. Die Menschen dort brauchen seine Hilfe dringender. Ich müsste eigentlich mein tägliches Trainingspensum absolvieren, entscheide mich aber dagegen. Heute bin ich viel zu müde. Wie erwartet, kommt jedoch Phoenix zurück und bringt Fisch und Kartoffeln mit. Der Duft, der wenig später aus der Küche zu mir weht, riecht köstlich. Ich hocke an Cassiels Bett und wechsele immer wieder die kalten Umschläge, obwohl sie nicht helfen. Das Fieber steigt und steigt. Als Star mich zum Essen holen will, winke ich ab. Für heute habe ich genug Unheil angerichtet, ich will nicht auch noch in Versuchung geraten, Phoenix meine Wut und meinen Zorn an den Kopf zu knallen. Ich muss lernen, mein Temperament zu beherrschen, aber schon Mutter hat sich daran die Zähne ausgebissen. Star war immer schon sanft, wo ich wütend bin, und ich frage mich, weshalb wir so verschieden sind. Warum sind unsere Gaben nicht gerechter verteilt? Immerhin sind wir Zwillinge. Bevor ich in Selbstmitleid versinke, besinne ich mich auf meine Aufgabe. Irgendwie muss ich Cassiel von hier fortschaffen. Wenn mir das gelingt, bevor er wieder zu Bewusstsein kommt, erinnert er sich womöglich gar nicht an mich und er bekommt Star nicht zu Gesicht. Das wäre für alle Beteiligten das Beste.

Ich nehme das Tuch von seiner Stirn, um es in das kalte Wasser zu tauchen, als er seine Augen aufschlägt. Himmelblau sehen sie mich an. Vielleicht kann ich wenigstens das hier richtig machen. Ich wringe das Tuch aus und wische ihm damit über die heißen Wangen. Sein Blick wandert aufmerksam über mein Gesicht. Erst als ich ihm das Tuch abermals auf die Stirn lege, schließen sich seine Augen wieder. Vorsichtig streiche ich über die flatternden Lider. Ich kann es nicht bereuen, ihn gerettet zu haben. Hätte ich das nicht getan, wäre er jetzt genauso tot wie Gadreel. Es ist merkwürdig, wie menschlich ein Engel wirken kann, wenn er leidet. Meine Finger fahren über seine Wangen. Sie glühen und sind schweißnass. Im letzten Jahr hatte Tizian ein paar Tage lang so hohes Fieber gehabt, dass ich dachte, er würde sterben. Auch an seinem Bett habe ich gesessen und ihm die Stirn gekühlt, Wadenwickel gemacht und ihm Geschichten erzählt. Ich habe ihm Brühe und Stars Kräutersud eingeflößt. Was, wenn das bei einem Engel nichts hilft? Gott hat die Menschen aus Erde und Wasser erschaffen, die Engel aus Feuer und Licht. Vielleicht muss man die Hitze bei Engeln mit Hitze bekämpfen? Ich wünschte, ich könnte jemanden fragen. Aber gerade fühle ich mich von aller Welt verlassen.

Stars kühle Hand legt sich auf meine Schulter. Sie gibt mir zu verstehen, dass sie mich ablösen will, aber ich schüttele den Kopf. Meine Schwester legt den Kopf schräg und betrachtet mich. Schon immer habe ich den Eindruck gehabt, als würde sie viel mehr als andere Menschen sehen. Sie beobachtet aufmerksam, wo der Rest von uns einfach drauflosplappert. Phoenix steht in der Zimmertür und lässt sie nicht aus den Augen. Ich bin es so leid, ihn immer wieder wegschicken zu müssen. Hätte er nicht diese Truppe ständig gewaltbereiter Jungs um sich geschart, hätte ich das vielleicht nie getan.

»Ich bleibe bei ihm«, sage ich zu Star. »Obwohl ich nicht den Eindruck habe, ihm helfen zu können. Er wird immer unruhiger und gleichzeitig kraftloser. Aber er darf dich nicht sehen.«

»Er stirbt«, lässt Phoenix sich wenig hilfreich vernehmen. »Du kriegst ihn nie durch. Lass ihn mich heute Nacht wegbringen. Ich schwöre dir, dass nie jemand herausfinden wird, was du getan hast.«

Was habe ich schon gemacht? Ich wollte einem Engel das Leben retten, weil er dasselbe für mich getan hat, auch wenn ich nicht weiß, warum. Aber das ist jetzt auch egal.

Star reicht mir eine Schale mit Brühe. Sie ist die Einzige, die meine Handlungen nie infrage stellt und mich nie kritisiert. Dann verlässt sie das Zimmer, zweifellos, um in den unendlichen Tiefen von Vaters Bibliothek einen Hinweis zu finden, wie Engel geheilt werden können. Phoenix folgt ihr auf dem Fuße. Womöglich ist es gar nicht meine Sorge um Star, weshalb ich ihn von ihr fernhalte, sondern meine Eifersucht. Ich will meine Zwillingsschwester nicht an jemanden verlieren, der sie vielleicht noch mehr liebt als ich, der sie besser beschützen kann. In dieser fragilen Welt ist sie meine Konstante, meine zweite, ja bessere Hälfte. Ich kann mir nicht mal vorstellen, wie ein Leben ohne sie aussähe.

»Moon?« Es ist mitten in der Nacht, als Cassiel die Augen aufschlägt. Ich bin an seinem Bett sitzend eingeschlafen. Mein Kopf ruht auf der Bettkante und von der unbequemen Position schmerzt mir jeder Muskel. Ich brauche einen Moment, um zu realisieren, wo ich mich befinde und mit wem ich in meinem Zimmer bin.

»Ich glaube, ich verdurste.«

Erleichtert lache ich leise auf. »Durst ist gerade dein kleinstes Problem«, sage ich. »Kannst du dich hinsetzen?«

Stöhnend bringt Cassiel seinen Oberkörper in eine halb aufrechte Position. Sein Gesicht verzerrt sich dabei vor Schmerz. Ich hocke mich zu ihm, lege einen Arm um seine Schultern, wobei ich darauf achte, dem verletzten Flügel nicht zu nahe zu kommen, und halte ein Glas Wasser an seine aufgesprungenen Lippen. Gierig trinkt er es, obwohl es mittlerweile abgestanden ist.

Danach lässt er sich wieder in die Kissen fallen. »Mir tut alles weh«, gesteht er mit brüchiger Stimme.

»Ich weiß. Die Wunde hat sich entzündet. Aber du wirst wieder gesund.«

Cassiel hat die Augen geschlossen. »Du bist eine ziemlich schlechte Lügnerin«, sagt er. »Aber trotzdem danke.«

Ich lege eine Hand auf seine Stirn und dann auf seine Brust.

Seine Haut ist verschwitzt und er glüht wie ein Hochofen. Meine Finger gleiten über seine Muskeln, die sich unter der Berührung anspannen. Ich ziehe sie zurück und bin etwas verlegen, als ich sehe, wie seine Lippen sich belustigt kräuseln.

Er tastet nach meiner Hand und legt sie zurück. »Das ist schön«, murmelt er. »Warum bist du so kühl?«

»Das kommt dir nur so vor, weil du Fieber hast«, erkläre ich, unsicher, ob er weiß, was das bedeutet, und ich bringe es nicht übers Herz, ihm meine Hand wieder zu entziehen. Mein Verstand weiß, dass er ein Engel ist und ich es hassen müsste, ihn zu berühren. Aber gerade hat er nur sehr wenig Engelhaftes an sich. Wären da nicht seine Flügel, sähe er aus wie ein verletzter junger Mann in meinem Alter. Ein sehr schöner verletzter Mann mit einer Haut so weich wie Federn.

»Was macht ihr, wenn ihr krank seid oder verletzt?«, frage ich ihn. »Habt ihr wirklich keine Ärzte?«

»In den Himmeln werden wir nicht krank.« Und dann driftet er wieder weg. Dabei umklammert er meine Hand, als wäre sie sein Rettungsanker. »Bleibst du bei mir, Moon?«, fragt er kaum hörbar.

Diese Position ist noch unbequemer als die vorherige, aber ich bleibe trotzdem sitzen. In den letzten Jahren habe ich viele Menschen sterben sehen. Oft waren sie allein und ich fand es jedes Mal schrecklich. Das hat niemand verdient. Kein Mensch und auch kein Engel. Ich habe keine Ahnung, ob Cassiel überlebt, aber wenn nicht, will ich nicht, dass er allein ist. Er ist der einzige Engel, der mich nicht hat spüren lassen, dass ich nur menschlicher Abschaum für ihn bin. Ich klettere in mein Bett und lege mich neben ihn. Dabei achte ich sorgsam darauf, ihm nicht zu nahe zu kommen, aber als ich versuche, ihm meine Hand zu entziehen, hält er sie weiter fest. Es ist ein Fehler, und ich weiß es. Trotzdem kann ich der Versuchung nicht widerstehen, ein bisschen näher an ihn heranzurücken.

Ich habe noch nie darüber nachgedacht, ob es auch nette und liebenswerte Engel geben könnte. Immerhin glaubten die Menschen früher, es gäbe Schutzengel, aber das war eine kindische Vorstellung. Bisher waren für mich alle Engel gleich abartig und gemein, nur auf der Welt, um uns zu vernichten, sobald sie bekommen haben, was sie wollen. Aber Cassiel ist weder arrogant noch hochmütig, er ist nicht selbstgefällig oder grausam. Er stellt mich vor ein Rätsel und ich will wissen, weshalb er so anders ist.

Als ich wieder aufwache, muss es – dem Licht nach zu urteilen, das in mein Zimmer fällt – beinahe Mittag sein. Niemand hat mich geweckt, aber eine dünne Decke ist über mir ausgebreitet. Ich liege dicht an Cassiels Körper geschmiegt, dessen Hand immer noch auf meiner liegt. Für einen Moment genieße ich die Wärme und – wie ich zu meiner Schande gestehen muss – auch seine Nähe. Ich spüre den Schlag seines Herzens unter meiner Hand. Es schlägt zu schnell und auch sein Atem geht hastig. Er ist in der Nacht nicht noch einmal aufgewacht. Als ich mich nun aufsetze, um ihn zu betrachten, erschrecke ich. Seine Hand rutscht kraftlos zur Seite, er scheint sich vor meinen Augen förmlich aufzulösen. Seine Haut wirkt fast durchsichtig. Dass ich ihn gerettet habe, hat gar nichts gebracht. Er stirbt mir unter den Fingern weg.

»Raphael und Lucifer machen Jagd auf die Bruderschaft«, sagt Tizian, der in der Tür auftaucht. Er isst ein Tomatenbrot, und prompt knurrt mein Magen. Ich war seit zwei Tagen nicht einkaufen und muss unbedingt die Vorräte prüfen und herausfinden, wie viel Bargeld wir noch besitzen. Ich kann mich nicht nur um Cassiel kümmern. Jetzt, wo die Arena zerstört ist, muss ich irgendwie anders für uns sorgen. Ich habe nur keine Ahnung, wie ich das anstellen soll. Vielleicht hat Alessio eine Idee, aber vorher muss ich mich bei ihm entschuldigen. »Wo ist Star?«, frage ich meinen Bruder.

»Mit Phoenix bei ihrem Mosaik. Sie legen es neu und wollen mich nicht dabeihaben. Wieso darf Phoenix ihr helfen und ich nicht?«

Ich stehe vorsichtig vom Bett auf. Mir ist etwas schwindelig und ich habe Durst.

»Ich weiß es nicht«, antworte ich wahrheitsgemäß. Ich habe vor langer Zeit damit aufgehört, die Eigenheiten meiner Schwester zu hinterfragen.

VIII. Kapitel

Ich wasche mich und ziehe frische Kleidung an, dann esse ich eine Kleinigkeit und stelle fest, dass Phoenix noch mehr Lebensmittel mitgebracht haben muss. Im Vorratsschrank liegen ein frisches Brot, Tomaten, Käse und sogar Äpfel. Sie sehen noch etwas unreif aus, aber sie riechen köstlich. Außerdem entdecke ich Orangensaft und ein kleines Stück Schinken. Obwohl es mir nicht behagt, in seiner Schuld zu stehen, werde ich die Sachen annehmen. Ich kann es mir nicht leisten, meinen Stolz über das Wohl meiner Geschwister zu stellen. Verdammt. Seit einigen Tagen löst sich das letzte bisschen meiner Normalität in Luft auf und ich kann kaum etwas dagegen unternehmen. Ich kaue auf meiner Unterlippe. Ich werde davon allerdings nichts essen. Es ist für Tizian und Star gedacht. Mir hätte Phoenix nichts zum Essen gebracht.

»Kannst du bei Cassiel bleiben?«, frage ich Tizian, nachdem ich die Wunden des Engels gereinigt und ihm einen kalten Umschlag auf die Stirn gelegt habe. Es bringt kaum etwas, aber irgendwas muss ich schließlich tun. Habe ich wirklich an seiner Seite geschlafen? Ich könnte mich selbst dafür ohrfeigen und ebenso dafür, dass Star und Tizian mich so gesehen haben.

»Ich muss nachher noch mal in die Schule«, erinnert er mich. »Nachsitzen bei Pater Casara. Wo gehst du hin?«, fragt er zurück. »Wäre es nicht besser, du bleibst hier? Nachher bringst du dich nur wieder in Schwierigkeiten.«

»Sehr lustig.« Nun belehrt mich schon mein kleiner Bruder. Die Schule hat zum Ende des Sommers gerade erst wieder angefangen und schon muss er nachsitzen. Ich frage lieber nicht, weshalb. Damit kann ich mich nicht auch noch auseinandersetzen, zumal die Lehrer Tizian meist für seine Meinung rügen, die ihnen nicht passt, mit der ich allerdings völlig konform gehe. Er redet ihnen nun mal nicht nach dem Mund, wenn sie behaupten, wir ständen ungefähr eine Trilliarde Stufen unter den Engeln.

»Ich muss Alessio suchen. Weißt du, wo er ist?«

»Hab ihn auch nicht gesehen. Warum überlässt du ihn nicht Phoenix?« Tizian weist mit einem Kopfnicken zu Cassiel, dessen Gesicht vor kaltem Schweiß glänzt. Der abgespreizte Flügel hängt an der Bettseite herunter, während seine Glieder vor Fieber anfangen zu zittern.

Ich hole tief Luft und setze mich an den Rand des Bettes. Keine Ahnung, ob Tizian mich versteht, aber ich muss wenigstens versuchen, ihm klarzumachen, wie wichtig es ist, Mitgefühl zu haben. Cassiel ist geschwächt und uns völlig ausgeliefert. Tizian muss begreifen, dass wir das nicht ausnutzen dürfen. Würden wir das tun, wären wir keinen Deut besser als Lucifer und all die anderen Engel. Das ist es doch, was uns Menschen ausmacht: dass wir Mitgefühl haben und barmherzig sein können, auch wenn diese Fähigkeit immer mehr aus der Mode kommt.

»Wenn ich ihn Phoenix überlasse, wird dieser ihn irgendwo ablegen und sterben lassen.«

»Und? Er ist ein Engel. Was geht es uns an? Keiner von denen würde sich um uns kümmern.«

Damit hat er vermutlich recht. Ich beiße mir auf die Unterlippe. Tizian ist gerade zwölf und sein Herz ist schon so verhärtet. Das ist nicht richtig. Oder wäre es mir mit zwölf auch egal gewesen, ob ein Engel stirbt oder lebt?

»Cassiel hat mir nichts getan«, erkläre ich meinem Bruder. »Im Gegenteil. Ja, es gibt Engel, die schrecklich zu uns sind. Aber ich glaube, nicht alle sehen in uns eine niedere Schöpfung, und wenn nur die geringste Chance besteht, dass sie uns irgendwann akzeptieren und wir miteinander leben können, werde ich sie nutzen.« Mir war nicht klar, dass ich dieselbe Hoffnung wie Alessio hege, bis ich die Worte ausspreche. Aber warum sollte das nicht funktionieren? Könnten wir uns die Welt nicht teilen? Wenn es einen Engel wie Cassiel gibt. Einen Engel, dem ich vertrauen könnte, vielleicht gibt es dann noch andere. Es gibt Tausende von Engeln, viele von ihnen sind in den Himmeln geblieben. Möglicherweise, weil sie nicht einverstanden damit sind, wie Raphael über uns herrscht. Möglicherweise bringt irgendwer ihn zur Vernunft.

»Das glaubst du doch selbst nicht«, sagt er skeptisch. »Sie

hassen uns und wir sie.«

»Ich versuche, nur die Engel zu hassen, die einem Menschen etwas wirklich Schlimmes angetan haben«, erwidere ich mit nicht gerade überzeugender Stimme. »Cassiel hat mir das Leben gerettet. Dafür bin ich ihm dankbar.«

»Aber warum hat er das getan?«, fragt Tizian. »Hast du dich das mal gefragt? Es ergibt gar keinen Sinn.«

Ich nehme die Schüssel mit Wasser in die Hand. »Vielleicht war es nicht seine Absicht, aber es ändert nichts an dem Ergebnis.« Ich trage die Schüssel in die Küche und Tizian folgt mir.

»Wenn es dir so wichtig ist, bleibe ich hier und passe auf«, lenkt er ein. Seinem Gesicht sehe ich an, wie viel Überwindung es ihn kostet.

»Dankeschön«, sage ich. »Kannst du auch ab und zu nach Star und Phoenix sehen?«

Tizian verzieht sein Gesicht. »Muss das sein? Phoenix flüstert Star ständig etwas ins Ohr und dann wird sie rot und immer wieder berührt er sie. Mal am Arm, ein anderes Mal ihr Haar. Ist dir das schon aufgefallen?«

»Genau deswegen will ich nicht, dass sie zu lange allein sind. Star ist viel zu unschuldig für ihn.« Ich zwinkere Tizian zu und als er grinst, weiß ich, dass ich mich auf ihn verlassen kann.

Zwei Stunden laufe ich durch die Stadt, um Alessio zu finden, aber entweder versteckt er sich vor mir oder er ist in den Außenbezirken unterwegs. Dann muss ich eben später mit ihm reden. Auf dem Mercato treffe ich Alberta, die Vorräte für das

Krankenhaus einkauft. »Wie geht es Suna?«, frage ich, während sie ein paar Orangen aussucht. Ich wische mir den Schweiß von der Stirn, als mir einfällt, dass ich Tizian noch bitten wollte, ihr ein Buch zu bringen. Zum Glück spricht sie das Thema diesmal nicht an.

»Pietro hat sie nach Hause bringen lassen. Wir brauchten das Bett wegen der ganzen Verletzten nach der Explosion ...« Sie bricht ab, aber ich kann mir das Chaos vorstellen. »Wir brauchen dringend mehr Platz, aber die Miete, die der Consiglio für die anliegenden Häuser verlangt, ist viel zu hoch«, schimpft sie. »Sie lassen die Häuser lieber leer stehen und verfallen.«

»Ihr zahlt an den Rat Miete für das Krankenhaus?« Ich kann es nicht fassen.

»Was denkst du denn, Kindchen?« Alberta tätschelt meine Wange und ich fühle mich so naiv wie mit zehn Jahren. »Würden wir das nicht tun, hätte der Rat das Haus längst räumen lassen. Die Familien des Consiglio haben ihre eigenen Ärzte. Wohin die ärmeren Bewohner Venedigs gehen, interessiert sie nicht. Hätte Pietro sonst dein Geld genommen?« Sie reicht die Orangen dem Verkäufer, der sie abwiegt und den Preis nennt.

»Warum mietet ihr nicht anderswo in der Stadt ein Gebäude? Dann wären die Wege auch für die Kranken nicht zu weit, die aus Cannaregio oder Santa Croce kommen.«

»Dafür haben wir nicht genug Ärzte. Alessio ist noch nicht so weit, ein Krankenhaus zu führen. Er braucht noch ein paar Jahre.«

So stolz ich auf Alessio bin, so wütend bin ich auf die Männer des Rates. Beinahe wütender als auf die Engel, denn sie machen sich unsere Notsituation auch noch zunutze. Dass Menschen in ihrer Verzweiflung rauben und stehlen, verstehe ich. Aber Nero deLuca und die anderen Männer des Consiglio verdienen ihr Geld mit uns Kämpfern und mit den Steuern, die sie erheben. Es scheint nicht genug zu sein.

»Er muss gestoppt werden«, stoße ich hervor. Ich folge ihr zum Fischstand. »Jemand muss etwas gegen Nero und den Rat unternehmen.«

»Das sagt sich so leicht, Kind, aber das ist es nicht. Gegen manche Dinge kommt man nicht an. Wir müssen es hinnehmen und versuchen, das Beste daraus zu machen.«

»Aber wenn niemand ihnen eine Grenze setzt, werden sie immer gieriger.«

Alberta betrachtet den in Eis gepackten Fisch. Er ist teuer, aber die Kranken brauchen nahrhafteres Essen als Haferschleim und Tomatenbrote. »Du solltest dich nicht mit Nero anlegen«, sagt sie leise und lächelt der Verkäuferin zu, die aus einem Eimer Fischreste in altes Papier wickelt und ihr reicht.

»Wie geht es deinem Mann, Isa?«, fragt Alberta. »Ist die Verletzung gut verheilt?«

Die kräftige Frau trägt eine Kittelschürze. Ihre Wangen und ihre Finger sind gerötet. »Ist sie. Sag Pietro, wie dankbar wir ihm sind. Wenn ich ihn verloren hätte …« Die Stimme der Frau schwankt.

»Hast du aber nicht«, unterbricht Alberta sie. »Er soll zukünftig vorsichtiger sein.«

Isa packt noch zwei Fische ein. Frische Fische. »Er soll es nicht wagen, noch mal eine Verletzung vor mir zu verbergen.«

»Er wollte dir keine Sorge bereiten. Die Wunde hat sich einfach viel zu schnell entzündet. Bestimmt hat sich nicht zum ersten Mal ein Haken in seinem Bein verfangen.«

»Ich hätte noch mehr Sorgen gehabt, wenn er gestorben wäre.«

Eine neue Kundin tritt an den Stand heran. Sie trägt eine weiße Leinenhose und ein buntes Top aus Seide. Das kann nur Schmuggelware sein. Solche Sachen werden in Venedig nicht mehr hergestellt. Hinter ihr baut sich ein Leibwächter auf, der uns grimmig anschaut, und eine Dienerin, die einen Korb trägt, der bereits bis zur Oberkante gefüllt ist. Es gibt sie immer noch, die Reichen, Schönen und Privilegierten. Und sie blicken auf uns herab. Mit spitzem, pastellig lackiertem Fingernagel zeigt die Frau auf einen Fisch und verlangt von der Verkäuferin, dass diese ihn filetiert. Dann hebt sie den Kopf und fixiert mich.

Ich verdrehe die Augen. »Felicia, seit wann begibst du dich unter das normale Volk?«

Verunsicherung zuckt kurz über ihr Gesicht, bevor sich ein hochmütiges Lächeln darauf ausbreitet. »Hallo, Moon. Immer noch so ein vorlautes Mundwerk? Lernst du es denn nie, dich zu beherrschen? Es ist unklug, jedem unter die Nase zu reiben, was man denkt. Heute noch mehr als früher.«

Charmant wie immer. Ich starre sie durchdringend an. »Wenigstens diese Freiheit konnte ich mir bewahren.«

Felicia zuckt mit den Schultern. »Es ist ja deine Sache. Du brauchst meine Belehrungen nicht.«

»Ganz genau. Also, wieso gehst du persönlich einkaufen? Hast du dein Personal ins Krankenhaus geschickt, damit sie bei der Pflege der Verletzten helfen?«

Ihre Wangen laufen knallrot an. Sie sieht genauso aus wie früher, wenn Signore Rossi sie im Unterricht etwas über die Geschichte der Republik fragte und die ganze Klasse wusste, dass sie ihre Hausaufgaben kurz vor der Stunde von mir abgeschrieben hatte. In Geschichte war sie eine totale Niete gewesen. Dafür fiel ihr im Gegensatz zu mir Mathe ganz leicht. Früher ergänzten wir uns mal prima. Früher waren wir beste Freundinnen.

»Wir erwarten einige Engel zum Abendessen«, erklärt sie. »Da mache ich mir die Mühe und kaufe selbst ein. Auch wenn es dich nichts angeht, es ist ja wohl klar, dass wir ihnen nicht nur Brot und Oliven anbieten.«

Sie sollte ihnen Gift ins Essen mischen. Diesen Vorschlag behalte ich lieber für mich. »Dein Vater hat schon mit deiner Verabredung mit Nuriel geprahlt. Michaels rechte Hand ist ja wirklich ein Hauptgewinn«, sage ich, ohne dabei die Miene zu verziehen. Ich kann nichts dafür, aber ein bisschen tut sie mir leid. Was denkt ihr Vater wohl, welcher Schlüssel sie sein könnte? Der der Aufopferung? Ich verkneife mir ein Grinsen. »Du bist bestimmt keine Schlüsselträgerin, Feli«, versuche ich, sie zur Vernunft zu bringen, und benutze ihren Spitznamen. »Lass dich nicht auf dieses Spiel ein. Dein Vater benutzt dich bloß.« Als Kinder waren wir mal unzertrennlich. Aber das ist ewig her. Es war, bevor meine Mutter sich mit Nero angelegt hat.

Felicia wirft ihr kunstvoll geflochtenes braunes Haar zurück. »Warum nicht? Ich bin genauso gut wie all die anderen Mädchen, die sie prüfen. Was weißt du schon davon?« Für einen Moment verrutscht ihre sorgsam gepflegte Fassade. Ich sehe die Angst in ihren Augen und mein Mitleid vertieft sich. Natürlich könnte sie theoretisch eine Schlüsselträgerin sein, möglich ist alles. Aber ich hoffe für sie, dass sie es nicht ist. Ihr Vater verlangt also von ihr, nett zu Nuriel zu sein. Bestimmt glaubt er, der Engel hilft ihr bei der Prüfung zur Schlüsselträgerin. Wie weit soll dieses Anbiedern denn gehen? Bei dem Gedanken möchte ich mir den Finger in den Hals stecken. Felicia wollte als Kind mal Pilotin werden. Wir sind gemeinsam durch Venedigs dunkelste Gassen gestromert und haben uns mehr als einmal verlaufen. Mit ihr zusammen hatte ich nie Angst, egal, wo wir gelandet sind. Unter ihren Shorts hatten ihre Beine blaue Flecken, weil sie sich auf dem Schulhof mit den Jungs gerauft hat. Sie war mutig. Kann sie sich denn gar nicht mehr an früher erinnern? Hat sie keinen eigenen Willen mehr? Ihr Verstand kann ihr doch nicht gänzlich abhandengekommen sein?

»Mehr als du«, gebe ich unvernünftigerweise preis. »Die Schlüsselprüfungen sind gefährlich, du solltest dich nicht leichtfertig darauf einlassen.«

»Wenn ich in die Auswahl komme, werde ich mich der Prüfung stellen«, erklärt sie mit fester Stimme. »Das bin ich meinem Vater schuldig.«

Ihr ist echt nicht zu helfen. Sie hat sich mehr verändert, als ich befürchtet habe. Die Felicia von früher hätte sich der Prüfung vielleicht aus Neugierde unterzogen, aber nicht, um ihrem Vater zu gefallen.

»Ich wünsche dir heute Abend viel Spaß und viel Glück.« Es klingt gemeiner, als ich es meine. Es wäre schön, eine richtige Freundin zu haben, aber Feli wird es wohl nie wieder sein.

Bei dem sarkastischen Unterton kneift sie die Augen zusammen und nimmt den Fisch entgegen, den Isa ihr reicht. »Spaß werde ich haben«, sagt sie noch, während ihr Bodyguard die Ware bezahlt. Die Ärmste. Ihr Vater vertraut ihr nicht mal eigenes Geld an. Sie nickt Alberta kurz zu und stolziert dann davon. Kritik konnte sie noch nie gut aushalten, aber im Weggehen zieht sie mehr als einen Blick auf sich, was mich nicht wundert. Felicia ist wirklich schön. Sie sollte ihr Schicksal selbst in die Hand nehmen. Würde sie mich fragen, würde ich ihr immer noch helfen, aber vielleicht bin ich auch der hoffnungslosere Fall von uns beiden.

Alberta winkt Isa zum Abschied und wir gehen weiter. »Du musst vorsichtiger sein mit dem, was du sagst. Nero und deine Mutter waren Rivalen im Consiglio. Daran erinnerst du dich doch?«

»Natürlich.« Mutter war die einzige Frau im Consiglio und Nero deLuca von Anfang an ein Dorn im Auge. Sie wollte den Widerstand gegen die Engel organisieren, er wollte seine persönliche Machtposition ausbauen. Sie wollte die Lebensbedingungen der Venezianer verbessern, er sich persönlich bereichern. Bestimmt hat er sich ins Fäustchen gelacht, als Mutter verschwand.

»Er wird sich nicht von dir auf der Nase herumtanzen lassen. Seine Tochter steht auf seiner Seite. Daran wird sich nichts ändern. Egal, was du sagst und ob du recht hast.«

»Ich wollte es wenigstens versuchen«, brumme ich. »Sie war mal meine Freundin.«

Alberta reibt mir tröstend über den Rücken. »Aber das ist sie nicht mehr. Wir haben alle Freunde verloren. Auf die eine oder andere Weise.«

Wir machen uns auf den Rückweg zum Krankenhaus. Ich nehme ihr den Korb mit den Einkäufen ab. »Jetzt, wo der Dom zerstört ist, wird Nero nach anderen Möglichkeiten suchen, Geld zu scheffeln«, sagt sie nach einer Weile.

Nach Mutters Verschwinden habe ich mir vorgenommen, mich nur auf meine Geschwister zu konzentrieren. Ich hatte die Nase voll von Politik. Mutter hatte uns beim Abendessen ständig mit ihren Streitgesprächen mit Nero genervt. Sie hat immer wieder neue Vorschläge gemacht, wie die Engel bekämpft werden können, aber die Männer haben sie ausgelacht oder ignoriert. Gäbe es den Abschiedsbrief nicht, hätte ich gedacht, dass sie sie umgebracht haben.

Alberta bleibt stehen und legt mir eine Hand auf die Schulter. Sie ist ein Stück größer als ich. Ihr graues Haar hat sie zu einem Zopf gebunden und sie trägt ein schlichtes Kleid, in dem sie in der Menge fast verschwindet. Sie kann noch gar nicht so alt sein, wie ich bisher dachte. Vielleicht Anfang fünfzig, aber um ihre Augen haben sich bereits Falten gebildet. »Du musst vorsichtiger sein«, verlangt sie. »Provoziere ihn nicht.«

Ich nicke, weil sie recht hat. Erst habe ich mich mit Nero und dann mit Lucifer angelegt. Ich muss versuchen, meine Gefühle besser zu kontrollieren. Aber ich bin erst achtzehn. Früher sind die Teenager in meinem Alter durchgedreht und haben jede Menge Unsinn angestellt, Drogen genommen, Partys gefeiert oder die Schule geschmissen. Heute ist es egal, wie alt man ist, man muss einfach zu überleben versuchen. Wenn ich vorhin noch überlegt habe, Alberta einzuweihen, ihr zu sagen, dass ich einen Engel gerettet habe, der nun sterbend in meinem Bett liegt, verwerfe ich die Idee nun. Nachdem sie mich gerade gebeten hat, vernünftiger zu sein, kann ich das nicht mehr. Sie wird zu Recht denken, dass ich total übergeschnappt bin. Sie wird es nicht verstehen.

»Es sind Schlüsseljäger in der Stadt«, sagt sie nun. »Du bist jetzt volljährig und Star auch. Versuch einfach, nicht aufzufallen. Vielleicht hat es auch sein Gutes, dass der Dom zerstört wurde. Du musst jetzt nicht mehr kämpfen.«

Dann hatten wir also recht. Lucifer ist nicht ohne Grund hier und bestimmt hat er die Schlüsseljäger mitgebracht, die sonst immer erst im Herbst kamen. Bevor ich mit Alberta über meinen Verdacht sprechen kann, werde ich von einem monotonen Singsang abgelenkt. Die haben mir gerade noch gefehlt! Eine Gruppe Männer und Frauen schleppt sich mit Kreuzen beladen quer über den Markt. Im Gehen lassen sie sich von anderen Anhängern ihrer Sekte kasteien. Sie haben Dornenkronen auf dem Kopf und Blut läuft über ihre nackte Haut. Die sogenannten Büßer lassen sich züchtigen, weil sie glauben, damit Abbitte leisten zu können für die Verfehlungen der Menschen. Wir haben Gottes Wort nicht mehr gelebt, haben Gottes Sohn ermordet und vergessen, wer uns geschaffen hat – und so weiter und so fort. Eine ewige Litanei unserer Sünden. Nur hat Gott uns dieses Mal als Sühne keine Sintflut geschickt, die alles und jeden weggespült hätte, sondern seine perfekte Schöpfung, die uns auf den rechten Weg führen soll. Wers glaubt, wird selig. Leider gibt es immer mehr Menschen, die sich den Büßern anschließen. Sie sind in der ganzen Stadt unterwegs und verbreiten ihren Glauben. Wenn irgendwo ein Engel erscheint, fallen sie vor ihm auf die Füße und flehen um Gnade und Vergebung. Es ist geradezu peinlich, wie sie sich anbiedern. Jede erbettelte Lira schleppen sie zum Dogenpalast, um sich von ihren Sünden freizukaufen. Die Engel nehmen die Opfergaben an und lachen sich ins Fäustchen. Es sind ebenfalls Büßerinnen, die den Engeln im Dogenpalast dienen und ihnen angeblich jeden Wunsch erfüllen.

»Am besten, du gehst gleich zurück.« Alberta nimmt mir den Korb ab. »Mach dich ein paar Tage unsichtbar. Habt ihr genug Vorräte?«

Ich nicke. »Phoenix hat welche gebracht. Damit kommen wir eine Weile über die Runden.«

»Das ist gut. Vielleicht bleiben die Schlüsseljäger dieses Mal nicht lange.« Sie klingt nicht sehr überzeugt.

Aber die Hoffnung besteht immerhin. Nicht jedes Jahr finden sie Mädchen, die würdig sind, die Schlüsselprüfung zu absolvieren. Ich verabschiede mich und drängele mich an den Büßern vorbei, die ihre Hände ausstrecken, damit ich ihnen Geld gebe.

»Raphael verzeiht dir deine Sünden«, murmelt eine Frau und packt meinen Arm. »Wir bitten ihn für dich um Vergebung.«

»Raphael kann sich meine Sünden sonst wohin stecken!«, blaffe ich sie an. Erschrocken lässt sie mich los. So viel zum Thema: *Ich muss meine Gefühle besser kontrollieren.* Als ich weitergehe, fällt mein Blick auf Semjasa. Er lehnt an einer Hauswand und hat meine Worte mit Sicherheit gehört, denn er lacht und zeigt mit dem Daumen nach oben.

Als ich zurückkomme, geht es Cassiel noch schlechter. Seine

Augen glänzen fiebrig, wenn er sie mal für eine Sekunde öffnet, und seine Wangen glühen wie ein Hochofen.

»Kurz nachdem du weg warst, ist er noch mal aufgewacht und hat nach dir gefragt«, sagt Tizian, als er mir die Tür öffnet. »Aber seitdem wälzt er sich nur im Bett herum. Ich konnte ihm nicht mal was zu trinken geben.«

Ich bin erleichtert, dass er es wenigstens versucht hat. »Danke«, sage ich und gehe in mein Zimmer. Die Wunde an Cassiels Stirn ist verschorft, aber in der auf seiner Brust hat sich hässlicher Eiter gebildet, den Star, die an seinem Bett sitzt, geduldig wegwischt, während Phoenix vom Fenster aus jede ihrer Bewegungen überwacht. Wieso ist er immer noch hier? Es ist lächerlich. Cassiel hat nicht mal die Kraft eines Katzenbabys. Meine Fingernägel bohren sich in meine Handflächen. Ich fühle mich so hilflos wie schon lange nicht mehr. Wenn jemand den Engel und Phoenix zusammen hier findet, wird er zu Recht denken, ich wollte Cassiel an den Meistbietenden verkaufen. Nero wird die Gelegenheit nutzen, um mich einzusperren oder den Engel auszuliefern. Ich überlege, wer mich in der Nacht des Anschlages alles in der Nähe des Doms gesehen hat. Als Erstes fällt mir Lucifer ein. Aber wenn er mich wirklich verdächtigen würde, wäre er schon längst hier oder nicht?

»Kannst du nicht endlich abhauen?«, fauche ich Phoenix an, der daraufhin nur seine Augenbrauen in die Höhe zieht. »Ich will nicht, dass du hier bist.« Ich brauche ein Ventil für meine Wut und er kommt mir gerade recht.

»Ich gehe erst, wenn *er* geht.« Phoenix weist mit dem Kopf zu Cassiel. »Sei froh, dass ich ihn mir nicht schnappe und fortbringe. Seine Federn würden eine Stange Geld einbringen.«

Star sieht zu ihm auf und schüttelt den Kopf. Meine Hand gleitet zum Messer an meinem Gürtel, aber Phoenix lächelt nur mitleidig.

»Lass es gut sein Moon. Du willst nicht vor deinen Geschwistern mit mir kämpfen. Ich weiß genau, wie gut du bist. Es wäre für Star kein schöner Anblick. Ich bleibe, bis sich dieses Problem erledigt hat. Wie auch immer. Ich werde dir helfen.«

Sogar Phoenix, der oberflächliche Bad Boy von Venedig, ist vernünftiger als ich. Ganz toll. Tizian verfolgt unseren Schlagabtausch interessiert. Verzweifelt fahre ich mir mit den Händen durch mein Haar. »In Ordnung«, gebe ich nach. »Du kannst bleiben, bis er gesund ist.«

»Oder tot«, erklärt Phoenix und grinst triumphierend.

»Du hast eine Schlacht gewonnen, nicht den Krieg, du Blödmann. Egal, was passiert. Danach lässt du uns wieder in Ruhe.«

Während wir streiten, kümmert Star sich weiter um Cassiel und tut so, als gehe sie das alles gar nichts an. Ich würde gern wissen, was sie für Phoenix empfindet. Was sie in ihm sieht. Ich habe sie das nie gefragt, vermutlich, weil ich die Antwort gar nicht wissen will.

In den nächsten Stunden waschen Star und ich abwechselnd die Wunde mit einem Kräutersud aus. Er kommt nicht einmal zu sich und es bringt nichts, egal, was wir versuchen. Die Wunde eitert weiter und die aufgerissenen Ränder sind glühend rot. Das Fieber steigt und steigt – trotz der kalten Wickel, die wir um Cassiels Unterschenkel, seine Arme und auf seine Stirn legen. Als der Abend anbricht, weiß ich nicht, was wir noch tun sollen. Ich bin müde und erschöpft. Die letzten beiden Nächte habe ich kaum geschlafen. Noch eine halte ich nicht durch. Auch Star sieht entkräftet aus und weiß sich keinen Rat mehr. Phoenix wird nicht mehr lange erlauben, dass sie sich um Cassiel kümmert. Er wollte sie schon nach dem Essen ins Bett stecken. Seine Besorgnis ist ja gut und schön, aber sie ist doch kein kleines Kind mehr.

»Wenn sich sein Zustand diese Nacht nicht bessert, schaffe ich ihn morgen weg«, knurrt Phoenix, nachdem er die Küche gemeinsam mit Tizian aufgeräumt hat. Star und ich wickeln wieder kalte Umschläge um Cassiels Unterschenkel und Arme. Alessio ist immer noch nicht aufgetaucht, und auch das bereitet mir Sorgen. Habe ich ihn so verärgert, dass er denkt, er sei ohne uns besser dran? In meiner Brust wird es eng bei der Vorstellung, ihn zu verlieren. Ich hole vorsichtig Luft. Ich darf mich nicht verrückt machen. Alessio würde uns nie und nimmer im Stich lassen.

»Das nützt doch alles nichts.« Phoenix ist endgültig am Ende mit seiner Geduld.

Ich weiß, dass er recht hat. Mit jeder Stunde, die Cassiel hier ist, wächst die Gefahr, dass er bei uns gefunden wird. Niemand wird mir glauben, dass ich ihm aus reiner Nächstenliebe geholfen habe. Ich würde es nicht glauben. Es ist falsch und trotzdem weigere ich mich, jetzt einfach aufzugeben. Ich habe immer noch die Überreste von Gadreel vor Augen. Seine durchgeschnittene Kehle und seine nackten Flügel.

Es gibt nur noch eine Möglichkeit, wie ich Cassiel vielleicht helfen kann. Ich muss zu Pietro und ihn um Penicillin bitten. Er züchtet das Antibiotikum in der Klinik aus Schimmelpilzen.

Ich weiß nur nicht, ob es bei Engeln wirkt, aber mehr Schaden kann es kaum noch anrichten. Mein Blick gleitet zum Fenster. Es ist bereits spät, wenn ich mich aber beeile, bin ich noch vor dem Einbruch der Dunkelheit zurück. Das ist Cassiels letzte Chance, mehr kann ich nicht für ihn tun. Ich werde nicht das Risiko eingehen, dass er in unseren vier Wänden stirbt.

»Ich muss noch mal los«, sage ich zu Tizian und ziehe den dunklen Mantel an, der früher meiner Mutter gehört hat. Dann schnalle ich ein Messer an meinem Gürtel fest und stecke ein weiteres in meine Stiefel. Dabei meide ich Phoenix' Blick. »Diese Nacht gibst du mir noch, okay?«, fordere ich, als ich bereit bin.

Misstrauisch mustert er mich. Wie weit geht er, um Star zu schützen? Ich bin mir sicher, er würde selbst mich opfern, wenn ich nicht nachgebe.

»Diese Nacht«, stimmt er widerwillig zu. »Was hast du vor?«

»Das geht dich nichts an!«, fauche ich und schnappe mir ein Buch vom Tisch. Es gefällt mir sowieso nicht, weil es viel zu düster ist. Aber vielleicht kann ich Alberta weichklopfen, wenn Pietro sich stur stellt.

Phoenix nickt nur und ignoriert meinen Zorn. Dann stellt er sich neben meine Schwester und ich weiß, dass er das Zimmer nicht verlassen wird, solange Star sich darin aufhält.

Sei vorsichtig, gestikuliert sie. Phoenix legt ihr einen Arm um die Schulter und sie lehnt sich an ihn.

Wirklich super. Ohne meine Dummheit mit Cassiel würde das hier nicht passieren. Star ist in ihn verliebt. Das ist ganz offensichtlich. Trotzdem muss sie die Stadt verlassen. Ich sollte

Phoenix einweihen, damit er sie davon überzeugt. Er wird alles tun, um zu verhindern, dass die Engel sie der Schlüsselprüfung unterziehen. Dafür wird er sich auch von ihr trennen.

Ich schaffe es nie rechtzeitig zurück, denke ich, während ich durch die Straßen renne. Als ich das Krankenhaus erreiche, überzieht bereits das einsetzende Abendrot den Himmel. Es ist doch schon später, als ich bisher angenommen habe. Hoffentlich diskutiert Pietro nicht unnütz mit mir. Ich gehe zu Alberta, die hinter dem Empfangstresen sitzt und liest. Als ich ihr das Buch rüberschiebe, lächelt sie.

»*Der Name der Rose*«, liest sie laut vor. »Das habe ich vor Ewigkeiten schon mal gelesen. Deswegen bist du aber hoffentlich nicht um diese Zeit extra gekommen, oder?«

Ich schüttele den Kopf. »Ich brauche dringend etwas von Pietro. Ist er da?«

»In seinem Büro«, erwidert sie. Ein hustender Mann betritt das Krankenhaus und Alberta winkt ihn zu sich. Ich habe sowieso keine Zeit für Small Talk.

Ich laufe die Treppe hinauf, klopfe und öffne gleichzeitig die Tür. Pietro steht am Fenster. In der Hand hält er einen Stoß Papiere und ist in die Lektüre vertieft.

»Ich habe dich schon kommen sehen. Warum bist du um diese Zeit noch unterwegs«, rügt er mich.

»Star hat Fieber«, erkläre ich atemlos. »Wir brauchen Penicillin.«

Er wendet sich zu mir um und mustert mich aufmerksam. »Unsere Vorräte sind fast verbraucht«, sagt er dann. »In den letzten Tagen haben wir mehr benötigt, als wir geplant hatten.

Ich muss erst neue Schimmelpilze züchten. Ich hätte noch etwas Weidenrinde. Bist du dir sicher, dass Star ein Antibiotikum braucht? Soll ich sie mir mal ansehen? Hat sie Schmerzen oder Fieber?«

Ich schüttele etwas zu hektisch den Kopf. »Das ist nicht nötig«, wiegele ich ab. »Du hast hier bestimmt viel zu tun. Alessio kann ja morgen früh nach ihr sehen. Sie hustet wie im letzten Winter.« Eine bessere Erklärung fällt mir nicht ein. »Und sie hat schreckliche Halsschmerzen. Ich befürchte, es ist wieder eine Angina.« An entzündeten Mandeln leidet Star seit ihrer Kindheit regelmäßig. Eigentlich müssten ihr die Mandeln herausgenommen werden, aber das Risiko wollte Pietro bisher nicht eingehen.

Er betrachtet mich einen Augenblick lang sorgenvoll und geht dann zu seinem Medizinschrank. Etwas umständlich schließt er ihn auf.

Er schiebt die kleinen Fläschchen in dem Schrank hin und her. »Versuche es bitte trotzdem zuerst mit der Weidenrinde.« Er greift nach einer der Flaschen.

Aspirin hilft vielleicht bei Fieber oder Kopfschmerzen, aber sicher nicht bei dieser furchtbaren Entzündung. Meine Schultern sacken nach unten.

»Wir hätten doch darüber nachdenken sollen, sie zu operieren«, setzt Pietro hinzu. »Hat Alberta mit dir darüber geredet, dass die Schlüsseljäger in der Stadt sind?«, wechselt er das Thema, bevor ich etwas dazu sagen kann.

»Hat sie«, erwidere ich kurz angebunden. Ob ich einfach später wiederkomme und sein Medizinschränkchen aufbreche? »Aber ich konnte es mir schon selbst denken.«

»Hast du alles für Stars und Tizians Flucht vorbereitet?«

Natürlich weiß er über meine Pläne Bescheid, schließlich ist Silvio Albertas Neffe und sie hat ihn mir empfohlen. »Ich habe das Geld zusammen«, sage ich. »Ich warte nur auf den nächsten Neumond.« Ich bin froh, dass er sich dazu bereit erklärt hat. Viele Schmuggler beschränken sich mittlerweile darauf, nur Luxusware in die Stadt zu bringen. Es ist ungefährlicher und die Strafen sind nicht so hoch, wenn man erwischt wird. Zumal sich hauptsächlich die Reichen diese Waren leisten können. Eine Krähe hackt der anderen bekanntlich kein Auge aus.

»Es ist ein Risiko, jetzt, wo Lucifer hier ist. Er fürchtet die Dunkelheit nicht«, gibt Pietro zu bedenken.

»Was schlägst du vor? Soll Star etwa bleiben?« Mir wäre das am liebsten, aber es ist falsch.

»Auf keinen Fall. Sie würde die Schlüsselprüfung nicht überleben.« Vielleicht doch. Den Gedanken spreche ich nicht laut aus. Ich werde es nicht erlauben. Aber bei allem, was ich weiß, ist es durchaus möglich, dass Star eine Schlüsselträgerin ist. Und ich wette, unsere Mutter wusste es auch. Darum hat sie mich ausgebildet und von mir verlangt, sie zu beschützen. Meine Hand liegt auf der Türklinke, aber ich rühre mich nicht. »Woher wisst ihr beide, dass die Schlüsseljäger zurück sind? Es ist viel zu früh.« Und es bringt meine ganzen Pläne durcheinander. Ich dachte, ich hätte noch Zeit.

»Raphael ruft mich zu sich, wenn einer seiner Engel verletzt ist«, beginnt Pietro.

Das ist ja mal interessant. Soll ich ihn fragen, ob das Penicillin bei Engeln wirkt? Wenn nicht, kann ich mir die Mühe, hier später einzubrechen, auch sparen. »Und er hat ausgerechnet mit dir darüber gesprochen?«

»Ich habe zufällig ein Gespräch zwischen ihm und Lucifer mit angehört. Sie haben sich gestritten«, erwidert er.

»Über die Schlüsselträgerinnen?«

Er nickt und schließt den Schrank wieder ab. »Sie haben bereits sechzehn gefunden und können sich nicht einigen, wo sie nach den fehlenden drei Mädchen suchen sollen. Lucifer glaubt, es lebt wenigstens eine in unserer Stadt. Raphael will ihn wieder loswerden und hat vorgeschlagen, er soll woanders suchen. Die zwei hassen sich noch immer.«

Ich würde den Mann, der mich zehntausend Jahre in absoluter Finsternis festgekettet hat, auch hassen.

Sechzehn schon? Das erwähnt er so nebenbei? Als würde uns diese Zahl nicht noch näher an den Abgrund rücken, an dessen Kante wir bereits stehen.

»Wo sind diese sechzehn Mädchen jetzt?« Meine Handflächen sind feucht vor Nervosität. Wir müssen sie befreien und irgendwo verstecken, wo die Engel sie nicht mehr finden. So trennen uns nur noch drei Mädchen vom Untergang der Welt. Die Engel werden uns alle töten, damit wir ihnen nicht ins Paradies folgen. Dieses vollkommene Reich, in dem es keine Schmerzen, kein Elend, keine Not und keinen Neid gibt, wollen sie nur für sich.

»Das haben sie nicht gesagt. Als sie bemerkten, dass ich ihr Gespräch mit anhören konnte, sind sie gegangen.«

Wieso hilft Lucifer ausgerechnet Raphael? Will er sich von seinen Sünden reinwaschen und opfert nun uns Menschen? Will er sich mit Raphael versöhnen und sich sein Plätzchen im

Garten Eden sichern? »Ich muss jetzt wirklich los«, sage ich gehetzt. »Der nächste Neumond ist in ungefähr drei Wochen. Dann verlassen Star und Tizian die Stadt.«

»Es ist das Beste so. Auch wenn es dir schwerfällt. Du kannst bei Alberta und mir wohnen, wenn sie fort sind. Mir ist nicht wohl bei dem Gedanken, dass du allein in der Bibliothek bist.«

»Ich habe ja immer noch Alessio«, sage ich.

Der Hauch eines schlechten Gewissens flackert über Pietros Gesicht. »Ihm habe ich dasselbe angeboten. Ich hätte ihn gern hier im Haus.«

Ich grabe meine Finger in die Handflächen. Einerseits verstehe ich Pietro. Er braucht Alessio viel mehr als ich. Diese ganzen Verletzten, und er ist nicht mehr der Jüngste. Aber in der Bibliothek fühle ich mich meinem Vater und unserem früheren Leben immer noch nah. Ich kann sie nicht einfach verlassen.

Ohne anzuklopfen betritt Alberta den Raum. »Du musst kommen. Sie haben drei Verletzte gebracht. Es gab einen Unfall mit ein paar Gondeln.«

Pietro verlässt das Zimmer, als Geschrei aus dem unteren Flur heraufdringt.

»Hast du bekommen, was du wolltest?«, fragt Alberta. Ihr Blick fällt auf das Fläschchen in meiner Hand.

»Ich brauchte Penicillin, aber Pietro hat mir nur Weidenrinde gegeben.«

Ohne ein Wort zieht sie einen Schlüssel aus der Tasche ihres Kleides und öffnet den Medizinschrank wieder. »Hier.« Sie reicht mir ein neues Fläschchen.

»Dankeschön.«

»Schon gut. Ich schicke dir jemanden, der dich nach Hause bringt. Du gehst jetzt nicht mehr allein.«

Eilig verlässt sie das Zimmer und ich kann mein Glück kaum fassen. Aber die Sonne geht unter und ich habe keine Zeit mehr. Wenn ich Pech habe, zwingt sie mich, über Nacht hierzubleiben, und dann überlebt Cassiel nicht. Ich öffne die Tür einen kleinen Spaltbreit. Der Flur liegt wie ausgestorben da. Schnell laufe ich zur Treppe, die ins Erdgeschoss führt. Gerade werden die Verletzten auf Bahren hereingetragen. Stöhnen und Schreie erfüllen die Luft. Ich renne zurück und nehme das hintere Treppenhaus. Es ist kaum erleuchtet und ich taste mich vorsichtig die Stufen hinunter. Am Ausgang lungern ein paar Pfleger herum und rauchen. Sie beachten mich nicht, als ich das Krankenhaus verlasse. Trotz der Wärme ziehe ich mir die Kapuze meines Mantels über den Kopf, betrete die menschenleere Gasse, bevor mich jemand aufhalten kann.

IX. Kapitel

Die Dunkelheit bricht so schnell über mich herein, dass ich nur ein paar Straßen weit komme. Ausgerechnet heute Nacht ist der Himmel bewölkt und ich sehe gerade mal zwei, drei Meter weit. Alle Fenster sind mit festen Läden verrammelt und lassen keinen noch so winzigen Lichtstrahl hinaus. Ich taste mich an der Wand entlang. Um mich herum ist alles gespenstig still und auch ich versuche, kein Geräusch zu machen. Hoffentlich finde ich den Rückweg überhaupt. In der Nacht sehen alle Gassen gleich aus und völlig anders als am Tag. Die warme Luft des Tages hängt noch zwischen den Häusern. Rechts von mir fließt ein schmaler Kanal entlang und das Wasser riecht muffig. Ich wünschte, die Leute würden aufhören, ihre Abfälle in die Kanäle zu kippen. Gerade in der Sommerhitze ist das nicht sonderlich angenehm. Hoffentlich lebt Cassiel noch, wenn ich zurückkomme.

Hoffentlich hat Phoenix ihn nicht einfach fortgebracht. Ich gelange an das Ende der Straße und luge um die Ecke. Jemand huscht von einer Seite zur anderen. Es kann jemand sein, der genau so dämlich ist wie ich und jetzt noch unterwegs ist. Es kann aber auch jemand sein, der nichts Gutes im Schilde führt. Ich höre eine Tür klappern und für eine Sekunde dringt Licht auf die Pflastersteine. Eine fette Ratte huscht durch den Strahl. Irgendwo hinter mir ertönt ein Schrei. Ich stolpere vorwärts und renne los. Wenn ich einfach nicht anhalte, werden sie mich schon nicht kriegen. Der Schrei einer Frau durchdringt ein weiteres Mal die Nacht. Männerlachen übertönt ihn und Gänsehaut rinnt mir über den Rücken. Ich weiß, was da vor sich geht. Die Männer veranstalten eine Jagd. Ich darf ihnen unter keinen Umständen in die Hände fallen, sonst bin ich ihr nächstes Spielzeug. Es ist so krank. Um dieses Problem sollte der Consiglio sich kümmern, anstatt sich bei den Engeln einzuschleimen. Nachts ist die Stadt ein fast rechtsfreier Raum. Ich presse mich an das warme Mauerwerk, meine Beine fühlen sich an wie Pudding. Mein Atem geht hektisch. Wenn die Männer mich in ihre Finger bekommen, werden sie keine Gnade kennen. Sie werde mit mir tun, was immer ihnen beliebt. Es sind Männer, die nichts mehr zu verlieren haben, weil ihnen nichts geblieben ist. Nachts kriechen sie aus ihren Löchern. Warum habe ich mich aufhalten lassen? Warum bin ich so spät noch los? Ich kenne doch die Regeln. Eilige Schritte kommen näher. Ich habe keine Wahl. Ich muss weiter und versuchen, eine andere Gasse zu erreichen. Leider kann ich in der Dunkelheit keine Abzweigung erkennen. Nachts ist Venedig ein Labyrinth aus blinden Gängen, zerbrochenen Mauern, Brücken und Toren. Wo sind die Patrouillen, die der Consiglio beauftragt hat? Vermutlich hocken die Männer in irgendwelchen Bars und vertrinken ihren Lohn.

Wieder ertönt ein Schrei, der in einem Gurgeln untergeht. Sie haben sie geschnappt. Ich taste nach meinem Messer. Erneut erklingt das Männerlachen. Es sind definitiv mehrere und sie rufen sich Sprüche zu, bei denen ich mir die Ohren zuhalten möchte. Schweiß bricht mir am ganzen Körper aus. Ich muss der Frau helfen, schließlich bin ich eine geschulte Kämpferin. Aber in der Dunkelheit habe ich gegen mehrere Männer keine Chance. Es wäre nicht tapfer, sondern unklug, wenn ich mich auf so einen Kampf einließe. Der Lärm, den die Männer machen, kommt aus einer Seitengasse, bei meinem Glück renne ich diesen Bastarden direkt in die Arme. Mein Kiefer protestiert, als ich in hilfloser Wut meine Zähne aufeinanderbeiße. Auf Zehenspitzen schleiche ich weiter. Blende das Flehen und Betteln der Frau aus. Blende die Bilder aus, die mir durch den Kopf spuken. Ich gehe einfach nur immer und immer weiter, biege in eine Straße ein, überquere eine Brücke und noch eine. Zweimal lande ich in einer Sackgasse und falle beinahe in einen Kanal, als ich über eine weitere Brücke laufen will, die vor ein paar Wochen noch intakt war. Eigentlich kenne ich jeden Winkel Venedigs, aber in meiner Panik begehe ich einen Fehler nach dem anderen. Ich trete gegen eine zusammengekrümmte Gestalt, keuche auf und weiche im letzten Augenblick der Blutlache aus, die sich um deren Kopf herum ausbreitet. Tote Augen stieren in den Himmel, an dem nun der Mond aufgeht. Der Mann kann noch nicht lange tot sein. Irgendwo müssen seine Mörder noch unterwegs sein – vermutlich nicht weit von hier entfernt. Aber alles ist still. Nur das Wasser schlägt gegen eine Kanalwand und Wind kommt auf. Konzentriert setze ich einen Schritt vor den anderen und halte mich im Schatten der Hauswände, renne geduckt weiter.

Meine Panik hat sich gerade einigermaßen gelegt und ich wage es, vorsichtig zu hoffen, dass ich unversehrt nach Hause komme, als es hinter mir knirscht. Ich wirbele herum und zücke gleichzeitig meine Waffe. Semjasa lehnt an der Wand und grinst. Vor Anspannung bekomme ich kaum noch Luft. Zwei Gedanken drehen sich unaufhörlich in meinem Kopf: Ich werde Cassiel seine Medizin nicht bringen können und ich muss darauf vertrauen, dass Phoenix sich um Star und Alessio sich um Tizian kümmert.

Ein anderes, mittlerweile vertrautes Geräusch ertönt und ich wende den Kopf in die Richtung, in die ich fliehen wollte. Ein Windstoß zerzaust mir das Haar. Natürlich. Ich hätte es mir denken können. Wo Semjasa ist, ist auch Lucifer nicht weit. Mein Mund wird trocken und die Haare auf meinen Armen stellen sich auf. »Verdammt!«, stoße ich zwischen zusammengepressten Zähnen hervor. Ich sollte ihm nicht mehr unter die Augen kommen und nun stehen wir uns wieder einmal gegenüber. Na gut, ich stehe. Er kann seine Schwingen in der Gasse nicht ganz ausbreiten und trotzdem bewegen sie sich hin und her und halten ihn einen halben Meter über dem Boden. Finster blickt er auf mich herab. »Moon.« Endlich landet er, legt seine Flügel an und kommt auf mich zu. Seine Schritte sind geschmeidig und elegant und stehen im völligen Widerspruch zu der harten Linie seines Mundes. »Was tust du hier? Mitten in der Nacht?«

Ich könnte ihn dasselbe fragen, schließlich ist das meine Stadt. »Ich gehe spazieren«, erkläre ich und umfasse mein Messer fester. Es entgeht ihm nicht und er lächelt mitleidig. »Und es ist noch nicht mitten in der Nacht. Die Sonne ist erst vor einer Stunde untergegangen.« Oder vor zwei. Er darf meine Furcht auf keinen Fall spüren. Das ist die zweite Regel, die Mutter mir beigebracht hat.

Semjasa hinter mir lacht leise. »Sie hat Haare auf den Zähnen«, bemerkt er wenig hilfreich. »Wir sollten ihr die frechen Flügel stutzen.«

Eine bescheuerte Engelmetapher. Ich beiße mir auf die Zunge, damit mir nicht noch eine Frechheit herausrutscht. Ich sollte den Blick senken und möglichst unterwürfig tun, vielleicht sind sie dann nicht ganz so erbarmungslos mit mir.

»Ich dachte immer, du würdest störrische Frauen mögen«, bemerkt Lucifer und kommt näher. »Im Gegensatz zu mir.«

Egal, was sie von mir wollen, ich werde es ihnen nicht leicht machen. Ich werde schreien, schlagen und um mich treten.

»Die hier ist leider nicht nur störrisch, sondern auch noch mager«, bemerkt Semjasa spitz.

Ich verschränke die Arme vor der Brust. »Stellst du etwa auch noch Ansprüche an die Frauen, die du vergewaltigen willst, oder was?«, fauche ich ihn an. »Macht doch, was ihr wollt, aber ich muss mich nicht auch noch von euch beleidigen lassen.« Alles, was gleich mit mir passiert, habe ich mir selbst zuzuschreiben. Hoffentlich bemerken sie mein Zittern nicht. Ich bin eine gottverdammte Idiotin. Warum bin ich nicht zu Hause geblieben, warum will ich Cassiel unbedingt retten?

Jetzt lacht Lucifer und legt seinen Zeigefinger unter mein

Kinn. »Was denkst du denn, was wir mit dir vorhaben?«

Die Frage verwirrt mich. Ich richte mich auf. Das mit der Unterwürfigkeit würde sowieso nie klappen. »Muss ich dir das vorher auch noch beschreiben? Hast du in zehntausend Jahren etwa alles vergessen?«

Lucifer steht so nah vor mir, dass ich den Zorn in seinen Augen aufblitzen sehe. Innerlich krümme ich mich zusammen. Weshalb vergesse ich bei ihm nur immer wieder, mit wem ich es zu tun habe?

Semjasas Lachen unterbricht unser Blickduell.

»Es weiß doch jeder, was ihr mit Frauen tut«, setze ich lahm hinzu. Die Gerüchte, die ich immer höre, wenn ich auf dem Mercato bin, werden stets bis ins kleinste Detail ausgeschmückt. Vielleicht waren das vorhin ja gar keine Männer, sondern Engel.

»Unser Vater hat euch die Gabe der Fantasie geschenkt, nicht uns. Erhelle uns bitte.«

»Das ist mir zu blöd. Lasst ihr mich gehen, oder bringen wir es hinter uns?«

»Es ist zu gefährlich, nachts allein hier draußen zu sein. Für ein Mädchen.« Er wird wieder ernst. »Deshalb fliegen wir Patrouille – Sem und ich.«

»Okay.« Wers glaubt, wird selig. Was ist das schon wieder für ein mieser Trick?

»Ich bringe dich nach Hause«, ergänzt er und reibt sich ungehalten den Nacken, als hätte er verkündet, er müsse einen Kopfstand machen und ein Lied dabei singen. So unangenehm ist meine Gesellschaft auch wieder nicht.

Ich schüttele den Kopf. Auf keinen Fall werde ich zulassen,

dass er und Semjasa mich durch die dunklen Gassen begleiten. Da gehe ich lieber allein. Sie wollen mich bestimmt nur in Sicherheit wiegen und dann irgendwohin verschleppen und einsperren.

»Ich finde den Weg, aber danke für das Angebot.«

»Das war kein Angebot, das du ausschlagen kannst«, sagt Lucifer kalt. »Sem, siehst du dich weiter um?«

»Klar.« Semjasa lächelt mich noch einmal an und macht komische Verrenkungen mit seinen Augenbrauen, dann steigt er langsam in den Himmel und winkt uns noch mal zu. »Viel Spaß euch beiden.«

Lucifer schnaubt verächtlich, während ich zusammenzucke und dem Drang widerstehe, einfach wegzurennen. Weil das keinen Sinn hätte, stecke ich das Messer in die Schlaufe meines Gürtels zurück und vergrabe die Hände in den Taschen meiner Hose. Lucifer bleibt an meiner Seite, als ich den Weg fortsetze. Er wird mich doch nicht ernsthaft zur Bibliothek bringen? Die Vorstellung ist lächerlich. Und wenn doch? Wenn er darauf besteht, mich in unsere Wohnung zu begleiten?

Bestimmt vermutet er, dass ich Cassiel habe. Schweiß läuft mir den Rücken hinunter.

»So schweigsam, Moon?« »Hast du mir nichts zu sagen?«

Ich reiße mich zusammen. »Was denn?«, piepse ich und bin außerstande, meine Angst länger zu überspielen, und stöhne gleichzeitig leise. Ich muss mich zusammenreißen. Aber er ist das ultimative Böse. Vor ihm hat mein Vater mich mein ganzes Leben gewarnt. Nur ist er so ganz anders, als Dad ihn mir beschrieben hat.

Lucifer bleibt stehen und fixiert mich mit seinem Blick. In

meinem Kopf herrscht gähnende Leere. Er weiß es. Er weiß von Cassiel. Ich sollte einen Hofknicks machen, mich vor seine Füße werfen und um Gnade für meine Geschwister flehen. Soll er mich bestrafen, aber nicht Star und Tizian. Nicht Alessio, ja nicht einmal Phoenix. »Du hast unsere Flügel als Gefieder bezeichnet. Das war sehr unklug von dir«, unterbricht er meine rasenden Gedanken.

Ich blinzele. »Wie bitte?«

»Du hast mich schon verstanden. Es ist klüger, nicht aufzufallen. Aber das dürfte dir grundsätzlich schon schwerfallen.« Sein Blick gleitet über mein Gesicht und dann über meine Gestalt. Er setzt mir die Kapuze wieder auf, die mir runtergerutscht ist, und schließt die oberen Knöpfe meines Mantels. Ich stehe da wie paralysiert und verstehe die Welt nicht mehr. Wenn die Geschichten vom Markt wahr sind, sollte er mir jetzt meine Sachen vom Körper reißen. Stattdessen packt er mich ein.

»Ich kann nicht ständig da sein, um meine Brüder von dir abzulenken, wenn du deine Zunge mal wieder nicht in Zaum hältst.« Abrupt dreht er sich um und geht voraus.

Ich folge ihm, bin immer noch total durcheinander. Wie er sich benimmt, so benimmt sich kein normaler Engel.

Den Rest des Weges sagt er kein Wort mehr und ich auch nicht. Wir eilen unbehelligt durch die verlassenen dunklen Gassen, überqueren den Markusplatz, mittlerweile wurde ein Durchgang zwischen den Trümmern des Turmes geschaffen, und Lucifer bringt mich geradewegs zum Eingang der Bibliothek. Ich flüstere ein belegtes Danke und schließe auf. Er würdigt mich keines Blickes mehr, wartet aber, bis ich die Tür hinter mir verschlossen habe. Aufatmend lehne ich mich von innen dagegen. Ich bin zurück und in Sicherheit und ich habe die Medizin für Cassiel.

Ich renne die Treppe nach oben und klopfe an die Tür. Phoenix öffnet, mustert den Flur hinter mir und tritt dann zur Seite. »Weißt du, welche Todesängste Star und Tizian ausgestanden haben?« Der Vorwurf in seiner Stimme ist nicht zu überhören.

Star sitzt mit rot geweinten Augen auf der Couch und Tizian hockt neben ihr. Wütend mustert er mich. Ich kann es ihm nicht verdenken. In den letzten zwei Stunden habe ich nicht einen Gedanken an die Gefühle meiner Geschwister verschwendet. Oder an die Angst, die sie gehabt haben müssen.

»Ich habe die Medizin«, erkläre ich leise. »Es tut mir leid.«

Star rührt sich nicht und Tizian stürmt in sein Zimmer. Ich muss später mit ihm reden. Aber zuerst muss ich Cassiel das Penicillin verabreichen. Hoffentlich ist es nicht schon zu spät dafür. »Hilfst du mir?«, frage ich Star vorsichtig.

Sie nickt nur und steht auf. Fürsorglich legt Phoenix ihr eine Hand auf den Rücken und ausnahmsweise bin ich ihm dankbar dafür.

Cassiel wirft sich im Bett hin und her. Nur ein paar Kerzen tauchen sein Gesicht in flackerndes Licht. Er wirkt leichenblass. Unter der Haut zeichnen sich die Adern überdeutlich ab. Silbrig-blau ziehen sie sich wie ein Netz über sein Gesicht, seine Arme, seinen Oberkörper. Es ist gruselig und wunderschön zugleich. Die Federn des gebrochenen Flügels haben ihren

Glanz verloren und sind stumpf. Einige liegen auf dem Boden.

»Er verliert sie seit etwa einer Stunde«, sagt Phoenix hinter mir. »Sie fallen einfach aus.«

Das ist auf keinen Fall ein gutes Zeichen. Ich knie nieder und nehme eine der Federn in die Hand. Selbst in dem dämmrigen Licht kann ich erkennen, wie schön die Färbung einmal war.

»Wenn es so weitergeht, hat er morgen früh nur noch die Rippen an seinem Rücken hängen. Das Fieber verbrennt ihn.«

»Ich habe Penicillin«, sage ich mit zittriger Stimme. »Lass es mich versuchen. Wenn es nicht wirkt, kannst du ihn vor Sonnenaufgang mitnehmen.«

»Abgemacht?« Er tritt neben mich. »Ich habe auch etwas besorgt«, sagt er und räuspert sich, als wäre ihm das peinlich. Dann zieht er ein kleines Päckchen aus der Hosentasche. »Ich dachte mir, es könnte nicht schaden, es zu probieren.« Er schlägt den grauen Stoff auseinander und ich erhasche einen Blick auf eine kleine Phiole und einen Keks. »Es ist eine Hostie und ein bisschen Weihwasser aus San Zulian. Die Kirche liegt ganz in der Nähe und ich bin mit Pater Ricardo befreundet. Er backt die Hostien jeden Tag selbst.«

Star legt ihm eine Hand auf die Schulter und schenkt ihm ein Lächeln, bei dem er rosa anläuft. Ich kann vor Verblüffung gar nichts sagen. Phoenix schafft es tatsächlich, mich zu überraschen.

»Wollen wir beides versuchen?«, frage ich. Warum bin ich nicht selbst auf die Idee gekommen, etwas Geweihtes zu besorgen? Möglicherweise wirkt es bei Engeln besser als profane Medizin. Andererseits halten die Engel unsere Art, Gott anzubeten, für Hokuspokus. Es ist einer der Gründe, weshalb sie den Markusdom entweiht und fast alle Kirchen Venedigs zerstört haben. Die San Zulian ist eine der wenigen, die noch steht. Wer hätte gedacht, dass Phoenix mit einem Priester befreundet ist?

Star nimmt Phoenix die Phiole mit dem Weihwasser ab und mir das Fläschchen mit dem Penicillinpulver. Vorsichtig öffnet sie beides und kippt das Pulver in das Wasser. Ich hoffe bloß, sie weiß, was sie tut. Dann verschließt sie die Phiole wieder und schüttelt sie kräftig.

Soll ich es ihm geben?

Ich nicke. Sie ist in solchen Dingen viel versierter. Star setzt sich zu Cassiel ans Bett, während ich seinen Kopf anhebe. Sie setzt ihm die Phiole an den Mund. Zuerst versucht er, sich wegzudrehen, und presst die Lippen zusammen. Star legt ihm eine Hand auf die Wange und streicht über seine Haut. Ich halte die Luft an, als ihr Daumen über seine Lippen fährt. Tatsächlich öffnet er nun seinen Mund, und ganz langsam, damit er schlucken kann, verabreicht sie ihm die Medizin. Als das Fläschchen leer ist, schiebt sie ihm die Hostie auf die Zunge. Cassiel kaut nicht, aber die Hostie ist dünn und weich. Bestimmt löst sie sich auch so in seinem Mund auf. Als Star fertig ist, stehen ihr Schweißtropfen auf der Stirn.

»Ich weiß nicht, ob ich hoffen soll, dass ihm irgendwas davon hilft«, sagt Phoenix. »Was du hier machst, ist verrückt, Moon. Verrückt und gefährlich.«

Star legt Cassiels Kopf zurück auf das Kissen, deckt ihn zu. Bilde ich mir das ein, oder kehrt Farbe in sein Gesicht zurück?

»Ist es verrückt, zu glauben, dass nicht alle Engel unser Ende für sich wollen?« Da frage ich vermutlich den Falschen.

»Nicht verrückt, aber naiv. Sie sind nur an diesem verdammten Garten Eden interessiert.«

Star legt ihm eine Hand auf den Arm. Sie stehen dicht beieinander, sofort beruhigt Phoenix sich. Die beiden wären ein schönes Paar. Star ist hell, wo er dunkel ist. In einer anderen Zeit hätte ich nichts gegen diese Liebe gehabt. »Ich muss euch etwas erzählen«, sage ich leise. »In der Küche.«

Die zwei folgen mir widerspruchslos. Star setzt sich an den Tisch und Phoenix stellt sich ans Fenster. Tizian schmollt immer noch in seinem Zimmer und ein bisschen bin ich froh darüber. »Pietro hat mit angehört, wie Lucifer und Raphael sich über die Schlüsselträgerinnen unterhalten haben.« Ich muss eine kleine Pause machen, bevor ich fortfahre. »Sie heben bereits sechzehn Mädchen gefunden«, erkläre ich. »Fehlen also nur noch drei, und es sind bereits Schlüsseljäger in der Stadt.«

Stars Augen weiten sich vor Erschrecken, während Phoenix die Luft einzieht. Beide wissen, was das bedeutet. Ich habe mit Phoenix nie über meine Angst gesprochen, aber er ist nicht dumm. Ganz im Gegenteil. Ihm ist klar, dass die Engel Star prüfen, wenn sie sie finden.

Jetzt fährt er sich mit beiden Händen übers Gesicht, kommt zu uns zum Tisch und stützt sich auf der Platte ab. »Wie ist dein Plan?« Ich bin fast erstaunt, dass er Star nicht schnappt und in ein Versteck schleppt. Seine Kieferknochen mahlen unter dem blonden Dreitagebart.

Ich werfe meiner Schwester einen nervösen Blick zu, aber sie knibbelt an einem Fingernagel, den Blick zum Fenster gerichtet. Sie weiß schon, was jetzt kommt.

»Ich möchte Star und Tizian aus der Stadt bringen lassen«, offenbare ich ihm. »Ins Aostatal. Es ist alles vorbereitet.«

Phoenix schüttelt den Kopf und ich sehe für eine Sekunde Entsetzen und Schmerz in seinen Augen. Wenn Star geht, sieht er sie vermutlich nie wieder.

»Es gibt keine andere Lösung und du musst uns helfen«, rede ich ihm ins Gewissen. »In gut drei Wochen ist Neumond, dann wird Silvio die beiden in Sicherheit bringen.«

»Das ist keine Sicherheit, sondern ein Selbstmordkommando. Wer garantiert uns, dass sie gesund dort ankommen?« Er ist so wütend, dass ich befürchte, er flippt gleich aus.

»Wir können uns auf Silvio verlassen. Ich vertraue ihm«, sage ich mit fester Stimme. Aber was ist, wenn Albertas Neffen unterwegs etwas zustößt? Wer kümmert sich dann um meine Geschwister. Ich weiß selbst, dass der Plan Schwachstellen hat. Aber wenn wir jetzt nicht handeln, nehmen die Engel uns Star womöglich ganz weg.

»Niemand weiß von ihr!«, brüllt Phoenix mich an. »Jedenfalls war das bis vor Kurzem der Fall, bis du diesen verdammten Engel angeschleppt hast.«

Star steht auf und schlingt einen Arm um seine Taille. Er zieht sie an sich und vergräbt sein Gesicht an ihrem Hals. Ich sollte die beiden allein lassen, aber wir müssen dieses Gespräch jetzt führen.

Meine Schwester streicht ihm über den Rücken. Als er sich von ihr löst, sehe ich ihm an, wie verlegen er ist. Einem Mann wie Phoenix kann es nicht gefallen, Zeugen zu haben, wenn er seinen Gefühlen freien Lauf lässt. Jedenfalls den Gefühlen, die er für meine Schwester hegt.

Moon hat an alles gedacht, gebärdet sie. *Es wird gut gehen.*

»Möchtest du denn fort?«, fragt er schockiert und gleichermaßen fassungslos. »Du könntest bei mir bleiben.«

Ich möchte nicht, aber ich muss.

Das ist eine etwas merkwürdige Formulierung und Phoenix fällt das auch auf. Wenn er verletzt ist, dass sie auf sein Angebot nicht eingeht, lässt er es sich nicht anmerken. »Warum ist sie noch hier? Ihr seid im Frühjahr achtzehn geworden.«

Macht er mir jetzt plötzlich Vorwürfe? »Ich hatte das Geld noch nicht beisammen und dachte, die Schlüsseljäger kämen wie jedes Jahr erst im Herbst«, verteidige ich mich. »Woher sollte ich wissen, dass Lucifer persönlich auftaucht?« Phoenix ist so selbstgefällig, als würde er selbst nie Fehler machen.

»Selbst wenn Lucifer nicht persönlich gekommen wäre. Du hast die Engel auf dich aufmerksam gemacht. Etwas Dümmeres kann man heute kaum tun.«

»Ach ja?«, fauche ich. »Denkst du, das war meine Absicht? Die ganzen Jahre hat kaum ein Engel Notiz von mir genommen und nun liegt einer in meinem Bett und ausgerechnet Lucifer kennt meinen Namen.« Ich sage ihm nicht, dass ich mich in Lucifers Gegenwart sicherer gefühlt habe als allein mit der Angst vor den Männern, die Jagd auf Frauen machen. Dann hält er mich für völlig bescheuert.

Streitet euch nicht, mischt Star sich ein. *Das ändert doch nichts.*

Wir haben nicht mitbekommen, dass Tizian aus seinem Zimmer gekommen ist und in der Tür steht. Erst als Star aufsteht und zu ihm geht, unterbrechen wir unseren Disput.

»Tizian, sammle die Federn auf, die dem Engel ausgefallen sind, und wirf sie in den Ofen!«, befiehlt Phoenix ihm. »Es darf keine einzige übrig bleiben. Ich verlasse mich auf dich.« Zu meiner Verwunderung nickt Tizian. Von mir würde er sich nicht so herumkommandieren lassen. »Im Morgengrauen komme ich wieder«, wendet Phoenix sich dann drohend an mich, »wenn es ihm nicht besser geht, will ich keine Widerrede mehr hören. Und über das andere sprechen wir noch.«

»Du kannst mich mal!«, fahre ich ihn an. »Wenn du ihn weggebracht hast, brauchst du dich hier nicht mehr blicken lassen. Dann hat es wenigstens ein Gutes.« Habe ich in den letzten Tagen wirklich einmal gedacht, wir könnten eine Art Waffenstillstand schließen?

»Wenn du kein Mädchen wärst, würde ich dich verprügeln, Moon deAngelis. Nur damit das klar ist. Dein loses Mundwerk geht mir auf den Geist und es wird dich eines Tages richtig in Schwierigkeiten bringen.«

»Mir geht deine Bevormundung auf den Geist«, kontere ich. »Und du kannst dich gern trotzdem mit mir prügeln. Auch wenn ich ein Mädchen bin. Was spielt das überhaupt für eine Rolle? Ich kämpfe ständig in der Arena.«

»Ich schlage keine Mädchen«, erklärt Phoenix in so überheblichem Tonfall, dass ich am liebsten schreien würde. »Ich bin schließlich kein Engel.«

Damit nimmt er mir etwas Wind aus den Segeln. »Verschwinde!«, zische ich und hoffe, er kommt nicht im Morgengrauen zurück, um Cassiel zu holen. Aber auch wenn ich wütend auf ihn bin, weiß ich, dass mir keine Wahl mehr bleibt. Ich wünschte, Alessio wäre hier, aber er ist im Krankenhaus.

X. Kapitel

Ich liege mit verschränkten Armen auf dem Rand meines Bettes, als ein Stupsen mich weckt. Irgendwann in der Nacht sind mir die Augen vor Erschöpfung zugefallen. Jetzt schrecke ich hoch. Phoenix muss gekommen sein, um Cassiel zu holen. Ich reibe mir den Schlaf aus den Augen, bevor ich zu dem Engel blicke. Fast wünschte ich, er wäre gestorben, weil ich nicht weiß, was Phoenix mit ihm vorhat, und weil ich nicht will, dass er noch mehr leidet.

Ich blinzele. Einmal. Zweimal. Cassiel ist auch nach dem dritten Blinzeln noch wach und hat sich auf seine Unterarme gestützt. Dämmriges Mondlicht dringt in mein Zimmer. Die Schatten unter seinen Augen sind verschwunden und seine Haut ist nicht mehr so durchscheinend. Seine blauen Augen mustern mich eindringlich.

»Könnte ich etwas Wasser bekommen?« Er lächelt entschuldigend. »Mein Mund ist trocken wie eine Wüste.«

Das ist ein Wunder. Eine andere Erklärung gibt es nicht. Penicillin wirkt nicht so rasend schnell. Aber es war eben nicht nur Penicillin. »Ja klar. Warte.« Ich springe auf und laufe in die Küche. Tizian liegt auf der Bank und schläft. In der Hand hält er eine von Cassiels Federn. So richtig befolgt hat er Phoenix' Befehl also nicht.

Leise schöpfe ich etwas Wasser aus dem Bottich. Es wird abgestanden schmecken, aber es ist besser als nichts. Rasch eile ich zurück.

Cassiel trinkt, als wäre er kurz vorm Verdursten. Erst einen Becher und dann noch einen. Für ihn, der nur gesüßtes Wasser kennt, muss es noch brackiger schmecken als für mich.

»Langsam«, ermahne ich ihn. »Sonst wird dir noch schlecht. Ich habe nur diese Bettwäsche.«

»Ich schenke dir neue«, sagt er, als könnte man einfach in ein Geschäft gehen und welche kaufen. »Aus Seide.« Er hält mir den Becher ein drittes Mal hin und trinkt ihn bis auf den letzten Tropfen aus.

Ich lege ihm eine Hand auf die Stirn, die überraschenderweise kühl ist. Das ist … Ich habe keine Worte dafür.

»Was ist passiert?«, fragt er. »Wie komme ich hierher?«

»Kannst du dich nicht erinnern?«

Er schüttelt den Kopf. »Das Letzte, was ich weiß, ist, dass ich im Dom war. Michael hatte mich beauftragt, nach dem Rechten zu sehen. Danach ist alles schwarz. Hast du mich entführt? Ich wäre auch ohne Anwendung von Gewalt mitgekommen.«

»Ganz sicher nicht«, entgegne ich empört, bis ich sein Lächeln bemerke. »Du warst verwundet und hast mich angefleht, dir zu helfen.«

»Angefleht?« Er hebt seine Augenbrauen. »Das sieht mir ähnlich.«

Ich kann nicht anders und muss zurücklächeln. »Ich stand in deiner Schuld, weil du mir in der Arena zweimal das Leben gerettet hast, und daher habe ich dich hergebracht. Ich wusste nicht, was ich sonst tun sollte.«

»Das war ziemlich mutig von dir und ein bisschen töricht, oder?«

Töricht. Was für ein komisches Wort. Leider passt es. »Meine Familie ist von deiner Anwesenheit nicht gerade begeistert.« Ich streiche das Laken an der Bettkante glatt.

»Das kann ich mir vorstellen. Es tut mir leid, wenn ich dir Umstände bereitet habe. War ich lange ohne Bewusstsein?«

»Zwei Tage und drei Nächte. Und ich verstehe ehrlich gesagt nicht, weshalb es dir plötzlich so viel besser geht. Gestern sind deine Federn ausgefallen.«

Bis jetzt schien es Cassiel nicht zu stören, in einem Menschenbett zu liegen, einen Moment später breitet sich allerdings Panik auf seinem Gesicht aus. Schneller, als ich reagieren kann, sitzt er aufrecht und spreizt seine Flügel. Ich muss zur Seite springen, als er sie vollständig ausbreitet. Der gebrochene Flügel hängt zwar nicht mehr herunter, aber beide sehen etwas zerzaust und dünn aus. Ich strecke meine Hand aus und streiche an den Rändern entlang. Cassiel wirft mir einen glühenden und zugleich frustrierten Blick zu. »Das solltest du lieber nicht tun. Wir sind ziemlich empfindlich an unseren Flügeln.«

Hastig ziehe ich die Hand zurück. Er ist ein Engel, verdammt noch mal. Jetzt, wo es ihm besser geht, sollte ich das nicht vergessen.

»Das wird schon wieder.« Er klappt die Flügel zusammen. »Sie sahen schon schlimmer aus«, ergänzt er lapidar. »Weshalb hast du mich mit in deine Wohnung genommen und nicht irgendwo liegen lassen?«, befragt er mich weiter. Sein Blick schweift durch mein Zimmer.

»Es war nicht so, als hätte ich viel Zeit zum Nachdenken gehabt. Die Arena ist völlig zerstört und dann waren da die Plünderer, sie haben einem deiner Kumpels alle Federn ausgerupft und ihm die Kehle durchgeschnitten.«

Cassiel wird blass und er ballt die Hände zu Fäusten. »Erzähl weiter«, fordert er, als ich eine Pause mache. »Ich will alles wissen. Welcher Engel war es?«

»Lucifer nannte ihn Gadreel.«

Cassiel presst die Lippen zusammen. »Er war mit mir dort.«

»Ich konnte dich nur durch die Katakomben fortbringen«, erzähle ich weiter. »Sie führen direkt hierher. Na ja, und dann dachte ich, du würdest sterben, und wusste nicht, wie ich deine Anwesenheit hätte erklären können. Deshalb haben wir niemandem etwas gesagt.«

»Und was hattet ihr mit meinem Leichnam vor, wenn ich gestorben wäre?« Er stellt die Frage so beiläufig, als würde sie ihn gar nicht betreffen.

»Wir hätten ihn verschwinden lassen«, antworte ich ehrlich. Ich werde Phoenix nicht verraten. Zwar kann ich ihn nicht leiden, aber ich werde ihn nicht an die Engel ausliefern. Plötzlich wird mir klar, in welcher Gefahr ich mich befinde. Cassiel wird gesund werden und zurück in den Dogenpalast fliehen. Er wird erzählen müssen, wo er gewesen ist.

»Ich bin dir sehr dankbar, Moon«, unterbricht Cassiel meine Gedanken. »Ich hätte nicht gedacht, einmal in der Schuld eines Menschen zu stehen.«

»Stehst du auch nicht. Wir sind jetzt quitt.«

»Ihr Menschen seid merkwürdige Geschöpfe.« Er grinst verschmitzt.

»Nicht alle«, berichtige ich ihn. »Aber ich für meinen Teil höre das nicht zum ersten Mal.«

»Darf ich noch ein bisschen schlafen?«, fragt Cassiel, als ihm schon die Augen zufallen. »Oder muss ich sofort gehen?«

»Fühl dich ganz wie zu Hause.« Er dreht sich auf die Seite, die Decke rutscht dabei bis zu seinen Hüften. Er ist definitiv nicht mehr krank.

»Du bist nicht nur merkwürdig, sondern auch witzig«, sagt er leise.

»Du bist ja auch ein merkwürdiger Engel«, erwidere ich, aber das hört er nicht mehr. Ich ziehe die Decke wieder über seine Brust, meine Finger berühren seine Haut. Sie ist nicht mehr heiß, sondern angenehm kühl und weich. Nach kurzem Zögern streiche ich ihm auch das Haar aus der Stirn. Im Schlaf lächelt er.

Phoenix kommt kurz vor Sonnenaufgang. »Ist er tot?«, fragt er hoffnungsvoll. Da muss ich ihn enttäuschen, aber zuerst spanne ich ihn noch etwas auf die Folter und nippe an dem heißen Pfefferminztee, den ich mir gerade zubereitet habe. Kaffeepulver ist knapp und die Minze zieht Star in unserem Garten.

Leider ist der Tee kein Ersatz für das Koffein, das wir uns nur sehr selten leisten. »Ist er nicht, aber du wirst ihn trotzdem nicht mitnehmen.«

Phoenix baut sich genau vor mir auf. Weil ich am Küchenschrank lehne, kann ich nicht zurückweichen. »Wir waren uns doch einig, Moon. Zwing mich nicht, etwas zu tun, was ich später bereuen muss.«

»Und was wäre das?«

»Dich in dein verdammtes Zimmer einzusperren, während ich den Engel herauszerre und fortschaffe. Star würde mir das nie verzeihen. Aber zur Not beschütze ich sie auch gegen ihren Willen.«

»Er ist aufgewacht«, sage ich. »Und hat mit mir geredet. Du hast ihm das Leben gerettet.« Ich kann nicht anders und grinse. »Das müssen das Weihwasser und die Hostie gewesen sein. Das Penicillin wirkt doch gar nicht so schnell.«

Ungläubig sieht Phoenix mich an und marschiert in mein Zimmer. Seine Stiefel knallen auf dem abgeschabten Holzboden. Ein bisschen Rücksicht wäre angebracht, schließlich schlafen meine Geschwister noch. Aber er benimmt sich wie die Axt im Walde. Typisch. Ich stelle die Tasse ab und laufe ihm nach.

Glücklicherweise wacht Cassiel in dem Moment auf, in dem Phoenix am Bett ankommt. Er setzt sich auf und obwohl er noch recht blass ist, würde sogar ein Blinder erkennen, dass es ihm viel besser geht.

»Ich schätze, du bist der junge Mann, der meinen Leichnam irgendwo verscharrt hätte, wenn ich gestorben wäre?«

Phoenix nickt und ist für einen Moment sprachlos, während ich knallrot anlaufe, was gar nicht zu mir passt.

»Ich bin Cassiel«, sagt der Engel und hält Phoenix auffordernd die Hand hin.

»Du bist noch nicht lange hier unten, oder?«, schnaubt dieser. »Sonst wüsstest du, dass du dir an uns lieber nicht die Hände schmutzig machst.«

Cassiel zuckt mit den Schultern. »Genau wie ihr, sind auch Engel nicht alle gleich und wir haben nicht alle dieselbe Einstellung zu euch Menschen oder zur Höflichkeit.« Er beugt sich zur Seite, damit er einen besseren Blick auf mich hat. »Moons Freunde sind auch meine Freunde.«

Ich hüstele amüsiert über seine Unverschämtheit. »Phoenix ist nicht mein Freund.«

»Das erklärt so einiges«, erwidert Cassiel trocken. »Es gibt wohl nette Menschen und nicht so nette. Das kommt mir bekannt vor.«

»Wenn du wieder gesund bist, kannst du ja jetzt verschwinden!«, giftet Phoenix. »Und wage es nicht, jemandem zu verraten, wo du in den letzten Tagen warst.«

Cassiel legt sich seelenruhig wieder zurück ins Bett und verschränkt die Arme hinter dem Kopf. »Ich fühle mich noch etwas schwach«, behauptet er.

Phoenix explodiert gleich und eigentlich sollte auch ich bestrebt sein, Cassiel aus der Wohnung zu schaffen, aber es gefällt mir, dass der Engel Phoenix an seine Grenzen bringt.

»Was ist hier los?«, erklingt von der Zimmertür Alessios Stimme.

Ich drehe mich zu ihm um. Er sieht müde aus. Seit der Explosion muss er ununterbrochen auf den Beinen gewesen sein. »Cassiel geht es besser«, erkläre ich. Alessio rückt seine Brille zurecht und ich sehe ihm an, wie erleichtert er darüber ist. Er kann so viele der Kranken und Verletzten, die zu ihm kommen, nicht retten und ihm ist es egal, ob ein Engel oder ein Mensch den Tod besiegt.

»Das ist gut«, sagt er, geht zum Bett, schiebt Phoenix zur Seite und sieht auf Cassiel hinunter. »Ich bin Alessio, es freut mich, dass du wieder gesund bist.«

»Ist *das* ein Freund von dir?«, fragt der Engel.

Ich räuspere mich, um ein Lachen zu unterdrücken. Die Situation ist zu absurd. »Das ist mein *bester* Freund«, erkläre ich dann.

»Er ist die bessere Wahl, aber das weißt du ja, oder?«

»Was wird das hier?«, fragt Phoenix empört. »Ringelpiez mit Anfassen? Dem Kerl geht es wieder gut. Er soll verschwinden.«

»Wir sind dir für deine Hilfe in den letzten Tagen sehr dankbar, Phoenix, aber nun kannst du dich wieder um deine Angelegenheiten kümmern«, unterbricht Alessio ihn. »Auf Wiedersehen.«

Phoenix weiß glücklicherweise, wann er verloren hat. Abrupt dreht er sich um und verlässt das Zimmer, aber anstatt des Knallens der Eingangstür höre ich ihn draußen flüstern.

Alarmiert folge ich ihm. Star ist offensichtlich aufgewacht und steht viel zu nah bei ihm. Sie trägt eins von Mutters seidenen Nachthemden. Er redet leise auf sie ein, sie streicht ihm beruhigend über den Arm und lächelt. »Komm mit mir«, höre ich ihn sagen.

»Verschwinde, Phoenix!« Wie kann er es wagen, das auch nur zu denken. Als wenn ich erlauben würde, dass er sie mitnimmt. »Nicht mal du kannst glauben, dass ich Star mit dir gehen lassen würde.« Es war ein Fehler, ihm von der Flucht zu erzählen.

»Ich würde sie jedenfalls nicht einsperren.« Nur mit Mühe unterdrückt er ein Brüllen.

»Ich sperre sie nicht ein«, gebe ich empört zurück. Ich passe auf sie auf und das macht er mir zum Vorwurf?

»Nein, du wirfst sie den Engeln direkt zum Fraß vor.« Sein Blick gleitet zu dem Zimmer, in dem Cassiel liegt. »Bildest du dir ein, dass er euch zukünftig beisteht? Ist das der Grund, weshalb du diese Farce abziehst?«

»Ich bilde mir gar nichts ein. Wir kommen ohne Hilfe zurecht, dafür brauchen wir weder dich noch einen Engel«, zische ich zurück.

»Dann pass wenigstens auf, dass er Star nicht zu sehen bekommt.« Er dreht sich um und stürmt durch die Tür.

Meine Schwester blickt ihm hinterher und verschränkt ihre Finger ineinander. Ohne mich eines Blickes zu würdigen, geht sie anschließend in ihr Zimmer. Sie wird es den ganzen Tag nicht verlassen, aber heute ist mir das gerade recht. Phoenix hat recht, obwohl Cassiel ganz anders zu sein scheint als alle anderen Engel, die ich kenne, ist es besser, wenn er Star nicht sieht. Bisher war er immer ohnmächtig, wenn sie ihn behandelt hat, also glaube ich nicht, dass er sie überhaupt bemerkt hat. Trotzdem ist es besser, wenn er noch heute verschwindet.

Alessio kommt aus meinem Zimmer und schließt die Tür hinter sich. »Dann war das Penicillin für ihn?«, fragt er.

Vermutlich hat Alberta ihm erzählt, dass ich es geholt habe. »Es war seine letzte Chance, aber ich glaube nicht, dass es ihm geholfen hat.« Ich erzähle ihm von der Hostie und dem Weihwasser. Skeptisch folgt er meinen Ausführungen, was ich ihm nicht verdenken kann. Wenn mir jemand von so einem Hokuspokus erzählen würde, würde ich es auch nicht glauben.

»Wie auch immer«, sagt er, als ich ende. »Phoenix hat recht. Er sollte so schnell wie möglich zu seinesgleichen zurück.«

»Ich sage es ihm und ich werde ihn bitten, niemandem zu verraten, wo er war.« Keine Ahnung, woher ich den Optimismus nehme, aber ich bin sicher, Cassiel wird es niemandem sagen. »Und morgen mache ich mich auf die Suche nach einem Job.« Jetzt, wo mein Verdienst aus der Arena wegfällt, muss ich mir etwas anderes überlegen, wenn ich unsere Ersparnisse nicht angreifen will.

»Wir kommen noch ein paar Tage so über die Runden«, beruhigt Alessio mich. »Musst du nicht noch ein paar Dinge für die Flucht organisieren?«

Ich nicke. »Ich muss mit Silvio die letzten Details besprechen. Wir brauchen einen Treffpunkt, wo Star und Tizian an Bord des Bootes gehen können.« Das wird der schwierigste Teil, denn ich muss sie durch die Stadt bringen und nach meinen Erfahrungen der letzten Nacht weiß ich nicht, wie ich das bewerkstelligen soll.

»Neumond ist nicht mehr lange hin.« Alessio wirft einen besorgten Blick zu meinem Zimmer. Aber wenn Cassiel nicht Ohren wie ein Luchs hat, kann er uns nicht hören.

»Ich weiß. Sie müssen gehen«, sage ich bedrückt. »Ich habe es übrigens Phoenix erzählt und er war nicht gerade begeistert.« Aber das bin ich selbst auch nicht. Die ganzen letzten Jahre konnte ich nur an diesen Tag denken. Was werde ich anfangen, wenn ich kein Ziel mehr vor Augen habe. Alessio hat seine Arbeit im Krankenhaus. Wenn Star und Tizian fort sind, habe ich gar nichts mehr, wofür es sich zu kämpfen lohnt. Wenn die Arena noch stehen würde und ich von jedem zukünftigen Kampf fünfhundert Lire weglegen könnte, müsste ich noch mal vierzig Kämpfe führen, um die zwanzigtausend Lire für meine eigene Flucht zusammenzusparen. Wie wahrscheinlich ist es schon, noch mal vierzig Kämpfe zu überleben?

»Die Arena wird wieder aufgebaut«, platzt Alessio in meine trüben Gedanken. »Auf dem Markusplatz. Nero hat den Auftrag von Lucifer persönlich erhalten. Sie soll viel größer werden. Die ganze Stadt spricht von nichts anderem.«

Ich wanke zur Couch und lasse mich darauf fallen. Alessio folgt mir und setzt sich neben mich. Er sieht furchtbar müde aus und trotzdem nimmt er sich für mich Zeit.

»Du musst nicht mehr kämpfen«, sagt er leise. »Wir beide kommen schon zurecht.« Er glaubt auch nicht daran, dass ich lange überlebe, wenn ich wieder in die Arena gehe.

»Ich weiß«, sage ich. »Ich werde mit Maria sprechen. Vielleicht kennt sie jemanden, der für mich einen Job auf dem Markt hat, oder vielleicht braucht auch sie Hilfe.«

»Bestimmt«, sagt Alessio und steht auf. »Es tut mir leid, aber ich brauche ein paar Stunden Schlaf.«

»Klar. Ich wecke dich, wenn du wieder zum Dienst musst.« Ich kontrolliere die altmodische Standuhr in unserem Wohnzimmer und ziehe sie auf.

Strom wurde früher eindeutig überbewertet, versuche ich, mich selbst aufzumuntern, und lege den Schlüssel zurück in den Uhrenkasten.

Dann gehe ich in den Trainingsraum. Mutter hat mir eingebläut, meine täglichen Übungen nicht zu vernachlässigen. Seit meinem letzten Kampf vor drei Tagen habe ich genau das getan. Ich wechsele meine Kleidung und stelle mich dann vor dem großen Spiegel auf, der an der Wand hängt. Mein Spiegelbild ist mein Gegner. So habe ich über all die Jahre meine Wendigkeit und meine Schnelligkeit trainiert. Ich führe zuerst eine linke und rechte Gerade zum Kopf, danach einen linken Haken zum Kinn und dann noch eine rechte Gerade zum Körper. Ich werde immer schneller, während ich die Abfolgen ausführe, die mir in Fleisch und Blut übergegangen sind. Ich blocke, kontere und weiche aus, bis mir der Schweiß vom Gesicht und über den Körper fließt. Danach nehme ich im Sprint die Treppen im hinteren Teil des Museums. Als ich fertig bin, fühle ich mich deutlich besser und bereit, mich meinen Problemen wieder zu stellen. Ich gehe mich waschen und dann sehe ich nach Cassiel, der immer noch schläft.

Ein paar Stunden später verarzte ich ein letztes Mal seine Wunden. Im Grunde ist das nicht notwendig, denn sie sind fast verheilt. Jemand wird die Fäden ziehen müssen, aber das ist nicht mehr meine Sorge. Solche Selbstheilungskräfte hätte ich auch gern. Wenn ich das nächste Mal verwundet bin, trinke ich Weihwasser und esse Hostien. »Es wird eine kleine Narbe zurückbleiben«, sage ich.

»Das ist nicht schlimm«, erwidert Cassiel. »Sieh mich bitte an, Moon.«

Das zu tun, fällt mir gerade sehr schwer. »Ich bin gleich fertig.« Hastig schmiere ich eine von Stars Salben auf seine Brust und halte den Blick gesenkt. Die Stimmung zwischen uns hat sich verändert. Ich bin hin- und hergerissen zwischen dem Wunsch, Zeit mit ihm zu verbringen, und dem Gedanken, ihn zu bitten, zu gehen.

»Warum hast du dich meinetwegen in solche Gefahr gebracht?«

»Ich wollte nicht, dass dir das Gleiche zustößt wie Gadreel.«

»Hat er wirklich noch gelebt?« Seine Stimme zittert kaum merklich.

»Ja. Zuerst dachte ich, er sei tot. Ich bin an ihm vorbeigegangen und er hat sich nicht bewegt«, versuche ich, mich zu rechtfertigen. »Als ich verschwinden wollte, hatten die Plünderer ihn gefunden. Er hat sich gewehrt, da haben sie ihm die Kehle durchgeschnitten. Ich konnte ihm nicht helfen.«

Cassiels Hand fängt meine ein. Die Salbe ist eingezogen und trotzdem streiche ich noch über seine Haut.

»Ich wollte dich auch erst liegen lassen, aber Alessio hat mich zurückgeschickt, um dir zu helfen.« Jetzt weiß er es. Ich bin nicht so selbstlos, wie er es vielleicht vermutet hat. Als ich verlegen auflache, zucken Cassiels Mundwinkel.

»Ich bin froh, dass du auf ihn gehört hast. Ich wette, das machst du nur selten.«

Ich rümpfe meine Nase. Bin ich so leicht zu durchschauen? »Ich lasse mich eben nicht gern herumkommandieren. Aber Phoenix und Alessio haben recht. Du solltest noch heute gehen oder fliegen oder was auch immer. Das verstehst du doch?«

»Natürlich. Denkst du, wir Engel wissen nicht, wie es ist, um jemanden Angst zu haben? Und die beiden sorgen sich um dich. Das würde ich an ihrer Stelle auch tun.«

Ich weiß einerseits jede Menge über Engel und andererseits

wieder gar nichts. Wenn Engel Angst verspüren, können sie dann auch lieben? Gründen sie Familien? Hat Cassiel Geschwister oder Eltern? Die Vorstellung erscheint mir absurd.

»In der ersten Nacht haben wir uns unterhalten, oder?«, fragt er vorsichtig. »Ich erinnere mich wieder daran.«

»Du hattest Angst zu sterben«, bestätige ich. »Nichts, wofür du dich schämen musst.«

»Du hast meine Hand gehalten, bis ich eingeschlafen bin.«

»Das macht man so, wenn sich jemand fürchtet und allein ist«, erkläre ich. »Es war das Mindeste, was ich tun konnte.«

»Das werde ich dir nicht vergessen«, sagt er leise und fasst meine Hand fester. Es fühlt sich gut an.

»Was wolltest du eigentlich in der Arena?«, frage ich. Ich sollte meine Hand zurückziehen, aber ich tue es nicht. »Um diese Zeit. Es war fast dunkel.«

»Wir hatten die Information bekommen, dass die Bruderschaft einen Anschlag plant, und wollten der Sache auf den Grund gehen. Gadreel hat mich begleitet, aber als wir ankamen, gingen die ersten Explosionen bereits los. Ein Stein muss mich am Kopf getroffen haben und ich bin ohnmächtig geworden.«

»Lucifer lässt bereits nach den Attentätern suchen«, erzähle ich ihm. »Du musst zurück, damit er nicht noch auf die Idee kommt, einen Unschuldigen zu bestrafen, weil er glaubt, jemand hätte dich verschleppt und getötet.«

»Zuzutrauen wäre es ihm«, stimmt Cassiel mir zu. »Lucifer ist nicht für seine Sanftmut bekannt.«

»Ich bin ihm letzte Nacht begegnet, als ich die Medizin für dich geholt habe, und er hat mich nach Hause begleitet.«

»Das hat er?« Cassiels Gesichtsausdruck wird wachsam. »Und hast du ihm erzählt, dass ich hier bin?«

Ich schüttele den Kopf. »Da wusste ich ja noch nicht, ob du gesund wirst. Das Risiko war mir zu groß.«

»Und schließlich wolltest du Phoenix den Spaß nicht verderben, mich zu vergraben, falls ich gestorben wäre.« Glücklicherweise zucken seine Mundwinkel. »Du bist eine sehr nette Nichtfreundin.«

»So bin ich nun mal. Stets bemüht, es allen recht zu machen.«

Cassiel schüttelt leise lachend den Kopf. »Das merke ich mir.«

»Übrigens hat Lucifer Nero deLuca beauftragt, die Arena wieder aufzubauen«, erzähle ich weiter. »Weshalb versteht er sich so gut mit Raphael? Ich dachte, die beiden seien erbitterte Feinde.« Einerseits ist es merkwürdig, so vertraut mit Cassiel zu plaudern, andererseits fühlt es sich richtig an.

Cassiel setzt sich auf und streicht mir das Haar aus der Stirn. Die Geste ist so intim, dass wir beide kurz erstarren. »Es ist besser, wenn du nicht zu viel über Lucifers und Raphaels Beweggründe weißt. Besser und sicherer.«

Seine Vorsicht verletzt mich ein bisschen. Ich will ihn schließlich nicht aushorchen. Bis ich Cassiel getroffen habe, dachte ich immer, alle Engel hassen zu müssen. Sie waren für mich blutrünstige Invasoren mit dem einen Ziel, die Menschen auszurotten. Es verunsichert mich, dass Cassiel so anders ist, und es verunsichert mich noch mehr, dass ich nicht will, dass er schon geht. Ich will mehr über ihn wissen. Ich mag es, mit ihm zu reden. Er lenkt mich von der Welt da draußen ab, obwohl er alles ist, was sie heute verkörpert. Es ist falsch und verrückt, so zu empfinden, und trotzdem tue ich es.

Jetzt stopft er sich die Kissen so hinter den Rücken, dass er besser sitzen kann, und verschränkt die Arme vor der Brust. »Also, Moon deAngelis. Möchte meine Lebensretterin mir ein bisschen über sich erzählen?«

Eigentlich nicht. »Eine Frage für eine Frage«, sage ich trotzdem und Cassiel nickt. »Du kannst anfangen«, fordere ich ihn großzügig auf und setze mich im Schneidersitz auf das andere Ende meines Bettes.

Er überlegt nur kurz. »Von wem hast du gelernt, so gut zu kämpfen?«

»Von meiner Mutter. Sie hat mich selbst trainiert.«

»Hat?«, fragt er vorsichtig nach.

Ich zucke mit den Schultern, erkläre es aber nicht weiter. »Jetzt bin ich dran.« Ich nehme mir ein bisschen Zeit, bevor ich frage. »Wie fühlt es sich an, fliegen zu können?«

»Wenn du fliegst, bist du frei«, erklärt er. »Es ist kaum zu beschreiben, wie der Wind durch deine Federn gleitet und dich höher und höher trägt, wie er dein Gesicht streichelt und dich schwerelos macht.«

»Ein bisschen unfair, dass wir keine Flügel haben«, beschwere ich mich und Cassiel grinst.

»Hast du eine beste Freundin?«

Komische Frage für einen Engel, aber unverfänglich. Ich schüttele den Kopf. »Ich hatte mal eine, aber wir sind zerstritten.« Ich beiße mir auf die Zunge, um Star nicht zu erwähnen, schließlich ist sie nicht nur mein Zwilling, sondern auch meine beste Freundin.

»Keine Chance, dass ihr euch wieder vertragt?«

»Nein. Manchmal denke ich daran, wie schön es war, aber das ist lange vorbei. Sie lebt ein völlig anderes Leben als ich.«

»Das tut mir leid«, sagt Cassiel, fragt aber nicht nach, was ich damit meine.

»Muss es nicht. Ich habe Tizian und Alessio.«

»Nicht zu vergessen diesen Nichtfreund Phoenix.«

Ich muss lachen. »Ganz genau. Ich bin dran. Gibt es etwas, was du mal unbedingt tun willst und dich nicht traust?«

»Schwimmen«, kommt es wie aus der Pistole geschossen. »Wir können mit unseren Flügeln nicht schwimmen.«

»Echt nicht? Das wusste ich nicht.«

Er beugt sich etwas vor und stupst mir mit dem Finger auf die Nase. »Du bist eben nicht allwissend. Trägst du ab und zu mal ein Kleid?«

»Ist das eine echte Frage?«

Er nickt. »Ich sehe dich immer nur in Hose, Pulli, Stiefel.«

Darauf hat er geachtet? »In der Arena wäre ein Kleid ganz schön unpraktisch«, wende ich ein.

»Glücklicherweise ist die ja nun zerstört, und guck dich an.«

»Hose, Pulli und …«, sage ich und wackele mit meinen nackten Zehen. Mit sieben hat unsere Mutter Star und mir einmal erlaubt, unsere Zehennägel zu lackieren. Wir fühlten uns furchtbar erwachsen. Ein bisschen bedauere ich jetzt, keinen Nagellack zu tragen. »Ich fühle mich in einem Kleid unwohl«, gestehe ich. »Damit kann man nicht wegrennen.«

»Wenn du in einem Kleid in die Arena gekommen wärst, hätte kein Engel gegen dich gekämpft, weil du so hübsch darin ausgesehen hättest«, sagt Cassiel. »Ich schwöre.«

Er guckt so ernst, dass ich lachen muss. »Lügner.«

Er zuckt mit den Schultern und sieht mich belustigt an. »Du hättest es mal ausprobieren sollen. Deine Frage.«

»Auf wie vielen Partys warst du schon?«

Er überlegt kurz. »Keine Ahnung. Auf unzähligen. In den Himmeln gibt es ständig Feste, und du?«

»Auf keiner einzigen. Partys stehen derzeit nicht hoch im Kurs. Erzähl mir, wie eure Partys so sind. Tanzt ihr?«

»Wir tanzen, singen, essen, trinken, bis wir umfallen.«

»Das macht bestimmt Spaß.« Ich versuche, nicht neidisch zu klingen.

»Das tut es. Vielleicht nehme ich dich eines Tages mal mit in den Dogenpalast. Die Feste dort sollen auch nicht schlecht sein.«

»Ich glaube nicht, dass das möglich ist, aber danke für das Angebot.«

Cassiel sieht aus, als wolle er widersprechen, aber dann fragt er sanft: »Bist du auch mal unausstehlich?«

»Natürlich nie«, behaupte ich. »Ich bin die Nettigkeit in Person.«

Er lacht. »Wenn dieser Phoenix noch mal vorbeikommt, werde ich mir das von ihm bestätigen lassen.«

»Besser nicht, er kann mich noch weniger leiden als ich ihn.«

Wir setzen das Spiel noch eine Weile fort, bis uns die Fragen ausgehen. Die ganze Zeit über wirkt er völlig unbeschwert, als wäre er dem Tod nicht in letzter Minute von der Schippe gesprungen.

»Gibt es hier auch was zu essen?«, fragt er plötzlich und gleichzeitig knurrt sein Magen.

»Oh, na klar.« Warum habe ich da nicht früher drüber nachgedacht? Wir haben ihm immer nur Brühe eingeflößt.

Cassiel setzt sich zu Tizian, der gerade aus der Schule gekommen ist. Mein Bruder beäugt ihn misstrauisch. Wenn mir vor einer Woche jemand gesagt hätte, dass ein Engel an unserem Tisch ein Tomatenbrot essen würde, hätte ich ihn ausgelacht. Und weil Cassiels Hemd nicht mehr zu nähen war, präsentiert er uns seinen freien Oberkörper. Muskeln zeichnen sich unter der leicht gebräunten Haut ab, und ich versuche, ihn nicht ständig anzustarren. Krank im Bett wirkte er deutlich ungefährlicher und nicht so männlich.

Vorsichtig schiebt Tizian die Feder hinüber, die Cassiel ausgefallen ist. Es fällt ihm sichtlich schwer, sich davon zu trennen. Vermutlich ist es die einzige Feder, die er nicht im Ofen verbrannt hat.

Cassiel lächelt ihn an. »Du kannst sie gern behalten«, sagt er. »Ich brauche sie nicht mehr. Meine wachsen nach. Angeblich bringen sie Glück.«

Tizians Augen weiten sich. »Ganz sicher?«

»Klar. Ich würde sie nur nicht herumzeigen«, erklärt Cassiel ernst. »Das könnte zu unangenehmen Fragen führen.«

»Dankeschön.« Das Misstrauen in Tizians Blick schwindet langsam. Er hat Cassiel keine Sekunde aus den Augen gelassen, nachdem dieser aufgestanden ist, um unsere Wohnung zu inspizieren. Je mehr Cassiels Lebensgeister zurückkehren, desto weniger weiß ich, was ich fühlen soll. Halb tot erschien er mir wenig bedrohlich, aber nun wird mir wieder klar, wen oder was ich da in unser Leben geholt habe.

Ich atme auf, als er vom Tisch aufsteht. Es ist bereits später Nachmittag. Er fährt sich durch die Haare und sieht mich unsicher an. Bestimmt hat er bemerkt, wie schweigsam ich mittlerweile bin. »Ich sollte besser gehen«, sagt er und plötzlich habe ich ein schlechtes Gewissen, weil er mir keinen Grund gegeben hat, unhöflich zu werden. Aber ich kann es mir nicht leisten, auf seine Gefühle Rücksicht zu nehmen. Star ist die ganze Zeit nicht aus ihrem Zimmer gekommen.

»Sicher wirst du schon vermisst«, erwidere ich leise. »Wo gehst du hin?«

»Ich werde Michael darüber informieren, dass ich noch lebe«, erklärt er. »Und dich nicht verraten.« Sein Blick wird eindringlich, als wolle er unbedingt, dass ich ihm glaube. »Du musst wirklich keine Angst vor mir haben.« Beinahe wirkt er frustriert.

»Habe ich nicht.« Ich räuspere mich.

»Bist du da ganz sicher? Ich habe dir schon einmal gesagt, dass du eine miserable Lügnerin bist.«

»Vielleicht ein bisschen«, gebe ich zögernd zu. »Aber ich habe auch jeden Grund dazu.«

Er verdreht die Augen. »Dann muss ich mich bemühen, das zu ändern.«

»Du kommst zurück?« Mit der Frage überrasche ich Cassiel genauso sehr wie mich selbst. »Also auf die Erde?«, setze ich hinzu. Nicht zu mir.

»Ich weiß nicht, welche Aufträge Michael als Nächstes für mich hat«, antwortet er bedauernd. »Ich muss tun, was er anordnet.«

Das ist das einzig Positive an meiner Lebenssituation. Ich kann selbst über mich bestimmen, auch wenn es nicht leicht ist, die richtigen Entscheidungen zu treffen.

»Und es wäre nicht klug, zu *dir* zurückzukommen«, ergänzt er vorsichtig.

»Vermutlich nicht.« Das ist mein Stichwort. Ich gehe zur Tür und öffne sie. Cassiel folgt mir schweigend durch den kühlen Gang, dabei mustert er die unzähligen Bücherregale in den Räumen, die wir durchqueren. Ob Engel in den Himmeln auch Bibliotheken haben? Lesen sie in ihrer Freizeit? War er schon mal verliebt? Alles Fragen, die ich noch gern stellen würde. Gut, die letzte vielleicht nicht. Aber es interessiert mich, vor allem, da Liebe in meinem Leben keinen Platz hat. Nicht diese Liebe. Nicht in dieser Zeit. Aber ich schweige, bis wir den Gang erreichen, der in unseren Garten führt. Das kleine Stück Grün liegt eingezwängt zwischen grauen Sandsteinmauern und einem Ausläufer des Canale Grande hinter dem Palazzo. Er ist Teil der ehemaligen königlichen Gärten von Venedig. Früher war das ein kleiner Park mit Blumenbeeten, Laubbäumen und mehreren Brunnen. Weil er öffentlich war, ließ mein Vater einen kleinen Teil nur für uns abtrennen. Der Park hinter unserer Mauer ist längst völlig verwahrlost, die Brunnen sind defekt und die Bäume gefällt. Unser kleines Grün gibt es immer noch, verborgen vor neugierigen Blicken. Obwohl es nach dem langen Sommer eher ein kleines Stück Braun ist. Vor der Rückkehr der Engel saßen meine Eltern mit uns oft hier draußen. Gerade in den Abendstunden des Sommers, wenn die Hitze und der Gestank in der Stadt zu groß wurden. Wir naschten von den Beeren und dem Gemüse, das Star im Schutz der warmen Palastmauern mit unserer Mutter anbaute, wir spielten Karten oder Vater las uns etwas vor. In diesem Garten machte Tizian seine ersten Schritte. Ich dränge die Erinnerungen zurück. Wenn Cassiel von hier aus losfliegt, wird niemand so leicht sehen, woher er kommt. Jedenfalls hoffe ich das.

»Warte kurz«, bitte ich ihn und trete nach draußen. Zuerst will ich mich vergewissern, dass kein Engel am Himmel fliegt – in den letzten Tagen habe ich mich in genug Schwierigkeiten gebracht –, aber bis auf ein paar Tauben sind keine geflügelten Wesen auszumachen. Ich winke Cassiel zu mir. Er zögert kurz, als würde er einen inneren Kampf mit sich austragen. Ein komisches Gefühl beschleicht mich, als er neben mir steht. Er wird fortfliegen und ich sehe ihn nie wieder. Und das ist auch gut so, ermahne ich mich. Es ist die einzig richtige Entscheidung, die ich treffen kann.

»Ich werde ewig in deiner Schuld stehen«, flüstert Cassiel. »Und ich werde nie wieder gutmachen können, was du für mich getan hast.« Er legt eine Hand an meine Wange und zwingt mich damit, ihn anzusehen. Jede Spur seiner Krankheit ist verschwunden. Von diesen Verletzungen hätte ein Mensch sich ewig nicht erholt. Er sieht mich so lange durchdringend an, bis ich verlegen von einem Bein auf das andere trete, dann huscht ein schiefes Lächeln über sein Gesicht.

»Du hast mir auch zweimal das Leben gerettet«, sage ich mit belegter Stimme. Er ist mir zu nah. Er ist ein Engel. Mein Todfeind.

»Dann habe ich noch ein ganzes Mal gut.« Sein Blick gleitet zu meinen Lippen und dann spüre ich seine auf meiner Stirn. Der Kuss, so harmlos er ist, dauert zu lange, um ein Abschiedskuss zu sein. Ich lege ihm die Hände auf die Brust, um ihn wegzustoßen, doch er kommt mir zuvor und tritt zurück.

»Durfte ich das?«, fragt er ein bisschen verspätet.

»Eigentlich nicht.« Ich grinse ihn an, woraufhin er verwirrt die Stirn runzelt.

»Pass auf dich auf, Moon deAngelis.«

»Du auch, Cassiel – Prinz des Vierten Himmels.«

Er seufzt kopfschüttelnd, stößt sich ab und fliegt davon. Seine Flügel glänzen in der Sonne und es sieht wunderschön aus, wie er seinem Himmel entgegenfliegt.

Ich gehe langsam zurück in unsere Wohnung. Die letzten Tage waren wie eine Auszeit von meinem Leben, und das trotz der Angst, die ich um Cassiel, um Star und um uns alle hatte. Nun muss ich mich wieder auf das Wesentliche konzentrieren – und das ist die Flucht meiner Geschwister.

In den folgenden Tagen kehrt wieder so etwas wie Normalität in unser Leben zurück. Tizian trottet ohne jede Begeisterung zur Schule, Alessio geht zu seinen Spät- und Nachtschichten ins Krankenhaus und ich absolviere in den Morgenstunden mein tägliches Training und helfe dann Maria an ihrem Marktstand. Dafür bekomme ich zwar kein Geld, aber einen Teil der Lebensmittel, die am Ende des Tages übrig sind. Ich habe mein Bettzeug gewaschen und nun erinnert nichts mehr an den Engel, der in meinem Bett geschlafen hat. Niemand von meinen Geschwistern erwähnt Cassiel und ich tue es auch nicht, sondern versuche, ihn zu vergessen. Es gelingt mir nicht.

Ich gehe zu Silvio und bespreche mit ihm die letzten Details der Flucht. Endlich wird wahr, wovon ich die ganze Zeit geträumt habe. Star und Tizian werden in Sicherheit sein. Dass sie erst die anstrengende Reise überstehen müssen, verdränge ich. Sie sind nicht die ersten Flüchtlinge, die Silvio fortbringt, und alle sind bisher im Aostatal angekommen. Die Flüchtlingsroute ist teuer, aber gut organisiert. Wir können beginnen zu packen.

XI. Kapitel

Als ich eine Woche später am Nachmittag nach Hause komme, hallt der Lärm der Arbeiten für den Wiederaufbau der Arena über den Markusplatz. Der Rat lässt die Arbeiter die halbe Nacht lang schuften. Tagsüber helfen sogar einige Engel mit. Natürlich keine Erzengel. Sie fliegen die Balken für die Tribünen in die oberen Ränge. Müssten die Menschen erst eine Kranvorrichtung bauen, würde es schließlich viel zu lange dauern, bis die Kämpfe wieder beginnen könnten. Dafür lässt sich auch schon mal ein Engel zu niederen Arbeiten herab.

Ich ertappe mich dabei, nach Cassiel Ausschau zu halten, aber seine blauen Flügel sehe ich nie.

Woher wohl das ganze Holz stammt, welches für die Sitzreihen benötigt wird? Täglich treffen neue Ladungen ein. Diese Arena wird hunderte Plätze mehr umfassen als die alte im Dom. Die Logen der Engel sind noch luxuriöser und es werden in diesem Sand ungleich mehr Menschen sterben. Angeblich plant Nero sogar Wagenrennen nach dem Vorbild der alten Römer. Fehlt nur noch, dass er sich einen Lorbeerkranz auf den Kopf setzt. Die anderen Männer des Consiglio lassen ihn gewähren. Vermutlich bekommen sie genug von dem Geld ab, das er eintreibt.

Phoenix lässt sich nicht blicken und eigentlich müsste ich mit Tizian und Star über die Einzelheiten der Flucht reden. Darüber, was sie mitnehmen möchten und können. Wie lang die einzelnen Streckenabschnitte sind. Ich muss ihnen die Karte erklären, die Silvio mir gegeben hat. Aber ich sträube mich und schiebe es vor mir her. Jetzt, wo der Tag näher rückt, habe ich Angst. Wir waren noch nie voneinander getrennt. Nicht einen Tag. Wenn ich sie gehen lasse, bin ich ganz allein. Dann habe ich nur noch Alessio.

Ich mache mich auf die Suche nach Star. In der Bibliothek ist sie nicht, also schaue ich im Garten nach. Tatsächlich finde ich sie bei ihren Kräuterbeeten. Gedankenverloren zupft sie an ihrem Basilikum.

»Kommst du rein?«, frage ich vorsichtig. Es stört sie dieses Mal viel mehr als sonst, dass Phoenix nicht nach ihr sieht. Das merke ich ihr an. Ich verstehe ihn auch nicht. Gerade jetzt, wo er weiß, dass sie fortgeht, kommt er nicht mehr. Ich hätte gedacht, er würde ihr nicht von der Seite weichen, egal, was ich sage.

Star nickt und legt die Basilikumblätter in ein kleines Körbchen. Als wir an der Tür ankommen, spüre ich einen Luftzug hinter mir. Ich wirbele herum, ziehe mein Messer und dränge Star durch die Tür.

Cassiel landet auf unserem kleinen Rasenstück und lächelt. »Ich wollte dir keine Angst machen«, sagt er entschuldigend und hebt die Hände.

»Was willst du hier?« Er ist zurückgekommen. Ja, ich habe nach ihm Ausschau gehalten. Ja, ich habe darüber nachgedacht, wie es wäre, ihn wiederzusehen. Ich habe mehr als einmal an seinen harmlosen Abschiedskuss gedacht. Aber ich habe nicht wirklich damit gerechnet.

»Nur nach dir sehen«, sagt er und wirkt dabei erheitert und verärgert zugleich.

Dachte er, ich würde ihm um den Hals fallen?

»Warum?« Mehr bringe ich nicht hervor. Er kommt auf mich zu, als wäre es das Normalste der Welt, als hätten wir eine Verabredung in unserem Garten.

»Du hast mein Leben gerettet, du bist mir wichtig.« Er betrachtet mich forschend. »Ich wollte sichergehen, dass es dir gut geht.«

Vor Überraschung über diese Antwort bin ich einen Moment sprachlos. »Die anderen Engel finden es bestimmt nicht so toll, wenn sie dich in meinem Garten entdecken«, sage ich dann und blicke zum Himmel hinauf.

»Ich war sehr vorsichtig und niemand hat mich bemerkt, trotzdem wäre es besser, wenn du mich hineinbittest.«

Ich halte seinem Blick stand. »Es wäre besser, dich fortzuschicken. Besser. Richtiger. Klüger. Nur für einen Moment«, sage ich dann. »Und es ist unvernünftig«, stelle ich klar.

»Ich weiß, aber ein Moment reicht mir.«

Mein Widerstand löst sich in Wohlgefallen auf. Ihn zu retten, war schon ... Wie hat er es noch gleich genannt? Töricht.

Ihn jetzt in unsere Wohnung zu bitten, ist einfach nur idiotisch. Warum ich es trotzdem tue, weiß ich nicht. »Warte kurz hier«, bitte ich und trete in den Gang. Star steht hinter der Tür. Im Schein der Fackeln an den Wänden wirkt ihre Gesichtsfarbe noch blasser als sonst. »Es ist Cassiel«, erkläre ich. »Er möchte kurz reinkommen.«

Star nickt, aber ihre Hände bewegen sich nicht.

»Es ist besser, wenn er dich nicht sieht.«

Möchtest du ihn denn mit hineinnehmen?

Ich beiße mir auf die Lippen und nicke. Ein bisschen hoffe ich, dass sie es mir verbieten wird. Aber das wäre völlig gegen ihre Natur.

Wenn das so ist, gehe ich in die Bibliothek. Sie dreht sich um und beginnt die Treppe hinaufzusteigen.

»Star!«, rufe ich ihr hinterher. »Ich sollte ihn wegschicken, oder?«

Sie schaut über die Schulter zurück und gestikuliert mit nur einer Hand. *Tu, was du für das Beste hältst.*

Das ist kein besonders hilfreicher Rat. Das Beste wäre, ihn zum Teufel zu jagen. Oder lieber doch nicht. Ich will nicht, dass Lucifer von dieser Sache erfährt. Mit klopfendem Herzen trete ich wieder in das Sonnenlicht. Cassiel lehnt an der Wand und wartet geduldig. »Du solltest nicht hier sein«, bekräftige ich noch einmal halbherzig. Es ist albern, es ständig zu sagen, ohne es wirklich zu meinen.

»Ich weiß«, erwidert Cassiel ernst. »Ich möchte dich auch zu nichts überreden, was du nicht willst.«

Ich suche etwas in seinem Gesicht, das mir verrät, dass das hier ein Trick ist. Das Cassiels Bitte nicht so harmlos ist, wie sie klingt. Ich finde nichts. »Komm rein«, fordere ich ihn auf und seine Augen beginnen zu strahlen, nicht triumphierend, sondern einfach nur erleichtert.

Ich gehe voraus und er folgt mir das schmale Treppenhaus hinauf. Die Stufen wurden im Laufe der Jahrhunderte ausgetreten. Sie sind wellig und man muss aufpassen, wohin man tritt. Ich bin froh, mich darauf konzentrieren zu können, obwohl ich jeden Quadratzentimeter des Treppenhauses kenne. Cassiel folgt mir, bis wir oben anlangen und die Räume der Bibliothek betreten. Star hat sich irgendwo in den hinteren Räumen versteckt. Von ihr ist nichts zu sehen oder zu hören.

»Es ist mir nicht leichtgefallen, überhaupt herzukommen«, sagt Cassiel nach einer Weile. Ich spüre seinen Blick auf mir ruhen.

»Ich war mir nicht sicher, ob du mich sehen möchtest.«

»Es geht nicht darum, was ich möchte«, erwidere ich schärfer, als ich es beabsichtige. »Aber ich freue mich«, setze ich sanfter hinzu. »Wirklich.« Trotz meiner Worte bleibt die Stimmung angespannt. Bestimmt bereut er es längst, zu mir gekommen zu sein.

Er sagt nichts mehr, bis ich die Tür zu unserer Wohnung öffne und ihn hineinlasse. Tizian steht in der Küche und isst einen der Äpfel, die Phoenix vor ein paar Tagen mitgebracht hat. Hoffentlich sind sie reif genug, damit er keine Bauchschmerzen kriegt.

Als er Cassiel entdeckt, sehe ich zuerst Angst und dann Neugierde in seinem Gesicht aufflackern. »Was will er denn hier?«

Gute Frage. Genau weiß ich das auch nicht.

Cassiel nimmt mir die Antwort ab. »Ich wollte Moon nur besuchen.«

»Alessio und Phoenix fänden das bestimmt nicht so toll.« Tizian kommt um den Tisch herum. Ich entdecke ein kleines Küchenmesser in seiner Hand.

»Das kannst du wegtun«, sage ich verlegen und bin zugleich stolz auf ihn. »Cassiel wird uns nichts tun.«

Tizian schnaubt. »Er ist ein Engel«, sagt er zu mir gewandt. »Denen kann man nicht trauen.«

Er hat ja recht. »Ich habe alles im Griff«, sage ich leise. »Willst du dich setzen?«, wende ich mich an Cassiel. In unserer Küche wirkt er wie ein Fremdkörper, obwohl er sich zwischen dem Tisch und dem alten Büfett bewegt, als wäre er hier zu Hause. Seine Flügel glänzen wieder und heute trägt er ein cremefarbenes Hemd. Mein Blick gleitet über sein schönes Gesicht und seine breiten Schultern.

»Gern«, sagt er und zieht einen Stuhl unter dem Tisch hervor.

»Magst du Zitronenlimonade?« Bietet man einem Engel etwas an?

»Wenn du mit mir trinkst, würde ich sie probieren.«

Tizian überwindet sein Misstrauen und setzt sich Cassiel gegenüber. Er hat nicht vergessen, dass er dessen Feder behalten durfte, und er ist viel zu neugierig, als dass er sich in sein Zimmer verkriechen würde. Ich presse Zitronen aus und lausche, wie Tizian Cassiel über den Vierten Himmel ausquetscht. Mein Bruder geht bereits nach wenigen Minuten völlig unbefangen mit ihm um, was bestimmt daran liegt, dass er ihn so verletzlich erlebt hat. Mir geht es dummerweise genauso.

Ich zupfe ein paar Blättchen Minze ab und stelle die drei Gläser mit der kalten Zitronenlimonade auf den Tisch. Obwohl die Bezeichnung Limonade nicht passt. Dafür fehlt die Süße. So ist es nur Wasser mit Zitronensaft und grünen Blättern.

»Gibt es genauso viele Mädchen bei den Engeln wie Jungs?«, fragt Tizian gerade und ich verschlucke mich beinahe.

»Natürlich«, antwortet Cassiel. Er hat sich Tizian ganz zugewandt und beantwortet jede seiner Fragen. »Sie bleiben nur lieber in den Palästen und begleiten uns nicht auf die Erde.«

»Weshalb nicht?«, hakt Tizian nach. »Dürfen sie etwa nicht?«

»Sie dürften schon, aber die meisten finden es in den Himmeln angenehmer.« Er zwinkert meinem Bruder vertraulich zu. »Sie sind ganz schön verwöhnt und manchmal etwas zickig. Menschenmädchen sind viel netter.«

Tizian grinst, als würde er sich mit Mädchen auskennen, und nickt.

»Wie viele Menschenmädchen kennst du denn?«, frage ich und hoffe, dass es nicht so eifersüchtig klingt, wie es sich für mich anfühlt.

Cassiel hebt sein Glas an die Lippen. Es ist eins der letzten Gläser, das nicht zu Bruch gegangen ist. Wir können alles, was kaputtgeht, nur durch altes Tongeschirr ersetzen. »Eigentlich nur eines richtig«, antwortet er, während er mich ansieht. »Und es ist ganz anders als unsere Frauen. Mir gefällt das.«

Ich rechne es ihm hoch an, dass er bei dem sauren Wasser sein Gesicht nicht verzieht, und räuspere mich verlegen.

»Würdest du denn aus Venedig fortgehen?«, wendet er sich wieder an meinen Bruder und lächelt zufrieden. Bestimmt hat er bemerkt, wie meine Wangen sich gerötet haben.

Mir stockt bei der an sich harmlosen Frage der Atem. Weiß er von den Fluchtplänen? Ist er deshalb hier?

Tizian schüttelt den Kopf. »Freiwillig nicht.« Ich ernte einen störrischen Blick, aber klugerweise verrät er nichts. »Ich bleibe, bis unsere Mutter wiederkommt.«

Cassiels schlanke Finger wischen über die Kratzer auf dem Tisch. Im Vergleich zur Herrlichkeit in den Himmeln muss ihm unser Leben armselig erscheinen. Aber dafür brauche ich mich nicht zu schämen. Er wartet geduldig auf eine Erklärung.

»Unsere Mutter ist verschwunden«, sage ich, weil er nach unserem Frage-Antwort-Spiel bestimmt angenommen hat, sie wäre tot. »Eines Tages war sie einfach fort.«

Das schlechte Gewissen steht ihm ins Gesicht geschrieben und das überrascht mich mehr als alles andere. Er denkt vermutlich, ich würde den Engeln die Schuld daran geben. Aber das tue ich in diesem Fall ausnahmsweise nicht. Uns zu verlassen, war ganz und gar die Entscheidung unserer Mutter.

»Und ihr wisst nicht, wohin sie gegangen ist?«, fragt er nach.

Ich schüttele den Kopf. Das ist kein gutes Thema. Es macht mich wütend.

»Sie ist nicht fortgegangen«, fährt mein Bruder mich an.

Cassiel legt fragend den Kopf schief. Wieso interessiert ihn das überhaupt?

»Wir denken, sie wurde verschleppt«, erkläre ich steif. Das ist die Geschichte, die ich meinen Geschwistern erzählt habe. Wenn es nach mir geht, erfahren sie die Wahrheit nie.

»Von Nero deLuca oder den Wächtern der Engel?«, fragt Cassiel interessiert nach.

»Wir wissen es nicht genau.« Ich rutsche auf meinem Stuhl unruhig hin und her. Meinen Geschwistern gegenüber habe ich immer behauptet, es wären die Engel gewesen. Ich belüge sie seit drei Jahren, und warum? Weil ich nicht will, dass sie die Wahrheit über unsere Mutter erfahren. Weil ich nicht will, dass sie so böse auf sie sind wie ich. Mir ist es lieber, sie behalten sie in besserer Erinnerung. Cassiel beobachtet mich aufmerksam. »Es könnte auch Nero gewesen sein«, gebe ich zu. »Mutter war seine Konkurrentin im Rat.« Sie hasste Ungerechtigkeit und sie hasste es, wie Nero und die anderen Männer des Consiglio versuchten, sich an der Not der Venezianer zu bereichern. Für den Kampf, den sie mit dem Rat führte, habe ich sie immer bewundert. Aber weil sie in diesem Kampf so aufging, hatte sie viel zu wenig Zeit für uns. Alles andere war immer wichtiger. »Nachdem sie verschwunden war, hat sich niemand mehr Nero in den Weg gestellt.«

»Doch du.« Cassiel lächelt. »Neulich in der Arena. Das war sehr mutig.«

Davon weiß er? Seine Anerkennung sollte mir nichts bedeuten. Leider tut es das aber. Ich will vor Tizian nicht noch weiter ins Detail gehen, er guckt mich sowieso schon so misstrauisch an, aber wenigstens schweigt er. Später wird er mir Vorwürfe machen, weil ich ihm nie von meinem Verdacht gegen Nero erzählt habe. Aber damals war er erst neun und er war am Boden zerstört.

»Wo warst du, bevor du nach Venedig gekommen bist?«, wechsele ich das Thema. Ich fasse es nicht, dass ich Cassiel erst jetzt danach frage. Wo war er in den Jahren nach der Invasion? Hat er Menschen getötet? Hat er in anderen Arenen gekämpft?

»Das ist mein erster Aufenthalt auf der Erde«, antwortet er. »Ich bin nur ein einfacher Engel. Wir müssen warten, bis ein Erzengel uns nach unten beruft.«

Tizian und ich hängen an seinen Lippen. Von einem Engel persönlich etwas über die Hierarchie in den Himmeln zu erfahren, ist hundertmal spannender, als es in Büchern zu lesen.

»Was treibt ihr da oben den ganzen Tag?«, fragt Tizian neugierig.

»Das kommt darauf an. Wir haben verschiedene Aufgaben. Es gibt Botenengel, Deutungsengel, Kriegsengel, Racheengel, Mysterienengel, Schreibengel, Schutzengel, Wächterengel, Todesengel und viele mehr. Bisher wurden nur die Kriegs-, Rache- und die Wächterengel auf die Erde befohlen.«

So was habe ich mir schon gedacht. »Und was ist deine Aufgabe?«

»Ich bin ein Mysterienengel. Wir schützen die Geheimnisse der Himmel.«

»Vor wem?«, fragt Tizian mit gerunzelter Stirn. Bestimmt kann er sich genauso wenig wie ich unter einem Mysterienengel vorstellen.

»Vor Lucifer und seinen Anhängern«, erklärt Cassiel. »Er kennt nur einen Bruchteil der himmlischen Mysterien, aber er versucht immer wieder, uns auszuhorchen, und er hat schon zu viele davon preisgegeben.« An uns Menschen. Es ist erstaunlich, welches Wissen wir ausgerechnet Lucifer zu verdanken haben. Aber er hat uns die Geheimnisse nur verraten, um die anderen Erzengel zu provozieren. Ihm haben wir es zu verdanken, dass die Menschen aus dem Paradies geworfen wurden. Wer weiß, was er als Nächstes ausheckt.

»Warum erlaubt ihr ihm, hier zu sein? Warum fesselt Raphael ihn nicht einfach wieder und sperrt ihn ein?«

»Er hat seine Strafe verbüßt und er hat geschworen, sich den Erzengeln nicht noch einmal zu widersetzen.«

Ich hebe die Augenbrauen. »Und ihr glaubt ihm?«

»Er hat einen Schwur geleistet«, erklärt Cassiel. »Und dieser Schwur ist bindend. Bricht er ihn, wird er bis in alle Ewigkeit verbannt. Dagegen sind zehntausend Jahre ein Witz.«

Aus seiner Perspektive muss das so aussehen.

»Kannst du uns ein Geheimnis verraten?« Tizians Augen glänzen vor Aufregung.

Cassiel grinst und beugt sich zu ihm. Er flüstert meinem Bruder etwas ins Ohr und Tizian beginnt zu lachen.

»Nicht verraten«, fordert er. »Es ist jetzt unser Geheimnis.«

Tizian nickt grinsend.

Kurz darauf steht Cassiel auf. »Danke für die Limonade.«

»Ich hatte leider keinen Zucker.« Wieso entschuldige ich mich dafür?

»Es hat mir trotzdem geschmeckt, Moon.« Es gefällt mir, wie er meinen Namen ausspricht. Innerlich winde ich mich bei dem Gedanken. »Bringst du mich zurück in den Garten?«

»Na klar.«

Er verabschiedet sich von Tizian. »Vielleicht erzählst du mir beim nächsten Mal etwas darüber, wie es früher war«, schlägt er vor.

»Ich war erst vier«, erwidert mein Bruder bedauernd. »Ich kenne nur Moons Geschichten.«

»Die interessieren mich noch mehr.« Cassiel schenkt mir einen fragenden Blick, als würde er so um Erlaubnis bitten.

Er will wiederkommen. Ich kann nichts gegen die Freude tun, die ich verspüre.

Als würde er meine Gedanken lesen, breitet sich ein Lächeln auf seinem Gesicht aus. Ich boxe ihm in die Seite, als wir nebeneinander zur Tür gehen und dieser unverschämte Engel lacht auf. »Bis zum nächsten Mal, Tizian!«, ruft er über die Schulter zurück, die Wohnungstür schlägt hinter uns zu und wir sind allein.

Die Unbeschwertheit von gerade eben löst sich in Luft auf. Er muss wissen, wie viel uns trennt. Er kann nicht so mein Freund sein, wie Alessio es ist. Er kann nicht mal mein Nichtfreund sein wie Phoenix. Schweigend laufen wir zurück. In dem schmalen Gang, der zum Garten hinunterführt, geht Cassiel langsamer. Vermutlich ängstigt ihn das schummrige Dämmerlicht und das macht ihn nur noch menschlicher.

»Das war schön«, sagt er, als wir am Fuß der Treppe ankommen und er sich zu mir umdreht. Licht dringt durch die Ritzen der Holztür und es ist etwas heller. »Du möchtest nicht, dass ich noch mal komme, oder?«

Ich halte seinem Blick stand. »Doch, das möchte ich schon.« Ich hole tief Luft. »Aber wie wir beide festgestellt haben, ist es sehr unklug.« Ein flaues Gefühl breitet sich in meinem Magen aus.

»Ich will dich zu nichts drängen«, sagt er und kneift kurz die Augen zusammen. »Aber ich würde dich sehr gern wiedersehen.«

»Ich dich auch«, flüstere ich. »Aber wir beide …« Ich wedele mit der Hand zwischen uns hin und her und verstumme. Es gibt kein *wir beide*.

»Es muss dir nicht leidtun. Ich verstehe, wenn du mir nicht traust. Du hast keinen Grund, anzunehmen, dass ich es ehrlich meine.« Sein Blick wird eindringlicher. »Ich wünschte wirklich, es wäre anders. Ich kann so wenig dafür, dass ich ein Engel bin, wie du, dass du ein Mensch bist.«

So habe ich das noch nie betrachtet und ich weiß nicht, was ich darauf erwidern soll. Er selbst hat mir nie einen Grund gegeben, an seiner Aufrichtigkeit zu zweifeln.

»Soll ich mich nach deiner Mutter umhören?«, fragt er leise und ich bin ihm dankbar, dass er das Thema wechselt. »Ich könnte herausfinden, ob sie im Dogenpalast im Gefängnis sitzt. Vielleicht kann ich etwas für sie tun.«

Ich schüttele den Kopf. »Das ist nicht nötig. Sie sitzt nicht im Gefängnis. Sie hat uns verlassen. Ich habe mich nur nie getraut, Tizian die Wahrheit zu sagen.« Wieso verrate ich sie ihm? Nicht mal Alessio kennt Mutters Brief. Panik kriecht in mir hoch. Ich habe gerade einem Engel erzählt, dass meine Mutter aus der Stadt geflohen ist. Ich muss wahnsinnig sein. Wenn Cassiel das meldet, weiß ich nicht, was sie mit uns anstellen. Ich weiche einen Schritt zurück. »Das darfst du niemandem sagen«, erkläre ich hektisch. »Versprich es mir. Bitte. Das ist wichtig.«

Cassiel überbrückt den Abstand zwischen uns, der in dem engen Flur sowieso nicht sonderlich groß ist, und zieht mich an sich. »Herrgott, Moon. Das würde ich nicht tun.« Für eine Sekunde versteife ich mich, bevor ich nachgebe und mich an seine Brust lehne. Ruhe erfasst mich und ich lege vorsichtig einen Arm um seine Taille, als Cassiel seinen Griff verstärkt. Es fühlt sich so gut an, wie er mich hält, dass ich ewig mit ihm hier stehen könnte. Seine Hände liegen auf meinem Rücken, und eine bisher unbekannte Wärme durchströmt mich. Erst nach einer ganzen Weile löse ich mich vorsichtig von ihm.

»Besser?«, fragt er leise und lächelt wehmütig.

Ich nicke. »Normalerweise flippe ich nicht so schnell aus. Aber …«

»Du musst dich nicht rechtfertigen«, unterbricht Cassiel mich. Seine blauen Augen blicken ernst auf mich herab. »Ich werde es niemandem verraten. Es interessiert mich nicht. Die Politik der Erzengel interessiert mich nicht. Ich wollte nicht mal wirklich hier sein.«

Ich reibe mir über die Oberarme, weil mir gleichzeitig warm und kalt wird.

»Du kannst dich auf mich verlassen.«

»Dankeschön«, sage ich. »Trotzdem ist es besser, wenn du jetzt gehst.« Es fällt mir unglaublich schwer, diese Worte auszusprechen.

»Natürlich«, akzeptiert er meine Entscheidung. »Leb wohl, Moon.«

Ich gehe nicht mit in den Garten und sehe ihm nicht hinterher, wie er davonfliegt. Das war sein endgültiger Abschied.

Als ich zurück in die Wohnung komme, spült Tizian gerade die Becher ab. »Willst du das Geheimnis wissen?«, fragt er wie aus der Pistole geschossen.

»Du hast versprochen, es für dich zu behalten.« Mein Herz schlägt zu schnell und in meinem Magen hat sich ein flaues Gefühl ausgebreitet.

Ich werde ihn nicht wiedersehen.

Am liebsten würde ich einfach ins Bett gehen, allein sein, mich verkriechen.

»Ich wette, Cassiel möchte gern, dass ich es dir verrate.« Er grinst. »Er findet dich schön«, verkündet er dann feierlich. »Er findet, dass du das schönste Mädchen von ganz Venedig bist.«

Ich laufe mit Sicherheit knallrot an. »Er wollte dich nur aufziehen.«

Tizian zuckt mit den Schultern. »Wenn du meinst.«

Es ist sowieso egal, deshalb sollte es mich auch nicht freuen.

Weder Tizian noch Star erwähnen Cassiels Besuch am nächsten Morgen, als Alessio aus dem Krankenhaus nach Hause kommt. Eigentlich sollte ich es ihm erzählen, aber ich traue mich nicht. Er sieht völlig erschöpft aus, als ich ihm eine zweite Portion Suppe gebe und ihn danach ins Bett schicke. Star redet nicht mit mir, wobei ich nicht weiß, ob es wegen Phoenix oder Cassiel ist, und verschwindet in die Bibliothek.

Ob ich Phoenix bitten soll, sie zu besuchen, falls ich ihn treffe? Ich könnte über meinen Schatten springen, schließlich ist sie bald fort und dann hat sich dieses Problem sowieso erledigt. Warum ist es so schwierig, die richtigen Entscheidungen zu treffen?

Ich beschließe, es dem Zufall zu überlassen. Wenn ich Phoenix heute auf dem Mercato sehe, werde ich ihn einfach fragen, ob er Lust hat, vorbeizukommen. Wenn nicht, dann nicht.

Auf dem Weg zur Arbeit gleitet mein Blick ständig zum Himmel oder über die Menschen, die heute alle denselben Weg zu haben scheinen, aber ich kann Cassiel nirgendwo entdecken. Und selbst wenn? Es würde nichts ändern.

Ein paar Engel lungern zwischen den Marktständen herum, an denen Wein verkauft wird. Ich erkenne Semjasa, neben dem eine Frau steht, deren purpurfarbene Flügel sich ganz sanft bewegen, obwohl sie sie nicht einmal ausgebreitet hat. Sie ist wunderschön, hat langes schwarzes Haar, in dem ein Diadem sitzt, und olivfarbene Haut. Ihre Augen stehen ein bisschen schräg, was ihr ein exotisches Aussehen verleiht. Wieso sollte Cassiel sich für mich interessieren, wenn es in den Himmeln solche Frauen gibt?

Ich schüttele mich innerlich. Dass ich mir überhaupt Gedanken darüber mache und mich mit einem Engel wie ihr vergleiche, ist lächerlich. Ich muss mich unbedingt darauf konzentrieren, was wichtig in meinem Leben ist. Cassiel wollte nur nett zu mir sein, weil ich ihm geholfen habe. Das ist schließlich nicht gerade selbstverständlich.

Maria wartet schon auf mich, als ich an ihrem Stand ankomme. »Hast du es schon gehört?«

»Was gehört?« Mir fallen noch zwei Engel ins Auge. Einer davon ist Nuriel. Den anderen kenne ich nicht, aber er ist ziemlich teuer gekleidet und er besitzt zwei Flügelpaare. Also muss er ein Erzengel sein. Mein Herz schlägt schneller. Ob das Michael ist? Er ist sehr schlank. Sein Haar ist genauso weiß wie seine Flügel. Eigentlich hat er gar nichts von einem Krieger. Aber der erste Eindruck kann bei Engeln ebenso täuschen wie bei Menschen, und an seiner Seite hängt ein schmales silbernes Schwert ohne Scheide. Cassiel ist ihm unterstellt, und unwillkürlich wandert mein Blick weiter, auf der Suche nach ihm.

»Hey.« Maria stößt mich an. »Hörst du mir überhaupt zu?«

Ich reiße meinen Blick von Nuriel und Michael los. »Ja klar. Was gehört?«, wiederhole ich.

»Sie haben die Attentäter gefasst«, flüstert sie. »Heute Nachmittag werden sie hingerichtet.«

»So schnell?«, frage ich fassungslos. »Gab es denn eine Verhandlung?«

»Keine öffentliche. Nero hat angeblich eine im Dogenpalast abgehalten – unter der Aufsicht von Raphael und Michael.« Sie weist mit dem Kinn auf den Erzengel.

Also hatte ich recht mit meiner Vermutung. »Und sie sind sicher, dass es die Schuldigen sind?«

Ich habe nicht mehr über die Begegnung mit Alessandra in der Nacht des Anschlages nachgedacht. Aber ihr panischer Blick hat sich mir eingebrannt. Bestimmt hat auch sie mich erkannt. Wie konnte Nero sie so schnell finden? Die Bruderschaft schützt ihre Mitglieder sehr gut. Alessandra war früher ein ganz normales Mädchen. Vermutlich hätte sie das Geschäft ihres Vaters übernommen, geheiratet und Kinder bekommen. Jetzt ist sie für den Tod unzähliger Menschen verantwortlich und hat damit nichts erreicht. Ich könnte damit nicht leben. Und nun wird die Arena neu errichtet. Dieses Mal größer, damit noch mehr Menschen zur Schlachtbank geführt werden können.

»Hallo Moon.« Ich sehe auf und blicke in Semjasas Gesicht. Er trägt sein rotes Haar offen und auf seiner nackten Brust hängt an einem Lederband ein blutroter Edelstein. Er ist mir bisher nicht aufgefallen, aber bestimmt ist das ein Almandin. »Bekomme ich ein paar von den Käsepasteten?«

Kann er kein Hemd anziehen? Ich spüre Marias Blick auf mir. Mit Sicherheit verwundert es sie, dass ein Engel mich mit meinem Namen anspricht.

»Semjasa hat mich vor ein paar Tagen in der Arena fast getötet«, erkläre ich ihr und lege drei Pasteten auf ein Stück Papier. »Macht fünfzig Lire.«

»Sei nicht so nachtragend.« Semjasa grinst und reicht mir das Geld.

»Das ist also die Kleine.« Die schwarzhaarige Schönheit steht neben ihm. »Interessant.«

Keine Ahnung, was ich dazu sagen soll.

»Naamah, das ist Moon deAngelis«, übernimmt Semjasa die Vorstellung.

Toll, bald tapezieren sie den Dogenpalast mit Bildern von mir, damit mich auch noch der letzte Engel kennt. Seit Lucifer mit seiner Meute in Venedig aufgetaucht ist, komme ich zu unverhoffter Berühmtheit.

»Nett«, sagt Naamah. »Und hübsch.«

Als spielte das irgendeine Rolle. Schon gar nicht im Vergleich mit ihr. Sie ist schlank, fast zart. Semjasa könnte ihre Taille mit beiden Händen umfassen. Ihr Haar reicht bis unter ihren Po und glänzt mit ihren Schwingen um die Wette. Es ist nicht einfach nur ein Lila, sondern es sind hunderte Lilatöne. Sie trägt ein rückenfreies schwarzes Kleid, das vorne eine raffinierte Schnürung besitzt. Ich würde es in zehn kalten Wintern nicht anziehen, weil es viel zu freizügig ist, aber es ist unbestreitbar schön. »Möchtest du auch etwas?«

Sie schüttelt den Kopf. »Ich esse nichts, was ein Mensch angefasst hat.«

»Nett«, greife ich ihr Wort von eben auf und Semjasas Lachen dröhnt über den Platz. Schon wieder verspüre ich den Drang, in sein Lachen einzustimmen. Genau wie kurz vor dem Kampf in der Arena. Ich habe mir die gefallenen Engel immer viel gruseliger vorgestellt. Vernarbt und mit zerfetzten Flügeln. Aber Semjasa ist einfach nur groß, ein bisschen kantig und blöderweise versteht er meinen Humor. Wie er sich das in der Zeit der Gefangenschaft bewahrt hat, ist mir schleierhaft, aber ich werde ihn nicht danach fragen. Naamah mustert mich für meinen Geschmack viel zu aufmerksam.

»Wir sehen uns, Moon«, sagt Semjasa zum Abschied mit vollem Mund und geht davon. »Pass auf dich auf.«

Ist das eine Floskel, eine Drohung oder beides? Ich passe seit Jahren auf mich auf. Mal besser, mal schlechter. Jedenfalls brauche ich so eine blöde Ermahnung nicht von einem Engel.

»Du auf dich auch!«, rufe ich ihm hinterher. »Du solltest noch ein paar Trainingsstunden bei deinem Boss nehmen, damit du das nächste Mal in der Arena nicht wie ein Verrückter in der Luft herumfuchtelst.«

Seine Schultern zucken vor Lachen. Naamah dreht sich noch einmal zu mir um. Ich weiche ihrem Blick nicht aus, bis ihre Lippen sich kräuseln.

»Was war das denn?«, fragt Maria, als die beiden zwischen den Ständen verschwunden sind. »Bist du wahnsinnig, so mit einem Engel zu reden?«

»Sie hat angefangen.« Ich klinge wie ein bockiges Kind.

»Sie ist ja auch ein Engel und sie könnte dir sonst was an den Kopf werfen. Schluck es einfach. Sieh sie nicht an. Rede nicht mit ihnen.«

»Entschuldige«, sage ich zerknirscht.

»Ich bin dankbar für deine Hilfe«, sagt Maria ernst. »Aber ich will nicht wegen dir ins Visier der Engel geraten. Ich beachte sie nicht und sie mich nicht. Verstehst du?«

»Natürlich. Tut mir leid.«

»Ich kann nicht nur an mich denken«, setzt sie fort. »Es geht um mein Kind. Ich will nicht, dass mein Sohn ohne Mutter aufwächst. Sie können mich ohne jeden Grund in ihre Verliese werfen. Also hör auf damit.«

Ich beschließe, ausnahmsweise den Mund zu halten und mich nicht länger zu rechtfertigen. Ich bin zwar für meine Geschwister verantwortlich, aber vermutlich ist das tatsächlich nicht dasselbe, wie ein eigenes Kind zu haben. Es soll schließlich Eltern geben, die ihr Kind mit ihrem Leben beschützen. Meine haben nicht dazugehört. Wir waren ihnen bestimmt nicht egal, aber ihre Prioritäten lagen eindeutig woanders.

»Geht Pavel zu der Hinrichtung?«, frage ich nach einer Weile, als ich das angespannte Schweigen nicht mehr aushalte. Vielleicht ist es besser, wenn ich morgen nicht herkomme. Oder so lange nicht, bis die Engel mich vergessen haben.

»Einer seiner Cousins ist unter den Toten des Anschlages«, sagt sie leise. »Ich wünschte, er würde sich das nicht ansehen. Es kommt mir falsch vor, dieses Auge um Auge.«

»Ich muss versuchen, Tizian zu Hause zu behalten«, sage ich. »Er ist zu jung für so etwas. Kann ich etwas früher gehen?«

»Klar.« Beinahe klingt sie erleichtert und ich kann es ihr nicht verdenken.

»Kannst du dich noch an Alessandra erinnern?«, frage ich. »Sie war in deinem Jahrgang, glaube ich, und ihrem Vater gehörte die Metzgerei in der Calle degli Albanesi.«

»Alessandra Bertoldo. Unsere Mütter waren befreundet. Ich habe sie lange nicht gesehen. Ich dachte …« Sie beendet den Satz nicht. Das braucht sie auch nicht. Sie dachte, sie wäre längst tot.

»Sie war an dem Abend des Anschlages in der Nähe des Doms und trug das Zeichen der Adepten der Bruderschaft.«

Mit aufgerissenen Augen blickt Maria mich an. »Hast du es jemandem erzählt?«, fragt sie hektisch.

»Nein. Ich habe gar nicht mehr daran gedacht.«

»Sie hat im Kunstunterricht neben mir gesessen«, sagt sie leise. »Sie wollte Malerin werden, aber ihr Vater war dagegen. Alessandra war unglaublich begabt.« Sie lächelt bei der Erinnerung.

»Ich bin sicher, sie war es. Auch wenn sie sich ziemlich verändert hat.«

»Sag es niemandem!« Marie beißt sich auf die Unterlippe. »Wenn sie heute nicht dabei ist, dann verrate niemandem, dass du sie gesehen hast. Egal, was sie getan hat, so soll sie nicht sterben.« Offensichtlich auch nicht, wenn sie für den Tod des Cousins ihres Mannes verantwortlich ist.

»Ich behalte es für mich«, verspreche ich ihr.

Kurz vor Mittag packt Maria ein wenig Käse, Brot und ein paar Pasteten ein. Sie verabschiedet mich nicht mit ihrem üblichen »Bis Morgen«, deshalb weiß ich nicht, ob ich morgen kommen darf. Andererseits brauche ich bald eine Arbeit, bei der ich Geld verdiene. Lange funktioniert diese Abmachung sowieso nicht mehr. Ich finde es ein bisschen schade.

Ich muss mich beeilen. Sicher hat Tizian in der Schule von

der Hinrichtung gehört und ganz bestimmt wird er hingehen. Aber das darf ich nicht erlauben. Dieses Leben stumpft einen sowieso schon ab. Was soll ein zwölfjähriger Junge schon davon lernen, wenn ein Mensch gefoltert und ihm dann der Kopf abgeschlagen wird?

XII. Kapitel

Als ich nach Hause komme, ist Tizian nicht da. Star, die in der Küche steht und sich etwas zu Essen macht, erzählt mir mit knappen Gesten, dass er und Paolo von der Schule nach Hause geschickt wurden. Dann geht sie in ihr Zimmer. Mir sind die Schatten unter ihren Augen nicht entgangen. Wütend folge ich ihr. »Haben sie dir erzählt, dass auf dem Markusplatz eine Hinrichtung stattfindet?«

Sie nickt und kaut ihr Stück Käse so bedächtig wie immer.

»Und du hast sie nicht davon abgehalten, dort hinzugehen?«

Ich bekomme ein Kopfschütteln.

»Warum nicht?«

Star stellt ihren Teller zur Seite. Sie sitzt auf ihrem Bett so aufrecht wie eine Prinzessin.

Er ist alt genug, um selbst beurteilen zu können, was richtig und was falsch ist.

»Findest du?« Nur diese zwei Worte. Mehr bringe ich nicht heraus. Das kann nicht ihr Ernst sein! Star hat mich noch nie kritisiert und nie eine meiner Entscheidungen infrage gestellt. Warum fängt sie jetzt damit an?

»Ich gehe ihn suchen«, sage ich und wende mich abrupt ab, bevor ich etwas sage, was ich später bereue. Was weiß Star schon von der Welt da draußen? Sie kennt nur ihre Bücher, ihr Mosaik und natürlich Phoenix. Sie weiß nichts von dem Kampf, den ich tagtäglich kämpfen muss. Begreift sie nicht, dass ich sie und Tizian nur beschützen will? Wie kann sie mir das zum Vorwurf machen? Ich unterdrücke die Tränen, die mir in die Augen steigen. Wenn ich Phoenix treffe, kann ich für nichts garantieren. Er hat ihr das eingeflüstert. Das hat er mit Absicht gemacht. Er will uns einander entfremden. Aber meine Geschwister sind alles, was ich habe. Ich werde sie in Sicherheit bringen und dafür nehme ich in Kauf, mich von ihnen zu trennen. Aber ich ertrage den Gedanken nicht, dass Star mir nicht mehr vertraut und meine Entscheidungen in Zweifel zieht. Es gibt nichts, was ich für mich will. Ich fordere nichts für mich. Nie. Und es ist in Ordnung. Ich will nur, dass sie das Leben führen kann, das sie verdient. Ich ertrage den Gedanken nicht, dass sie mich nicht mehr liebt. So vorbehaltlos, wie sie das bisher getan hat.

Kurz schaue ich nach Alessio, der noch schläft. Ich würde ihn gern wecken, damit er mir bei der Suche nach Tizian hilft, aber er muss am Abend wieder ins Krankenhaus und wird dort alle Hände voll zu tun haben. Nach jeder Hinrichtung eskaliert die Gewalt in der Stadt. Noch ein Grund, Tizian so schnell wie möglich zu finden.

Die Menschenmenge ist jetzt noch größer als vor einer halben Stunde auf dem Heimweg. Hinrichtungen locken immer eine Menge Schaulustiger an. Die Verurteilten müssen vom Dogenpalast zu Fuß zum Hinrichtungsplatz gehen, der sich zwischen den zwei Monolithsäulen auf der Piazzetta San Marco befindet. Nur einen Steinwurf vom Eingang zur Bibliothek entfernt. Auf einer der Säulen thront der geflügelte Markuslöwe, das Wahrzeichen der Stadt, und auf dem anderen steht der heilige Theodor als ehemaliger Schutzpatron. Er sieht ein bisschen wie ein Drachenbändiger aus, und früher habe ich mir gewünscht, er würde auch gegen andere geflügelte Wesen kämpfen. Hat er leider nicht. Genau an dieser Stelle wurden schon im Mittelalter Verbrecher hingerichtet, und zwar ziemlich blutig. Oft wurden sie schon auf dem Weg hierher mit glühenden Zangen gefoltert oder ihnen wurden die Hände abgehackt. Die Geschichten, die über diese Zeit kursieren, sind nichts für Menschen mit schwachen Nerven. Bisher habe ich mich immer geweigert, einer Hinrichtung beizuwohnen, denn die Menschen, die sich am Tod eines anderen ergötzen, widern mich an. Vor der Invasion war die Todesstrafe in Europa abgeschafft, und das war auch gut so.

Am liebsten würde ich in dem Aufgang zur Bibliothek stehen bleiben. Aber ich kann Tizian nirgendwo entdecken, also muss ich mich wohl oder übel ins Gedränge stürzen. Pavel, Marias Mann, lehnt mit ein paar Freunden unter dem Bogengang der Bibliothek. Irgendwann einmal waren die Säulen weiß und makellos. Heute sind sie gelbgrau und der Putz ist an vielen Stellen abgeplatzt. Die Männer schenken sich gegen-

seitig etwas zu trinken ein, als ich mich zu ihnen durchdränge.
»Hast du Tizian gesehen?«

Pavel schüttelt nur den Kopf und legt den Arm um eine ältere Frau. »Meine Tante Sophia«, erklärt er. »Ihr Sohn war unter den Toten.«

»Es tut mir leid«, murmele ich zu der Frau, die ein Taschentuch in ihren Händen knüllt. Was bringt es schon, wenn sie jetzt der Hinrichtung zuschaut? Aber ich will und kann niemanden belehren und schiebe mich deshalb einfach zwischen den Menschen hindurch, bis ich fast ganz vorne stehe. Wachen sperren den Bereich um die Säulen ab.

Pietro winkt mir von der Seite zu. Er wird später den Tod der Delinquenten feststellen müssen. Auch kein Job, um den ich ihn beneide. Der Henker steht schon vor den Säulen und trägt eine Kappe über dem Kopf. Niemand weiß, wer sich darunter verbirgt, und nach jeder Hinrichtung brodelt die Gerüchteküche Venedigs, wer da wohl die Drecksarbeit für den Rat und die Engel verrichtet. Ich will es gar nicht wissen. Offensichtlich sind die Attentäter zum Tod durch das Beil verurteilt worden, denn vor dem Mann steht ein Holzblock und er hält die Axt bereits in der Hand, während er reglos wartet, dass die Verurteilten zu ihm gebracht werden.

Ein Dutzend Engel, bewaffnet mit Pfeil und Bogen, haben sich hinter ihm aufgebaut. In der Anfangszeit kam es vor, dass jemand versuchte, den oder die Verurteilten zu befreien. Das wird heute nicht passieren, da die Männer, nach Meinung der meisten hier, den Tod verdient haben.

Von links ertönen Rufe und Gejohle. Wie ein Meer beginnt sich die Menschenmasse zu bewegen und vorzurücken.

Die Wachen müssen die Leute gewaltsam zurückdrängen. Ich werde herumgeschubst. Faules Obst fliegt durch die Luft und klatscht auf die Pflastersteine. Die Stadtwachen und eine Handvoll Engel treiben die Menschen so auseinander, dass sich eine Gasse bildet, die vom Dogenpalast auf die Piazzetta führt.

Es dauert noch einen Moment, bevor die Verurteilten auftauchen, aber bei ihrem Anblick wird mir übel. Ihre Kleider hängen nur noch in Fetzen an ihnen herab. Ihre Haut ist mit roten Striemen überzogen und aufgeplatzt. Sie wurden brutal ausgepeitscht, um ihnen ihre Geständnisse zu entlocken. Selbst über die kahl geschorenen Köpfe ziehen sich die blutigen Striefen. Einer der Männer taumelt und kann sich kaum auf den Beinen halten. Der Wachmann hinter ihm stößt ihn unerbittlich weiter. Der Mann fällt auf die Knie und wimmert. Eine faulige Tomate trifft ihn. Ich kann mich nicht rühren. Das Bild ist so grausig, dass ich wegsehen sollte, aber ich kann nicht. Ein zweiter Verurteilter hilft dem Gestürzten auf die Beine. Dieser weint jetzt und stammelt etwas vor sich hin, was im Lärm der Menge untergeht. Das Gesicht des dritten Verurteilten ist so zerschlagen, dass er kaum aus den Augen gucken kann. Er wankt einfach immer weiter. Es ist keine Frau dabei, denke ich erleichtert. Sie haben Alessandra nicht gefasst.

Die Menge hinter mir kommt in Bewegung und die Stimmung wird immer aufgeheizter. Das ist noch ein Grund, weshalb ich Tizian finden muss. Links von mir ist die Gasse, durch die die drei Attentäter getrieben werden, und hinter mir sind die wütenden Gaffer. Wenn Tizian irgendwo dort eingekeilt ist, hat er kaum eine Chance, heil herauszukommen.

Plötzlich brüllt jemand etwas, was wie ein Signal klingt. Die Menge stürmt nach vorn. Ich werde mitgerissen und renne los. Die Soldaten reißen ihre Schilde hoch, ziehen die Schwerter, aber gegen den Mob haben sie keine Chance. Voller Entsetzen muss ich mit ansehen, wie die Menschen sich auf die drei Männer stürzen. Sie prügeln auf sie ein. Messer werden gezogen, Schreie ertönen. Die Situation gerät außer Kontrolle. Ich werde herumgeschubst, während die Soldaten sich einen Weg aus der Menge bahnen und die Verurteilten den Menschen überlassen, die sie gnadenlos lynchen. Ich will mir die Ohren zuhalten, als sich plötzlich alle aufgestaute Wut Bahn bricht.

Ein Pfeilregen geht auf uns nieder, ich ducke mich und halte die Arme über den Kopf. Wenn ich hier lebend herauskommen will, brauche ich mehr Glück als Verstand.

Flügelschlagen ertönt über mir und Engel landen auf dem Platz. Fanfaren erklingen und bringen die Menschen zur Besinnung. Die Krieger der Engel prügeln mit Kampfstäben auf die Menschen ein und treiben sie auseinander. Wer fliehen kann, flieht. Ich will zurück zur Bibliothek, stecke aber mitten in einer Menschentraube fest. Jemand schubst mich. Ein Ellbogen bohrt sich in meinen Rücken. Ich stolpere, versuche schnell, mich wieder aufzufangen, aber wieder werde ich gestoßen. Ich gehe in die Knie und bekomme einen Schlag gegen die Schläfe. Alles dreht sich um mich. Mein Gesicht wird auf den Steinboden gedrückt. Schützend lege ich meine Hände über meinen Kopf, mache mich ganz klein. Wieder tritt jemand auf mich und ich stöhne. Ich muss versuchen, wieder aufzustehen, wenn ich liegen bleibe, werde ich noch totgetrampelt. Ich stütze mich auf meine Hände, aber die panische Masse nimmt keine Rücksicht und stößt mich zurück auf die Erde. Ich habe keine Kraft mehr. Noch einmal versuche ich, mich hochzustemmen. In meinen Ohren rauscht es, mir ist schwindelig, trotzdem gelingt es mir, auf die Füße zu kommen. Ich stolpere zwei Schritte, und als das Flügelschlagen über mir zu einem Wummern anschwillt, kommt der Boden mir plötzlich entgegen. Ich erwarte den Schmerz des Aufpralls, aber er tritt nicht ein. Stattdessen legt sich ein Arm um meine Taille und ich werde mit einem Ruck hochgerissen, noch bevor mein Oberkörper das Pflaster berührt. Für eine Sekunde bin ich erleichtert. Aber nur so lange, bis mir klar wird, was gerade mit mir passiert. Meine Füße lösen sich vom Boden und ich schwebe. Der Griff um meine Taille verstärkt sich, Schatten kräuseln sich um die Arme, die mich halten, und ich unterdrücke ein Aufstöhnen.

»Warum bin ich nicht überrascht, dich hier zu finden?«, raunt Lucifer in meinen Nacken. »Hat dir gefallen, was du gesehen hast?«

Ich beiße die Zähne zusammen, weil sich mir der Magen umdreht. Ich kann nicht glauben, dass ich gerade mit dem Fürsten der Finsternis fliege, und bringe erst nur ein Stöhnen zustande. Dieses Mal lasse ich mich weder provozieren, noch werde ich ihn reizen.

»Hat es nicht«, keuche ich, während ich wie gebannt auf die Menge unter uns starre. Es ist der Wahnsinn. Mein Mageninhalt kann sich gerade nicht entscheiden, ob er mir in die Kniekehlen sacken oder hinausklettern soll. Zum Glück habe ich heute nicht viel gegessen. Würde mir gerade noch fehlen, dass ich dem Höllenfürsten auf seine Lederkluft breche. Lucifer hält uns mit ein paar Flügelschlägen in Höhe des Dachfirstes der Bibliothek. Ein Teil von mir wünscht sich, er würde höher fliegen. Ich will wissen, wie es sich anfühlt, wenn er sich den Himmel mit dem Wind teilt. Der andere Teil wünscht, ihm würden die Flügel abfallen. Der erste Teil ist stärker.

»Wieso siehst du es dir dann an? Hat dir das Blutvergießen in der Arena nicht gereicht?«, nervt er weiter.

»Weshalb stellst ausgerechnet du so unsinnige Fragen?« Für einen Moment befürchte ich, er könnte mich fallen lassen, trotzdem kann ich mich nicht beherrschen. »Die Kämpfe in der Arena waren schließlich eure Idee«, setze ich hinzu. »Hätte Cassiel dich nicht abgelenkt, hättest du mich erschlagen.«

»Hätte ich nicht.« Mit zwei kräftigen Flügelschlägen befördert Lucifer uns höher. Wow. Sehr cool. Ich möchte die Arme ausbreiten und die Augen schließen. Die Schreie sind hier nicht mehr ganz so laut zu hören. »Außerdem waren die Kämpfe ganz sicher nicht meine Idee«, ergänzt er. »Solche guten Ideen hat nur Raphael.« Sarkasmus ist die mieseste Form des Witzes, weiß er das nicht? Außerdem will er nicht wirklich behaupten, er hätte mich nicht getötet. Das ist lachhaft, aber ich lasse mich nicht noch mal zu einer unbedachten Äußerung hinreißen. Es ist schließlich egal, wessen Idee sie waren, das Resultat ist dasselbe. Menschen sterben, während Engel ihren Spaß haben.

»Weshalb baut Nero dann auf deinen Befehl die Arena wieder auf?«

»Der Befehl kam auch von meinem Bruder. Ich bespreche mit Nero nur die Details.«

»Dann bist du vom Aufrührer zum Befehlsempfänger mutiert? Steile Karriere.«

Jetzt muss er mich fallen lassen. Die Bemerkung war unter der Gürtellinie. Ich meine, dass hier ist Lucifer. Für ihn bin ich weniger als nichts, und so langsam glaube ich, dass er irgendwelche geheimen Fähigkeiten hat, die dafür sorgen, dass mir meine Worte ungefiltert aus dem Mund purzeln.

»Du bist unverschämt und undankbar«, gibt er lediglich zurück und beginnt langsam mit mir über dem Platz zu kreisen. Ich weiß nicht wohin mit meinen Händen und greife nach hinten, um mich an seinem Gürtel festzuhalten. Es ist etwas unbequem, aber trotzdem phänomenal. Der kühle Wind streicht durch mein Haar und ich fühle mich schwerelos und unerwartet sicher. Schweigend beobachten wir die Menschen, die in Panik versuchen, vom Markusplatz zu fliehen. Die Soldaten der Stadtwache prügeln erbarmungslos auf sie ein. Sie sind kein bisschen besser als die Engel, kein bisschen gnädiger. Die Ruine des Markusdoms versperrt eine Rückzugsmöglichkeit, die neue Baustelle eine andere. Fliehen können die Menschen nur durch ein paar Gassen, die zu eng sind, um all die Flüchtenden schneller aufzunehmen. Ohne Rücksicht wird über jeden hinweggetrampelt, der das Pech hat, zu Boden zu gehen. Vor diesem Schicksal hat Lucifer mich bewahrt.

»Kein schöner Anblick, oder?«, fragt er. »Ich habe nicht damit gerechnet, dich dort zu finden. Ich nahm an, du seist klüger. Keine Ahnung, wie ich auf die Idee gekommen bin.«

»Ich wäre nicht dort gewesen, wenn ich meinen Bruder nicht gesucht hätte«, verteidige ich mich leise. »Bringst du mich zurück, oder was hast du mit mir vor? Ich muss ihn immer noch finden.«

Lucifers Griff verstärkt sich, als er sich nach unten sinken lässt. Er steht fast in der Luft und seine Flügel schlagen ganz gleichmäßig. »Unbesonnenheit liegt wohl in deiner Familie.«

Gerade kann ich ihm nur schlecht widersprechen.

»Hast du einen der Verurteilten gekannt?«, fragt er unvermittelt.

Meine Hände werden auf der Stelle schweißnass. Deshalb hat er mich da rausgeholt? Ich lache hart auf. Natürlich, weshalb sonst? Er hat nicht gerade den Ruf eines Menschenfreundes. »Nein«, antworte ich knapp. »Ich kannte sie nicht. Außerdem waren sie bereits so misshandelt, man konnte ihre Gesichter kaum noch identifizieren.« Ich hoffe, er hört nicht, wie laut mein Herz pocht.

Ein Engel fliegt auf uns zu. Er muss ein Gefallener sein, denn er trägt Lucifers Zeichen auf der Brust.

»Die drei sind tot«, erklärt er und würdigt mich keines Blickes. »Wir waren zu spät.«

»Das war wohl Raphaels Absicht«, sagt Lucifer. »Ruf unsere Männer zusammen, Balam. Wir ziehen uns zurück.«

Der Engel nickt und stößt sich wieder ab. Ich habe schon so oft Engel fliegen sehen, dass man meinen könnte, ich wäre daran gewöhnt. Aber wie sie ihre Flügel ausbreiten und in die Luft schießen, ist immer wieder ein wunderschöner Anblick. Beinahe könnte man vergessen, was für erbarmungslose Wesen zwischen den Schwingen stecken.

»Was wolltest du von den Männern?«, frage ich neugierig. »Warum fragst du mich nach ihnen?«

»Ich wollte wissen, ob sie zur Bruderschaft des Lichts gehören. Und du hast sie in der Nacht des Anschlages gesehen!?«

»Ist das eine Frage oder eine Behauptung.« Ich werde niemanden an Lucifer verraten. Dass er mir gerade geholfen hat, hat nichts mit mir zu tun.

»Wenn du glaubst, du kannst mich zum Narren halten, dann hast du dich geirrt, Moon deAngelis.« Er landet auf den Pflastersteinen des Markusplatzes und lässt mich so plötzlich los, dass ich stolpere.

»Freundlich wie immer«, zische ich und zwinge mich trotzdem zu einem neutralen Gesichtsausdruck, als ich mich umdrehe. »Kann ich dann gehen? Oder bin ich etwa deine Gefangene?«

Er verengt seine dunklen Augen zu Schlitzen. »Ich habe dir gerade das Leben gerettet. Das war mehr als *freundlich*.«

Ich schnaube zur Antwort. Die Menge hat sich aufgelöst. Zurückgeblieben sind die toten Attentäter und einige Verletzte. Ich schaue nicht zu der Stelle, an der die drei Männer gelyncht wurden. Es ist schrecklich, was aus uns Menschen geworden ist. Nur acht Jahre, und die dünne Schicht der Zivilisation ist verschwunden. Jeder ist sich selbst der Nächste. Der Mensch ist des Menschen Wolf. Mutter hat mir die Lehre des Philosophen Thomas Hobbes immer wieder eingehämmert. Sie ist heute noch so wahr wie damals.

Ich drehe mich um und lasse Lucifer stehen. Doch als ich den Eingang zur Bibliothek erreiche, wird die Tür von innen aufgerissen. Ich blicke in die blauen Augen meines Bruders. Vor Erleichterung muss ich mich an der Hauswand abstützen. »Ich dachte, du seist irgendwo hier draußen«, stammle ich, nehme sein Gesicht in meine Hände und kontrolliere, ob er unverletzt ist.

»Ich bin doch nicht so blöd und mische mich da in die Menge. Paolo und ich haben vom Fenster aus zugeschaut.«

Hinter mir ertönt ein Geräusch, das sich wie ein Glucksen anhört, und erst jetzt bemerke ich, dass Lucifer mir gefolgt ist. Es ist doch immer wieder schön, vor einem Engel bloßgestellt zu werden. Mein Gott, ich hasse ihn.

»Lass uns hochgehen«, sage ich, ohne mich umzudrehen. »Ich muss meine Wunden verarzten.« Ich kratze mein letztes bisschen Würde zusammen und schiebe Tizian hinein.

»Bis zum nächsten Mal, Moon«, sagt Lucifer hinter mir. »Pass auf, wo du hingehst.« Ich antworte ihm nicht, sondern schlage ihm die Tür vor der Nase zu.

»Er hat dich da rausgeholt.« Tizian klingt ehrfürchtig. »Er ist mit dir geflogen.«

»Das müssen wir nicht an die große Glocke hängen«, erkläre ich. »Das hat er nur getan, weil er wissen wollte, ob ich einen der drei Männer erkannt habe.«

Tizians Augen werden rund. »Und? Hast du?«

»Natürlich nicht, und selbst wenn, dann hätte ich ihm das sicher nicht auf die Nase gebunden.«

Star verarztet mich mit ihrer selbst hergestellten Jodtinktur. Dafür verbrennt sie regelmäßig den Tang, der an der Kanalmauer unseres Gartens angeschwemmt wird. Die Asche vermischt sie mit ein bisschen Wasser zu einer graubraunen Pampe. Das Zeug brennt wie die Hölle und stinkt, aber ich beiße die Zähne zusammen.

Das war unvorsichtig von dir, kritisiert sie mich zu allem Überfluss. Tizian hat ihr natürlich brühwarm berichtet, was passiert ist.

Hast du Phoenix da draußen gesehen?

Ich schüttele den Kopf. Offenbar war ich die einzige Idiotin der Familie und unseres Freundeskreises, die sich rausgewagt hat.

Als Alessio mit verstrubbeltem Haar, aber ausgeschlafen zu uns rüberkommt und wir gemeinsam essen, kann auch er es sich nicht verkneifen, mich zu belehren. »Am besten, ihr schreibt heute eine Liste mit allen Dingen, die ihr auf die Flucht mitnehmen wollt«, sagt er, nachdem ich seine Standpauke über mich ergehen lassen habe und bevor er sich auf den Weg ins Krankenhaus macht. »Jeder kann nur einen kleinen Rucksack tragen.«

Ich brauche mein Buch und meine Stifte, meint Star. *Alles andere ist mir egal.*

»Ein paar Wechselklamotten und Verpflegung wären auch nicht schlecht«, mische ich mich ein. Natürlich werde ich sie nicht davon abbringen, ihr Buch mitzunehmen. Auf die Idee käme ich auch gar nicht. Und neue Stifte muss ich noch besorgen.

»Schreibt einfach alles auf«, schlägt Alessio vor, »und dann können wir Probe packen.«

Ich schiebe ihn aus der Wohnung. »Machen wir, versprochen, und nun musst du los. Pietro wartet sicher schon.«

Alessio dreht sich trotzdem noch mal zu mir um. »Es gefällt mir nicht, dass Lucifer dich ständig aus irgendwelchen brenzligen Situationen rettet. Das kommt mir merkwürdig vor.«

Es ist merkwürdig. »Ich werde zukünftig nicht mehr in brenzlige Situationen geraten«, verspreche ich ihm.

Er rückt nur seine Brille zurecht und geht, ohne noch etwas zu erwidern. Aber ich kenne ihn gut genug, um ihm vom Gesicht ablesen zu können, dass er mir nicht glaubt. Ich glaube mir selbst nicht.

Ein paar Tage später beeile ich mich, am Abend nach Hause zu kommen. Den ganzen Tag habe ich auf dem Markt geschuftet und zwischendurch hat Pavel mich nach Cannaregio gefahren, wo ich zu total überteuerten Preisen neue Stifte für Star gekauft habe. Ich verbiete es mir, an Cassiel zu denken, und konzentriere mich stattdessen ganz auf die Vorbereitungen der Flucht.

Glücklicherweise hat Maria mir verziehen und versprochen, mir immer am Ende der Woche einen kleinen Lohn zu zahlen. Die Arbeit ist anstrengend, vor allem, weil sie nun von mir verlangt, dass ich überfreundlich zu ihrer Kundschaft bin. Es fällt mir schwerer als gedacht. Diese Männer und Frauen, die sich keine Gedanken darüber machen müssen, wovon sie ihr Essen bezahlen, regen mich auf. Sie schlendern in farbenfrohen Blusen und Hemden und mit lackierten Fingernägeln zwischen den Ständen hindurch. Selbst einige der Männer haben ihre Nägel angemalt. Es sieht affig aus.

Die Stoffe ihrer Kleidung sind ausnahmslos Schmuggelware. Für diese Transporte werden die Männer, die sie in die Stadt bringen, nicht bestraft. Aber für Waren, die wir wirklich brauchen könnten, landen sie im Gefängnis. Im Schlepptau folgen den reichen Bürgern ihre Wachen und Dienerinnen. Es ist abartig. Ihre Gespräche drehen sich nur um die Qualität der Waren, die sie, ohne überhaupt zu fragen, anfassen, oder um ihre Einladungen zu den nächsten gesellschaftlichen Ereignissen. Im Dogenpalast werden von den Engeln regelmäßig Feste veranstaltet, zu denen auch Menschen eingeladen werden. Keine nichtswürdigen Personen wie Maria oder ich, sondern die Speichellecker, die vor den Engeln zu Kreuze kriechen. Unauffällig betrachte ich meine gesplitterten, schmutzigen Nägel. Nachher werde ich ein Bad nehmen, auch wenn das bedeutet, eimerweise Wasser durchs Haus schleppen und aufwärmen zu müssen. Fließendes Wasser vermisse ich von allen Dingen, die wir hinter uns lassen mussten, am meisten. Ich saß gern mit Star in der Badewanne. So lange, bis das Wasser kalt geworden war und Mutter uns Strafen androhte, damit wir rauskamen.

Ich bin hundemüde. Wie gern würde ich mal wieder eine Nacht durchschlafen, aber der Lärm, den die Arbeiter beim Bau der neuen Arena veranstalten, verstummt auch nachts nicht. Die Männer schuften wie Sklaven und werden dabei von den Stadtwachen angetrieben. Ich habe selbst überlegt, mich dort zu bewerben, angeblich soll die Bezahlung gut sein, aber ich habe keine Lust, mich demütigen zu lassen.

Ich habe den halben Weg hinter mich gebracht, als ich Alberta entdecke. Sie ist ganz in Gedanken versunken.

»Alberta!«, rufe ich. »Alberta!«

Sie bleibt stehen, und als ich sie erreiche, lächelt sie.

»Wie geht es dir, mein Schatz?« Sie fischt einen Apfel aus dem Korb an ihrem Arm, reibt ihn an ihrem Kleid blank und gibt ihn mir. Auf einer Seite ist er hellgrün, fast gelb und auf der anderen rötlich. Genau diese Sorte mochte ich als Kind. Ich beiße hinein und süßer Saft rinnt mir aus den Mundwinkeln. Alberta schüttelt den Kopf und reicht mir ein Stofftuch.

»Das müsste ich wohl eher dich fragen. Ihr habt ganz schön viel zu tun, oder? Ich sehe Alessio kaum noch«, beschwere ich mich. »Entweder arbeitet er oder er schläft.«

»Wir hatten kaum die Verletzten des Anschlages so weit versorgt, dass sie nach Hause konnten, da kamen die Verletzten der Hinrichtung.« Ihr Gesichtsausdruck wird ernst.

Ich bin so selbstsüchtig. Mein Freund kann nicht nur für mich da sein. »Ich wollte mich nicht beschweren. Wirklich nicht.« Aber in ein paar Tagen werden meine Geschwister fort sein und Alessio wird dann vielleicht ganz ins Krankenhaus ziehen. Bei dem Gedanken steigen mir Tränen in die Augen, die ich rasch wegblinzele.

»Das weiß ich.« Alberta streicht mir über den Arm. Wir schlendern nebeneinanderher, vorbei an den Marktständen mit der feilschenden Kundschaft, gehen über die Rialtobrücke und tauchen in das Gassengewirr ein, das uns zum Markusplatz führt. Eigentlich ist das nicht Albertas Richtung, aber ich genieße ihre Gesellschaft. Vielleicht macht sie ja dort einen Hausbesuch.

»Ich würde gern etwas mit dir besprechen«, sagt sie nach ein paar Minuten. Ich habe den Apfel bis auf den Stiel verspeist, den ich bedauernd fallen lasse. »Wie ich gehört habe, warst du bei der Hinrichtung?« Leichter Tadel klingt in ihrer Stimme mit.

»Ich habe mir nur Sorgen um Tizian gemacht«, erkläre ich. »Ich dachte, er sei hingegangen. Wie sich herausgestellt hat, ist er klüger, als ich ihm zugetraut habe.«

»Das sind Kinder meistens«, erwidert sie. »Und Lucifer hat dich gerettet?« Dieses Mal ist der Tadel deutlicher.

»Ich hätte es auch so geschafft«, lüge ich, weil es mir peinlich ist, zugeben zu müssen, dass der Mob mich wohl totgetrampelt hätte. Alles nur wegen meiner eigenen Blödheit. »Er hat es nur gemacht, um mich auszuhorchen.«

»Das ist schlecht.« Alberta geht nicht auf meine Rechtfertigung ein. »Mir gefällt das gar nicht.«

»Mir auch nicht«, erwidere ich grimmig. Bestimmt hat Alessio mit ihr darüber geredet. Andererseits bin ich froh, noch zu leben. Aber ich werde ihm deswegen nicht dankbar sein. Wenn ich Lucifer eines Tages verletzt irgendwo finde, nehme ich ihn auf keinen Fall mit zu mir.

»Was genau wollte er von dir wissen?«, fragt sie. Wir sind an den Überresten des Campanile angekommen. Immer noch liegen Trümmer herum. Die Arbeiter verwenden alles, was noch brauchbar ist, für die neue Arena. Der Turm wird definitiv nicht wiederaufgebaut. Ich sehe an der Fassade der Bibliothek nach oben und seufze. Früher standen auf dem Dach jede Menge Skulpturen. Die Wucht der Detonationen hat auch die letzten zerstört. »Er wollte wissen, ob ich einen der Verurteilten erkannt habe.«

Alberta zieht die Augenbrauen zusammen. »Weshalb fragt er das ausgerechnet dich?«

Ein raues Lachen unterbricht unsere Unterhaltung und ich entdecke Phoenix, der an der Ecke der Bibliothek lehnt. Vor ihm stehen zwei langhaarige Blondinen, eine hat die Hand auf seinen Bauch gelegt.

Ich kann nicht sagen, dass es mich überrascht, ihn in so einer Situation zu sehen. Unsere Blicke treffen sich und zu meiner Verwunderung röten sich seine Wangen. Dann küsst eine der

Blondinen ihn auf den Mund. Wenn Star das sehen würde, wäre sie am Boden zerstört. Noch ein guter Grund, ihn von ihr fernzuhalten. Beinahe bin ich erleichtert. Gestern hatte ich darüber nachgedacht, ihn zu bitten, Star zu besuchen, weil sie ihn vermisst. Dass er sie manchmal täglich besucht und dann eine halbe Ewigkeit gar nicht, zermürbt sie. Allerdings würde sie ihm das nie sagen, nie eine Forderung an ihn stellen.

»Ich war an dem Abend in der Nähe des Doms, aber mach dir keine Sorgen«, behaupte ich an Alberta gewandt, der die Szene ebenfalls nicht entgangen ist. »Ich habe alles im Griff. Ich habe nichts gesehen und nichts gehört. Und das habe ich Lucifer auch so gesagt.«

»Hat er dir auch geglaubt?« Ihr Blick bleibt skeptisch. »Es ist und bleibt merkwürdig.«

Das kann ich nicht bestreiten.

»Wenn du was brauchst, weißt du, wo du mich findest«, sagt sie plötzlich hastig, als wäre ihr etwas eingefallen. »Ich muss weiter. Bestell Tizian und Star liebe Grüße von mir. Morgen kann Alessio vielleicht einmal freimachen.« Sie gibt mir einen Kuss auf die Wange und geht quer über den Markusplatz davon.

Ich gehe auf unseren Eingang zu. Als ich bereits die Treppen hinaufsteige, höre ich Schritte hinter mir. Ich muss mich gar nicht umdrehen, um zu wissen, wer es ist.

»Moon, warte doch.« Phoenix packt mich am Arm und dreht mich zu sich herum.

»Was ist?«, motze ich ihn an, weil mir fast das Paket mit den Lebensmitteln aus der Hand fällt.

»Das gerade eben war nicht das, wonach es vielleicht aussah.« Er fährt sich mit der Hand durch sein Haar.

»Wonach sah es denn aus?« Will er mich auf den Arm nehmen? Es ist allgemein bekannt, dass er an jedem Finger zehn Mädchen hängen hat. »Was willst du überhaupt von Star?«

»Ihr Freund sein«, sagt er mit entwaffnender Ehrlichkeit.

Ich glaube nicht, dass das meiner Schwester reicht, und presse als Antwort nur die Lippen zusammen.

»Sag ihr nichts davon. Bitte«, setzt er hinzu. »Ich will ihr nicht wehtun.«

»Dann halte dich einfach von ihr fern. Sie hat etwas Besseres verdient als einen wie dich.« Ich würde ihm gern noch viel mehr an den Kopf werfen.

»Denkst du, das weiß ich nicht?«, fährt er mich mit blitzenden Augen an. »Ich weiß es besser als du.«

»Dann sind wir uns ja ausnahmsweise einmal einig.«

»Du wirst mich nicht davon abhalten, auf sie aufzupassen.« Wenn er ein schlechtes Gewissen gehabt hat, dann ist es jetzt verschwunden. Phoenix' Augenbrauen ziehen sich überheblich nach oben und er verschränkt die Finger ineinander, um die Knöchel knacken zu lassen.

»Ich passe auf sie auf.« Die Tür geht auf und Tizian steht uns gegenüber.

»Alles in Ordnung?«, fragt er mich und sein Blick wandert zwischen Phoenix und mir hin und her.

»Wir haben alles geklärt.« Ich stampfe an ihm vorbei. Phoenix hat mich nicht nach unseren Fluchtplänen gefragt. Entweder es ist ihm egal, oder er hat eingesehen, dass es das Beste für Star ist. Vielleicht plant er auch, ihr und Tizian zu folgen. Eine winzige Stimme in meinem Kopf flüstert mir zu, dass das gar keine schlechte Lösung wäre. Er würde nicht zulassen, dass den beiden etwas passiert. Aber ich traue ihm nicht genug. Er geht kaum einer Versuchung aus dem Weg, auch wenn ich weiß, wie sehr ihm Star am Herzen liegt. Ihr Körper bliebe wahrscheinlich unversehrt, bei ihrem Herzen bin ich mir nicht sicher.

Tizian folgt mir nach oben. Auf dem Küchentisch liegen Stifte und Blätter. Er muss Hausaufgaben gemacht haben. »Ist Star heute Nachmittag schon mal rausgekommen?«, frage ich ihn.

»Sie hat in der Bibliothek gearbeitet, als ich aus der Schule gekommen bin. Wir haben zusammen gegessen. Na ja, sie hat nur getrunken.«

Das ist nicht gut.

Tizian schreibt eifrig. Vermutlich so was wie: *Gott ist groß*. Oder so einen ähnlichen Unsinn, und dann gleich fünfzig Mal. Ich sehe ihm über die Schulter und verdrehe die Augen. So falsch lag ich gar nicht.

Vehuja – Er ist ein Schild um mich. Sitael – Er ist die Zuflucht. Mahasija – Er ist dein Retter. Der Ärmste muss tatsächlich hinter die zweiundsiebzig Namen Gottes die richtige Übersetzung schreiben.

»Ich muss auch alle Namen auswendig können«, stöhnt er.

Ich wuschele ihm durch die Haare. »Wenn du willst, höre ich dich später ab.«

Er nickt und schreibt weiter.

»Wie geht es Chiara«, frage ich und sortiere die Lebensmittel, die ich heute mitgebracht habe. Dabei überlege ich, welche sich am besten dazu eignen, von meinen Geschwistern mitgenommen zu werden. In den ersten Tagen müssen sie sich mit dem versorgen, was ich ihnen mitgebe. Erst später werden sie sich in kleineren Dörfern verpflegen können.

»Gut. Sie sitzt jetzt neben mir, deswegen kann Paolo sie nicht mehr leiden.« Er kaut auf dem Bleistift herum. »Was bedeutet noch mal Mihael?«

Ich muss kurz überlegen. »Er ist der Helfer in Gerechtigkeit.« Unser Vater hat Star und mich die Namen auch auswendig lernen lassen. Alle weiß ich nicht mehr, aber genug.

»Ich mache gleich Limonade. Ein bisschen Brot haben wir auch noch.« Wenn Stars emotionales Gleichgewicht durcheinandergerät, vergisst sie oft das Essen. Sie ist schon so schlank und baut ziemlich schnell ab. Leider kann ich nicht so gut kochen wie Phoenix. Vielleicht sollte ich ihr doch sagen, was er da draußen treibt, dann würde sie wissen, warum ich versuche, sie von ihm fernzuhalten. Dann wäre sie nicht mehr sauer auf mich. Aber ich traue mich nicht.

»Die Minze ist alle«, sagt Tizian gerade in dem Moment, als ich die übrig gebliebenen Pasteten und ein Stück Käse auf einen Teller lege.

»Dann gehe ich schnell in den Garten«, erwidere ich. Es ist blöd, aber in den letzten Tagen gehe ich öfter dorthin, als ich es müsste, und ich weiß auch, warum ich das tue.

Tizian betrachtet mich durch seine dichten Wimpern. »Er ist ein Engel, Moon.« Es sollte mich überraschen, dass er mich so leicht durchschaut, aber das tut es nicht. Das Einzige, woran ich denken kann, ist, dass Cassiel ganz anders ist als die anderen Engel. »Er kommt sowieso nicht wieder«, sage ich. »Er hat gesagt, er darf nur zurück, wenn Michael es erlaubt. Und er hat mir Lebewohl gesagt.«

»*Haamija – er ist die Zuversicht*«, sagt Tizian und grinst mich an. Bevor ich etwas erwidern kann, beugt er sich über sein Blatt und schreibt die Worte auf.

Ich stoße die Tür zum Garten auf und gehe zum Beet mit der Minze. Das Zeug wächst an der warmen Sandsteinmauer wie Unkraut. Als ich eine Handvoll gepflückt habe, stehe ich auf und wage einen Blick nach oben. Ein paar Engel fliegen am Himmel, aber keiner macht Anstalten zu landen. Das ist gut so, sage ich mir. Ich will gar nicht, dass er zurückkommt. Er hat mir Lebewohl gesagt, deutlicher ging es kaum. Wir haben uns nichts zu sagen und wir haben auch nichts gemeinsam. Ich gehe zurück zur Tür, als ein Flügelschlagen hinter mir erklingt. Ich drehe mich um und ziehe mein Messer so schnell aus dem Gürtel, dass es Cassiel an der Kehle sitzt, bevor er fest auf dem Boden steht.

»Hoppla!«, begrüßt er mich und umschlingt meine Taille. Dass ich gerade sein Leben bedrohe, scheint ihn kein bisschen zu beeindrucken. »Nicht ganz die Begrüßung, auf die ich gehofft habe.«

Verlegen ziehe ich das Messer zurück. »Was machst du hier?« Mein Herz schlägt schneller. Er ist zurückgekommen.

Er deutet auf die Minze in meiner Hand. »Ich hatte Lust auf einen Schluck Limonade. Es tut mir leid, ich weiß, ich habe gesagt, ich komme nicht wieder, aber …«

Meine Augenbrauen gehen in die Höhe. »Wir waren uns einig, dass es unklug ist«, rüge ich ihn, klinge aber nicht mal in meinen Ohren sonderlich überzeugend.

»Du warst dir mit dir darüber einig, aber ich bin über ein

Glas Honig gestolpert und dachte, du würdest ihn vielleicht gern probieren. Ich wette, Tizian schmeckt die Limonade damit auch besser.«

»Es ist unfair, meinen kleinen Bruder als Ausrede zu benutzen.«

Er legt den Kopf schief. »Ich müsste nicht zu solchen Mitteln greifen, wenn du nicht so stur wärst. Ich werde dir nichts tun, Moon«, setzt er ernst hinzu. »Das musst du mir glauben.«

Ich gebe auf. Diesem Blick habe ich nichts entgegenzusetzen, so falsch und erbärmlich es auch sein mag. »Es ist schon ziemlich spät«, wende ich noch ein. »Du wirst deine Limonade schnell trinken müssen, wenn du rechtzeitig im Dogenpalast oder in deinem Himmel zurück sein möchtest.«

»Ein Moment reicht mir«, sagt er amüsiert. »Ich wäre früher gekommen, aber ich wollte nicht, dass mich jemand sieht.«

In meinem Magen flattern ein paar Schmetterlinge herum.

»Ich habe dich vermisst, Moon«, setzt er leise hinzu. »Schick mich nicht fort. Wir trinken nur eine Limonade zusammen. Ich werde nicht zulassen, dass dir deswegen etwas geschieht.«

Ich öffne die Tür und lasse ihn ein. Es ist das Dümmste, was ich je für mich getan habe.

Meine Hände zittern vor Nervosität, als ich die Zitronen auspresse und Minzblättchen abzupfe. Tizian hat Cassiel begrüßt, als wäre es normal, dass ein Engel zu Besuch kommt. Als dieser den Honig auf den Tisch stellt, ist es vollends um meinen Bruder geschehen. Nun sitzen die beiden am Tisch, rühren den Honig in ihre Becher. Der süßliche Duft steigt mir in die Nase und mir läuft das Wasser im Mund zusammen.

»Was habt ihr heute in der Schule durchgenommen?«, frage ich Tizian, der die Blätter für seine Hausaufgaben zur Seite geräumt hat.

»Pater Casara hat uns von der Erschaffung der Welt und der Engel erzählt und von Lucifer.« Er seufzt. »Morgen will er uns abfragen, was wir behalten haben.«

»Und?« Ich ziehe die Augenbrauen nach oben. »Hast du dir was gemerkt?«

»Nicht viel. Er erzählt das so öde, dass ich jedes Mal fast einschlafe.«

Das glaube ich gern. Ich habe den Pater, der heute in Tizians Schule Engelkunde unterrichtet, früher ein paarmal in der San Zaccaria predigen gehört und ich *bin* eingeschlafen. Wenn Cassiel weg ist, hole ich ein Buch aus der Bibliothek und dann muss er alles noch mal lesen.

»Soll ich dir die Legende erzählen?«, bietet dieser an. »Ich musste sie sogar auswendig lernen.«

»Ihr habt eine Schule in den Himmeln?«, fragt Tizian.

»Schulen nicht. Aber wir haben Gelehrte, die uns unterrichten«, erklärt er. »Erst, wenn wir unsere Ausbildung beendet haben, wird festgelegt, welche Aufgaben wir übernehmen. Diese alten Geschichten haben mich immer besonders interessiert. Deswegen wurde ich auch zum Mysterienengel berufen.«

»Krass«, stellt Tizian fest und ich kann ihm nur zustimmen.

»Also«, beginnt Cassiel und nippt an seiner Limonade. »Unser aller Vater hat die Menschen aus Erde und Wasser erschaffen und uns Engel aus Feuer und Licht. Und er erschuf acht Himmel. Das weißt du bestimmt.«

Tizian nickt. »Die Engel wohnten in den Himmeln eins bis

sieben und im Achten Himmel lebten die Menschen. Sie nannten es das Paradies.«

»Ganz genau«, bestätigt Cassiel.

Ich kenne diese Legende zwar, weil sie Bestandteil des Unterrichts unseres Vaters war, den er Star und mir gegeben hat, aber sie nun aus Cassiels Mund zu hören, ist faszinierend, weil es mir klarmacht, wie viele Gemeinsamkeiten wir haben, wo wir doch so verschieden sind.

»Ganz zu Beginn erschuf er allerdings sich selbst aus dem endlosen Nichts, dem Chaos«, fährt er fort. »Dann die Zeit und erst danach die Engel und zuletzt die Menschen.« Entschuldigend blickt er zu mir, aber ich zucke nur mit den Schultern. Er kann ja nichts dafür, dass die Seraphim und die Erzengel aus dieser Reihenfolge einen Herrschaftsanspruch über uns Menschen ableiten.

»Das habe ich mir alles gemerkt, aber was passierte dann?«, fragt Tizian. Ich habe versucht, ihn von den Mysterien der Angelologie fernzuhalten, habe ihm stattdessen Bücher über den Urknall und die Evolutionstheorie zu lesen gegeben, doch nun muss er in der Schule diesen Unsinn lernen. Blöderweise ist die Existenz der Engel der ultimative Beweis für die Richtigkeit des Unsinns.

»Nachdem er Adam geschaffen hatte, gab unser Vater ihm das Recht, allen Dingen einen Namen zu geben. Und nicht nur Dingen, sondern er durfte selbst den Erzengeln Namen geben und zu allem Überfluss überließ Vater Adam und seinem Geschlecht den Achten Himmel. Es war der schönste Himmel überhaupt. Tausendmal schöner als alle Himmel der Engel zusammen.«

»Stimmt es, dass man die Macht über einen Erzengel hat, wenn man den geheimen Namen kennt, den Adam ihm gegeben hat?«, fragt Tizian und mein Herz bleibt stehen. Das lernt er definitiv nicht in der Schule. Er muss heimlich eins von Vaters Büchern gelesen haben.

Auch Cassiels Hand stoppt, gerade als er seinen Becher zu den Lippen führen will. Er setzt ihn wieder ab. »Es gibt diese Legende«, sagt er langsam. »Aber niemand weiß, ob sie wahr ist.« Er wirkt nicht verärgert, nur viel ernster als sonst. »Wenn ich du wäre, würde ich deinem Lehrer diese Frage nie stellen.« Er wechselt einen Blick mit mir, aber ich weiß nicht, wie ich das erklären soll.

Ich muss später ein ernstes Wort mit meinem Bruder reden. Ist er lebensmüde?

»Lucifer wurde eifersüchtig auf Adam und versuchte daher, mit unserem Vater zu reden, ihn umzustimmen, die Menschen nicht so zu bevorzugen. Schließlich war er der erste und schönste Sohn Gottes. Aber obwohl er dessen Lieblingssohn war, konnte er Vaters Meinung nicht ändern. Ich weiß nicht, was dann in ihn gefahren ist. Jedenfalls setzte er sich auf Vaters Thron. Es war das Schlimmste, was er hätte tun können. Gott musste ihn bestrafen. Er verbot ihm, je wieder einen anderen Himmel als den Fünften Himmel – also seinen eigenen – zu betreten, und um die Menschen vor ihm zu schützen, versetzte er den Achten Himmel auf die Erde.«

»Aber es war immer noch das Paradies?«, hakt Tizian nach.

»Bis dahin ja. Vater ließ den Eingang von zwei Cherubim bewachen, damit Lucifer es nicht mehr betreten konnte.«

»Und dann verwandelte Lucifer sich in eine Schlange«, sagt

Tizian triumphierend, als wäre das eine besonders clevere Idee gewesen.

»Diesen Teil haben die Menschen sich ausgedacht«, lacht Cassiel unbeschwert. »Wir können uns nicht in Tiere verwandeln. Nicht einmal Lucifer, dieser Angeber. Im Grunde sind wir gar nicht so anders als ihr. Der einzige Unterschied sind die Flügel.« Er wedelt ein bisschen damit herum und ich ertappe mich bei dem Wunsch, sie zu berühren. »Lucifer ließ sich natürlich nichts vorschreiben«, erzählt er weiter. »Er schlich sich zu Semjasa – die beiden waren schon immer unzertrennlich – und überredete ihn, ihm zu helfen, ins Paradies zurückzugelangen, und Semjasa überzeugte zweihundert andere Engel, ihnen zu folgen.«

»Er hat ihnen gesagt, dass die Mädchen der Menschen besonders hübsch seien.« Tizian grinst breit. Wann ist er das letzte Mal so fröhlich gewesen?

»Das hast du dir von der ganzen Geschichte gemerkt?« Cassiel schüttelt belustigt den Kopf. »Damit hatte er ja auch recht«, flüstert er. »Es war trotzdem nicht richtig. Er hätte die Menschen in Ruhe lassen sollen. Aber Lucifer verführte sie zur Sünde.« Cassiel kratzt sich am Kopf und überlegt offensichtlich, was er einem Jungen in Tizians Alter über die Sünde erzählen kann. »Er überredete sie zu allerlei unschönen Dingen«, mildert er Lucifers Vergehen ab.

Jetzt grinse ich breit. Natürlich könnte ich ihm sagen, dass zwölfjährige Jungs heutzutage so einiges über die Sünde wissen, aber es ist lustig, dabei zuzusehen, wie er sich windet.

Mein Bruder verdreht die Augen. »Über Sünde weiß ich bestens Bescheid. Du musst mir das nicht erklären, wenn es dir peinlich ist. Es war das Erste, worüber die Padres uns aufgeklärt haben.«

Cassiel kommt kurz ins Stocken und sieht Hilfe suchend zu mir.

Ich lache nur leise.

»Vater blieb gar nichts anderes übrig, als ihn zu bestrafen«, setzt er kopfschüttelnd fort.

»Und deshalb hat er ihn in die Hölle geschickt.« Tizian findet die Geschichte ein bisschen zu spannend. Mich ermahnt sie, nicht zu vergessen, dass wir das hier alles Lucifer zu verdanken haben. Wäre er damals einfach in seinem Himmel geblieben, hätten uns vielleicht auch die anderen Engel in Ruhe gelassen.

Cassiel beugt sich näher zu Tizian. Plötzlich wirken die beiden wie zwei Jungs, die sich am Lagerfeuer Gruselgeschichten erzählen. »Vater befahl Raphael, Lucifer zu bestrafen. Er war sehr enttäuscht von seinem ersten Sohn. Raph fesselte und steinigte ihn. Danach warf er Lucifer in eine tiefe Grube in der Wüste Dudael, in die kein einziger Lichtstrahl drang.« Er erschaudert und ich mit ihm. »Licht ist für einen Engel lebensnotwendig. Der Tod ist für sie leichter zu ertragen als die Finsternis, und trotzdem bedeckten wir die Grube mit spitzen Steinen, damit er nicht fliehen konnte. Danach verbarg Vater die Himmel und die Erde für zehntausend Jahre voreinander. Nach dieser Zeit sollte das gemeinsame Zeitalter der Engel und Menschen anbrechen«, erklärt Cassiel weiter. Er erzählt nichts von Semjasas Bestrafung und auch nichts von der Bestrafung der Menschen. Die Frauen und Kinder der Engel wurden getötet und wir aus dem Paradies verbannt. Vielleicht ist es ihm peinlich. Vielleicht hat er damals Dinge getan, für die er sich heute schämt. Die meisten Engel sehen aus, als seien sie zwischen achtzehn und Mitte zwanzig, dabei sind sie Tausende von Jahren alt. Ich weise ihn auch nicht darauf hin, dass von einem gemeinsamen Zeitalter keine Rede sein kann, denn ich will die Stimmung nicht verderben und er weiß das selbst.

Nachdenklich nippe ich an meiner Limonade. Mit Honig schmeckt sie einfach köstlich, obwohl ich sparsam damit war. Ich schließe die Augen und lasse das süße minzige Wasser die Kehle hinablaufen. Als ich die Augen wieder öffne, begegne ich Cassiels Blick.

Er lächelt und schiebt mir das Glas Honig zu. »Nimm noch etwas«, fordert er mich auf. »Ich werde wieder welchen mitbringen, wenn der hier alle ist. Wenn du mich lässt.«

Mein Kopf sagt Nein, und trotzdem rühre ich einen weiteren Löffel Honig in meinen Becher.

Tizian zieht die Liste mit Gottes Namen wieder hervor. »*Jahel?*« Fragend sieht er mich an.

»Der, dessen Gebote geliebt werden«, antwortet Cassiel an meiner Stelle, und als ich die Augen verdrehe, grinsen wir beide.

»*Harahel.*«

»Der, der die Sonne auf- und untergehen lässt«, komme ich Cassiel zuvor.

Tizians Blick wandert von mir zu ihm. »*Lanoja?*«

»Der, dessen Name herrlich ist«, kommt es wie aus der Pistole geschossen von Cassiel.

»Du bist ein Streber.« Ich lache auf und mache mich bereit. Bei dem nächsten Namen werde ich ihm zuvorkommen.

»*Aniel*!«, ruft Tizian.

»Der, dessen Angesicht leuchtet«, schreien Cassiel und ich gleichzeitig.

So geht es hin und her, bis Tizian die Liste fast vollständig hat. Bei manchen Namen muss ich passen und andere verwechsele ich. Zweimal streiten wir uns, weil ich darauf bestehe, dass meine Übersetzung richtig ist. Mein Bruder, der kleine Verräter, entscheidet sich beide Male für Cassiels Variante.

Es ist nur noch ein Name übrig, als wir den Schlüssel im Türschloss hören. Wir haben die Zeit vergessen. Alessio ist bestimmt nicht begeistert, Cassiel hier zu sehen.

»Cas hilft mir bei den Hausaufgaben«, springt Tizian ein, als mein Freund in die Küche kommt. Aber selbst in seinem Gesicht steht das schlechte Gewissen.

»*Cas* also.« Alessio findet als Erster seine Stimme wieder.

»Ich wollte gerade gehen. Es ist spät« Cassiel zieht die Liste zu sich heran. »Nur noch ein Name. *Mumija*.«

»Der, der die Seele zum Stillstand bringt.«

Er lächelt. »Das ist ausnahmsweise richtig«, lobt er mich und seine Augen funkeln. »Bringst du mich noch in den Garten?«

Ich gucke nicht zu Alessio, als ich zur Tür gehe. Nachher wird er mir einen Vortrag über meine Unvernunft halten. Zu Recht. Aber zuerst gehe ich voran und spüre Cassiel ganz dicht hinter mir.

»Tut mir leid, wenn du Ärger bekommst«, sagt er, als wir vor der Gartentür ankommen. Keiner von uns öffnet sie.

Stattdessen lehne ich mich gegen die Wand. »Das muss es nicht.«

»Ich weiß nicht, wann ich das letzte Mal so einen schönen

Nachmittag hatte.« Er greift nach einer meiner Haarsträhnen und wickelt sie sich um den Finger. »Dankeschön.«

»Dafür musst du mir nicht danken. Ich fand es selbst auch schön. Tizian ist nicht oft so gut gelaunt.«

»Er ist ein netter Junge.«

»Das ist er. Manchmal vielleicht ein bisschen frech und vorlaut, aber ich liebe ihn sehr.«

»Was für ein Glück er hat.«

Die ganze Zeit habe ich Cassiel nicht angesehen. Mein Blick ist von der Kuhle an seinem Hals zur Tür und zu der Mauer hinter ihm gewandert. Er steht so dicht vor mir, dass ich ihn riechen kann. Und er riecht gut, viel besser als ich mit Sicherheit. Er riecht nach Muskat, Zimt und nach was weiß ich noch. Ich möchte, dass er mich noch einmal in den Arm nimmt. »Vielleicht sollte ich nachsehen, ob du freie Bahn am Himmel hast.« Ich will an ihm vorbeigehen, aber Cassiel hindert mich daran.

Er hebt mein Kinn an und küsst mich. Es ist nur ein einfacher, sanfter Kuss. Seine Lippen sind warm und trocken und sein Atem schmeckt nach Minze und Honig. Dann gleitet sein Mund über meine Wange und er atmet tief ein. Als er sich von mir löst, funkelt das Blau seiner Augen viel dunkler als sonst. »Dieses Mal sage ich dir nicht Lebewohl, Moon.«

Ich brauche einen Moment, um mich zu sammeln und wieder hochgehen zu können. Es war nur ein harmloser Kuss, trotzdem bin ich ganz durcheinander. Ich streiche über meine Lippen. Dann straffe ich mich und hoffe, Alessio, Star und Tizian sehen mir nicht an, was gerade passiert ist, und trete in die Küche, wo die drei den Tisch für das Abendessen decken.

»Ich hoffe, du weißt, was du da tust«, sagt Alessio und stellt Teller auf den Tisch.

»Er wollte nicht so lange bleiben«, beantworte ich seine Frage nicht mal im Ansatz. »Außerdem tue ich gar nichts.«

»War er schon öfter hier?«

»Das war das zweite Mal«, springt Tizian mir bei, »und er ist nett. Bei ihm habe ich in einer Stunde mehr gelernt als bei Pater Casara in den ganzen letzten Wochen.«

Alessio fährt sich durchs Haar. »Ich kann dir seine Besuche nicht verbieten«, sagt er. »Aber wo soll das hinführen?«

Wenn ich das wüsste, wäre ich schlauer. »Ich habe keine Ahnung«, antworte ich wahrheitsgemäß. »Ich würde dir gern sagen, dass ich ihn das nächste Mal wegschicke. Aber ich weiß nicht, ob ich das will.«

»Versprich mir bloß, vorsichtig zu sein.«

Ich sehe Alessio an, wie unwohl er sich bei dem Gedanken fühlt, dass ein Engel hier ein und aus geht. Dabei ist er es doch, der uns immer erzählt, Engel und Menschen müssten versuchen, miteinander auszukommen. Es ist eben etwas anderes, nur über etwas zu reden oder es auch zu tun.

Später am Abend gehe ich zu Star ins Zimmer. Sie steht am Fenster und blickt hinaus. Von hier aus hat sie einen perfekten Blick auf die hell erleuchtete Baustelle und auf alles, was die Menschen und Engel da unten so treiben. Ich stelle mich neben sie und reiche ihr ihren Becher. »Die Limonade ist mit Honig.«

Star nickt nur. Es ist der einzige Hinweis, dass sie mich wahrnimmt. Sie hat sich ganz in sich zurückgezogen. Ich kenne das schon. Das macht sie jedes Mal, wenn sie mit ihren Gefühlen nicht zurechtkommt. So war es nach Vaters Tod und nach

Mutters Verschwinden. Und nun ist es wieder so, weil Phoenix sich nicht blicken lässt.

Du magst ihn, oder?

Ich nicke, unfähig, sie zu belügen. »Aber es ist falsch.«

Star zuckt mit den Schultern. Ich wünschte, sie würde etwas Aufmunterndes sagen. Aber das tut sie nicht.

Wer weiß schon, was richtig oder falsch ist? Ihre Gesten sehen müde aus und sofort sucht sie Halt an dem warmen Holz des Fenstersimses.

»Er hat uns nur Honig gebracht. Das war nett, oder?«

Der Blick, den Star mir schenkt, sagt nur das, was ich selbst weiß. Cassiel ist nicht des Honigs wegen gekommen.

XIII. Kapitel

Ich stoße die Tür zum Garten auf. Heute bin ich etwas spät dran, weil Maria nicht am Stand war. Ihr kleiner Sohn ist krank und hat sich von ihrer Mutter nicht beruhigen lassen. Ich musste also noch alles aufräumen.

Cassiel landet in dem Augenblick, in dem ich hinaustrete. Wir haben uns drei Tage lang nicht gesehen. Er legt seine Flügel fest an den Körper und kommt auf mich zu. Heute trägt er ein hellblaues Hemd, das die Farbe seiner Augen unterstreicht. Der Wind hat seine blauen Haarsträhnen verstrubbelt, die schlanken, muskulösen Beine stecken in einer eng anliegenden hellgrauen Lederhose und seine Füße in Stiefeln. Normalerweise interessiert seine Schönheit mich nicht, aber heute starre ich ihn wohl an wie einen Alien, denn er hebt eine Augenbraue. »Habe ich mir irgendwo was hingeschmiert?« Sein Blick wandert über mein Gesicht, als wolle er kontrollieren, ob noch jede Sommersprosse an der richtigen Stelle sitzt. Er ist seit Ewigkeiten die erste Person, die sich ausschließlich für mich interessiert – und das fühlt sich ungewohnt an.

»Hey«, begrüße ich ihn.

»Gar keine Vorwürfe dieses Mal, weil ich zurückgekommen bin?«

Ich zucke mit den Schultern. »Meine Vorwürfe machen einfach keinen Eindruck auf dich. Du ignorierst sie bloß.«

»Weil es unsinnige Vorwürfe sind.«

»Das finde ich nicht, schließlich bist du ein Engel.«

»Und du ein Mensch«, erwidert er. »Beides können wir nicht ändern« Er lächelt und legt vorsichtig seine Hände auf meine Schultern. Bei ihm klingt alles so leicht. Er sieht aus, als wolle er noch etwas hinzufügen, aber dann küsst er mich erst auf die Nasenspitze und schließlich auf den Mund. Ich schließe die Augen und komme ihm noch einen winzigen Schritt entgegen, aber er küsst mich nicht noch einmal, obwohl ich mir genau das wünsche.

»Zeit für Limonade«, flüstert er stattdessen. »Ich habe Schokolade mitgebracht.«

»Schokolade?« Das kann nicht sein Ernst sein.

Er nickt, nimmt etwas aus seiner Hosentasche und hält ein Päckchen in die Luft.

»Warum hast du das nicht gleich gesagt? Schokolade ist viel besser als Küssen.« Ich grinse, als er sein Gesicht zu einer Grimasse verzieht, schnappe mir das Päckchen und ducke mich unter seinem Arm hindurch. Dann renne ich zur Tür. Mit ein paar Schritten hat er mich eingeholt und legt einen Arm um meine Taille. Ich spüre seine Lippen an meinem Nacken. Es kitzelt und fühlt sich unfassbar gut an. Trotzdem versetze ich ihm einen leichten Stoß mit dem Ellbogen, damit er mich loslässt. Ich renne die Treppe hinauf und stürze in unsere Wohnung. Er ist nur eine Sekunde hinter mir.

»Ich gebe dir nichts davon ab«, sage ich und drücke die Schokolade an meine Brust.

»Ich habe heute schon das Süßeste gekostet, was es gibt.« Er wackelt mit den Augenbrauen.

Ich schüttele lachend den Kopf über so viel Unfug, als Tizian aus seinem Zimmer kommt und sich zu uns gesellt. Ein bisschen habe ich Alessio in Verdacht, dass er Tizian beauftragt hat, uns nicht allein zu lassen.

Die beiden beginnen darüber zu diskutieren, wie man das nicht ganz quadratische Stück Schokolade so gerecht wie möglich aufteilt. Tizian hat seine Scheu vor Cassiel völlig verloren. Dieser ist nicht so ernst wie Alessio und nicht so arrogant wie Phoenix. Erst jetzt wird mir klar, wie sehr ich etwas Unbeschwertheit in meinem Leben vermisst hatte. Sorglos zu sein, wenn auch nur in diesen wenigen Momenten. Es fühlt sich gut an. Aber ich muss meinen Bruder später daran erinnern, von Cassiel nicht auf andere Engel zu schließen. Sie sind immer noch unsere Feinde.

Cassiel überlässt Tizian das Messer und dieser schneidet das Stück diagonal in vier Stücke, wobei zwei etwas größer sind. Bevor einer von uns zugreifen kann, schnappt Tizian sich eins davon und verschlingt es. Cassiel lacht und schüttelt den Kopf. Dann steht er auf, bringt mir das zweite größere Stück und legt es auf einen kleinen Teller. Als er in mein Ohr flüstert, ist er mir so nah, dass ich seinen Atem an der Wange spüren kann.

»Das ist für dich.«

»Und eins heben wir für Alessio auf«, sage ich. »Er hat ewig nichts Süßes gegessen.« Oder für Star, aber sie verheimliche ich ihm schließlich immer noch.

»Du kannst ruhig beide essen«, sagt Cassiel. »Ich kann wieder welche mitbringen.«

Ich lächele ihn an und stecke mir ein Stück in den Mund. Es schmeckt einfach himmlisch.

Schmunzelnd betrachtet Cassiel mich, während die Schokolade in meinem Mund schmilzt. Am liebsten würde ich sie gar nicht hinunterschlucken. Das zweite Stück für Star aufzuheben, wird unsagbar schwer, aber natürlich werde ich es nicht essen.

Plötzlich höre ich Geräusche vor der Tür. Mein Blick geht zu Tizian, der mich auch ohne Worte versteht. Wenn es Star ist, die vielleicht in der Bibliothek und nicht in ihrem Zimmer war, wie ich es vermutet habe, muss er sie aufhalten.

Aber es ist nicht Star, sondern Alessio, der längst im Krankenhaus sein müsste. Als er den Engel erblickt, zieht er die Augenbrauen zusammen.

»Ich wollte gerade gehen«, sagt Cassiel. »Moon konnte gar nicht anders, als mich reinzulassen, ich habe sie mit einem Stück Schokolade geködert.«

Ich lege ihm eine Hand auf den Arm. Es ist ja nett, dass er die Verantwortung für mein Handeln übernehmen möchte, aber unnötig.

»Was ist los?«, frage ich Alessio und mache ein paar Schritte in seine Richtung. Er sieht unnatürlich blass aus, und ich hoffe, er hat sich im Krankenhaus nicht bei irgendwem angesteckt.

»Die Arena eröffnet in acht Tagen wieder«, presst er hervor. »Sie soll ganz groß eingeweiht werden und du bist auf der Liste der Gladiatori.«

Ich bleibe stocksteif stehen. »Nero hat mich einfach auf die Liste gesetzt?«

Alessio nickt. »Und er hat behauptet, du hättest dich freiwillig gemeldet. Alberta hat es mir gerade erzählt und mich geschickt, um …« Sein Blick fällt auf Cassiel und er schweigt.

Es ist gegen das Gesetz und trotzdem macht Nero es immer wieder. Er wird mich so lange auf die Liste setzen, bis ein Engel mich tötet. Niemand begehrt straflos gegen ihn auf.

In acht Tagen ist Neumond. In acht Tagen bringt Silvio meine Geschwister in Sicherheit. Ich werde nicht zulassen, dass Nero deLuca meine Pläne durchkreuzt. Wenn ich kämpfen muss, dann kämpfe ich, aber ich werde nicht sterben, bevor meine Geschwister ihre Chance auf ein neues Leben bekommen haben.

»Ich bin gleich zurück«, sage ich zu Alessio und drehe mich zu Cassiel um. »Ich bringe dich noch raus.« Die Worte kommen einem Rausschmiss gleich, aber ich kann auf seine Gefühle gerade keine Rücksicht nehmen.

Er scheint mich zu verstehen, denn er verschränkt seine Finger mit meinen, kaum dass die Tür hinter uns ins Schloss fällt. Verzweiflung steigt in mir hoch, als ich neben ihm hergehe. Plötzlich sind alle meine Sorgen wieder da. Neros Wut, Stars und Tizians Flucht, Mutters Verrat, Phoenix' Forderungen und meine Angst vor dem Tod. Cassiel drückt meine Hand kaum merklich. »Ich werde dir helfen«, sagt er sanft und gleichzeitig entschlossen. »Ich werde mit dir trainieren.«

Das würde er tun? Die Beklemmung, die sich meiner bemächtigt hat, löst sich ein bisschen. »Danke«, bringe ich mühsam hervor. Nach der Schonfrist in den letzten Wochen kann ich mir kaum vorstellen, wieder mit einem Schwert in der Hand einem Engel gegenüberzustehen. Aber ich werde nicht sterben. Diesen Triumph gönne ich Nero einfach nicht.

Bevor ich in den Garten trete, hält Cassiel mich zurück.

»Ich wünschte, ich könnte dich mit an meinen Hof nehmen. Dort wärst du in Sicherheit.« Seine Finger streichen über mein Gesicht, was sich seltsam vertraut anfühlt. Ein warmes Gefühl durchströmt mich. Ich lege die Hände auf seine Taille und lehne meine Stirn an seine Brust. Kurz darauf zieht er mich an sich. Für einen Moment fühle ich mich geborgen. Als ich den Kopf hebe, hat sein Blick sich verdunkelt. »Ich hasse es, wenn du traurig bist und meine Brüder der Grund dafür sind«, sagt er leise und dann legen sich seine Lippen sanft auf meine. Zuerst bewegen sie sich kaum, er schiebt eine Hand in mein Haar und legt die andere in meinen Nacken. Ein Kribbeln durchläuft meinen Körper, als sein Daumen kleine Kreise an meinem Haaransatz malt. Diese winzige Bewegung bringt meinen nicht existenten Widerstand zum Einsturz. Ich lege meine Hände auf seine Schultern und öffne die Lippen. Ein leises Stöhnen steigt aus seiner Brust auf, seine Zunge fährt in meinen Mund, schlingt sich um meine. Ich hatte keine Ahnung, dass sich das Küssen so anfühlen kann. Ich dränge mich weiter an ihn. Das Blut rauscht durch meine Adern. Seine Hände umfassen zärtlich mein Gesicht, er neigt meinen Kopf etwas zurück, küsst sich an meiner Wange entlang und knabbert dann an der Haut an meiner Kehle. Ich wünschte, wir könnten für immer hier stehen und den Rest der Welt vergessen. Seine Hände gleiten über meine Arme und verschränken sich mit meinen Fingern. Ich knurre leise, weil ich will, dass er mich wieder auf den Mund küsst. Seine Wangen sind gerötet, als er mich wieder ansieht. Er lächelt und haucht Küsse auf meine Nasenspitze und Augenlider.

»Besser als Schokolade?«, fragt er dann.

Ich wiege den Kopf hin und her, obwohl ich kaum Luft bekomme. »Ein bisschen. In jedem Fall eine sehr nette Ablenkung.«

Er kneift die Lippen zusammen, um nicht lachen zu müssen. »Nett, also.«

Ich stelle mich auf die Zehenspitzen und küsse ihn noch mal. »Mehr als nett«, gebe ich zu.

Er hält mich fest und streichelt mich, bis sich mein Herzschlag wieder beruhigt.

»Ich wünschte, ich könnte mehr für dich tun.«

»Das ist schon okay. Mach dir um mich keine Sorgen.«

»Das kann ich nicht.« Abrupt wendet er sich ab und geht nach draußen. Kurz darauf höre ich sein vertrautes Flügelschlagen.

Als ich zurückkomme, erzählt Alessio Star von der Wiedereröffnung der Arena und was Nero getan hat. Stars Blick ist voller Entsetzen auf mich gerichtet und Tizians Hände sind zu Fäusten geballt.

»Ich muss an diesem Tag in der Arena kämpfen, aber ich

komme zurück, versprochen.« Nero wird nicht zum Schluss noch alles verderben.

»Was, wenn nicht?«, fragte Tizian. »Bleiben wir dann hier?«

»Dann wird Alessio euch zum Pier bringen. Ihr müsst nicht weit gehen. Nur nach Vallaresso.« Ich war unendlich erleichtert, dass Silvio mir diesen Treffpunkt angeboten hat. Er ist praktisch um die Ecke. Früher war es eine der größeren Anlegestellen von San Marco, aber daran erinnern heute nur noch ein paar alte Holzpfähle. Silvios Bedingung war allerdings, dass ich allein mit Tizian und Star komme und kein halbes Abschiedskomitee mitbringe. Als wenn ich das in Erwägung gezogen hätte.

»Es ist trotzdem zu gefährlich, solange es noch dunkel ist«, sagt Tizian.

»Ihr schafft das schon«, beruhige ich ihn. »Silvio fährt nicht mitten in der Nacht, sondern kurz vor Sonnenaufgang. Dann, wenn sich die Engel noch nicht hinaustrauen, es aber hell genug für eine gefahrlose Überfahrt ist.«

Ich möchte mich vorher von Phoenix verabschieden, erklärt Star in die darauffolgende Stille.

»Hältst du das für klug?«

Sie nickt, und ich sehe die Sehnsucht in ihren Augen.

»Ich werde ihm Bescheid geben.«

Ihre Augen leuchten und ich bringe es nicht übers Herz, ihr davon zu erzählen, dass ich Phoenix gesehen habe, und zwar nicht allein.

Wie lange sind wir unterwegs?

Ich sehe meine Schwester an. Sie war seit Ewigkeiten nicht draußen. Frische Luft kennt sie nur aus unserem Garten und nun mute ich ihr diesen Weg zu. Einen Weg voller Gefahren und fremder Menschen. »Es sind knapp fünfhundert Kilometer bis zum Ziel.« Der Weg führt an Mantua vorbei, durch die Lombardei und das Piemont. »Ihr werdet über zwei Wochen dafür brauchen. Aber wenn ihr erst mal auf dem Festland seid, ist die größte Gefahr vorbei.«

»Müssen wir das alles laufen?«, mault Tizian.

»Ab und zu müsst ihr bestimmt zu Fuß gehen. Aber ganz oft reitet ihr oder fahrt mit Fuhrwerken.«

»Reiten?« Die Augen meines Bruders werden rund. »Ich kann nicht reiten.«

»Du musst dich nur am Sattel festhalten«, kommt Alessio mir zu Hilfe. »Das wird ein Abenteuer. Du wirst uns kaum vermissen.«

»Das glaube ich nicht.« Tizian malt Kreise auf die Tischplatte.

Er hat um die Flucht weniger diskutiert, als ich es befürchtet habe. Ich streiche über sein Haar. »Alles wird gut gehen«, versichere ich ihm noch mal. »Und Alessio und ich kommen so schnell wie möglich nach.« Vielleicht schaffe ich es ja doch, in der Arena zu überleben, und bekomme das Geld schneller zusammen, als wir jetzt denken.

Wovon werden wir dort leben?

Ich seufze. »Tizian kann bei Silvios Bruder in die Lehre gehen. Er ist Bäcker«, erkläre ich. »Und du wirst bei einer Lehrerin wohnen, die Alberta früher gut kannte.«

»Star und ich wohnen nicht zusammen?«, fragt Tizian aufgebracht.

Ich schüttele den Kopf. »Es ging nicht anders, aber es ist nur für den Anfang«, versuche ich, ihn zu beruhigen. »Sobald ich dort bin, wird sich alles finden.«

»Und wenn du nie hinterherkommst?«, schreit er mich an und schlägt mit der Faust auf den Tisch. »Wenn du es nicht schaffst, wenn du das Geld nicht zusammenbekommst? Wenn du bei der Wiedereröffnung stirbst?« Er springt auf und rennt in sein Zimmer.

Ich will ihm folgen, aber Star legt eine Hand auf meine.

Lass mich mit ihm reden. Du hast schon so viel getan.

Nicht genug, denke ich, als sie aufsteht und unserem Bruder folgt. Nicht genug.

Alessio öffnet eine Flasche Wein und füllt diesen in zwei Gläser. »Ich hätte ihm nichts von der Wiedereröffnung der Arena sagen sollen. Tut mir leid.«

»Spätestens morgen hätte er in der Schule davon erfahren. Die Listen der Kämpfer werden doch ausgehängt.« Ich reibe mir über die Schläfe. »Dass ich ihm all das zumuten muss. Die Kämpfe, die Flucht, die Verantwortung für Star und dann muss er auch noch seine Freunde verlassen.«

»Wenn er ein bisschen älter ist, wird er verstehen, weshalb du das von ihm verlangt hast.«

»Er hat schon unsere Eltern verloren. Ich hätte ihm gern weiteren Kummer erspart.«

»Das kannst du aber nicht und für ihn ist es am schlimmsten, sich von dir zu trennen, verstehst du das nicht?«

»Doch«, sage ich. »Das verstehe ich sehr gut.« Meine Mutter und ich hatten nicht gerade das beste Verhältnis. Sie war streng zu mir und unerbittlich in ihren Forderungen, trotzdem vermisse ich sie jeden Tag.

»Bittest du Phoenix, sich von Star zu verabschieden?«

»Würdest du es denn tun?«, frage ich zurück. »Was, wenn er sie überredet, bei ihm zu bleiben?«

»Man kann über Phoenix sagen, was man will, aber er wäre in der Lage, sie zu beschützen.«

»Und er wäre in der Lage, ihr das Herz zu brechen. Ich habe ihn neulich mit zwei Mädchen gesehen. Direkt hier an der Bibliothek.«

Alessio seufzt. »Du hast deiner Mutter versprochen, auf Star aufzupassen, und das tust du. Aber vor einem gebrochenen Herzen kannst du sie nicht bewahren. Sie ist eine erwachsene Frau und sollte die Entscheidung, wen sie lieben möchte, selbst treffen. Du tust das doch auch.«

Sein Ton ist nicht vorwurfsvoll, trotzdem habe ich das Gefühl, einen Schlag in den Magen bekommen zu haben.

»Ich liebe Cassiel nicht, wenn du darauf anspielen möchtest«, stoße ich hervor. »Ich liebe niemanden außer Star und Tizian. Und dich, obwohl du schrecklich neunmalklug bist.«

»Jemand muss schließlich auch auf dich aufpassen. Ich hoffe, du weißt, was du tust.«

Ich seufze. »Vielleicht bin ich ein bisschen verknallt«, gebe ich zu. »Aber um mich geht es gerade nicht. Star kennt doch nur Phoenix und er ist sehr aufmerksam ihr gegenüber, deshalb mag sie ihn. Er hat sich nie über sie lustig gemacht, weil sie anders ist. Sie musste sich ja in ihn verlieben.«

Alessios Augenbrauen wandern nach oben. »Ein bisschen tiefer geht das mit den beiden schon. Trotzdem gebe ich dir recht. Sie hatte nie eine Auswahl. Aber manche Menschen brauchen die auch nicht. Sie wissen, wer zu ihnen gehört.«

»Er müsste dauerhaft Rücksicht auf Star nehmen. Glaubst du, das könnte er?«

»Ich weiß es nicht. Wir sind nicht gerade die dicksten Freunde. Meine Sorge galt immer den Männern, die sich ihm angeschlossen haben. Es sind Diebe und daher würde es mich nicht wundern, wenn der ein oder andere schon jemanden auf dem Gewissen hat.«

»Siehst du? Und genau davor schütze ich Star. Phoenix weiß von unseren Fluchtplänen. Wenn er sich verabschieden will, kann er ja kommen. Ich werde ihn nicht daran hindern.«

»Ich muss zurück ins Krankenhaus«, sagt Alessio mit einem Blick zum Fenster.

Wir stehen auf und ich bringe ihn zur Tür. »Danke, dass du geblieben bist. Es war höchste Zeit, mit ihnen über die letzten Details zu sprechen. Ich habe es immer wieder vor mir hergeschoben.«

»Wir hatten in den letzten Wochen wenig Zeit zum Reden.« Er legt seine warme Hand über meine. »Das wird bald wieder anders«, verspricht er.

»Pietro hat dich gebeten, ins Krankenhaus zu ziehen«, presse ich hervor. »Wirst du das tun?«

Er legt den Kopf schief. »Denkst du, ich lasse dich hier allein?«

Ich umfasse seine Finger fester. »Das würdest du nicht, aber deine Arbeit bedeutet dir so viel und sie ist so wichtig.«

»Du bist auch wichtig, Moon. Wenn du denkst, ich würde einfach gehen, hast du nicht begriffen, was ihr mir bedeutet. Ihr seid meine Familie. Nicht nur du hast das Bedürfnis, dich um jemanden zu kümmern, der dir am Herzen liegt.«

Ich schlinge meine Arme um ihn. Er legt sein Kinn auf meine Stirn. »Mir wäre es lieber, dass du hier wohnen bleibst, auch wenn das egoistisch ist.«

Alessio nimmt mein Gesicht in die Hände und schaut mich eindringlich an. »Du tust immer so, als müsstest du stark sein, Moon. Aber wir wissen beide, wie weich dein Herz in Wirklichkeit ist. Es ist nicht aus Glas, eher aus Marzipan oder Schokolade, also pass auf, dass es dir niemand aus der Brust reißt.«

Ich blinzele, weil mir Tränen in die Augen steigen. »Ich wusste nicht, dass du eine romantische Ader hast.«

Er lächelt und gibt mir einen Kuss auf die Stirn. »Ich habe eben auch meine Geheimnisse und übrigens liebe ich dich auch, dabei bist du eine schreckliche Besserwisserin.« Damit lässt er mich stehen und geht.

Ich schlinge die Arme um mich, weil mir plötzlich kalt wird. Dann gehe ich zum Fenster und beobachte Alessio, wie er quer über den Platz geht. Als er aus meinem Sichtfeld verschwindet, bleibe ich noch eine Weile stehen und blicke auf die Reste des Markusdoms. Die meisten Trümmer sind bereits verschwunden – sie wurden für den Bau der neuen Arena verwendet. Als ich draußen nichts mehr erkennen kann, zünde ich eine Kerze an und gehe in den Raum, in dem meine Mutter mich ausgebildet hat. Hier habe ich mein Schwert und meinen Schild nach dem letzten Kampf eingeschlossen. Nun nehme ich das Schwert aus dem Waffenschrank und begutachte es aufmerksam. Es hat mir in all den Jahren gute Dienste geleistet. Ich streiche über die Kratzer und Dellen, schwinge es durch die Luft und bin froh, dass es sich so vertraut anfühlt. Bisher hat es mich nie im Stich gelassen und ich hoffe, dass es noch eine

Weile dabei bleibt. Ich hole aus einem Schubfach mehr Kerzen und stelle sie auf die Fensterbretter. Sie tauchen den Raum in ein weiches Licht. Mit sanftem Druck poliere ich die Klinge, bis sie glänzt, dann übe ich mit geschlossenen Augen ein paar Schrittfolgen. Sie sind mir im Laufe der Jahre so in Fleisch und Blut übergegangen, dass es sich anfühlt, als würde ich tanzen. Danach mache ich so viele Liegestütze und Klimmzüge, bis ich schweißnass bin. Als ich erschöpft in mein Bett wanke, bin ich zuversichtlich, die Eröffnungskämpfe überleben zu können. Ich muss einfach. Sterben ist keine Option.

XIV. Kapitel

Als Cassiel am nächsten Tag kommt, hängt an seiner Seite ein Schwert. Ich bin nicht überrascht, denn er hat schließlich versprochen, mir zu helfen. Er ist kaum durch die Gartentür, als er mich schon in den Arm nimmt. Seine Lippen gleiten über meine Schläfe.

»Wie fühlst du dich?«

»Ganz gut. Heute auf dem Markt haben mich eine Menge Leute auf den Kampf angesprochen und mir Glück gewünscht.«

»Das wirst du auch haben«, verspricht Cassiel. »Nur dafür müssen wir trainieren und dürfen nicht bloß herumstehen.«

Da hat er recht. Trotzdem stelle ich mich auf die Zehenspitzen und ziehe seinen Kopf zu mir herunter. Wir haben nur diese Minuten in dem kühlen, unwirtlichen Gang für uns allein. Es riecht ein bisschen modrig und das Fackellicht malt unheimliche Schatten an die Wände, aber gerade möchte ich nirgendwo anders sein. Vorsichtig küsse ich ihn und genauso vorsichtig erwidert er den Kuss.

Ein Räuspern unterbricht uns und wir fahren auseinander. Tizian steht oben an der Treppe und sieht vorwurfsvoll auf uns hinunter. »Ich wollte nur sehen, wo ihr bleibt.«

»Wir kommen heute nicht in die Küche«, sage ich. »Wir wollen trainieren.« Ich mache mich auf den Weg nach oben. Cassiel bleibt dicht hinter mir und ich spüre seine Hand auf meinem Rücken.

»Für die Eröffnungskämpfe?«, fragt mein Bruder. »Wir haben an dem Tag schulfrei. Auf dem Platz vor der Arena wird es ein großes Fest geben.«

Cassiel nimmt meine Hand und drückt sie. Warum können nicht alle Engel so mitfühlend sein wie er? Weil das auch nicht alle Menschen sind, gebe ich mir die Antwort gleich selbst.

»Darf ich zusehen, wenn ihr trainiert?«, fragt Tizian.

Ich würde lieber mit Cassiel alleine bleiben. Vermutlich würde er mich dann noch einmal küssen.

»Na klar«, antworte ich. »Komm mit. Vielleicht trainiere ich auch ein bisschen mit dir.« Das habe ich ihm noch nie angeboten. Sofort beginnen seine Augen zu leuchten. Ich kriege ein schlechtes Gewissen, weil ich nie wollte, dass er kämpft. Aber er sollte sich wenigstens verteidigen können.

Wir gehen in den Übungsraum und Cassiel begutachtet meine Waffen. »Kannst du mir helfen, mein Hemd auszuziehen?«, bittet er mich und dreht mir den Rücken zu. Ich habe schon mehrfach gesehen, dass das Hemd auf der Rückseite mit Bändern zusammengehalten wird, die ich jetzt löse. Sofort fällt es von den Flügeln und Cassiel zieht es über den Kopf. »Wie gut, dass jemand diese pfiffige Hemdkonstruktion erfunden hat, sonst bräuchtet ihr dafür einen Waffenschein.« Anklagend weise ich auf seinen Oberkörper und er lacht auf. »Das haben sich unsere Schneiderinnen auch gedacht.«

Kopfschüttelnd wende ich mich ab und beginne mich aufzuwärmen. Ich dehne mich, mache Liegestütze, Kniebeugen, Klimmzüge, während Cassiel am Fenster herumlungert und Tizian immer noch interessiert Mutters Messersammlung inspiziert.

»Willst du dich nicht auch vorbereiten?«, frage ich nach einer Weile entnervt.

»Ich gucke dir viel lieber zu«, sagt er. »Das ist ein hübsches T-Shirt.«

»Das ist ein zu enges T-Shirt«, sage ich und ärgere mich gleichzeitig, es heute angezogen zu haben. Beim Kampf brauche ich ein bisschen mehr Bewegungsfreiheit.

»Sag ich doch. Ein hübsches T-Shirt.« Er wackelt mit seinen Augenbrauen und ich muss lachen.

»Bereit, gegen das T-Shirt zu kämpfen?«

»Ich bin nicht sicher, ob es mich nicht zu sehr ablenkt. Könntest du es ausziehen?«

Tizian gibt ein leises Würggeräusch von sich und erinnert mich daran, dass er bei uns ist.

Ich lache etwas verlegen. »Vergiss es. Aber den Trick werde ich mir merken. Wenn es das nächste Mal knapp bei einem Kampf wird, reiße ich mir das T-Shirt vom Leib.«

»Das würde jeden deiner Gegner so aus der Fassung bringen, dass du leichtes Spiel mit ihm hättest.« Er schlendert zu seinem Schwert, dass er neben der Tür abgestellt hat. »Aber ein paar hilfreichere Tricks kann ich dir trotzdem noch beibringen.«

Ich hole meine Waffe und gehe in Ausgangsposition. »Das werden wir ja noch sehen.«

Unsere Schwerter krachen aufeinander.

Mit mehreren Hieben treibe ich Cassiel nun durch den Raum, Stahl trifft auf Stahl. Ein bisschen erinnert mich der Klang an ein vertrautes Musikstück. Wenn mir der Tod bei einem Kampf nicht im Nacken sitzt, macht das Kämpfen großen Spaß. Dann kann ich es als einen Sport betrachten, der mich an meine Grenzen treibt, mich aber nicht umbringt. Cassiel setzt zum Gegenangriff an und blockiert mein Schwert. Ich weiche ihm geschickt aus und ziehe mich zurück. Das verschafft ihm einen winzigen Vorteil, aber genau da stürme ich vorwärts. Cassiels Augen funkeln vor Vergnügen, während er zur Seite springt, und Tizian jubelt. »Du bist schnell«, sagt er ohne ein Anzeichen dafür, außer Atem zu kommen. »Das ist dein großer Vorteil.« Er pariert einen Schlag, den ich von unten ausführe. »Ich wünschte, wir hätten mehr Zeit, denn dein Problem ist deine Ausdauer.« Er macht einen Ausfallschritt und sein Schwert gleitet surrend an meinem entlang. Meine Handfläche schwitzt bereits. »Deine Gegner sind größer als du und haben längere Arme. Du darfst sie nicht zu nah herankommen lassen.«

»Erzähl mir was Neues«, verlange ich. »Woher weißt du so viel über das Kämpfen. Ich dachte, du bist ein Mysterienengel und versteckst dich hinter Büchern voller Geheimnisse«, ziehe ich ihn keuchend auf, weil ich völlig außer Atem bin.

»Kämpfen müssen wir alle lernen«, gibt er zu. »Ob wir wollen oder nicht. Da sind die Erzengel unerbittlich.« Gleichzeitig lassen wir unsere Schwerter sinken. »Ich weiß nicht, ob ich dir viel Neues beibringen kann, Moon. Aber ich kann dir helfen, bestmöglich in Form zu kommen.«

»Das reicht mir schon«, gebe ich dankbar zurück. »Früher habe ich ab und zu mit Alessio trainiert, aber er hasst es.«

»Das verstehe ich. Mein Steckenpferd ist es auch nicht gerade. Würdest du mir einmal eure Bibliothek zeigen?«, fragt er. »Ich interessiere mich für eure Mysterien.«

Ich grinse. »Sehr geheimnisvoll sind wir Menschen nicht gerade, oder bist du schon erschöpft?«

»Nur fürs Kämpfen. Ein paar Seiten umzublättern, schaffe ich schon noch.« Er schlendert auf mich zu. Schweißtropfen glänzen auf seiner Brust. »Und küssen«, flüstert er mir ins Ohr. »Dafür bin ich nie zu schwach.«

»Leute, echt jetzt!«, brummt Tizian vom Fensterbrett aus, auf das er sich gesetzt hat.

Ich boxe Cassiel in den Bauch und er zuckt gespielt zusammen. Während ich mein Schwert wegschließe, zeigt er Tizian die Grundstellung und zwei einfache Paraden. Ich dehne mich, um morgen keinen Muskelkater zu haben, etwas, was ein Engel natürlich nicht nötig hat. Mit jeder Stunde, die wir miteinander verbringen, verschwimmen die Unterschiede, die uns trennen und uns auf verschiedene Seiten stellen sollten, mehr und mehr. Er atmet dieselbe Luft wie ich, in seinen Adern fließt Blut, er lacht über Tizians Witze, liebt Honig, Schokolade, Bücher und Geheimnisse.

Ein bisschen bin ich froh, als Tizian behauptet, keine Lust zu haben, uns in die Bibliothek zu begleiten. »Hast du noch Hausaufgaben auf?«, rufe ich ihm hinterher.

»Ein bisschen Gematrie«, antwortet er. »Aber das ist leicht, Hauptsache, ich muss nichts auswendig lernen.«

»Leicht«, murmele ich. Mein Vater hat auch versucht, mich in die Mysterien der Gematrie einzuweihen. Ich sollte Wörter und Sätze untersuchen, die den gleichen Zahlenwert haben, und geheime Beziehungen in diesem Geflecht entdecken. Es ist eine hochkomplexe Angelegenheit. Dagegen sind Bruchrechnung und Dreisatz ein Kinderspiel. Aber Tizian mag dieses Unterrichtsfach komischerweise.

Ich steuere mit Cassiel den großen Saal an. Das ist eigentlich Stars Reich. Sie hat hier eine ganz eigene Ordnung geschaffen, deren Logik kein Außenstehender folgen kann. Heute ist sie in ihrem Zimmer geblieben, weil ich ihr gesagt habe, ich würde mit Cassiel trainieren. Aufmerksam betrachtet dieser die zerschlissenen Buchrücken. Ich wandere an unzähligen Lutherbibeln in verschiedenen Ausgaben vorbei. Sie stehen zwischen Büchern über die Lehren der Kabbala, apokryphen Schriften wie Überlieferungen der Reisen Henochs. Enzyklopädien über die Engel reihen sich an Schöpfungsmythen unterschiedlichster Kulturen. Mir fällt auf, dass Cassiel immer wieder zu Büchern greift, die besonders alt aussehen und es vermutlich auch sind. Es sind Schriften aus Klöstern, die im Laufe der Jahrhunderte geplündert, zerstört oder geschlossen wurden. Die Mönche sorgten in der Regel dafür, dass die mit Hand kopierten Texte ein neues Zuhause fanden, damit diese Überlieferungen und das Wissen darin nicht verloren gingen. In den Glasvitrinen ruhen sogar Pergamente aus ägyptischen und koptischen Klöstern. Diese Pergamente erzählen oft eine ganz andere Geschichte von Gott, den Engeln und den Menschen, als schließlich in den fünf Büchern Mose niedergeschrieben wurde. Vater bezeichnete den Pentateuch mehr als einmal als ein großes Lügenmärchen, mal unabhängig davon, dass seiner Meinung nach Moses so einen Mist nie verzapft hätte. Vaters Beziehungen zum Vatikan waren auch eher mittelmäßig und ich bin sicher, dass viele der Bücher nicht auf legalem Wege in seine Hände gelangt sind. Glücklicherweise interessiert das heute niemanden mehr.

»Interessierst du dich für etwas Bestimmtes?«, frage ich, nachdem Cassiel sich eine Weile umgeschaut hat.

Er zieht ein schmales Bändchen hervor und ich stöhne leise auf.

»Was ist das?«, fragt er belustigt, als er den Titel liest.

»*Amores* von Ovid«, beantworte ich die Frage. Ich hatte es auch schon einmal in der Hand. Keine Ahnung, wie sich eine Sammlung von lateinischen Liebesgedichten in Vaters wissenschaftliche Bibliothek verirren konnte. Aber natürlich ist es ausgerechnet dieses Buch, das Cassiel finden muss.

Nach ein paar Zeilen breitet sich ein Grinsen auf seinem Gesicht aus und ich warte auf sein Urteil, welches mit Sicherheit vernichtend ausfällt.

»Echt jetzt?« Er hat zu viel Zeit mit Tizian verbracht. Welcher Engel sagt schon *Echt jetzt*?

Rügend über seine Wortwahl schüttele ich den Kopf, als er laut vorliest:

>»Du hast mein Herz entzündet,
Nun Flamme, liebe mich!
Weib, nimm mich zu leibeigen!
Das bitt' ich flehentlich.

Ich will dir treulich dienen;
Ist karg auch meine Zehr,
Mein Adel unbedeutend
Und meine Tasche leer.«

Er zieht die Augenbrauen in die Höhe und grinst. »Das gefällt euch Frauen also.«

Ich versuche, ernst zu bleiben, was mir schwerfällt.

»Das ist Poesie, du Banause.«

»Ich habe keine Ahnung, was das ist«, behauptet er und liest weiter. Es ist furchtbar kitschig, aber Cassiel hat eine schöne Stimme.

>»Ich möchte bei dir sterben,
Herzinnig von dir beweint,
Du lieblicher Stoff meiner Lieder,
Du lebst mit ihnen vereint.«

»Gibt es auch Engel, die Gedichte schreiben?«, frage ich ihn, als er das Buch zurückschiebt und grinsend zu mir geschlendert kommt.

»Nicht solche herzinnigen Verse.« Wir lachen gleichzeitig und er legt einen Arm um mich.

»Wir können also tatsächlich etwas besser als ihr? Kaum zu glauben.« Ich sehe von unten zu ihm auf und klimpere übertrieben mit den Wimpern.

»Von besser war nicht die Rede.« Er gibt mir einen Kuss auf die Nasenspitze.

»Ich muss zurück«, sagt er, nachdem wir noch ein paar Bücher angeschaut haben. Besonders fasziniert hat ihn das Buch Tobit und die Darstellung des Erzengels Raphael darin. Ich kann mir beim besten Willen nicht mehr vorstellen, dass die Erzengel den Menschen früher geholfen und sie beschützt haben, wie es dort behauptet wird. »Trainieren wir morgen weiter?«

»Klar.« Ich versuche, mir nicht anmerken zu lassen, wie sehr das Angebot mich freut.

»Und vielleicht lese ich noch ein paar kitschige Gedichte aus eurer Bibliothek.«

Lachend schüttele ich den Kopf. Vielleicht war Raphael früher ein bisschen wie Cassiel heute. Vielleicht mochte er die Menschen, bevor Lucifer Eva überredet hat, vom Baum der Erkenntnis zu essen. Allerdings würde das bedeuten, er mochte uns nur so lange, wie wir naiv und leichtgläubig waren und uns lenken ließen. Das würde schon eher zu Raphael passen.

Obwohl das Damoklesschwert der Eröffnungskämpfe über mir hängt, bin ich in diesen Tagen so unbeschwert wie schon lange nicht mehr. Nach der Arbeit renne ich durch San Marco nach Hause und hoffe, dass Cassiel bereits auf mich wartet.

Ich bin so gut gelaunt, ich würde sogar Phoenix bitten, Star zu besuchen, um sich zu verabschieden, aber er läuft mir nicht über den Weg.

Cassiel und ich gehen immer sofort in den Übungsraum, um uns aufzuwärmen und veranstalten einen Wettlauf durch die Bibliothek, den meist ich gewinne, weil er netterweise nicht von seinen Flügeln Gebrauch macht und mich auch vermutlich gewinnen lässt. Später kämpfen wir, bis ich erschöpft bin. Dann unterweist Cassiel Tizian. Ich habe aus Mutters Waffenarsenal ein kleines Schwert herausgesucht. Mit diesem habe ich früher selbst trainiert. Tizian ist begeistert bei der Sache und mich beruhigt der Gedanke, endlich zu wissen, dass er Star auf der Flucht beschützen kann. Wenn genug Zeit bleibt, gehen wir noch in die Bibliothek. Gestern hat Cassiel sich die Zeittafel der Schöpfung angesehen, die Vater mit Star kunstvoll auf ein großes Blatt Papier gezeichnet hat, und Tizian hat ihm eine Ausgabe der *Legende des Ursprungs* herausgesucht. Zum Dank hat Cassiel mit ihm die Bedeutung der sieben schwarzen Laute des Henochischen Alphabets gelernt und war dabei beinahe so geduldig wie Star.

Leider rückt der Tag der Eröffnungsfeierlichkeiten immer näher. Vor dem Eingang der neuen Arena, die sich luftig-leicht in den Himmel schwingt, bauen Händler seit zwei Tagen ihre Stände auf. Die neue Konstruktion der Ränge, Tribünen und Logen besteht hauptsächlich aus Holz und gemauerten Stützpfeilern. Ich würde mich maximal auf die unterste Stufe setzen, aber angeblich soll das Ganze halten. Nach dem Training mit

Cassiel fühle ich mich gut für die Kämpfe gewappnet, trotzdem nagt die Angst an mir. Ob ich lebe oder sterbe, hängt auch immer von dem Gegner ab, der mir zugeteilt wird. Ich wünschte, es wäre Cassiel, aber er wird nicht kämpfen. Das Los hat darüber entschieden, welche Engel an diesem besonderen Tag in der Arena sein werden.

»Jetzt fühle ich mich wenigstens nicht mehr ganz so wie ein Schwächling«, erklärt Tizian an unserem letzten Übungstag und stellt das Schwert zurück in den Schrank. »Die meisten Jungs aus meiner Klasse bekommen schon lange Fechtunterricht. Fast jeder von ihnen will in der Arena kämpfen. Danke, Cas.«

Ich erstarre, obwohl ich mir diese Sorge nicht mehr zu machen brauche. Dort, wo Tizian hingeht, gibt es keine Arenen. Ich hasse die verdammten Lehrer, die den Kindern einreden, es wäre eine Ehre und ein Privileg, gegen einen Engel anzutreten. Es ist nichts von beidem.

»Keine Ursache. Du hast dich gut geschlagen. Ein Junge in deinem Alter sollte sich wehren können, wenn er angegriffen wird.«

Tizian wirft mir einen triumphierenden Blick zu, doch ich winke ab.

»War ja klar, dass ihr beide euch einig seid. Früher hättest du ein Schwert maximal in einem Museum zu sehen bekommen«, erkläre ich meinem Bruder.

»Früher haben sich die Menschen auch mit Bomben und Raketen abgeschlachtet«, kontert er. »Wenigstens gibt es jetzt keine Kriege mehr.«

Das ist es, was sie den Kindern in der Schule beibringen. Die

Padres verschweigen, dass wir geradewegs auf den Dritten Himmlischen Krieg zusteuern, wenn es nach den Erzengeln geht. Aber ich will vor Cassiel diese Diskussion nicht anfangen.

»So kann ich uns verteidigen, wenn wir …«, versucht Tizian, nun einzulenken, bricht aber ab, als er merkt, was er gerade beinahe verraten hätte.

Mein Blick huscht zu Cassiel, der Tizian zuhört. Ich wünschte, er wäre weniger aufmerksam. Ich wünschte, er würde dem Gestammel von Kindern wie ein Mensch weniger Beachtung schenken. Aber so ist er nicht.

»Wenn ihr *was*?«, hakt er nach.

Tizian windet sich. »Wenn …, wenn Moon etwas zustößt«, flüstert er.

Es dauert einen Moment, bis Cassiel nickt, doch auch dann weiß ich nicht, ob er Tizian die Begründung abnimmt.

»Ich muss noch lernen«, entschuldigt dieser sich, dabei hat er morgen schulfrei.

Nachdem er fort ist, trete ich ans Fenster, während Cassiel die Waffen wegräumt. Ich frage mich, was morgen um diese Zeit ist. Werde ich hier sein und die letzten Stunden vor der Flucht mit meinen Geschwistern verbringen? Werde ich tot irgendwo herumliegen, bis ich verscharrt werde? Wird Cassiel bei mir sein oder bei den Feierlichkeiten im Dogenpalast?

Ich habe ihm nichts von den Fluchtplänen erzählt. Nicht weil ich ihm noch immer nicht hundertprozentig vertraue, sondern weil ich seine Loyalität nicht auf die Probe stellen will. Er sollte sich nicht zwischen seiner Welt und mir entscheiden müssen. Das wird er sowieso nicht, rufe ich mir ins Gedächtnis. Und unsere Treffen haben ein Verfallsdatum. Wenn wir klug sind, hören wir damit auf, bevor wir erwischt werden. Ich sollte ihn nach den Eröffnungskämpfen bitten, nicht mehr zu kommen. Ob er mir böse ist, weil ich ihm nichts von Tizians Flucht erzählt habe, oder wird er es verstehen?

Cassiel tritt hinter mich ans Fenster. Wenn ich wollte, könnte ich mich gegen ihn lehnen. »Ich habe mich immer gefragt, wie es sein wird, wenn wir zurück sind«, sagt er leise. »Aber hiermit habe ich nicht gerechnet.«

Das Zimmerfenster steht offen und frische Abendluft weht herein. Sie riecht nach Salz und Tang.

»Wie hast du es dir denn vorgestellt?«

»Es gibt in den Himmeln unzählige Geschichten über die Menschen, aber kaum eine entspricht der Wahrheit.« Eine Hand legt sich um meine Taille und er zieht mich an sich.

»Was für Geschichten?«, hake ich nach, um mich von der Berührung abzulenken.

»Märchen über nette Mädchen, die nie widersprechen und den Engeln jeden Wunsch von den Augen ablesen.«

Ich verdrehe die Augen. »Und nun bist du enttäuscht, weil ich nicht unterwürfig bin?«

»Ich bin nicht im Mindesten enttäuscht, weil ich annahm, es wären nur ausgedachte Geschichten, bis ich dich getroffen habe. Wunderschön, tapfer und entschlossen.«

»Was erzählt ihr euch noch über uns?«, frage ich und lasse zu, dass er auch noch den anderen Arm um mich legt. Eine Weile sehen wir einfach hinaus auf das Wasser. Es ist ganz friedlich.

»In unseren Geschichten hieß es immer, auf der Erde würden Milch und Honig aus Brunnen fließen. Es hieß, ihr Menschen hättet alles im Übermaß, weil unser Vater euch so reich beschenkt hat. Es gibt nicht wenige Engel, die eifersüchtig auf euch waren. Es noch immer sind.«

»Du auch?« Ich drehe den Kopf und versuche so, einen Blick in sein Gesicht zu erhaschen.

»Kein bisschen. Aber ich kann nicht leugnen, dass es mir gefällt, auch ohne den Honig und die Milch.«

Ich lächele. »Kannst du heute etwas länger bleiben?«, frage ich und drehe mich so um, dass ich ihn voll ansehen kann. Ich will heute Nacht nicht allein sein.

»So gern ich das tun würde, aber ich muss zurück an Michaels Hof. Der Erzengel erwartet mich.«

Ich versuche, mir meine Enttäuschung nicht anmerken zu lassen.

»Verstehe.«

Cassiel beugt sich vor. Der Duft, der ihn umgibt, ist eine köstliche Mischung aus warmer Sommerluft, Zitronen und Mann und er stellt etwas Seltsames mit mir an. Cassiel hebt mein Kinn mit einem Finger an. »Du wirst morgen nicht sterben«, sagt er. Seine blauen Augen blicken ernst. Viel ernster als sonst. »Ich weiß es, und trotzdem wünschte ich, ich könnte mehr für dich tun.« Dann legen sich seine Lippen auf meine. Er hält mich fest. Die leisen Geräusche seines Atems an meinem Mund fahren durch meinen ganzen Körper. Ich greife mit meinen Händen in sein Haar und halte ihn fest. Seine Zunge stupst mich an und bittet mich, meinen Mund zu öffnen. Ich verliere mich in diesem Kuss und Tränen schießen mir in die Augen, weil es sich so gut anfühlt, wie er mich hält.

Nachdem wir den Kuss beendet haben, sagen weder Cassiel noch ich etwas.

»Du solltest besser früh schlafen, damit du morgen ausgeruht bist.« Er streichelt meinen Rücken und kämmt mit gleichmäßigen Bewegungen mein Haar. Dann küsst er mich ein letztes Mal auf die Schläfe, bevor wir in den Garten gehen.

»Ich hab etwas für dich.« Er zupft eine hellblaue Daune von der Unterseite seines Flügels ab. »Du musst sie bei dir tragen. Sie bringt Glück.«

»Ich bin eigentlich nicht abergläubisch«, sage ich und lächele. »Ich verlasse mich lieber auf mich.«

Er lächelt, als verstünde er, dass es für mich so bisher am sichersten war. »Nimm sie trotzdem. Man kann nie wissen, wie viel Glück man gerade braucht.«

»Wenn du darauf bestehst.«

Sein Finger streicht über meine Wange und ich spüre seinen Blick auf mir ruhen. »Ich glaube an dich«, sagt er zum Abschied. »Egal, was morgen passiert, die Zeit mit dir hat mir viel bedeutet.«

Er hat also doch Angst, dass ich sterbe. »Mir auch«, gebe ich zurück. Und bevor ich in Versuchung gerate, ihn noch mal zu küssen, gehe ich zurück ins Haus.

In dieser Nacht habe ich wieder einen dieser seltsamen Träume.

»Wir müssen sie fortbringen«, sagt eine eindringliche Stimme. »Sie sind hier nicht mehr sicher.« Ich stehe hinter einem dunkelroten Vorhang. Eigentlich sollte ich nicht lauschen. Die Vorfreude, ihn wiederzusehen, verebbt und meine Finger krallen sich in den samtigen Stoff.

»Wo sollen sie denn sicher sein?«, *donnert eine andere Stimme.* *»Er wird sie überall finden.«*

»Nicht, wenn wir keine Spuren hinterlassen. Nicht, wenn wir vorsichtig sind und uns ihnen nie wieder nähern.«

Ein verzweifeltes Stöhnen antwortet ihm. »Wirst du das können?«

»Wenn es ihr Leben rettet, dann schon. Wir müssen es wenigstens versuchen.«

Ich ziehe den Vorhang zur Seite und die beiden Männer erstarren. »Ich gehe nirgendwohin«, sage ich mit fester Stimme. »Nicht ohne dich«, setze ich etwas leiser hinzu.

»Ich weiß.« Er kommt auf mich zu und schließt mich in seine Arme. »Aber wir haben keine Chance gegen seine Armee. Wir sind zu wenig.«

»Ich bleibe trotzdem.« Meine Stimme klingt eigensinnig, aber wir werden uns nicht wieder trennen lassen. »Wo sollte ich schon hin?«

»Wir werden die Mädchen verstecken«, flüstert er in mein Ohr, »das ist das Einzige, was wir noch tun können.«

Mein Herz gefriert, als ich an unsere Söhne denke. Aber ich nicke, weil ich weiß, dass sonst nichts von uns in dieser Welt überlebt. Tränen laufen mir aus den Augen und ich schluchze. In diesem Moment beginne ich zu sterben.

XV. Kapitel

An diesem Morgen weckt mich Star. Das ist ungewöhnlich, denn sie schläft gern und lange. Heute sitzt sie an meinem Bett, hält eine Tasse Tee in der Hand und lächelt. Ich versuche, zurückzulächeln, aber es fällt mir schwer.

Hast du gut geschlafen, fragt sie und stellt die dampfende Tasse auf meinen Nachtschrank.

Ich nicke, setze mich auf und schlinge die Arme um die Knie.

Stars Blick fällt auf die kleine Feder, die ich noch immer in der Hand halte. *Ist die von Cassiel?*

»Sie soll mir heute Glück bringen.«

Star legt den Kopf ein bisschen schräg und ich greife nach der Tasse. Vorsichtig führe ich sie an die Lippen. Der Tee ist süß und stark.

Er ist nicht über Nacht geblieben?

»Nein, ist er nicht«, sage ich dann. »Aber ich hätte gern gewollt, dass er bleibt.«

Sie lächelt. Natürlich weiß sie, dass ich Alessio meine Jungfräulichkeit geschenkt habe. Obwohl geschenkt nicht der richtige Ausdruck ist. Aufgedrängt passt wohl eher. Heute schäme ich mich ein bisschen dafür, aber damals fühlte ich mich viel fremdbestimmter als heute. Meine Mutter hatte mich mit dem Auftrag zurückgelassen, meine Geschwister zu beschützen, die Engel konnten meinem Leben jeden Tag das Ende bereiten, der Consiglio schränkte unsere persönlichen Freiheiten immer mehr ein. Ich wollte nur einmal über etwas selbst entscheiden, da blieb mir nur mein Körper. Ich schätze, Alessio hat das gewusst. Er hat getan, worum ich ihn gebeten habe, es nie ausgenutzt und es nie wieder erwähnt. In dieser Nacht damals fühlte ich mich unendlich getröstet, doch jetzt frage ich mich, wie es sich anfühlen würde, eine Nacht mit Cassiel zu verbringen, auch wenn ich weiß, dass das nie passieren wird.

Soll ich dir deine Haare machen, fragt Star und streicht über meine Locken. *Ein letztes Mal?*

Früher haben wir uns oft gegenseitig die Haare geflochten und komische Frisuren fabriziert. Star war immer besonders kreativ. Es gab nicht wenige Tage, an denen ich mit rosafarbenen oder grünen Haaren herumlief.

»Das wäre schön«, antworte ich. Am liebsten würde ich ihr heute nicht von der Seite weichen. Wie viele gemeinsame Momente haben wir versäumt, weil ich zu beschäftigt war? Was haben wir alles nicht zusammen gemacht, weil sie hier eingesperrt war? Worüber haben wir nicht geredet?

Dann solltest du dich anziehen. In einer Stunde musst du dich in der Arena melden.

Ich springe auf. So spät ist es schon? Zum Glück muss ich nicht überlegen, was ich anziehe. Der Consiglio hat alle Kämpfer zur Einweihung der neuen Arena mit einer Art Einheitskleidung ausgestattet. Weiße Hose und weiße Bluse. Nur meine eigenen Schuhe darf ich anziehen. Weiß – also bitte. Damit man das Blut besser sieht oder was? Damit fühlt man sich doch wie ein Lämmchen, das zur Schlachtbank geführt wird, und ein bisschen wird es so heute auch werden. Ich hoffe nur, die Menschen drehen nicht vollends durch. Sicher wird der Wein in Strömen fließen und in Verbindung mit dem Blutdurst, der sich, je länger die Kämpfe andauern, immer mehr aufbaut, ist das keine gute Kombination. Hoffentlich ist der Spuk morgen früh vorbei, wenn Silvio meine Geschwister fortbringt. Hoffentlich passiert nicht noch eine Tragödie. Seit der misslungenen Hinrichtung ist die Bruderschaft in der Versenkung verschwunden. Wenn es nach mir geht, kann sie dort auch bleiben. Ich wasche mich und ziehe die Sachen an, die ein wenig zu groß sind. Dann kämmt Star mir mein widerspenstiges Lockengewirr, flicht zwei Zöpfe und bindet sie wie einen Kranz um meinen Kopf. Es sieht ein bisschen zu mädchenhaft für den Anlass aus, aber auch wirklich hübsch.

»Dankeschön«, sage ich, blicke in den Spiegel und frage mich, wie es gewesen wäre, wenn Star und ich gemeinsam zu Partys hätten gehen können oder zum Karneval, in Discos und Bars. Alles, was früher selbstverständlich gewesen ist, als unsere Eltern jung waren.

Stars Hände liegen auf meinen Schultern.

Du bist so hübsch, gestikuliert sie dann. *Kein Engel wird es übers Herz bringen, dich zu verletzen.*

Ich muss lächeln. Wenn sie einmal gesehen hätte, wie hübsch die weiblichen Engel sind, würde sie das nicht sagen. Aber dank Cassiel fühle ich mich für den Kampf so gut vorbereitet wie lange nicht. Ein bisschen hoffe ich, dass er in der Arena sein und mir zuschauen wird. Ich stecke mir die Daune in die Brusttasche der Bluse.

»Ich muss dann mal«, sage ich und stehe entschlossen auf. Mein Herz beginnt schnell zu schlagen und Nervosität steigt in mir auf. Ich darf heute nicht sterben, für Star und Tizian steht alles auf dem Spiel. Außerdem will ich diejenige sein, die sie am Pier verabschiedet.

Star nimmt mich in die Arme und wir stehen ein paar Sekunden eng umschlungen da. »Ich komme zurück«, verspreche ich und bin froh darüber, dass Star sich das Gemetzel nie angesehen hat. Alessio und Tizian werden in den Zelten, die für die Verwundeten am Rand der Piazza aufgestellt worden sind, auf mich warten.

Auf dem Küchentisch liegen mein Schild und mein Schwert. Das Schwert ist frisch poliert und glänzt.

Das war Tizian, erklärt Star. *Er ist ganz früh aufgestanden und hat es geholt.*

Mein kleiner Bruder, der gar nicht mehr so klein ist. An einem der letzten Tage habe ich ihm gezeigt, wie er sein Schwert pflegen muss, damit es nicht rostig und stumpf wird. Seine Geste rührt mich beinahe zu Tränen. Ich werde ihn unendlich vermissen.

Ich hole tief Luft, lege die Hand auf mein schlagendes Herz, um es zur Ruhe zu zwingen, wiege das Schwert in meiner Hand und nehme den Schild. Dann bin ich so weit. Star begleitet mich bis nach unten zur Ausgangstür. Als diese hinter mir ins Schloss fällt, gebe ich kurz meiner Verzweiflung nach und lehne mich an die kühle Wand der Bibliothek. Nur noch heute, schwöre ich mir. Das wird mein letzter Kampf sein. Egal, was ich tun muss, um meinen Geschwistern zu folgen, ich werde nicht mehr in der Arena antreten. Mir muss nur etwas mit Nero einfallen. Aber darüber kann ich mir auch morgen Gedanken machen.

Mit hocherhobenem Kopf gehe ich über die Piazzetta. Die Menschen, die mich erkennen, grüßen mich. Die, die mich nicht kennen, grüßen mich trotzdem, weil ich unschwer als eine der Kämpferinnen auszumachen bin. Manche sehen mich neidisch, andere mich mitleidig an. Überall drängeln sich die Bürger Venedigs an den Marktständen. Kinder laufen umher und spielen Fangen. Es ist verrückt, wie friedlich und normal alles wirkt, wo doch ganz in der Nähe Menschen sterben. Ich biege um die Ecke auf den großen Platz, auf dem die neue Arena regelrecht zu schweben scheint, und höre das Gegröle der Zuschauermenge. Vor mir gab es bereits drei Kampfrunden, es wurden Reden gehalten und tatsächlich hat Nero ganz in kaiserlicher Tradition zwei Wagengespanne gegeneinander antreten lassen. Der Mann ist größenwahnsinnig. Obwohl ich durchaus das Recht gehabt hätte, dem Spektakel beizuwohnen, habe ich darauf verzichtet. Ich kämpfe in diesem Sand nur meinen eigenen Kampf. Allerdings wurde schon Tage vorher von nichts anderem auf dem Mercato berichtet. Sogar Maria hat heute darauf verzichtet, ihren Stand zu öffnen, um stattdessen mit Pavel in die Arena zu gehen.

Anders als in der alten Arena, warten die Kämpfer hier nicht vor dem Eingang, sondern in einem Durchgang an der Seite. Es ist eine Art Tunnel und als ich in diesem stehe, bekomme ich beinahe Platzangst. Die Sitzreihen verlaufen genau über mir und die trampelnden Füße bringen das Holz zum Beben. Die Luft ist stickig und niemand hält mich auf, als ich zum Eingang gehe. Von hier aus habe ich einen freien Blick auf das Kampffeld. Mir stockt der Atem. Der ovale Platz ist riesig. Hier kann man sich nirgendwo verstecken oder Deckung suchen, wie es im Markusdom der Fall war. Hier kämpft man wie auf einem Präsentierteller in praller Sonne. Die umlaufenden Sitzreihen sind bis auf den letzten Platz belegt. Die Menge brüllt und johlt, als sich der Speer eines Engels in die Kehle einer Frau bohrt. Ich bereue es sofort, nicht in die andere Richtung gegangen zu sein, und schließe die Augen, um nicht auch noch zu sehen, wie der Engel sich vor den Zuschauern verbeugt und davonstolziert. Als ich sie wieder öffne, wandert mein Blick zu den Tribünen und Logen. Sie sind viel größer als die Logen der alten Arena und vor allem so offen, dass ich die Engel in Ruhe betrachten kann. Natürlich hocken sie nicht auf schmalen Sitzbänken, sondern in Sesseln. Um sie herum stehen Tische mit den üblichen Leckereien und am Rand in weiße Kleider gewandete Frauen, die bei jedem Fingerschnippen sofort losrennen und die Engel bedienen.

Raphael thront in der größten Loge und um ihn herum sitzen die Mitglieder seines Hofes. Jeder Erzengel hat eine eigene Loge, die sich über die komplette Längsseite der Arena erstrecken. Michael ist ebenfalls anwesend und sitzt mit Nuriel an einem Tisch. Neben Nuriel hat Felicia Platz genommen. Ich weiß nicht mehr, ob ich sie nun bemitleiden oder beglückwünschen soll, und als spüre sie meinen Blick auf sich, dreht sie sich um und schaut direkt zu mir. Nuriel sagt etwas und beide lachen, dann steckt Felicia sich eine in Schokolade getauchte Erdbeere in den Mund. Ich kann mir denken, was sie mir damit sagen will.

Schau her. Ich war so viel klüger als du. Ich habe alles, was ich mir gewünscht habe, während du im dreckigen Sand kämpfen musst und hungerst.

Wenn ich könnte, würde ich ihr die Zunge herausstrecken, aber wir sind keine zehn mehr und streiten hier auch nicht um einen Lolli oder darum, welchen Film wir anschauen möchten.

Lucifer sitzt mit Semjasa und Balam zusammen, während die schöne Naamah nicht zu sehen ist. Erzengel Uriel ist gar nicht gekommen, ebenso wie Nathanael. Trotzdem sind ihre Logen genauso aufwendig und protzig hergerichtet wie die der anwesenden Erzengel – in den Farben des jeweiligen Hofes. Gabriels ist jadegrün, Michaels diamantweiß, Nathanaels ziegelrot wie ein Jaspis, Phanuels lilafarben wie ein Amethyst, Lucifer sitzt in einem blutroten Sessel, um Raphaels Loge winden sich topasblaue Blumen und Uriels Loge glänzt schwarz wie der Onyx. Die Tribünen, auf denen die Ratsmitglieder sitzen, sind nicht ganz so pompös, aber auch mit allem nötigen Luxus ausgestattet. Als mein Blick zurück zu Michaels Loge schwenkt, macht mein Herz einen kleinen Satz. Cassiel geht gerade auf den Erzengel zu, während sein Blick über die Kämpfer schweift. Er bleibt kurz an mir hängen, aber seinem Gesicht ist keine Regung anzumerken, ob er mich erkennt.

Vermutlich will er einfach kein Risiko eingehen. Er wendet sich ab, zieht sich einen Sessel neben Michael und nimmt von einer der Dienerinnen ein Glas entgegen.

Das da ist sein richtiges Leben, denke ich, bevor ich zu den anderen Kämpfern zurückgehe.

Kurz darauf bekommen wir die Anweisung, uns zu formieren. Ich stehe an dritter Stelle, und als wir in die Arena einmarschieren, blende ich alle Gedanken aus. Ich sehe weder zu der Loge, in der Cassiel sitzt, noch zu den Zuschauern. Ich konzentriere mich nur auf mich, nehme etwas abseits meine Kampfposition ein und warte auf den Klang der Fanfare. Unsere Gegner stürzen auf uns nieder wie ein Schwarm Krähen. Ich erkenne die lilafarbenen Flügel meiner Gegnerin schon aus dem Augenwinkel. Naamah landet vor mir. Heute trägt sie ein komplett schwarzes Outfit und sieht aus wie ein Model für diese Modezeitschriften, die es früher gab und von denen immer noch völlig zerfledderte Exemplare auf dem Markt rotieren. Sie sagt kein Wort, sondern hebt nur ihr Schwert und nickt mir zu. Eine weitere Aufforderung brauche ich nicht. Stahl trifft auf Stahl, und ich stemme meine Beine fest in den Sand. Ein Lächeln zuckt um Naamahs Lippen. »Ich werde nicht allzu grausam mit dir sein«, flüstert sie und springt zurück, nur um sofort wieder anzugreifen. Die Wucht des nächsten Hiebes ist stärker, aber ich pariere ihn. »Ich auch nicht«, gebe ich zurück und dann sagt niemand mehr etwas. Klirrend treffen unsere Klingen immer wieder aufeinander, die rhythmische Abfolge der Schläge klingt wie ein grausames Musikstück. Ich lasse mich von ihr in die Defensive drängen, um sie in Sicherheit zu wiegen. Sie dringt immer schneller auf mich ein, genau wie

Cassiel es prophezeit hat. Engel sind zu eingebildet, um eine Finte zu erkennen. Gerade, als sie denkt, sie könnte mir den letzten tödlichen Schlag versetzen, weiche ich zur Seite, hole mit meinem Schild aus und donnere ihn gegen ihren Arm. Naamah sieht den Schlag von links nicht kommen und strauchelt zur Seite. Mehr Freiheit brauche ich nicht. Ich hüpfe um sie herum und trete ihr mit voller Wucht in den Rücken. Ein Aufschrei ertönt aus dem Publikum, als Naamah nach vorn stolpert. Leider tut sie mir nicht den Gefallen, mit dem Gesicht im Sand zu landen. Sie wirbelt herum und stürmt auf mich los. Dieses Mal gebe ich nicht nach. Zweimal funktioniert der Trick nicht. Ich ignoriere den Schmerz in meiner Schulter und hebe gleichzeitig Schild und Schwert. Ihre linke Seite ist völlig ungeschützt. Morgen wird ihr makelloser Körper voller blauer Flecken sein.

»Ich werde nicht verlieren«, keucht sie wütend.

»Und ich werde nicht sterben«, gebe ich zurück.

»Das werden wir ja sehen.« Sie stürmt los, aber ich fälsche den Angriff ab, trete gegen ihr Knie und dieses Mal landet sie im Sand. Atemlos halte ich ihr mein Schwert an die Kehle. Ihre Augen sprühen Funken, als die Fanfare ertönt, die das Ende des Kampfes anzeigt.

Naamah wischt meine Klinge zur Seite und springt auf. Ich verkneife mir ein triumphierendes Grinsen, um sie nicht noch mehr zu reizen. Sie will ich nicht zur Feindin haben, obwohl es dafür wohl zu spät ist.

»Gut gemacht.« Naamah steht auf, greift nach ihrem Schwert, das in den Sand geflogen ist, schenkt mir ein falsches Lächeln und fliegt in die Loge, in der Michael mit den anderen

Engeln seines Hofes sitzt. Mein Blick folgt ihr. Aus irgendeinem Grund habe ich angenommen, sie würde zum Fünften Himmel gehören. Missbilligend runzelt nun auch der Erzengel die Stirn, als sie vor ihm landet. Sie ignoriert ihn und geht mit wiegenden Hüften auf Cassiel zu. Ich hasse sie. Die Menschen stehen immer noch auf den Sitzen und jubeln mir zu. Sie brüllen meinen Namen, aber ich habe nur Augen für das Schauspiel, das Naamah abzieht. Sie legt ihre Arme um seinen Hals und küsst ihn. Lange. Ich schaffe es nicht, den Blick von den beiden abzuwenden. Als Naamah sich von ihm löst, fliegt sie nicht etwa in die Loge, in der Lucifer mit seinen Anhängern sitzt, sondern macht es sich auf Cassiels Schoß gemütlich. Ich versuche, den Kloß hinunterzuschlucken, der sich bei diesem Anblick in meinem Hals gebildet hat. Zwar konnte ich nicht erkennen, ob Cassiel ihren Kuss erwidert hat, aber abweisend wirkte er nicht.

Er darf sich seine Gefühle nicht anmerken lassen, rede ich mir ein. *Er täuscht sie.* Aber ein nagender Zweifel bleibt.

Naamah ruft Michael etwas zu und dieser schüttelt verärgert den Kopf. Kurz darauf reicht eine Dienerin Naamah einen Kelch. Kaum hat sie ihn in der Hand, richtet sie ihre Aufmerksamkeit wieder auf mich, als wüsste sie genau, dass ich immer noch hier unten stehe und sie beobachte. Sie hebt ihr Glas und prostet mir zu. Sie kann mich mal.

Ich hebe mein Schwert und meinen Schild, drehe mich einmal im Kreis und verbeuge mich vor dem Publikum. Ich habe gekämpft und überlebt. Ich habe weder einen Kratzer abbekommen, noch stammt das Blut auf meinem Hemd von mir. Die Menge brüllt auf, die Menschen klatschen und donnernd knallen ihre Füße auf das Holz der Sitzreihen. Sie schreien meinen Namen – und nicht nur das. Ein weiterer Ruf ertönt.

»*Libertà!*«, skandieren erst einige und dann immer mehr, während ich immer noch winke und lächele. Vielleicht übertreibe ich es ein bisschen, aber Naamah hat mich herausgefordert, mich provoziert. Allerdings habe ich keine große Lust der Aufrührerei beschuldigt zu werden. Das geht heute schneller, als man denkt. Alle anderen Kämpfer aus meiner Runde sind schon verschwunden, die Verletzten und Tote werden abtransportiert. Als der Ruf nach Freiheit immer lauter wird, beschließe ich, doch zu verschwinden. Ein letztes Mal gleitet mein Blick über die Tribüne. Die Engel sitzen stumm und starr auf ihren Plätzen. Nur Cassiel plaudert mit einer der Dienerinnen und scheint den Tumult gar nicht wahrzunehmen. Naamah grinst höhnisch. Lediglich Lucifer ist aufgestanden und steht aufrecht und mit vor der Brust verschränkten Armen am Rand seiner Loge. Er sieht aus wie ein Greifvogel, der überlegt, ob es sich lohnt, sich auf die Maus zu stürzen, oder ob diese noch nicht fett genug ist. Dann schüttelt er unmerklich den Kopf. Gleichmäßiges Marschieren von Stiefeln unterbricht unseren Blickkontakt. Die Männer der Stadtwache stürmen in die Arena und stellen sich an den Rändern auf. Ihnen folgt ein Dutzend Engel, bewaffnet mit Pfeil und Bogen. Sie postieren sich verstreut im Sand der Arena und bringen ihre tödlichen Waffen in Anschlag. Die Rufe nach Freiheit verstummen schlagartig. Die Engel würden unbarmherzig von den Pfeilen Gebrauch machen, das weiß hier jeder. Mit erhobenem Haupt verlasse ich den Platz, wütend auf Naamah, seltsam enttäuscht von Cassiel, obwohl es mir nicht zusteht, und dankbar für den

Mut der Zuschauer. Mit einem kleinen Hochgefühl versehen. Ich habe überlebt.

Als ich zu Tizian und Alessio ins Zelt komme, hat sich die Minirevolte bereits herumgesprochen. Stirnrunzelnd betrachtet Alessio mich und scannt meinen Körper nach Verletzungen ab. Nachdem er keine entdeckt, reicht er mir einen Becher mit Wasser. Dankbar nehme ich ihn entgegen und lasse mich auf eine Holzpritsche fallen. Zum Glück verkneift Alessio sich einen Kommentar zu meiner Vorstellung da draußen.

»Ich gehe nach Hause«, sage ich nach einer Weile. Alessio kümmert sich um einen Verletzten und Tizian sitzt neben mir auf dem Boden. »Kommst du mit?«

»Kann ich noch ein bisschen mit Chiara und Paolo auf dem Fest bleiben?«

Es ist sein letzter Tag mit seinen Freunden, auch wenn sie das nicht wissen. Aber es ist auch unser letzter Tag. »Na klar, aber komm nicht zu spät nach Hause.«

»Mache ich nicht.« Er geht zum Eingang des Zeltes, aber bevor er es verlässt, dreht er sich noch einmal um. »Ich habe gewusst, dass dir nichts passiert«, sagt er stolz. »Wenn ich erwachsen bin, will ich so gut kämpfen können wie du.«

Ich lächele und obwohl ich mir für ihn ein anderes Leben wünsche, sage ich: »Das wirst du ganz sicher.«

Als er weg ist, verabschiede ich mich von Alessio, der alle Hände voll zu tun hat, und gehe nach Hause. Ich halte den Kopf gesenkt, weil ich vermeiden will, von jemandem angesprochen zu werden. Nero wird es sich nicht nehmen lassen, mich für die kleine Show, die ich abgezogen habe, zu drangsalieren. Aber darüber mache ich mir Gedanken, wenn es so weit ist. Warum hat Cassiel sich von Naamah küssen lassen? Weshalb durfte sie sich auf seinen Schoß setzen? Das ungute Gefühl von vorhin in der Arena verstärkt sich. Sollte er mich heute besuchen, werde ich mir auf keinen Fall anmerken lassen, wie sehr mich die Sache verletzt hat. Ich kann keinerlei Anspruch auf ihn erheben und er nicht auf mich.

Star wartet hinter der Eingangstür auf mich. Sie sitzt auf den Treppen, die in den ehemaligen Vortragsraum führen, und springt auf, als ich die Tür aufschließe.

»Es war nur halb so schlimm, wie ich befürchtet habe«, beruhige ich sie. »Ich musste gegen Naamah kämpfen.«

Stars Augen werden groß. *Ist sie so hübsch, wie sie in den Büchern beschrieben wird?*

»Hübscher«, knurre ich. »Und sie hat sich nach dem Kampf Cassiel an den Hals geworfen«, setze ich empört hinzu. Vor Star brauche ich meine Gefühle nicht zu verstecken.

Sie nimmt meine Hand in ihre, sagt aber nichts, um mich zu trösten. *Begleitest du mich ein bisschen in die Bibliothek,* fragt sie stattdessen. *Ich will noch einmal nachsehen, ob alles in Ordnung ist.*

»Natürlich komme ich mit«, stimme ich zu, wobei ich sicher bin, dass alles in Ordnung ist. Aber wie immer, wenn Star nervös und aufgeregt ist, wird sie die Bücher neu ordnen.

Kaum betreten wir den großen Saal, stürzt sie sich auch schon auf ein paar Bücherstapel, die auf einem Tisch liegen. Ich gehe durch die Reihen und erinnere mich daran, wie es früher mit unserem Vater war. Besonders interessierte ihn das Geheimnis der Schlüsselträgerinnen. Er galt als Experte des Henochischen Systems, mit dessen Hilfe er versuchte, die Schlüssel zu übersetzen. So bezeichnete er die geheimen Sätze, die die neunzehn Mädchen aussprechen müssen, um die Tore des Paradieses zu öffnen. Heute frage ich mich, was passiert wäre, wenn ihm das gelungen wäre und er die neunzehn Mädchen vor den Engeln gefunden hätte. Aber vermutlich wäre er dieses Risiko nie eingegangen, weil er auch immer befürchtet hat, dass im selben Moment, in dem die Tore des Paradieses sich wieder öffnen, auch die Vernichtung der Menschheit beginnt. Wir sind also das Instrument unseres eigenen Unterganges. Schon deshalb dürfen die Engel die Mädchen nicht finden. Leider behaupten die Padres in den Schulen das genaue Gegenteil. Sie meinen, im Dritten Himmlischen Krieg würden die Menschen das Böse endgültig besiegen. Sie behaupten, das Jüngste Gericht oder die Apokalypse seien eine Art Neubeginn oder eine Heimkehr. Ich weiß es besser, aber ändern kann ich deshalb nichts. Ich ziehe ein Buch heraus und blättere darin herum. Vor langer Zeit habe ich in einem Buch Mose eine bestimmte Stelle markiert.

»*Und Gott der Herr sprach: Siehe, Adam ist geworden wie unsereiner und weiß, was gut und böse ist ... Da wies ihn Gott der Herr aus dem Garten Eden und befahl den Cherubim, mit dem Schwert den Weg zum Baum des Lebens zu bewahren.*«

Das ist genau der Grund, weshalb die Engel die Menschen vernichten möchten. Adam und Eva aßen bereits vom Baum der Erkenntnis. Die Engel werden um jeden Preis verhindern, dass wir auch noch vom Baum des Lebens kosten und die Menschheit damit unsterblich wird.

Ich seufze. Eigentlich wollte ich mich nach Vaters Tod mit diesen Dingen gar nicht mehr beschäftigen. Sein ganzes Wissen hat ihm nichts genützt. Die Engel werden uns nicht verschonen, auch wenn manche uns vielleicht nicht so sehr hassen, wie die Erzengel es tun.

Langsam schlendere ich zum Fenster, während Star hinter mir die Regale umsortiert. Was mache ich, wenn Cassiel nicht kommt? Ich gestehe es mir nur ungern ein, aber heute brauche ich die Bestätigung, dass das, was da zwischen uns ist, ihm mittlerweile so wichtig ist wie mir. Diese Gefühle schwächen mich, sie machen mich abhängig. Alles Dinge, die ich nicht will, gegen die ich mich aber nicht wehren kann. Jetzt muss ich damit irgendwie umgehen und jede Minute, die ich mehr mit ihm verbringe, macht es nur schlimmer. Aber ich kann mir auch nicht vorstellen, ihn zu bitten, mich nicht mehr zu besuchen. Ich stehe eine gefühlte Ewigkeit am Fenster, hänge meinen Gedanken nach, spule in meinem Kopf jede Begegnung mit Cassiel noch einmal ab – und mit jeder Sekunde wird meine Unsicherheit größer.

Als draußen die Schatten länger werden, Star aber keine Anstalten macht, mit ihrer Herumräumerei aufzuhören, beschließe ich, in den Garten zu gehen. »Ich bin nur ein paar Minuten weg«, verspreche ich ihr.

Sie nickt geistesabwesend und betrachtet ein Buch in ihrer Hand. Die Staubflocken auf ihrem Kleid scheinen sie kein bisschen zu stören.

Viel Spaß, gestikuliert sie und lächelt mich nun doch an.

»Wahrscheinlich kommt er heute gar nicht«, sage ich, um gleich nicht zu enttäuscht zu sein. »Ich schaue nur nach und dann gehen wir in die Wohnung, damit du dich waschen kannst.« Star hört mir gar nicht richtig zu und legt das Buch auf einen Stapel zu ihren Füßen.

Als ich den Saal verlasse, versuche ich, nicht zu rennen, aber meine Schritte werden immer länger. Als die Gartentür aufschwingt, rechne ich fest damit, Cassiel gegenüberzustehen, aber das Einzige, was mich anschaut, ist eine Taube, die auf dem Mauersims sitzt und gurrt. Kurz darauf landet eine zweite neben ihr und sie kuscheln sich aneinander. Ich kann nichts dafür, aber meine Augen beginnen bei dem Anblick zu brennen und ich lehne mich an die Hauswand. Für einen Moment gestatte ich mir, mich dieser Schwäche hinzugeben. Länger darf ich sie nicht zulassen. Ich muss heute meine Geschwister gehen lassen, doch die Vorstellung, Cassiel nicht wiederzusehen, weil er eingesehen hat, wie falsch das mit uns beiden ist, trifft mich irgendwo tief in meinem Inneren. Heute bräuchte ich ihn dringender als an all den letzten Tagen. Wann genau ist er mir so wichtig geworden? Ich weiß es nicht. Aber ich weiß, dass ich nicht will, dass es vorbei ist.

Ich warte über zehn Minuten. Immer wieder sehe ich Engel am Himmel kreisen, die entweder zu ihren Himmeln fliegen oder zurückkommen. Vermutlich ist heute da oben einfach zu viel Betrieb, als dass er es riskieren kann, mich zu besuchen. Ich versuche wirklich, nicht enttäuscht zu sein, aber meine Gefühle haben ihren eigenen Kopf.

XVI. Kapitel

Irgendwann am Abend ertönt die Fanfare, die das Startsignal für die Kämpfe gibt, ein letztes Mal. Während auf der Piazza rund um die Arena die Menschen feiern, ziehen die Engel sich mit ihren Gästen in den Dogenpalast zurück. Ich stehe mal wieder am Fenster und schaue hinunter. So ausgelassen sind die Venezianer sonst nur während des Karnevals, den selbst der Consiglio und die Engel nicht verbieten konnten. Ob dort unten nur einer einen Gedanken an die heute Getöteten verschwendet? Fast wünschte ich, die Bruderschaft würde auch die neue Arena zerstören, wenn dabei niemand sterben müsste. Ich lege die Stirn an das kühle Glas des Fensters. Hinter mir rumoren Star und Tizian in ihren Zimmern. Sie packen die letzten Sachen zusammen, die sie mitnehmen können. Viel ist es nicht. Sie lassen alles hinter sich, was sie mit unserem gemeinsamen Leben verbindet. Ich weiß nicht, wie ich es morgen früh schaffen soll, sie gehen zu lassen. Alessio legt mir die Hand auf die Schulter. Er sagt nichts, weil es nichts zu sagen gibt. Gemeinsam warten wir auf Pietro und Alberta, die versprochen haben, noch einmal vorbeizukommen, um sich zu verabschieden.

Eine halbe Stunde später holt Alessio sie am Eingang der Bibliothek ab. Ich wische mir die Tränen von den Wangen und hole tief Luft. Star und Tizian sollen nicht merken, wie schwer mir der Abschied fällt. Meine Schwester steht am Küchentisch und lächelt traurig. Ihr kann ich nichts vormachen, sie weiß, was ich fühle.

Kommt Phoenix auch?

Sie schaut mich so sehnsüchtig an, dass ich den Blick abwenden muss. »Wenn nicht, gehe ich ihn nachher suchen und schleife ihn am Ohr her.« Die Worte bringen Star zum Lächeln. Ich war viel zu sehr mit mir selbst und Cassiel beschäftigt, um auf ihre Gefühle Rücksicht zu nehmen. Jetzt tut mir das leid. Was hätte es schon geändert, wenn sie sich öfter gesehen hätten? Sie liebt ihn. Schon immer vermutlich.

Vielleicht ist es ganz gut so, versucht sie, mein schlechtes Gewissen abzumildern. *Danke, dass du immer auf mich aufgepasst hast und für mich da warst. Das werde ich nie vergessen.*

Ihre Worte klingen nach einem endgültigen Abschied, aber das kann ich nicht hinnehmen. »Ich komme so schnell wie möglich nach.« Wie oft habe ich das in den letzten Wochen behauptet? Wenn alles gut läuft und wenn ich weiterkämpfe und wenn ich überlebe, dauert es trotzdem viele Monate bis wir uns wiedersehen. Das sind sehr viele Wenns für unsere heutige Zeit. Aber ich muss mich daran festhalten. Das ist meine große Hoffnung. Dass wir eines Tages zusammen irgendwo friedlich leben können, ohne Angst, ohne Engel und auch ohne Cassiel. Ich schlucke meine Trauer hinunter. Diesen Preis werde ich zahlen.

Alessio betritt mit Alberta und Pietro den Raum. Natürlich ist Phoenix nicht mit ihnen gekommen, obwohl ich ein bisschen darauf gehofft habe. Hat er Star seine Zuneigung nur vorgegaukelt? Aber weshalb hätte er das tun sollen? Oder feiert er lieber dort unten mit der Menge und anderen Mädchen? Der Schmerz ist Star anzusehen und ich überlege, wie ich Phoenix den gleichen Schmerz zufügen kann, wenn er mir in die Finger gerät.

Alberta umarmt erst Star und dann Tizian, der aus seinem Zimmer herauskommt. Er hat rot geweinte Augen, aber keiner von uns spricht ihn darauf an. Pietro gibt ihm gute Ratschläge für die Reise, ermahnt ihn, vorsichtig zu sein, erinnert ihn daran, dass er nun die Verantwortung für Star trägt. Tizian nickt ein ums andere Mal und versucht, tapfer zu sein. Alberta überreicht Star ein Päckchen mit Medizin, Verbandsmaterial und noch anderen Dingen, die sie auf der Reise eventuell benötigt. Nach einer halben Stunde verabschieden sie sich wieder.

Wir vier setzen uns an unseren Küchentisch, spielen halbherzig Karten und lauschen der Musik, die durch unsere Fenster dringt. Kaum einer von uns sagt etwas. Star geht als Erste ins Bett und kurz darauf schleicht Tizian ihr hinterher. Ich mache in dieser Nacht kein Auge zu, sondern lausche ihrem gleichmäßigen Atem. Den Geräuschen, die Tizian macht, wenn er sich umdreht, dem Seufzen, das Star ausstößt. All das ist mir so vertraut und ab morgen werde ich es vielleicht nie wieder hören. Anstatt froh zu sein, es endlich geschafft zu haben, bin ich einfach nur traurig. Meine Geschwister sind noch da und ich fühle mich bereits einsam.

Ich wecke Star und Tizian eine Stunde, bevor wir uns mit Silvio treffen. Sie ziehen sich leise an. Tizian frühstückt etwas Obst und Käse, während ich die Vorräte einpacke, die ich für die Reise besorgt habe. Alessio hält Star gefühlte zehn Minuten im Arm. Sie weinen beide und ich muss mich zusammenreißen, damit ich jetzt keinen Rückzieher mache. Tizian schlingt nur ganz kurz seine Arme um den Mann, der ihm ein großer Bruder war. Dann nicke ich ihm zu. Alessio ist mein Fels in der Brandung. Ich bin so froh, dass er gleich hier sein wird, wenn ich allein zurückkomme. »Du schaffst das«, formen seine Lippen.

Nur weil ich muss, denke ich. Weil ich es meiner Mutter versprochen habe. Dann gehen wir ein letztes Mal zusammen durch unsere Tür und durchqueren die Bibliothek. Star hält den Kopf gesenkt und blickt weder nach links noch nach rechts. Alessio bringt uns bis zur Ausgangstür. Dann drückt er Star und Tizian noch mal und schiebt uns nach draußen.

Die Piazzetta liegt verwaist vor uns. Selbst die letzten Feierwütigen liegen jetzt in ihren Betten. Der Himmel färbt sich langsam hellgrau. In weniger als einer Stunde wird die Sonne aufgehen, aber dann sind Star und Tizian bereits auf dem Festland. Ich blicke nach oben zu den Engelshöfen, deren schillernde Lichter am Firmament strahlen. Ob Cassiel seine Nacht dort oder im Dogenpalast verbracht hat? Ob Naamah ihn noch mal geküsst hat? Bilde ich mir das nur ein, oder höre ich Musik von oben? Feiern die Engel immer noch die Eröffnung der Arena? Oder die vielen Toten? Über vierzig Männer und Frauen sind gestern in der Arena gestorben, hat Alessio erzählt.

Ich weigere mich, auch nur ansatzweise zu glauben, dass Cassiel sich mit ihnen darüber amüsiert. Ob er heute Nachmittag wieder zu Besuch kommt? Klug wäre es, mich im Haus einzuschließen und so zu tun, als wäre ich nicht da. Wenigstens für ein paar Tage, damit er nicht zu früh von der Flucht erfährt. Aber ich werde furchtbar allein sein.

Wir fassen uns an den Händen. Alle drei tragen wir schwarze Hosen und Shirts und ich habe Stars Rucksack auf dem Rücken. Sie muss ihn noch hunderte Kilometer durch Italien tragen, da kann ich ihn ihr wenigstens jetzt noch abnehmen. Sie hat ihr Buch wie einen Schatz in mehrere Pullover eingewickelt und ein Säckchen voller Muranoglas-Scherben dabei. Ich weiß, dass sie eine sogar in der Hosentasche hat. Die letzte Scherbe, die Phoenix ihr geschenkt hat. Mein schlechtes Gewissen, ihn nicht doch aufgetrieben zu haben, damit die beiden sich verabschieden können, wächst ins Uferlose. Aber nun ist das nicht mehr zu ändern. Es ist so weit, und endlich macht sogar Tizian ein entschlossenes Gesicht.

»Los gehts«, raune ich. Wir schleichen an den Bögen der Bibliothek vorbei und passieren die Monolithsäulen. Ich denke kurz an die Hinrichtung zurück und wie Lucifer mit mir geflogen ist. Ich kann kaum glauben, dass es erst wenige Tage her ist. Dann umrunden wir das Gebäude. Bei Tageslicht könnte man den Anlegesteg jetzt schon sehen. Wir rennen nicht los, damit das Getrappel unserer Füße nicht zu hören ist. Ich sollte es eiliger haben, aber jeder Meter bringt mich der endgültigen

Trennung von meinen Geschwistern unweigerlich näher. Leise schleichen wir an dem schmiedeeisernen Tor vorbei, hinter dem sich der ehemalige königliche Garten verbirgt. Das Tor ist längst verrostet und hängt schief in den Angeln. Ein Windstoß versetzt es in Bewegung und es quietscht in der ansonsten stillen Nacht. Star klammert sich fester an meine Hand. Fünf Minuten später sind wir am vereinbarten Treffpunkt angelangt. Von Silvio ist noch nichts zu sehen.

»Wir sind ein bisschen zu früh«, sage ich und versuche, mir meine Nervosität nicht anmerken zu lassen. Was mache ich, wenn Silvio nicht kommt? Die Möglichkeit habe ich gar nicht in Betracht gezogen. Ich taste nach dem Geld in meiner Brusttasche. Wenn er heute nicht kommt, müssen wir wieder gut vier Wochen warten, bis er erneut fahren kann. Ich weiß nicht, ob ich das durchstehe. Kurz schließe ich die Augen. Wo bleibt Silvio nur? Tizian balanciert am Rand des Kanals auf und ab. Star steht neben mir und rührt sich nicht. Ich balle die Hände zu Fäusten und öffne sie wieder. Angespannt lausche ich in die Dunkelheit, aber bis auf ein paar Musikfetzen und dem Aufflattern von ein paar Tauben bleibt alles still. Kein Plätschern von Wasser, wenn Ruder eingetaucht werden. Das Bacino di San Marco liegt stumm und leer vor uns. Ich schrecke zusammen, als ich Schritte höre, und ziehe Star hastig um die Ecke in die Calle Vallaresso. »Tizian«, zische ich. »Komm her.« Glücklicherweise gehorcht er. Wir halten die Luft an, als die Schritte näher kommen. Jemand keucht, als wäre er zu schnell gerannt.

»Star!«, höre ich ein leises Rufen. Bevor ich sie festhalten kann, stürmt sie aus der Gasse und fällt Phoenix um den Hals. Er hält sie so fest, als hinge sein Leben davon ab, und vergräbt sein Gesicht an ihrem Hals.

Einerseits bin ich froh, dass er noch gekommen ist, andererseits verärgert. »Was tust du hier?«, zische ich. »Silvio wird nicht anlegen, wenn er mehr als drei Personen sieht.«

»Er wird nicht kommen. Ihr wurdet verraten. Ihr müsst hier weg. Sofort.«

Verraten? Mit was für einem billigen Trick versucht er jetzt nun wieder, Star hierzubehalten? »Niemand weiß von dem Plan. Nur eine Handvoll Leute und allen vertraue ich – außer dir. Verschwinde, Phoenix!«

Er hält weiter Stars Hand, als er auf mich zukommt. »Das werde ich auch, aber ich nehme Star mit, ob du hierbleibst oder abhaust, überlasse ich deinem gesunden Menschenverstand. In weniger als zehn Minuten wird es hier von den Männern der Stadtwache nur so wimmeln. Sei froh, dass die meisten von den wilden Partys der letzten Nacht zu betrunken sind. Nero stellt gerade eine halbwegs nüchterne Mannschaft zusammen. Er wartet nur darauf, dich in seine Finger zu bekommen.«

Mir wird heiß und kalt zugleich. Ich stütze mich an der Hauswand ab. Kann das sein? Kann uns wirklich jemand verraten haben? Ich kneife die Augen zusammen. War es womöglich Phoenix selbst, damit er Star nicht verliert?

»Tizian, kommst du mit mir?«, fragt Phoenix meinen Bruder.

Dessen Blick wandert von ihm zu mir und immer hin und her. Stars Entscheidung steht jedenfalls fest. Sie wird diese Hand nicht loslassen.

»Woher weißt du überhaupt, dass Nero davon erfahren hat?«

Er tritt näher an mich heran. »Seit du mir von deinen Plänen erzählt hast, halte ich die Augen und Ohren offen, um sicher zu sein, dass dein irrwitziger Plan auch gelingt. Wie ich letzte Nacht feststellen musste, scheitert er jedoch schon heute.«

Ich will es nicht glauben, aber sein entschlossener Blick lässt keinen Zweifel zu. Ich habe versagt und damit das Leben meiner Geschwister in Gefahr gebracht. »Geh ruhig mit ihm. Er bringt dich in Sicherheit.« Wenn es stimmt, was Phoenix sagt, ist das das einzig Richtige.

»Ich will sie dir nicht wegnehmen, Moon. Lass uns zurückgehen und ihr geht in eure Betten. Wenn die Wachen kommen, tut ihr so, als hätten sie euch geweckt. Verdammt! Spring über deinen Schatten und vertrau mir. Nur dieses eine Mal.«

»Wir sollten durch den Garten gehen«, schlage ich zögernd vor. »Dann sehen sie uns nicht, wenn sie über den Markusplatz kommen.« Wenn sie überhaupt kommen.

»Dann los«, raunt Phoenix. Er kling erleichtert und dann rennt er schon los. Wir erreichen das quietschende Tor der königlichen Gärten und sprinten vorbei an Baumstümpfen, vertrockneten Stauden und den Skeletten von Parkbänken. Schwer atmend erreichen wir die Mauer, die unseren Teil des Gartens abtrennt. Phoenix verschränkt die Hände ineinander und Tizian klettert flink wie ein Wiesel über den Mauersims.

»Geh du zuerst und dann fängst du Star auf«, verlangt Phoenix, aber ich schüttele den Kopf.

Ich lasse meine Schwester nicht auf dieser Seite. »Wir machen es umgekehrt. Hier kann ich ihr besser helfen. Geh du zuerst.«

Phoenix stöhnt genervt, springt aber an die Mauer, zieht sich nach oben und ist verschwunden. Ich helfe Star, die nicht gerade viel Kraft hat. Erleichtert höre ich Phoenix' Stimme. »Ich habe sie«, ertönt es von der anderen Seite. »Komm schon, Moon.«

»Bring sie rein!«, rufe ich. »Ich bin gleich bei euch.«

»Wie du willst.« Er klingt ärgerlich, aber das bin ich ja gewohnt. Ich will Star einfach nur im Haus wissen.

Ich springe die Mauer hoch, wie Phoenix es gemacht hat, erreiche den Sims aber nicht. Verzweifelt versuche ich es noch einmal, aber ich bin bestimmt einen Kopf kleiner als er, was mir jetzt zum Verhängnis wird. Meine Hände sind ganz glitschig vor Aufregung und meine Beine zittern. Ich muss über diese Mauer, aber ich brauche etwas, auf das ich mich stellen kann. Von der Straße erklingt das Getrappel von Stiefeln. Das müssen die Wachen sein, die tatsächlich auf der Suche nach uns sind. Bei der Vorstellung, sie hätten uns erwischt, wird mir schwindelig. Wenn Phoenix uns nicht gewarnt hätte … viel Zeit bleibt mir nicht mehr. Ich sehe mich um, ob ich einen Holzklotz oder etwas Ähnliches entdecke. Wenn ich nicht innerhalb der nächsten Sekunden über diese verdammte Mauer komme, habe ich ein Problem. Ich schleiche an der Mauer entlang und entdecke erleichtert eine Bank, die nur ein Stück entfernt steht. Ich zerre sie näher, als ein neues Geräusch meine Aufmerksamkeit einfordert. Es ist mir so vertraut, dass ich nicht mal erschrecke, als sechs Engel hinter mir niedergehen und ihre Flügel anlegen. Ich lasse die Bank fallen und richte mich auf. Automatisch greift meine Hand an die Stelle, an der sonst mein Schwertgürtel baumelt, und fasst ins Leere. Am liebsten würde ich zurückweichen, aber den Gefallen tue ich ihnen nicht auch noch. Ganz sicher können sie meine Angst riechen. Im selben Moment kommen ein gutes Dutzend Wachen in den Garten und dank ihrer Fackeln wird es beinahe taghell.

»Moon«, begrüßt Lucifer mich, als träfen wir uns bei einem Spaziergang. »Wie immer schön, dich zu sehen. Ich hätte gedacht, nach dem Kampf würdest du die ganze Nacht verschlafen. Hätte ich gewusst, wie wenig erschöpft du bist, hätte ich dich zu unserem Fest eingeladen.« Er dreht sich zu dem Engel, der hinter ihm steht. »Wir haben uns köstlich amüsiert, nicht wahr, Cassiel? Moon wäre eine willkommene Gesellschaft gewesen.«

Für einen Moment bin ich sicher, dass mein Herzschlag aussetzt. Er ist hier. Ich werde ganz starr und meine Muskeln verspannen sich, als Naamah neben ihn tritt und ihren Kopf an Cassiels Schulter legt. »Eigentlich hatte ich vor, mich noch ein bisschen länger zu amüsieren, aber du hast mir einen Strich durch die Rechnung gemacht. Mal wieder.« Sie schüttelt den Kopf. »Böses Mädchen.«

»Tut mir schrecklich leid«, gebe ich mit verwackelter Stimme zurück und taste nach meinem Messer. Erleichtert, dass wenigstens das an seinem gewohnten Platz ist, umfassen meine Finger den warmen Holzgriff.

Lucifer zieht schmunzelnd die Augenbrauen in die Höhe. »Moon, Moon, Moon«, sagt er. »Was bist du nur für ein unbelehrbares Mädchen. Habe ich dich nicht mehr als einmal gewarnt, meine Geduld nicht auf die Probe zu stellen?«

Ich lasse den Messergriff los und verschränke die Arme vor der Brust, als er näher kommt. Meine Gedanken rasen und mein Blick ruht auf Cassiel. Was tut er hier?

»Erst versteckst du einen verwundeten Engel«, beginnt Lucifer seine Aufzählung, »und dann triffst du dich heimlich mit ihm.«

Das Blut gefriert mir in den Adern. Wieso weiß er davon?

»Dann belügst du mich, als ich dich frage, ob du einen der Verurteilten erkannt hast, zettelst nebenbei eine kleine Revolution an und verhilfst schließlich deinem Bruder zur Flucht. Was kommt als Nächstes?« Er steht jetzt genau vor mir. »Er wird dir nicht helfen«, flüstert Lucifer mit unbeteiligter Stimme und nickt in Cassiels Richtung.

Ich blicke stur an ihm vorbei. Hinter Cassiel und Naamah stehen Semjasa, Balam und Nuriel. Semjasa kratzt sich die nackte Brust, als fühlte er sich unwohl. Balam rührt sich nicht und wirkt wie eine Statue. Nur Nuriel starrt mich durchdringend an.

»Nicht mein Bruder wollte fliehen, sondern ich«, erkläre ich geschockt und gleichzeitig erleichtert, dass sie nichts von Star wissen. Wenigstens dieser Plan ist aufgegangen, wenn ich auch sonst vollkommen gescheitert bin. Ich kann es immer noch nicht glauben. All meine Pläne für meine Geschwister zerbröseln innerhalb von ein paar Minuten. Was soll nun aus ihnen werden? »Mein Bruder liegt in seinem Bett und schläft.« Mir ist es egal, was jetzt passiert. Nur Star und Tizian zählen. Und ganz sicher werde ich Lucifer nicht anbetteln, mich zu verschonen. Wenn ich ihn davon ablenken kann, was in der Bibliothek vorgeht, ist alles andere egal.

»Was machen wir jetzt mit ihr?«, fragt Naamah mit nörgelnder Stimme. Sie lächelt zu Cassiel hoch, der sich versteift.

Eine kurze Hoffnung keimt in mir auf, dass er sie ebenso wenig ausstehen kann wie ich. Dass er nur so unbeteiligt wirkt, um mich nicht noch mehr in Schwierigkeiten zu bringen.

»Cassiel«, setzt Lucifer an. »Erkläre uns doch noch einmal, warum du in den letzten Wochen beinahe jeden Nachmittag mit Moon deAngelis verbracht hast?«

Gegen Lucifer kann er nicht gewinnen. Ich ziehe die Haut meiner Wangen zwischen die Zähne und beiße hinein. Es tut so weh, dass mir Tränen in die Augen treten, aber wenigstens muss ich nicht vor lauter Wut losschreien. Wie blöd bin ich gewesen, zu denken, niemand würde etwas von unseren Treffen mitbekommen? Ob Cassiel nun dafür bestraft wird?

»Ich wollte herausfinden, ob sie Kontakte zur Bruderschaft unterhält«, erklärt er mit emotionsloser Stimme. »Sie war in der Nacht des Anschlages in der Arena. Da lag diese Vermutung nahe.«

»Wie engagiert von dir«, sagt Lucifer süffisant. »Michael wird stolz auf dich sein. Hast du ihm schon das Resultat deiner Untersuchung mitgeteilt?«

»Das wollte ich nach den Feierlichkeiten tun«, kommt es stockend.

»Und verrätst du uns auch, was du in so mühevoller Recherchearbeit herausgefunden hast?«, fragt Semjasa genervt. »Ich bin hundemüde.«

»Dann hau doch ab!«, zische ich. »Niemand hält dich auf.«

Semjasa lacht gutmütig. »Ich lasse mir doch nicht entgehen, wie du von deinem hohen Ross fällst, Kleines.«

»Ich habe keine Kontakte zur Bruderschaft«, erkläre ich. »Und ich würde nie akzeptieren, dass in einem Gebäude Bomben gelegt werden, in dem unschuldige Menschen schlafen. Sag es ihnen, Cassiel.«

»Genau.« Naamah stupst ihm mit einem rot lackierten Fingernagel in den Bauch. »Sag es uns, Cassiel«, ahmt sie mich nach.

Jetzt wünschte ich mir, der Fanfarenstoß wäre bei meinem letzten Kampf nur eine Sekunde später ertönt und ich hätte ihr noch mein Schwert in die Kehle stoßen können.

»Ich habe keine Hinweise darauf gefunden, dass Moon Mitglied der Bruderschaft ist«, erklärt er und ich atme auf.

Er würde mich nicht verraten, selbst wenn ich etwas mit den Brüdern des Lichtes zu schaffen hätte. Vorsichtig versuche ich, seinen Blick aufzufangen, aber er weicht mir aus. Vermutlich ist es besser so. Sie können mir nichts anhaben. Nachts durch einen verlassenen Garten zu laufen, ist zwar unvorsichtig und gefährlich, aber nicht verboten.

»Kann ich dann gehen?«, frage ich.

»Wohl kaum«, kommt es von Lucifer. »Erzähl uns, was du stattdessen herausgefunden hast. Sicherlich freut Moon sich über deine Erkenntnisse ungemein.«

»Ich habe herausgefunden, dass sie eine geeignete Anwärterin für die Prüfung der Schlüssel ist«, erklärt er langsam.

Ich blinzele, weil sich plötzlich alles um mich zu drehen scheint. Ich muss mich verhört haben. Und ich sollte etwas sagen, aber meine Zunge liegt in meinem Mund wie ein Stück Seife. »Bin ich nicht«, stoße ich schließlich keuchend hervor.

»Wie kannst du dir da sicher sein?«, raunt Lucifer, der während seiner Ausführungen umherspaziert ist und nun neben mir steht.

»Ich weiß es einfach.« Für einen Moment fühle ich mich außerstande, die Angst in meiner Stimme zu überspielen. Dann straffe ich meinen Körper und blicke den Engeln – einem nach dem anderen – fest in die Augen. »Wenn ihr eure Zeit mit mir verschwenden wollt, bitte.«

Lucifer schüttelt ungläubig den Kopf und trotzdem bilde ich mir ein, so etwas wie Anerkennung in seinem Blick zu sehen. Sie verschwindet so schnell, wie sie gekommen ist.

»Cassiel ist sehr sorgfältig bei der Auswahl der Prüflinge«, erklärt er langsam. »Er hat sich bisher noch nie getäuscht.«

»Wie bitte?« Mehr bringe ich nicht heraus. Was er da andeutet, kann einfach nicht sein.

Lucifers Augen werden schmal und ich bekomme eine Gänsehaut. »Du weißt es wirklich nicht?«, fragt er. »Du hast es nicht einmal geahnt? Bist du nicht ein einziges Mal misstrauisch geworden?« Seine Stimme klingt zornig, aber ich werde das Gefühl nicht los, dass dieser Zorn sich nicht gegen mich richtet.

»Wie sollte sie?«, erklingt Naamahs melodische Stimme. »Cassiel ist einfach zu gut darin, die Mädchen hinters Licht zu führen.« Sie lacht leise. »Seine Erfolge sind geradezu spektakulär. Ich bin fast neidisch. Ich habe nur zwei der sechzehn Mädchen gefunden.« Eingehend betrachtet sie ihre Fingernägel und richtet einen ihrer Ringe. Dann legt sie den Kopf schief und lächelt. »Entschuldige, aber dich hätte ich auch nicht für geeignet gehalten.«

Ich habe Mühe, meine Gedanken zu ordnen, versuche dennoch, in ihren Worten einen Sinn zu verstehen. Einen anderen Sinn als den, den diese Worte nur zulassen. Cassiel sieht so unschuldig aus, wie es nur einem Engel möglich ist. Er weicht meinem Blick nun nicht länger aus, sondern wirkt so vollkommen und unverdorben wie die gemalten Engel in den Kuppeln des Markusdoms, bevor dieser zerstört wurde. Es kann nicht sein. Ich kann nicht einen Schlüsseljäger gerettet und in mein Haus geholt haben.

Lucifer umrundet mich, als müsste er mich begutachten, und bleibt hinter mir stehen. Der Duft von Orangen und Schokolade umfängt mich und mein Magen knurrt. Warum habe ich gestern nach den Kämpfen nichts gegessen?

»Du hättest vorsichtiger damit sein müssen, wem du deine Gunst schenkst«, flüstert er mir zu. »Nun kann ich nichts mehr für dich tun.« Laut fragt er: »Wie sicher bist du dir, Cassiel?«

Mein Inneres wird zu Eis. Sie meinen das hier ernst. Sie glauben tatsächlich, ich bin eine Schlüsselträgerin.

»Absolut sicher. Sie ist ein Schlüssel.« Das Schlimme daran ist, dass Cassiels Stimme unverändert klingt. Sie ist nicht kälter, härter oder abweisend. Sie ist genauso weich wie immer. Ihre Zärtlichkeit ist nicht daraus verschwunden, und das ist es, was mir den Boden unter den Füßen wegzieht. Ich habe das unerträgliche Gefühl, in die Tiefe zu fallen.

»Gut. Wenn das so ist, können wir sie ja jetzt fortschaffen.« Lucifer wendet sich von mir ab. »Balam, wärst du so nett?«

Fortschaffen? Mit ein paar Schritten umrunde ich Lucifer und gehe zu Cassiel. »Ich bin *keine* Schlüsselträgerin.« Nur mit Mühe gelingt es mir, ihn nicht anzubrüllen. »Wie kommst du auf diesen Unsinn?«

Er schaut zu mir hinunter und legt eine Hand an meine Wange. Dieses Mal fühlt es sich kein bisschen richtig an. »Ich hatte den ersten Verdacht, als ich dich in der Arena habe kämpfen sehen«, erklärt er. »Du bist so tapfer und du kennst keine Angst.«

»Es gibt Tausende von tapferen Mädchen auf der Welt!«, fauche ich. »Was ist das denn für ein bescheuertes Auswahlkriterium?«

»Alle Schlüssel müssen makellos, gesund und einander ähnlich sein«, erklärt er weiter und es klingt beinahe liebevoll. »Wenn du die anderen Schlüsselträgerinnen kennenlernst, wirst du sehen, dass ich recht habe. Es ist eine große Ehre, eine von ihnen zu sein, also wehre dich nicht gegen dein Schicksal.«

»Genau, Zuckerpüppchen. Ein besseres Schicksal bekommst du nicht. Sei Cassiel dankbar, dass er es für dich gefunden hat«, höhnt Semjasa. Bei der nächsten Gelegenheit werde ich ihm die Augen auskratzen.

»Cassiel«, setze ich an, in dem Versuch, ihn zur Vernunft zu bringen. Der Mann vor mir kann unmöglich der Cassiel sein, den ich in den letzten Wochen kennengelernt habe. Das hier muss sein böser Zwilling sein. Ob er vor Lucifer und seinen Getreuen Angst hat? Vorsichtig lege ich ihm eine Hand auf den Arm. Seine Haut fühlt sich ganz vertraut an.

»Du irrst dich.« Leider ist das auch nur eine leere Behauptung von mir. Jedes volljährige Mädchen auf der Welt könnte ein Schlüssel sein. Ich selbst glaube, Star ist ein Schlüssel. Ich habe keine Ahnung, nach welchen Kriterien die Trägerinnen ausgewählt werden. Aber ich bin immer davon ausgegangen, wenn ich ein Schlüssel wäre, würde ich es selbst wissen oder spüren. Eine Bestimmung oder so.

»Du wirst bald wissen, dass ich recht habe, und dann wirst

du mir dankbar sein«, erklärt er nun doch etwas steif und tritt von mir zurück. »Ich vertraue darauf, dass du dein Schicksal annimmst.«

»Und ich vertraue darauf, dass du dafür in der Hölle schmoren wirst!« Das ist der Moment, in dem ich ausraste. Ich hebe die Hand und schlage ihm so fest in sein makelloses Gesicht, dass meine Hand anschließend taub ist. Cassiel taumelt zurück, seine blauen Augen erstaunt auf mich gerichtet. Die anderen Engel und die Wachen erstarren. Ich habe mein Schicksal dann wohl besiegelt, aber anders, als er es prophezeit hat. Geschieht ihm nur recht, dann war seine ganze Arbeit umsonst. Ich lache auf, als ich aus dem Augenwinkel sehe ich, wie Nuriel sein Schwert zieht.

»Steck es weg«, mischt Lucifer sich ungefragt ein. »Und bringt sie fort. Sofort. Schafft sie mir aus den Augen!«

Gerade als ich Cassiel an die Kehle springen will, umschlingen mich Balams Arme wie Lianen und pressen mir die Luft aus den Lungen. Semjasa schiebt sich zwischen uns und Nuriels Schwert.

»Und sei nicht so grob mit ihr«, verlangt Lucifer. »Wir brauchen sie noch.«

Bevor ich protestieren kann, nimmt Balam mich wie ein Kind auf den Arm. Spinnen sie jetzt vollkommen? Ich strampele, um mich zu befreien, aber Balams Muskeln sind wie aus Stahl. »Halt dich fest«, befiehlt er, breitet seine gewaltigen Schwingen aus und nickt Lucifer zum Abschied zu. Ich werde mich ganz sicher *nicht* an ihm festhalten.

Als wir abheben, werfe ich einen letzten Blick auf Cassiel. Ich kann immer noch nicht glauben, was gerade passiert ist.

Ich will nicht glauben, dass er mich so getäuscht hat. Wie konnte er das tun? Er hat versprochen, dass mir nichts geschieht. Wie kann er damit leben? Ich kriege keine Luft mehr. Ein Schmerz rast durch meinen Körper, der nicht vergleichbar mit dem ist, den mir die Klingen in der Arena schon mehrfach beigebracht haben. Wie soll ich je wieder jemandem vertrauen? Mir selbst vertrauen, wenn ich so leicht zu täuschen bin? Auf Cassiels Wange prangt der rote Abdruck meiner Hand. Das ist mein einziger Triumph. Naamah lehnt an ihm und lächelt. Ich wette, sie weiß genau, was in mir vorgeht. Mit langsamen Flügelschlägen trägt Balam mich höher und höher. In unserem Garten erkenne ich Phoenix und Alessio, die uns hinterherstarren. Alessio hat eine Hand erschrocken auf seinen Mund gepresst, während Phoenix wütend gegen eins von Stars Beeten tritt. Ich würde ihnen gern etwas zurufen, aber ich habe in den letzten Wochen zu viele Fehler gemacht. Nicht Cassiel hat mein Leben zerstört, sondern ich selbst – und das meiner Geschwister gleich noch mit.

Die Sonne klettert über den Horizont, als Balam mit mir über die Dachspitzen der Bibliothek fliegt. Ihre orangefarbenen Strahlen streicheln das Wasser, kitzeln die hellen Gebäude, die den Pier säumen. Es ist ein so friedlicher Anblick, dass mir die Tränen in die Augen treten. Ein zweites Flügelpaar taucht in meinem Blickfeld auf. Die Sonne malt ihr goldenes Licht auf seine rauchgrauen Federn. Semjasa lächelt mir aufmunternd zu und fliegt dann neben uns her, während alles unter uns kleiner wird. Cassiel hat mir eine Falle gestellt und ich bin hineingetappt. Eine Woge der Verlegenheit und Scham brandet über mich hinweg. Ich habe auf ganzer Linie versagt.

Als wir vor dem Dogenpalast landen, wartet bereits Nero mit einigen Wachen auf mich. Was hat der denn hier zu suchen? Ich dachte bis eben, ich sei eine Gefangene der Engel, und weiß nicht, ob ich noch eine weitere Demütigung ertragen kann. Er kommt auf mich zu. »Wie deine Mutter, so hast auch du dich selbst überschätzt, Moon.«

Ich will mich auf ihn stürzen und ihn erwürgen, aber Balam hält meine Arme fest, weil er vermutlich genau damit rechnet.

»Ihr deAngelis wart mir schon immer ein Dorn im Auge«, zischt Nero, als er ganz nah vor mir steht. »Was sollte das heute in der Arena?«

»Lass einfach alles raus, was dich stört, du erbärmlicher Wurm«, knurre ich ihn an. Ich bin so voller Wut und Frust, dass ich nicht mehr klar denken kann. Wenn Balam mich loslässt, schlage ich Nero grün und blau.

»Deine Mutter hätte sich mir nicht ständig in den Weg stellen sollen«, erklärt Nero weiter. »Wenn sie nur ein bisschen netter zu mir gewesen wäre. Das war wirklich nicht zu viel verlangt.«

Deswegen hasst er meine Familie? Weil meine Mutter ihn abgewiesen hat? Es ist so lächerlich, dass ich ein verächtliches Schnauben ausstoße. Nero deLuca, ein verschmähter Liebhaber. Semjasa neben mir räuspert sich. Ich wette, er denkt gerade dasselbe. »Eher wäre die Hölle gefroren«, zische ich Nero an.

Er kneift die Augen zusammen und ich sehe ihm förmlich

an, wie er zu seinem nächsten Schlag ausholt. »Du wolltest deinen Bruder also fortschicken«, sagt er.

Ich presse die Lippen zusammen, auch wenn es mich übermenschliche Anstrengung kostet, ihm nicht über den Mund zu fahren. Ich werde ihm nicht antworten, weil ich nicht will, dass er unbeabsichtigt Star erwähnt. Ich muss darauf vertrauen, dass er nicht weiß, was aus ihr geworden ist.

»Es steht unter Strafe, wie du weißt. Wie gut, dass es noch treue Bürger gibt, die die Gesetze achten und es melden, wenn eins gebrochen wird.«

Irgendwer hat meine Pläne verraten und wenn ich denjenigen finde, werde ich ihn persönlich umbringen.

Neros Hand schnellt nach vorn und reißt mir die Brusttasche mit dem Geld über den Kopf.

Ein Knurren kommt aus meiner Brust und ich versuche, mich loszureißen, aber Balam hält mich unerbittlich fest.

Das darf Nero nicht. Ich muss das Geld wiederhaben. Auch wenn ich es nicht mehr brauche, gehört es meinen Geschwistern. Wovon sollen sie sonst leben? Ich habe es mit meinem Blut verdient. Ich versuche erneut, mich zu befreien, und trete um mich, aber gegen den Engel habe ich keine Chance.

Nero lächelt, als er den Beutel in der Hand wiegt. »Das wäre dann alles«, sagt er. »Der Consiglio würde ja ein Urteil über dich sprechen, aber wie ich gehört habe, beanspruchen die Engel dich für sich.«

»Ganz genau«, mischt sich Semjasa ein. »Und nun geh uns aus dem Weg. Du hast deinen Spaß gehabt.«

Wenn ich ihn nicht verabscheuen würde, wäre ich ihm dankbar.

Nero tritt zur Seite und gibt den Eingang zum Dogenpalast frei. Nun fange ich doch an zu zittern, denn ich weiß, wo sie mich hinbringen. Die Verliese in den Kellern waren schon immer berüchtigt. Verzweifelt versuche ich, mir meine Angst nicht anmerken zu lassen. Diese Genugtuung gebe ich ihnen nicht auch noch.

Balam und Semjasa laufen mit mir durch die Gänge des Palastes. Irgendwo spielt ein Orchester und ich höre Gelächter. Wir gehen über die Seufzerbrücke, wo ich einen letzten Blick auf den Kanal unter mir erhasche. Das ist das Ende. Ich habe kein Geld mehr, ich kann meine Geschwister nicht mehr beschützen, Cassiel hat mich verraten. Nichts von dem, was in den letzten Wochen zwischen uns passiert ist, war echt. Und an allem bin nur ich schuld. Die Verzweiflung rollt in Wellen durch meinen Körper. Ich stolpere, aber Semjasa hält mich, bevor ich falle.

Die Gänge, die in die Verliese führen, sind hell erleuchtet, sodass ich das Elend, das hier unten herrscht, genau betrachten kann. Es stinkt nach verschimmeltem Stroh. Stöhnen dringt mir entgegen und ich höre das Klirren von Ketten. Ein irres Lachen erklingt hinter einer dicken Holztür, aus der nur ein kleines Viereck herausgeschnitten ist. Ich will gar nicht wissen, wer dort gefangen gehalten wird. Sie werden mich in eins dieser stinkenden Löcher werfen. Vielleicht ist das nur ein Albtraum. Vielleicht wache ich gleich auf. Die Hoffnung verschwindet, als Semjasa die Tür zur Zelle öffnet. »Tut mir leid, Kleines. Da hast du dich mit dem Falschen eingelassen. Ich habe dich doch vor ihm gewarnt. Warum hast du nicht auf mich gehört?«

Selbst wenn ich mich an die Warnung erinnern könnte, hätte ich sie wohl kaum beherzigt, weil ich der Meinung bin, immer alles besser zu wissen. Das hier ist nun meine Strafe. Vermutlich bin ich eine Schlüsselträgerin. Mein Verhalten passt bestens zum Schlüssel der Überheblichkeit.

»Er ist Michaels bester Schlüsseljäger und er nimmt keine Rücksicht – auf nichts und niemanden. Es geht ihm nur um die Gunst des Erzengels. Es gibt kaum einen ehrgeizigeren Engel am Vierten Hof als Cassiel.«

Ich nicke, damit er sieht, dass ich ihn verstanden habe. Er muss mich für ein Schaf halten und liegt damit nicht mal falsch. Tränen der Wut brennen hinter meinen Lidern.

»Er wird dich nicht retten«, sagt Semjasa sanft. »Vergiss das. Konzentriere dich auf dich. Versuche einfach, zu überleben. Es wird nicht leicht.«

Balam, der die ganze Zeit nichts gesagt hat, schiebt mich endgültig in die Zelle. Ich sollte kämpfen, mich wehren, beißen und treten, aber alle Kraft verlässt mich, als ich endgültig begreife, mich schon wieder in jemandem getäuscht zu haben. Meine Mutter hat mich im Stich gelassen. Meine eigene Mutter, von der ich wusste, dass sie mich geliebt hat. Weshalb habe ich dann an einen Engel geglaubt? Für einen ewigen Moment fühlt es sich an, als würde ich fallen. Ein unendlich tiefer Abgrund tut sich vor mir auf. Mein vernebeltes Gehirn hat Cassiels wahre Absichten nicht durchschaut. Wie konnte ich nur eine Sekunde lang glauben, ihm würde etwas an mir liegen? Saurer Speichel sammelt sich in meinem Mund. Nur mit Mühe hole ich Luft. »Wie viel Zeit bleibt mir, bis die Prüfungen beginnen?« Ich kralle meine zitternden Finger um die Gitterstäbe, damit sie das Beben nicht sehen. Ich habe meine Gefühle einmal entblößt, noch mal passiert mir das nicht. Das Zittern wandert zu meinen Lippen.

»Die Prüfungen beginnen, wenn die Schlüsseljäger sieben Mädchen für die nächste Anwartschaft gefunden haben«, erklärt Semjasa. »Zurzeit fehlen noch zwei, aber es wird nicht mehr lange dauern, bis wir diese gefunden haben.«

Sind diese Mädchen alle einen einem Verlies? Wie viele hat Cassiel noch auf diese Art *ausgewählt*? Mir wird so übel, dass ich Angst habe, mich übergeben zu müssen. Auf keinen Fall werde ich den beiden zeigen, wie schlecht es mir geht.

»Wenn alle sieben Mädchen feststehen, entscheidet das Los, welcher Erzengel dich vorbereitet«, setzt Semjasa fort. »In den Prüfungen wird sich herausstellen, ob du eine Schlüsselträgerin bist oder nicht.«

Ich sinke in das modernde Stroh zu meinen Füßen und lehne die Stirn an die rostigen Stäbe. Ich bin keine Schlüsselträgerin und werde bei den Prüfungen sterben. Ich werde Tizian nicht aufwachsen sehen, werde nicht wissen, wie er als Mann sein wird. Ich werde nie erfahren, ob Star nicht eines Tages doch noch spricht. Ich merke erst, dass ich weine, als ich mit den Händen über mein Gesicht fahre. Ich wollte doch nur einmal etwas für mich. Welchen Sinn hatte dieser jahrelange, zermürbende Kampf? Warum habe ich immer so getan, als könnte ich alles schaffen? Wie konnte ich für ihn alles aufs Spiel setzen? Sogar das Leben meiner Geschwister.

Die Schritte von Balam und Semjasa entfernen sich, ohne dass sie sich verabschiedet haben. Warum sollten sie auch nur einen Gedanken an mich verschwenden? Ich bin nur ein weiteres Opfer, das Cassiel ins Netz gegangen ist. Ein weiteres Opfer in diesem Krieg der Engel. Ich schluchze laut auf. Ich weiß nicht, wann ich das letzte Mal geweint habe, aber als ich mich endlich beruhige, kriecht die Kälte in meine Glieder und durchdringt jede einzelne meiner Zellen.

»Mädchen«, erklingt hinter mir eine weibliche Stimme. »Du musst nicht da vorn hocken bleiben. Hier lässt dich sowieso nie wieder jemand raus. Komm zu uns.«

Ich habe kaum die Kraft, den Kopf zu wenden. Mir ist es egal, wer mit mir in diesem Loch steckt. Ich höre ein schabendes Geräusch, als würde etwas über den Boden rutschen. Schmutzige Hände greifen nach mir und zerren an meiner Jacke. Jemand reißt an meinen Haaren. Ich zittere immer heftiger, während mir meine Stiefel von den Füßen gezogen werden. Erst als jemand nach meiner Bluse greift, schlage ich um mich. Klatschend treffe ich auf feuchte Haut. Keifend ziehen die Diebinnen sich zurück und ich schiebe mich in eine Ecke. Ich ziehe die Beine an und schlinge die Arme darum. Ich darf nicht einschlafen. Ich darf nicht einschlafen. Aber ich bin seit beinahe achtundvierzig Stunden wach und habe fast genauso lange nichts gegessen. Mein Körper fordert seinen Tribut.

Ich sitze auf einer Wiese, bunte Blütenköpfe recken zwischen hellgrünen Grashalmen ihre Köpfe hervor. Ich halte mein Gesicht in die Sonne und genieße die Wärme. Ganz in der Nähe steht ein kleines Mädchen mit nackten Füßen in einem Bach. Sie hat ihr Kleidchen hochgehoben, damit der Saum nicht nass wird. Aber ihr Bruder spritzt sie nass, sodass sie quietschend davonläuft. Ihre Beine sind zu kurz und er kommt immer näher. Plötzlich stolpert sie und fällt ins Wasser. Ich springe auf, um ihr zu helfen, als ein Engel neben ihr landet. Er hebt die Kleine hoch, die schluchzend ihre Arme um seinen Hals schlingt. »Ich lasse nicht zu, dass meiner Prinzessin ein Leid geschieht«, flüstert er ihr ins Ohr. Dann setzt er sie ab und pustet über die von den spitzen Flusskieseln verursachten Wunden, die sich augenblicklich schließen. Dann küsst er jedes Knie und sie strahlt.

»Bekomme ich süße Datteln?«, fragt sie und legt den Kopf schief. Ich erkenne den Engel nicht, weil sein Gesicht so verschwommen ist, aber ich kenne dieses tiefe Lachen. »Du bekommst alles, was du willst.«

Eine Frau läuft über die Wiese auf ihn zu. »Du verwöhnst sie«, rügt sie ihn. »Sie tanzt mir auf der Nase herum, wenn du nicht da bist.« Der Engel nimmt die Frau in die Arme und schwenkt sie im Kreis. »Lass sie mich verwöhnen, solange ich kann«, bittet er und die Gesichter der beiden Erwachsenen werden ernst. Dann sitze ich plötzlich nicht mehr auf der Wiese, sondern betrachte den wunderschönen Garten von oben. Ich sehe Frauen und Engel, spielende Kinder, Rauchwolken steigen aus den Schornsteinen der weißen Häuser. Musik erklingt, Lachen, der helle Ton eines Schmiedehammers, das Blöken von Schafen und das Bellen eines Hundes. Und dann höre ich ein Donnergrollen. Mein Blick schweift weiter – und dort, wo der Garten endet, sehe ich Myriaden von Engeln, die Kampfaufstellung nehmen. Ich keuche und will die Engel und Frauen unter mir warnen, aber kein Laut kommt über meine Lippen, egal, wie sehr ich es auch versuche.

Ich schlage vor Anstrengung um mich und wache auf. Stinkendes Stroh liegt unter meinem fast nackten Körper. Mir ist eiskalt und trotzdem bin ich froh, dass es nur ein Traum war und ich nicht Tausenden von Engeln gegenübertreten muss. Nach einer Weile dämmere ich wieder ein. Jedes Mal, wenn ich wieder zu mir komme, ist es noch ein bisschen kälter. Ich versuche, mich immer kleiner zu machen, aber noch mehr kann ich mich nicht in mir verkriechen. Die Feuchtigkeit sickert unerbittlich in meine Knochen. Meine Lunge, mein Herz und mein Kopf schmerzen. Ich bekomme keine Luft mehr, und wenn ich versuche, die Augen zu öffnen, stelle ich nur fest, dass sie verklebt sind. Ich weiß nicht, ob Tag oder Nacht ist. Hinter meinen Lidern ist es finster, und trotzdem spüre ich grelles Licht auf meiner Haut. Meine Zunge liegt wie ein aufgequollenes Stück Fleisch in meinem Mund und meine Lippen schmerzen, weil sie vollkommen ausgetrocknet sind. Wenn die Engel mich verhungern und verdursten lassen, können sie mich wenigstens nicht ihren Prüfungen unterziehen. Das ist mein einziger Trost.

Ich weiß nicht, wie lange ich bereits eingesperrt bin. Mein Zeitgefühl ist mir so abhandengekommen wie meine Bluse, meine Hose und die Stiefel. Wer immer auch mit mir in dieser Zelle ist, hat mir bis auf meine Unterwäsche alles gestohlen. Ich kann es ihnen nicht mal verdenken. Mir ist so kalt, dass ich mich auch auf den nächsten armen Schlucker stürzen würde, den die Engel einsperren. Wenn ich die Kraft besäße. Ich weiß nicht, warum ich so schnell abbaue, weshalb mein Überlebenswille von Minute zu Minute schwindet. Wegen der Kälte oder meiner Hoffnungslosigkeit?

Cassiel hat mich benutzt und ich habe es nicht mal geahnt. Ich weiß nicht, ob ich wütender auf mich selbst oder auf ihn bin. Ich drifte wieder weg und träume dieses Mal von hellblauen Lagunen und weißen Stränden, an denen ich liege und mich von der Sonne wärmen lasse.

Sterben ist gar nicht so übel, stelle ich irgendwann fest. Man träumt von einer Vergangenheit, die es nicht mehr gibt, und einer Zukunft, die nie sein wird. Nie wieder wird mich jemand verletzen oder Ansprüche an mich stellen, die ich sowieso nicht erfüllen kann. Nie wieder wird mich jemand vorwurfsvoll ansehen oder enttäuscht von mir sein. Als es zu Ende geht, schwebe ich. Ich schmiege meine Wange an etwas Weiches. Ich höre leise Worte, die jemand in mein Ohr flüstert. Vielleicht gibt es den Gott, der uns angeblich erschaffen hat, wirklich. Vielleicht tröstet er mich. Wenn ich meine Augen öffnen könnte, würde ich ihn fragen, was er sich dabei gedacht hat. Aber ich öffne sie nicht, schließlich bin ich tot. Ich hätte gerne einmal jemanden geküsst, der mich liebt. Mich – als Mensch. Mich, wie ich bin, mit meinen Makeln und Fehlern. Jemanden, dem sie egal sind. Ich hätte gerne einmal jemanden geliebt, der mich zurückliebt. Wasser benetzt meine wunden Lippen. Es schmeckt nach Zitrone und Honig. »Du musst schlucken«, fleht eine Stimme. »Bitte, Moon, trink. Ich habe nicht viel Zeit.« Etwas Kühles rinnt durch meine Kehle und mir wird klar, dass das kein Traum ist. Das ist die Wirklichkeit. Mit unendlicher Mühe gelingt es mir, die Augen zu öffnen. Felicia hält mich im Arm und zwingt einen Becher zwischen meine Lippen. »Ich habe dich doch gewarnt«, schimpft sie, aber die Erleichterung in ihren Augen ist nicht zu übersehen. Ich schlucke und schlucke, bis der Becher leer ist. Dann zieht sie mir einen Pullover über. »Wo ist deine Hose?«, fragt sie ein bisschen panisch. »Sie haben dich doch nicht …«

»Die anderen Gefangenen haben sie gestohlen«, bringe ich leise hervor.

Erleichtert atmet sie auf und wickelt mich in eine Decke. Sofort wird mir wärmer. »Ich habe die Wachen bestochen, damit sie auf dich achtgeben«, raunt sie. »Und ich habe dir Essen mitgebracht. Das Brot hat Alberta selbst gebacken. In der Karaffe ist warmer Tee mit einem Weidenrindensud. Pietro hat ihn mir gegeben. Trink das, du hast Fieber«, erklärt sie hastig, während ein junger Wärter das verschimmelte Stroh aus der Zelle fegt und dann frisches hereinbringt.

»Danke, Marco.« Feli lächelt ihn an und die Ohren des Mannes werden feuerrot.

»Star und Tizian geht es gut. Alessio und Phoenix kümmern sich um sie. Ich weiß nicht, was ich noch für dich tun kann und ob ich es schaffe, zurückzukommen. Es tut mir so leid.«

»Ich bin ja selbst schuld«, kommt es mühsam über meine rauen Lippen. »Ich habe es nicht anders verdient.«

Sie drückt mich an sich. »Natürlich hast du das«, erklärt sie mit fester Stimme. »Das haben wir alle. Hörst du. Du musst kämpfen. Du darfst jetzt nicht aufgeben. Wir brauchen dich und du bist nicht allein.«

Bis gerade eben hat es sich aber noch so angefühlt, nun merke ich, wie die Hoffnung zurückkehrt.

»Wir werden wieder ohne Angst durch Venedigs Straßen laufen«, verspricht sie mir leise. »Hörst du? Wir werden nicht sterben und wir werden nicht zulassen, dass sie uns alles wegnehmen, wovon wir geträumt haben. Ich will immer noch fliegen, aber nicht auf dem verdammten Arm eines Engels.«

Ich muss lachen und gleichzeitig steigen mir Tränen in die Augen. Das ist meine Feli. Wo war sie in den letzten Jahren nur hin? Ich drücke ihre Hand. »Danke«, flüstere ich, weniger froh, dass sie hier ist und mir Essen und Kleidung gebracht hat, sondern weil ich so unglaublich stolz auf sie bin. Ich habe mich von den Engeln benutzen lassen. Ich habe mich von Cassiel zum Narren halten lassen. Sie war viel klüger als ich. Sie hat mit ihrer gespielten Unterwürfigkeit alle hinters Licht geführt. Sogar mich – und ich hätte es besser wissen müssen. Ich werde sie nicht enttäuschen. Wenn sie darauf vertraut, dass ich weiterkämpfen kann, dann werde ich das auch tun. Wir lassen die Engel nicht gewinnen.

Nachwort

Dass die Mythologie mein Steckenpferd ist, dürfte nun langsam kein Geheimnis mehr sein. Mythen, Legenden, Märchen und Sagen jeglicher Couleur begleiten mich seit meiner Kindheit. Dabei fand ich schon immer, dass Mythen und Legenden etwas ganz Besonderes sind, weil niemand von uns weiß, wie viel Wahres tatsächlich in ihnen steckt. Hat König Artus wirklich gelebt und ist mit seinen Rittern der Tafelrunde durch die Lande geritten – auf der Suche nach dem Heiligen Gral? Hat Odysseus tatsächlich das Trojanische Pferd bauen lassen und ist danach zehn Jahre über die Meere geirrt, weil er Poseidon verärgert hatte. Oder hat Adam, der Stammvater der Menschen, seine erste Frau Lilith verstoßen, weil diese zu aufmüpfig war, und hat dann die sanftmütige Eva geheiratet, die sich von Lucifer überreden ließ, vom Baum der Erkenntnis zu essen. Alles Geschichten, über deren Wahrheitsgehalt wir spekulieren können und die wahrscheinlich nicht so passiert sind, wie sie uns heute erzählt werden, die aber irgendwo ihren Anfang nahmen. Nun habe ich mich also den Engeln gewidmet, und das war selbst für mich ein Thema, das ich erst einmal durchdringen musste. Denn die Engel selbst werden in der Bibel nur selten erwähnt, wobei es unzählige Überlieferungen über sie gibt. In der Regel sind sie nett und freundlich und uns Menschen wohlgesonnen. Alle bis auf Lucifer. Ich habe mich gefragt, weshalb das so sein soll? Die Menschen machen so viele Unterschiede, urteilen so oft über andere, bilden sich Meinungen und verurteilen nur zu gern, was anders ist. Warum sollen Engel besser sein? Warum sollte Gott erst eine vollkommene Spezies geschaffen haben und dann uns unvollkommene Menschen? Das macht gar keinen Sinn. Vielleicht sollte ich anfügen, dass ich Agnostikerin bin. Ich würde also gern glauben, allein mir fehlt der Beweis der Existenz einer göttlichen Macht. Also, was wäre, wenn Engel genauso fehlbar wären wie wir Menschen? Neidisch, eifersüchtig, rechthaberisch und grausam? Von der Hand zu weisen ist diese Vermutung nicht – genauso wenig wie die, dass weder alle Menschen noch alle Engel gleich sind. Und auf genau dieser Idee fußt die Geschichte, die ihr gerade gelesen habt und die euch hoffentlich gefallen hat. Was wäre, wenn … ist die spannendste Frage, die eine Autorin sich stellen kann, denn dann öffnet sich ein ganzes Universum an Möglichkeiten. Für die Recherche zu meinen Engelromanen habe ich ganz tief in die Schatzkiste der kabbalistischen Geheimlehre geschaut, mich mit dem Henochischen Orden beschäftigt und viele Überlieferungen zur Engelsmythologie, die es in apokryphen Schriften so gibt, gelesen. Es war für mich keine neue Erkenntnis – trotzdem möchte ich es hier noch einmal erwähnen – zu erfahren, dass der Schöpfungsmythos aller drei großen Weltreligionen (Judentum, Christentum, Islam) auf denselben Geschichten basiert und uns eigentlich verbinden und nicht trennen sollte. Engel machen auch keine Unterschiede.

Aber das alles nur am Rande. Um diese Geschichte in die Form zu bringen, wie sie euch hier vorliegt, brauchte ich wie immer ganz viel Hilfe. Zuerst möchte ich meinen tollen Testleserinnen danken, die mich immer wieder in die richtige Richtung zurückgeschubst haben, dann Nikola für ihre beißenden Bemerkungen am Rand des Skriptes, wie unmöglich Moon sich benimmt und dass sie sich mal zusammenreißen soll. Jil und Nicole haben dafür gesorgt, dass der Text hoffentlich fehlerfrei ist und ohne Caroline Liepins wäre das Buch nie geschrieben worden, denn sie hat das Cover ursprünglich für GötterFunke entworfen. Da es aber eindeutig ein Engelcover ist, musste eine Engelgeschichte her und ich bin ehrlich gesagt ziemlich stolz auf Moon, die sich so tapfer durch ihr hartes Leben schlägt und dabei immer ihr Herz und ihren Kopf behält.

Wenn euch die Geschichte also gefallen hat, bitte ich hier wie immer um eine Rezension, einen Post, Kommentar oder eure Empfehlung. Ich würde mich freuen, wenn ganz viele LeserInnen Moon, Star, Alessio, Phoenix, Tizian und die Engel kennenlernen dürfen. Ich verspreche euch, auf Teil 2 müsst ihr nicht lange warten.

Alles Liebe
Marah Woolf

Figurenverzeichnis

Menschen

Moon deAngelis: Hauptprotagonistin
Star deAngelis: Moons Zwillingsschwester
Tizian deAngelis: Moons kleiner Bruder
Alessio: Bester Freund von Moon, Arzt
Phoenix Bertoni: Bandenchef, verliebt in Star
Alberta: Vertraute von Pietro Andreasi
Pietro Andreasi: Arzt von Venedig und Leiter des Krankenhauses
Maria Tomasi: Freundin, arbeitet auf dem Markt
Pavel Tomasi: Ehemann von Maria, Gondoliere
Stefano Rossi: Ehemann von Suna
Suna Rossi: wird von Moon in der Arena gerettet
Chiara Rossi: Tizians Schulfreundin, Tochter von Stefano und Suna
Nero deLuca: Vorsitzender des Consiglio, des Rates der Zehn von Venedig
Felicia deLuca: Tochter von Nero, früher beste Freundin von Moon
Alessandra Bertolo: Attentäterin, Mitglied der Bruderschaft des Lichts
Isa: Fischverkäuferin auf dem Mercato
Silvio: Schmuggler, Neffe Albertas

Engel:

Cassiel: Prinz des Vierten Himmels
Lucifer: Erzengel Fünfter Himmel
Semjasa: Lucifers bester Freund
Raphael: Erzengel Zweiter Himmel
Gabriel: Erzengel Erster Himmel
Michael: Erzengel Vierter Himmel
Nuriel: Engel des Vierten Himmels und Michaels Heerführer
Naamah: weiblicher Engel, Anhängerin Lucifers
Balam: gefallener Engel, Fünfter Himmel
Seraphiel: Oberster Seraph
Uriel: Erzengel Siebter Himmel
Nathanael: Erzengel Dritter Himmel
Phanuel: Erzengel Sechster Himmel

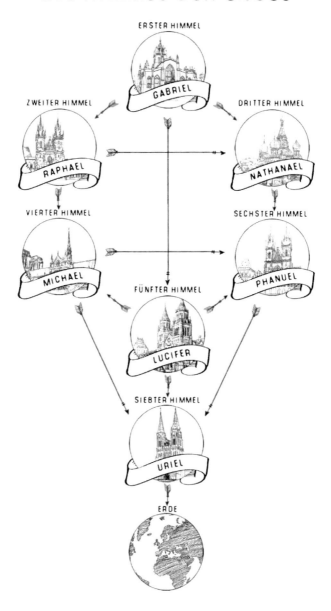

Die himmlische Ordnung der Engel

Seraphim
Erster Rang der Engel, sechs- oder achtflügelig und in Flammen stehend, umschweben sie Gottes Thron

Cherubim
Zweiter Rang der Engel, Wächter des Paradieses, sechs- oder vierflügelig mit Flammenschwertern, sollen Lucifers Rückkehr in den Garten Eden verhindern

Throne
Dritter Rang der Engel, die seltsamsten Engel, da sie eher brennenden Fackeln gleichen

Herrschaften
Vierter Rang der Engel, Verwalter der Himmlischen Ordnung, Beamte der Himmlischen Höfe

Mächte
Fünfter Rang der Engel, steuern die Bewegungen der Sonne, des Mondes und der Sterne

Gewalten
Sechster Rang der Engel, schützen den Himmel vor Angriffen der Dämonen und Lucifers Heerscharen, ein Großteil der Gewalten schloss sich jedoch Lucifer während der Himmlischen Kriege an

Fürstentümer
Siebter Rang der Engel, sollen die Städte und Völker der Menschen beschützen

Erzengel
Achter Rang der Engel, vier- oder zweiflügelig, ihre Aufgabe war es, die Menschen vor Lucifer zu schützen und ihnen zur Seite zu stehen.

Engel
Neunter Rang der Engel – dienende Engel: Botenengel, Deutungsengel, Kriegsengel, Mysterienengel, Racheengel, Schreibengel, Schutzengel, Todesengel, Wächterengel

Die XIX Schlüssel

1. Schlüssel der Erfüllung
2. Schlüssel der Selbsterkenntnis
3. Schlüssel der Erscheinung
4. Schlüssel der Selbstsucht
5. Schlüssel der Versuchung
6. Schlüssel der Aufopferung
7. Schlüssel der Teilung
8. Schlüssel der Beständigkeit
9. Schlüssel der Veränderung
10. Schlüssel des Neides
11. Schlüssel der Einsamkeit
12. Schlüssel des Ruhmes
13. Schlüssel des Verzweifelns
14. Schlüssel des Mutes
15. Schlüssel des Glaubens
16. Schlüssel des Verrates
17. Schlüssel der Überheblichkeit
18. Schlüssel der Weisheit
19. Schlüssel der Stimme

Wer wissen möchte, wie ich zu meinem »umfangreichen« Wissen über die Mythologie der Engel gekommen bin, kann gern unter anderem hier nachlesen:

Giovanni Grippo: Das Buch der Engel
Giovanni Grippo: Das Buch der Wächter
Johan von Kirschner: Lehrbuch der mystischen Kabbala
Giovanni Grippo: Das Buch des Raziel
Andreas Gottlieb Hoffmann: Das Buch Henoch
Joh. Flemming: Das Buch Henoch
Die Bibel
und viele mehr

Das waren natürlich hauptsächlich Anregungen und ich bitte euch, nicht zu vergessen, dass es sich bei vorliegendem Werk um einen Fantasyroman handelt 😊.

Weitere Bücher von Marah Woolf

MondSilberLicht
MondSilberZauber
MondSilberTraum
MondSilberNacht

FederLeicht. Wie fallender Schnee
FederLeicht. Wie das Wispern der Zeit
FederLeicht. Wie der Klang der Stille
FederLeicht. Wie Schatten im Licht
FederLeicht. Wie Nebel im Wind
FederLeicht. Wie der Kuss einer Fee
FederLeicht. Wie ein Funke von Glück

BookLess. Wörter durchfluten die Zeit
BookLess. Gesponnen aus Gefühlen
BookLess. Ewiglich unvergessen

GötterFunke. Liebe mich nicht
GötterFunke. Hasse mich nicht
GötterFunke. Verlasse mich nicht

Bücher von Emma C. Moore

Finian Blue Summers – Say something
Fanny Rose Eden – Timing is everything

Zuckergussgeschichten

Zum Anbeißen süß
Zum Vernaschen zu schade
Cookies, Kekse, Katastrophen
Himbeeren im Tee
Erdbeeren im Schnee
Lebkuchen zum Frühstück
Zimt, Zoff und Zuckerstangen
Liebe ist wie Zuckerwatte
Marshmallows im Kakao
Küsse mit Schlagsahne

Leseprobe

GötterFunke. Liebe mich nicht

Aufzeichnungen des Hermes

Prometheus hatte sich diesen lächerlichen menschlichen Namen gegeben. Cayden – angeblich bedeutete es Kampfgeist, und eins musste man dem Jungen lassen: Kampfgeist hatte er. Alle olympischen Götter hatten sich in der Großen Halle von Mytikas versammelt, um dem Schauspiel erneut beizuwohnen. Prometheus hatte auf seinem Recht bestanden und Zeus gewährte es ihm. So war es vor einer Ewigkeit vereinbart worden. Doch wie immer würde Prometheus auch diesmal verlieren. Er hatte sich von Zeus hinters Licht führen lassen. Das wusste er und gab trotzdem nicht auf.
Mit einem Fingerschnippen beschwor der Vater der Götter ein Bild herauf, das an der weißen Wand der Palastmauer erschien. Hier würden die Götter, die Mytikas nicht verlassen durften, das Spektakel verfolgen.
Ab morgen würde es mein Job sein, die Götter über das Geschehen auf dem Laufenden zu halten, und bei mir genügte kein Schnippen. Ich würde herumfliegen müssen, um sicherzustellen, dass ich nichts Wichtiges verpasste. Diese Spiele waren für mich der reinste Stress, denn jeden Abend erwarte-

ten die Götter von mir eine Zusammenfassung darüber, was bei den Menschen vor sich ging.

Ich nahm mir einen Teller voll Orangenstücken und Erdbeeren und machte es mir auf meiner Liege gemütlich. Heute lagen meine Flügelschuhe noch neben der Liege. Die kommenden Wochen würden anstrengend genug werden.

»Lasset die Spiele beginnen«, verkündete mein Vater Zeus mit lauter Stimme und legte sich zu seiner Ehefrau Hera.

Nichts hasste ich mehr als Gewitter, vor allem, wenn der Wind dabei so durch die Bäume heulte, als wäre er ein wildes Tier, das nur darauf wartete, von der Leine gelassen zu werden und mich zu verschlingen. Wenn ich ehrlich war, hasste ich Unwetter nicht nur, ich fürchtete mich zu Tode. Es war albern, Angst vor Blitzen und Donner zu haben. Aber ich konnte es nicht ändern. Angst war mein zweiter Vorname. Ich hatte Angst vor Unwettern, Angst vorm Fliegen, Angst vor Schlangen und anderem Getier. Ich litt unter diversen Phobien mit seltsamen lateinischen Namen. Astraphobie nannte sich die Angst vor Gewittern. Und ausgerechnet ich saß in einem Auto mitten in den Rockys, während aus dem Nichts heftiger Regen und undurchdringliche Finsternis über uns hereinbrachen. Gerade noch war der Himmel strahlend blau und voller weißer Schäfchenwolken gewesen, als sich von einem Moment auf den nächsten die Sonne verdunkelt hatte. Die Szenerie glich einem Weltuntergang in einem Katastrophenfilm. Genau um solche Situationen zu vermeiden, checkte ich normalerweise sehr sorgfältig meine Wetter-App. Aber die hatte offensichtlich versagt. Man sollte die Typen verklagen, die so einen Mist programmierten. Selbst Robyn, meine beste Freundin seit unserem ersten Tag an der Junior High, die sonst nicht so leicht aus der Ruhe zu bringen war, umfasste das Lenkrad mit ihren sorgfältig manikürten Fingern fester, während ich mich zwingen musste, meine ohnehin zu kurzen Nägel nicht bis auf die Haut abzuknabbern. Eine ziemlich eklige Angewohnheit, die mich immer dann überkam, wenn ich nervös war.

Wieder erklang das Heulen. Diesmal viel näher. Das war nicht der Wind. Ich hätte mich mehr mit der Fauna in den Rockys beschäftigen sollen als mit dem Wetter, bevor ich Robyn überredet hatte, mit mir nach Camp Mount, das jenseits jeglicher Zivilisation lag, zu fahren. Der Regen, der auf die Frontscheibe des Wagens prasselte, klang wie die Salven eines Maschinengewehrs. Trotz des Mistwetters fuhr Robyn die schmale Straße, die sich durch die Wälder wand, entlang, als nähme sie an einem Wettrennen teil. Wenn ich zu ängstlich war, war sie zu mutig. Das Wort Vorsicht kam in ihrem Sprachgebrauch so gut wie nicht vor.

Ich wischte mit der Handfläche über das beschlagene Glas. Das Wasser auf der Scheibe war eiskalt. Mein Blick huschte zur Temperaturanzeige. Die Außentemperatur war angeblich auf null Grad gefallen. Das Ding musste defekt sein, obwohl der Wagen funkelnagelneu war. Robyns Dad hatte ihn ihr letzten Monat zu ihrem siebzehnten Geburtstag geschenkt, und sie hatte darauf bestanden, dass wir allein ins Sommercamp fuhren. Sonst hatte das ein Chauffeur erledigt und dabei hatte ich mich deutlich wohler gefühlt. Ich konnte nur hoffen, dass das

Navi funktionierte. Kälte kroch jetzt durch die Lüftungsschlitze ins Auto. Gänsehaut überzog meine Arme und Robyn hantierte an den Armaturen herum. Gerade als es mir fast gelungen war, mir einzureden, dass das schaurige Heulen nur Einbildung gewesen war, erklang es wieder. Noch näher diesmal und noch unheimlicher stieg es auf in die purpurfarbenen Wolken, die von einem Blitz zerrissen wurden. Die Angst packte mich mit ihren Krallen, meine Lunge schrumpfte auf Erbsengröße. Auf den Blitz folgte ein mächtiger Donner. Ich schnappte wie ein Fisch auf dem Trockenen nach Luft. Eine Silhouette zeichnete sich in der Dunkelheit ab und ich erhaschte einen Blick auf einen jungen Mann. Unbeeindruckt von dem Unwetter, stand er reglos am Straßenrand und reckte sein Gesicht in den Himmel. Obwohl er vor Nässe triefte, schien ihm der Regen nichts auszumachen. Im Gegenteil. Offenbar genoss er das Chaos. Ich hoffte, er war nicht derjenige, der so geheult hatte. Aber Werwölfe waren noch unwahrscheinlicher als echte Wölfe, oder? Der Wind zerrte an seinen Klamotten. Sein schneeweißes Haar und seine helle Haut hoben sich von der Dunkelheit ab. Wie in Zeitlupe glitt unser Auto an ihm vorbei. Andächtig stand er dort und ließ den Regen über sein Gesicht laufen. Er neigte träge den Kopf und öffnete die Augen. Rote Rubine funkelten mich an. Seine Blicke machten den Blitzen am Himmel Konkurrenz und die Härchen auf meinen Unterarmen richteten sich auf. Ich hatte noch nie einen menschlichen Albino gesehen. Seine Lippen verzogen sich zu einem schmalen Strich. Ich riss den Blick von ihm los, und die Dunkelheit hinter uns verschluckte ihn so gründlich, dass nicht mal mehr ein Schemen zu erkennen war.

»Hast du den gesehen?«, fragte ich Robyn. »Er muss verrückt sein.«

Robyn nahm den Blick nicht von der Straße. »Wovon redest du?«

»Da stand ein Albino am Straßenrand.« Meine Stimme überschlug sich fast.

»Da stand niemand.« Verärgert schüttelte sie den Kopf. »Das hast du dir nur eingebildet. Mach mich nicht wahnsinnig. Der Regen nervt schon genug. Reiß dich zusammen.«

Nicht ausflippen!, befahl ich mir. Selbst wenn es hier Wölfe gab, griffen diese bestimmt keine Menschen an. Und niemand hielt sich bei dem Wetter freiwillig draußen auf. Der Typ war nur ein Produkt meiner Fantasie gewesen. Anders war er nicht zu erklären. Meine überreizten Nerven hatten mir einen Streich gespielt. Ich schwieg, um Robyn nicht noch nervöser zu machen.

Wieder ertönte ein ohrenbetäubendes Krachen. Es war kein Donner: Im Licht der Autoscheinwerfer sah ich, wie ein Baum auf die Straße stürzte. Robyn trat auf die Bremsen und kreischte gleichzeitig meinen Namen. Ihr »Jess!« hallte mir in den Ohren, als der Wagen zu schlingern begann und auf das Ungetüm zurutschte, das uns mit seinen krakenartigen Ästen den Weg versperrte. Robyn schlug die Hände vors Gesicht und überließ das Auto damit sich selbst. Ich wollte nach dem Lenkrad greifen, als mein Körper nach vorn geschleudert wurde. Der Sicherheitsgurt schnitt mir in die Brust. Vor Schmerz stöhnte ich auf. Alles um mich herum drehte sich in atemberaubender Geschwindigkeit. Mein Kopf knallte auf etwas Hartes. Es fühlte sich an, als würde er in zwei Hälften gespalten.

Glassplitter rieselten auf mein Gesicht und meine nackten Arme. Ein metallisches Kreischen ertönte, das meinen Körper sprengen zu wollen schien. Der Gurt löste sich unter der Wucht des Aufpralls. Ich versuchte, mich festzuhalten, aber meine Hände griffen ins Leere. Ein Knacken ertönte und die Knochen meiner Beine brachen. Es müsste wehtun, dachte ich, aber ich spürte gar nichts. Angst flutete meinen Kopf. Thanatophobie – Furcht vor dem Tod. Eine meiner zahlreichen Ängste. Wurde sie Wirklichkeit? Starb ich gerade? Einfach so, ohne Vorwarnung? Da war kein helles Licht, kein langer Tunnel. Alles in mir rebellierte. Es gab zu viel, was ich noch tun wollte. So vieles, worum ich mich kümmern musste. Meine kleine Schwester Phoebe brauchte mich. Mom konnte allein nicht für sie sorgen. Ich hatte noch nicht mal geküsst. Jedenfalls nicht so richtig. Doch jetzt war es womöglich zu spät dafür. Die Welt um mich herum explodierte. Ich flog durch die Luft. Dunkelheit umfing mich und Stille. Endlose Stille. Ich schwebte. Alles war ganz leicht. Ich trieb auf einem unendlichen Ozean dahin. Es war schön – friedlich.
Neben meinem Ohr ertönte ein Knurren …

Leseprobe

Timing is everything

Fanny

Ich habe alles im Griff. Diese fünf Worte sind mein Mantra, als müsste ich mir versichern, dass mein Leben nicht so schlimm ist, wie es vielleicht scheint. *Die Zukunft ist für uns alle ein unbekanntes Terrain, von dem es keine Landkarte gibt. Was uns hinter der nächsten Ecke erwartet, wissen wir erst, wenn wir abgebogen sind.* Ich werfe einen Blick auf *Haruki Murakamis 1Q84*, das auf meinem ungemachten Bett liegt, halb unter dem Kissen vergraben. Es ist eins der wenigen Bücher, die ich von zu Hause mitnehmen konnte und aus dem ich diese Weisheit habe. Ich bin abgebogen und muss nun gucken, was hinter besagter Ecke liegt.

Ganz so schlimm kann es nicht sein, aber an meinem ersten Arbeitstag möchte ich alles richtig machen und wenn ich mich mit etwas auskenne, dann ist es Wein. Schließlich bin ich auf einem Weingut geboren und aufgewachsen und habe buchstäblich jahrelang Fässer geschrubbt. Mein Großvater hat nie zugelassen, dass ich faulenze. Keinen einzigen Tag lang. Bis vor sechs Wochen. An meinem achtzehnten Geburtstag hat er mir gesagt, dass ich meine Sachen packen und verschwinden soll. Er hat mir genau das seit Grannys Tod vor zwölf Jahren immer wieder angedroht und trotzdem habe ich nicht geglaubt, dass er es Wirklichkeit werden lässt. Ich habe seinen Hass unterschätzt.

Nun ist es Zeit, nach vorne zu schauen, und glücklicherweise gehe ich in zwei Wochen aufs College. Ich habe mich früh genug um einen Platz und um die Finanzierung gekümmert. Vermutlich, weil ich tief in meinem Inneren doch damit gerechnet habe, dass er mich rauswirft. Nun werde ich studieren und ihn vergessen. Neues Leben, neues Glück. Ich kann das, ich bin stark. Ich brauche niemanden, um zu überleben, das immerhin hat Großvater mir beigebracht.

Bis ich in Santa Barbara am College sein muss, tingele ich in meinem alten Auto von Weinfest zu Weinfest, die um diese Jahreszeit überall in Kalifornien stattfinden. Für diese Woche habe ich eine Arbeit am Clear Lake ergattert. Das Gut gehört einer Familie Robinson, was ich lustig finde, weil ich mir ein bisschen wie Freitag vorkomme. Wie er, so bin auch ich ganz allein auf der Welt, obwohl mein Nomadenleben bisher glücklicherweise viel leichter verlief, als ich es mir vorgestellt habe. Das kann natürlich daran liegen, dass meine Erwartungen so niedrig sind und waren. Oder es ist ein Zeichen. Ein Zeichen, dass alles gut wird. Ist das zu positiv gedacht? Mein neues Leben fühlt sich gut an. Es fühlt sich frei an, obwohl ich nur die paar Dollar besitze, die ich in der Hosentasche trage. Ich sollte ein bisschen vorsichtiger mit meinen Hoffnungen sein, aber ich bin geradezu euphorisch. Wenn ich nichts falsch mache, wird alles gut gehen. Ich werde studieren, jobben, einen netten Mann kennenlernen, Kinder haben und ein richtiges Zuhause. Davon habe ich immer geträumt. Irgendwo hinzugehören.

Ich streiche mir eine verirrte Strähne aus dem Gesicht und betrachte mein hellblaues T-Shirt und die rosa Shorts im Spiegel. Ich sehe ordentlich aus, genau den Eindruck will ich auch erwecken. Allerdings bin ich spät dran. Ich reiße die Tür meines Zimmers auf, das im Erdgeschoss des Hauses für die Angestellten und Aussteller des Weinfestes liegt, und stürme nach draußen. Auf keinen Fall darf ich unpünktlich sein. Vor lauter Aufregung sehe ich weder nach links noch nach rechts, stolpere über den flachen Türabsatz und knalle prompt gegen einen der Holzpfosten, die das Dach der umlaufenden Veranda stützen. Mir wird schwarz vor Augen und alles dreht sich. Tut das weh! Tränen treten mir in die Augen. Ich werde wie ein Einhorn aussehen. Automatisch greife ich nach irgendwas, an dem ich mich festhalten kann und kralle meine Hand in ein T-Shirt. Es gehört jemandem, der darunter genauso hart ist wie der Holzpfosten. So was passiert auch nur mir. Eine fremde, warme Hand löst meine von dem Stoff und ich blinzele. Karamellbraune Augen lächeln mich an. Bisher habe ich immer nur gelesen, dass Augen lächeln können, aber nun sehe ich zum ersten Mal, dass es wirklich funktioniert. Das ist … mir fehlen die Worte. Der Zusammenstoß mit dem Pfeiler muss etwas mit meinem Denkvermögen angestellt haben. Es ist kaputt. Meine Augen nicht. Sie gehen auf Wanderschaft, mustern das strubbelige schwarze Haar, die schmale Nase und den etwas zu breiten Mund und die echt kleinen Ohren. Insgesamt ist er, wer immer er auch ist, eine Augenweide und er hält meine Hand, was sich toll anfühlt und gleichzeitig praktisch ist, weil die Welt immer noch schwankt. Ich bin allerdings nicht sicher, ob wegen meines Unfalls oder wegen ihm. Mir kann nicht vom Anblick eines Typen schwindelig werden, oder? Mit den Fingern der anderen Hand berührt er nun vorsichtig meine Stirn und streicht über die sich bildende Beule.

Der Schmerz lässt mich zusammenzucken.

»Das solltest du kühlen«, bemerkt er. »Weshalb hattest du es so eilig?«

norawa – Für von mir Menschen
1010 Wien, Wollzeile 11

Öffentliche   Biblioth 107358
Woolf, Marah: Rückkehr der Engel

Mail:Fr. Aigner (15)

ISBN-13 978-3-7481-0868-9   ST 130
06225/2632   2482966/14

Hilfsverlag, W.
Georg Lingenbrin
10090066
03.05.2019 (1)
MWSt 10%

EUR 18.50   1 Stk.   PO/UE

2 094829 662141